长大

╲Grow Up

zhuzhu6p／著

「 致不忘初心　尚存热血的你 」

四川文艺出版社

图书在版编目（CIP）数据

长大 / zhuzhu6p著. — 3版. — 成都：四川文艺出版社，2019.4

ISBN 978-7-5411-5353-2

Ⅰ.①长… Ⅱ.①范… Ⅲ.①长篇小说—中国—当代 Ⅳ.①I247.5

中国版本图书馆CIP数据核字（2019）第047062号

ZHANG DA

长　大

zhuzhu6p　著

策划编辑　何　炜
责任编辑　范雯晴　宋　玥
责任校对　王　冉
封面设计　杨雨鸢
版式设计　张　妮

出版发行　四川文艺出版社（成都市槐树街2号）
网　　址　www.scwys.com
电　　话　028-86259285（发行部）　028-86259303（编辑部）
传　　真　028-86259306

邮购地址　成都市槐树街2号四川文艺出版社邮购部　610031
印　　刷　三河市华东印刷有限公司
成品尺寸　166mm×235mm　　　　开　　本　16开
印　　张　20.5　　　　　　　　　字　　数　350千
版　　次　2019年4月第三版　　　印　　次　2019年4月第一次印刷
书　　号　ISBN 978-7-5411-5353-2
定　　价　45.00元

长大就在那几年，
无论你选择了哪条路。

目录
CONTENTS

099 / 陆

　　"当年年纪小， 并不懂事， 不知道自己想要的是什么， 能给的是什么， 给得起的又是什么。 自己一门心思地跟着也许是错觉的感觉稀里糊涂地走下去， 偏偏还要求太多。"

117 / 柒

　　爱情是一种天赐的缘分， 不是一人躲一人追的勉强， 更不是掺杂了任何利益在内的交换， 应当是在适当的地方、 适当的人之间， 于最美好的时候到来， 如同鲜花， 在清晨第一缕光线的照拂下盛开。

129 / 捌

　　我们没有尽力么？ 我们尽力了。 所有人。 我眼睁睁地看着的， 我们尽了全力。 我每天满脑子里转的， 都是这些疾病、 创伤； 我放下那些美丽的画， 那些优雅的文字好久了， 更别说漂亮的装扮。 我心甘情愿在这样血淋淋的世界里流连。 我以为我可以将你们送回到开着鲜花的世界中去， 我只要你的一个微笑而已。 可是， 谁的双手挡得住死亡和伤痛的脚步？ 于是， 我是屠户。 原来， 我是屠夫。

149 玖

"一线大夫不跟家属说话这只是个大家心里有数儿的规则，没写到行为规范里去。" 韦天舒不屑地冷笑，"有这个规矩是因为现在越来越麻烦的信任危机。可是我们没法堂而皇之地跟学生说，咱其实不光为人民服务，有时候还真得站在人民群众对立面。所以你们没经验不许乱说话，乱说话就让人抓小辫儿。"

163 拾

"谢老师，您一定明白，现在，这个弃婴的生命和以后的幸福，对这几个学生如何走上医生之路的影响，远远超过那些表扬、奖励和荣誉。"

187 拾壹

"蠢蛋，言情剧中有真谛。" 周明车已经快开出医院大门了，韦天舒犹自站在当地得意地自言自语，"对待女人这种敌人，知己知彼，百战百胜。你不看看她们迷恋喜欢相信的东西，能知彼吗?"

200 拾贰

最明白就里的病人其实知道，做手术这事儿，贿赂不贿赂主刀大夫，其实根本对手术质量并没任何影响，不管多少钱的红包，就算大夫真的收了，起到的作用顶多是术后换药的那个人，由学生住院医生的级别提升到主刀大夫亲自动手，且能多看见主刀大夫几个笑容。然而跟护士搞好关系，可是住院阶段是否舒服的关键，虽然想着去给护士送红包的病人几乎没有，但是表示尊重感谢的花篮果篮，对待护士比对待医生还要更热情谦恭的笑容，却是一定需要的。

 222 拾叁

也许，看着舒服相处舒服，便就是个最高的标准，是他对自己生活质量的最高要求。他从来没有独身主义的愿望，然而，娶回家的那个人，必不能只是出得厅堂入得厨房的美妻贤妻，甚至两者都不是也无妨，但只要舒服。可这个标准，原来比那两者皆要，更难。难在抽象，无法将"舒服"二字拿任何可以量化的条件定义，只有自己的感觉，可以做主。

233 拾肆

"新闻报道的基本原则是实事求是。"谢小禾瞥了眼已经张口准备呵止自己的头儿，目光扫过所有同仁，"及早、照实报道代表发言是一种实事求是，然而在任何情况下，我们都有权利和责任质疑任何一种言论的真实性和准确性。"

245 / 拾伍

"白色是什么颜色？"父亲轻轻抚摸那件年代久远的白大衣，"一眼看去，最简单，最干净。但是学过物理的人都知道，这其实是最最复杂的颜色。隐藏着那么多，包含着那么多，什么都有。"父亲忽然哈哈大笑，"可是，不用棱镜分析，你看不出来。而且，缺少了任何一种，它就绝不是白色。学文，这真是一个最最奇妙的颜色，最简单，又最复杂，看到简单是真，看到纷繁复杂，也一样是真。"那么白，究竟包含了多少种颜色呢？

267 / 拾陆

他对于行将放手的"前途"，并不曾有那孩子所付出的努力和执着，只是，这两年，有些习惯了，习惯那些压力和责任，习惯那些挑战和荣誉，习惯了把自己放在那个位置上去。

其实，退一步，何尝没有其他选择？或者那选择才是他最初原本要做，也最适合他做的。

292 / 拾柒

我因为穿上了白大衣，而走进了一个不太一样的世界。这个世界不算纯净，这个世界不算美丽，这个世界有着太多的灰暗，这个世界并非可以用对与错判断一切。这个世界的味道，并非是一盒甜美清凉的香草冰激凌的味道。若非这件白大衣，我想，我怎么也不会看见这个世界的全貌。

　　叶春萌忽然想，让张欢语厌烦到了将有能力辞职的一天作为今生最快乐的一天的"医生"这份职业，承受着比法律行业、金融行业更大的压力，付出着绝不低于他们的体力精力却并没有那么高的物质回报，那么它除了糊口之外，还给了自己什么？居然让自己并没有过想要离开的渴望？或者，就是跟病人或者家属，说"状况暂时稳定，度过危险期"那一瞬间的那种，不仅仅是喜悦不仅仅是满足也不仅仅是如释重负的……没有经历过，便无论如何无法体会的感觉？

Grow
Up

1. 一场急救

"快，快，大夫，大夫，这边，这边，这个人没反应了！"

"腿，腿不能动，大夫，我胸口也痛。"

"A 型血 400 毫升！"

"小兰，小兰在哪儿？你们别拦着我，我女儿在哪儿？"

"这个得立刻剖腹探查，怀疑有脏器破裂……"

祁县县医院内，一片充满着焦灼与恐惧的混乱。

副院长任卫东满头大汗，白大衣敞着怀，里面的衬衫已经被汗浸透，手里拿着一个手机，脖子上还夹着一个打开的，他力图提高声音压过身边的嘈杂，近乎是用最大的音量对着手机喊："我们急需支援……两辆超载的旅游大巴在山道上对撞翻车了，一辆滚坡下了，现在全部就近送到我院……三人已经昏迷，有颅脑损伤……四人现休克体征……近四十人有不同程度的骨折，七人有开放性骨折，至少有六人高度怀疑腹部脏器损伤……太超出我们的接诊能力了……"

电话的另一边，市急救中心创伤一区。

韩主任一边听着，一边已经快速地交代何副主任以最快速度组织一组人赶过去，才放下电话，一拍脑袋，对何副主任道："叶春萌不是派到林县分中心去了吗？就在祁县旁边，让她先赶过去。"

"我还能忘了她？护士长刚一说，您还跟第一医院凌院长开电话会议呢，我就呼了她，已经往那边过去了。这会儿怕都快到了。"何副主任嘿嘿一乐。

"您可真行，我姐昨天在下面任务结束，今儿难得一天假就又让您给惦记上了。咱们这些医院领导，真比黄世仁都'黑'啊！"住院医小刘一边收拾随身要带的器材，一边笑呵呵地打抱不平。

"废什么话？"韩主任瞪了他一眼，"这么大车祸放咱们这儿都少见，得跟市里兄弟医院协调，祁县县医院现在不定乱成什么样儿了。"说罢黑着脸快步出去，查看能够调动几辆急救车。

小刘伸伸舌头，何副主任乐着翻了他一眼："老这么毛躁！整天管叶春萌叫姐，也不跟着好好儿学着点儿。她像你这个年资的时候，就能独当一面了！"

小刘却对上司的数落完全不以为意，手头一点儿没停，转眼已经把东西收拾齐备，反复清点，脸上的笑容没心没肺，带着几分崇拜几分骄傲："哪能谁都跟我姐似的？要不说她是我偶像呢！"

韩主任说得没错。

祁县县医院的负荷，已经完全超出了他们所能承担的最大上限。在血腥与药水的味道之外，空气中弥漫着越来越浓重的惶恐不安的气息。

脚步声，呻吟声，哭喊声，由远而近的急救车长鸣声，亡者家属疯狂的嘶叫声……警察、保安人员、医生、护士们在这片压不住的嘈杂中为了交流情况而不得已地、声嘶力竭地互相喊话，这样的声嘶力竭，让刚刚工作的几个年轻医生、护士因紧张而越发慌乱。十九岁的护士小尤眼看着面前病人哗啦一口鲜血喷出来，忍不住惊呼了一声，手一哆嗦，原本已经找准静脉的针扎偏了，想抽出来重新来，却怎么也找不着静脉，嘴角一撇，眼睛就红了，正在做检查的刘大夫已经满头大汗，转头瞧见小尤抖着双手要掉眼泪，大声喝道："哭什么哭？哭什么哭？这是哭的时候吗？"

这一呵斥，小尤原本在眼睛里打转的眼泪哗啦就流了下来。

"陈护士在哪儿？"刘大夫气急地喊，"陈护士你那边完了赶快给我这个扎静脉输液！血压都掉到40了这个丫头还跟着哭！"

刘大夫自己心里也很慌。

这伤员血压20、40，简单的检查已经提示内脏出血，需要紧急手术，可是此时祁县县医院里，所有具备做相对大型手术能力的大夫都已经在手术室了。上面说，第一医院的外科专家会赶过来支援，什么时候能到？

刘大夫抹了把汗，从小尤手里把静脉输液针拿过来，自己找准静脉正准备扎进去，就听见不远处自己的手下，才毕业不过三个月的小王带着哭音惊慌地喊道："刘大夫，刘大夫您快来，病人窒息了……"

刘大夫有几秒钟的愣怔，低头看自己正在检查的病人的体征，血压还在往下掉，那边小王又接着喊："刘大夫，怎么办，怎么办……"

"准备做环甲膜切开术。"

一片惶恐嘈杂的混乱当中，这个对于小王和刘大夫而言，都很陌生的声音，显得异常沉着平静。

　　小王和刘大夫都是一愣，眼前，居然是个身穿淡灰色休闲装的漂亮姑娘。她已经冲到了心跳骤停的伤者床边，飞快地叩诊伤者心脏两肺，扒开眼皮察看瞳孔，然后扒开嘴察看口腔之后，从口袋里掏出工作证，向刘大夫举了起来："市急救中心创伤一区叶春萌。"她简短地说道，"现在林县培训住院医生，接中心电话让我就近过来支援这边，进来时候已经跟任副院长打了招呼。"

　　"这?"刘大夫看了看她工作证再瞧瞧她，心里一阵嘀咕——没穿白大衣，脸上还专门扑了脂粉的叶春萌看上去相当年轻秀丽，似乎跟"急诊医生"不太搭界，固然工作证上有照片有介绍，但刘大夫想，这顶多也就是几年的住院医吧? 一个丫头片子，她就算是市急救中心的丫头片子，那也还是个丫头片子啊! 派这么个人来，能顶个啥用?

　　这急救中心的丫头片子这时却已经向护士伸手："酒精棉球，刀片。"

　　"啊?"护士有些发懵。

　　"快，酒精棉球，刀片! 剪刀也行。"她的声音带着不容置疑的命令，护士不由得先拿镊子夹住两个酒精棉球递给她，然后找到了一个缝合包，拿出剪刀。她摸了摸伤者喉咙的位置，接酒精棉球飞快消毒，然后接过剪刀，在已经窒息得脸色发绀的伤者甲状软骨下环甲膜处，一剪刀剪开一条横的口子，鲜血迅速漫出来，接着，气体进出，将血液冲出一个个气泡，随着血色气泡一个个地涌出，伤者脸上的青紫减退，心律逐渐恢复正常。

　　这姑娘娴熟的操作，尤其是那份与年纪不相称的老练从容，让刘大夫惊讶了，他定了定神，熟练地把自己病人的静脉输液扎上，再抬头，却听那姑娘对小王讲："教科书上应该学过，这样的突发窒息，尤其是在如此混乱紧张的情况下，虽然是在院内，也存在准备不足的问题，来不及做气管切开。正确施行简单、易操作的环甲膜切开术是第一时间抢救窒息病人、避免缺氧时间过长造成的脑缺氧脑损伤，甚至窒息死亡的关键所在。"

　　她的语速很快，却很平和，边说着，边清理了病人的口腔，问小王："还有其他昏迷病人吗? 昏迷病人一定要注意保持呼吸道通畅，把舌头拽出来，注意清理口腔内黏液尤其是血块。"她一边交代，一边找到了手套口罩，简单地准备之后，开始检查下一个病人，边做边跟身边祁县县医院的小大夫交代要点，仿佛这不是在抢救现场，而是在教学医院的教室里面，向学生示教。

看着病人呼吸心跳恢复正常，小王终于从慌张中逐渐平定，找到了另一个昏迷的病人，扒开伤者的嘴，用棉签仔细清理口腔里的黏液、痰和血块。刘大夫也已经完成了自己病人的基本检查，液体输上，血压略有回升，然后开始给一个刚从急救车上抬下来的病人检查腰部的伤，边检查，不由得心中暗暗地想，这市急救中心的丫头片子，还真不是一般的丫头片子！

"这是市急救中心第一批到来的叶同志！"这时副院长任卫东已经与市内各个医院交流完毕，赶了回来，大声冲自己所有的属下喊话，"同志们，再坚持坚持，市急救中心和第一医院的支援同志马上就过来了！我们遇到了医院这么多年来遇到的最大考验，同志们顶住！"

2. 人生大事

接到市急救中心何副主任的电话的时候，叶春萌正在进行一件人生大事——相亲。

这是五一长假中的一天，明媚的阳光，温和的微风，不冷不热的天气。首都周边最著名的旅游景点祁县，青山绿水之间，盛放着桃花和梨花，浅粉和雪白连成了片。

在电话铃响的几分钟前，叶春萌的脸上带着一个与身边的美景很协调的笑容，对给她递果汁的第 n 个相亲对象李岩说谢谢。

是的，第 n 次了，至于 n 等于几，她记不清楚，但是该不会少于 10 吧？

这个被认为是"丫头片子"的市急救中心高年资主治医生，其实，并没有看上去的那么年轻。叶春萌已经三十岁了，到了一个身边所有人急着往她的脑门上盖上"已婚"俩字的戳子的年龄。

不但是父母，连身边的朋友，朋友的父母，科里已婚的同事，当年同宿舍的、如今已经是娃妈的女同学，纷纷开始先于她而意识到了形势的严峻，而开始替她张罗一个女人一生最重要的大事。

半年前，跟着老公移民去了加拿大的张欢语带着两岁半的儿子回国探亲，连同从美国回来跟儿研所合作预防新生儿畸形项目的陈曦一起，跟她在一家港式西餐厅小聚。张欢语一改少女时代说话的绵软温柔，声色俱厉地数落儿子偏食的坏习惯的间隙，居然没耽误了给老公的中学同学李岩做了一个生动全面的广告。

"总之一句话，"张欢语把一勺胡萝卜塞进儿子嘴里的同时，为广告做着最后的总结陈词，"跟你一样各方面条件顶尖儿，就是这些年工作又忙眼光又太高，错过了黄金年龄段的大龄青年。"

叶春萌加快咀嚼已经在嘴里的牛排，想腾出舌头为所谓自己"眼光太高"解释两句——这至少并不符合最近一年来在各方好意的强迫之下，走马灯似的相亲的结果。

在 n 大于 10 的 n 次相亲之中，她极少可以运用到大学时代已经炉火纯青的"婉言拒绝"男生的技术与艺术。

相亲对象中的一多半在听她如实讲了自己作为一个急救中心主治医生的工作节奏之后，表现出了掩饰不住的惊讶，其中最实诚的一位当即发表了感慨，他说："都说女的当老师和医生最好，文明稳定，但是我看当医生不成啊，根本顾不到家嘛！"她表示赞同地点头，并且开始跟他一起讨论究竟什么职业最适合一个有家的女人。这位仁兄继续发表看法，认为搞金融的女人过于强势精明，做工程类的女人没女人味儿，IT 行业泡沫太大不够稳定，服务行业是绝对不行——很多不干不净的东西……叶春萌建议他下次还是找教育行业的，虽然也很辛苦，但是毕竟作息尚算规律，而且有寒暑假，方便照顾孩子啊！这位仁兄点了点头之后又遗憾地说："高校教师还行，中小学的，女人占的比例太高，女人太多的地方，是非实在是多，好多当中小学老师的，特别八婆！"

当然，他们中的绝大部分，都没有这么坦白，他们多半感叹当医生的辛苦，赞美白衣天使的神圣，但是大概他们相信"可敬的女人多半并不可爱"，所以在一看见她便赞她比照片上更漂亮，气质更优雅，当惊讶地发现她工作竟然如此辛苦、重要，又表达了对她职业的敬意之后……并没有表达想要进一步交往的巨大热诚。

最进入状态的一次，是跟一个某名牌大学的历史系副教授、小有名气的作家和青年学者的约会。

青年学者个子高高，清瘦斯文，笑容温和谦逊，一见面便让她有了些好感；他举止得体，帮她开门、拉椅子，布菜的时候体贴而又不失分寸，他并没等她坦白交代自己一个月至少五个夜班另有不下五个夜里被从家里叫到医院之前，便表示知道一个医生，尤其是急救中心的医生意味着什么；他带着无尽的感情，回忆一次父亲出国期间母亲突发心梗，十一岁的自己头一次体会到恐惧与无助，而随后急诊医生将母亲从死亡线上带回到他身边的时候，他甚至想，这就是他心里的上帝。

那天他们吃完了饭他又提议去喝茶，那间有着流水和珠帘的茶社里，年轻的女孩子在屏风后面弹古筝，他给她娓娓而谈那首曲子来历的时候，她有些微醉，居然聊起了少女时代喜欢过的沈从文、梁实秋和萧红……假如不是手机这时候没眼力见儿地响起来的话，也许那真的可以是一次成功的相亲。

住院总大夫说送来四个民工，剧烈呕吐，意识尚清醒，怀疑中毒，有休克指征；说当时值班的两个三线在对一个颅脑损伤患者、一个心肌梗死患者急救，只好电话请示她这边的治疗方案。当她对着手机交代他收集呕吐物做分析，注意清除口腔异物保持呼吸道通畅，严格监测尿量并查尿常规，抽血查血氧饱和度，补液注意电解质平衡……她说完之后抱歉地对对方说，这个住院总新上来没俩月，她不放心，得回医院盯一眼，这时，却发现周围两桌的茶客都在往她这边瞧。她猛然意识到在这淡淡茶香幽幽乐声喁喁低语的地方，自己中气十足毫不避讳地嚷嚷呕吐物、粪便、尿液实在当算得扰民，她略微尴尬地站起来，再次向对方表示歉意并准备离开。他迅速招手叫服务员来结账，说开车送她回医院。她很感动对方的体贴，但是直觉跟她说现在什么地方不对了，似乎方才进入状态的协调融洽如今已经偷偷消失。

那天她踏进急诊科的同时送来一个肝癌晚期呕血的患者，在轮床上已经昏迷，血不断地从口鼻涌出来，滴滴答答地洒了一路。四个民工已经确定为食物中毒，她以最快的速度看了所有检查结果之后又给年轻的住院总提了几条建议，然后就参与到那个刚来的肝癌患者的急救之中。

当患者情况暂时稳定，她掀开急救室的帘子一边摘满是血污的手套，一边活动下筋骨的时候，发现自己的相亲对象坐在楼道的长凳上，脸色苍白，手里拿着杯葡萄糖水。看见她，他自嘲地摇头，说："我竟然晕血，真是丢人，给护士同志添麻烦了。"她歉疚地站在他跟前，不知道说什么好，突然看见自己前胸还有方才病人喷出的血迹，赶紧往后又退了两步。他瞧着她，神色竟然带着些许失落，说："我真可笑，以前想起医生就是一片最洁净的白色，是最干净的工作，从来没有想过白衣后面真正的颜色。自己居然像一个中学生一样，进行了一场基于自己想象上的崇拜与向往。"

她理解地笑笑，跟他保持着一定的距离坐下，她说："别说你，就是我自己，考医学院的时候，甚至是念了两年，进医院之前，心里都还是跟你完全一样的想法。不经历……又怎么会知道？"后面的话她却没跟他说，事实上，这个许多人眼里洁白纯净的世界，除了血的颜色、呕吐物和粪便的颜色之外，还有着更多的颜色，只能体会，却真的难以言说。

之后，他成了她一个可以聊天、偶尔一起吃饭的朋友，他笑称自己正在努力纠正自己的生活洁癖与精神洁癖，她哈哈大笑，说纠正什么，人可以有机会保持这种洁癖，其实也是某种程度的幸福啊！

3. 约见桃花渡

大约某些人就是跟"相亲"相克。

当手机那属于急救中心的特有铃声尖锐地响起来的时候，这个念头蹿上了叶春萌的脑子，她强烈地预感到这今生第二次对相亲对象产生了一丝好感的相亲，即将被医院的呼叫破坏掉。然而她心里着实惊讶——自己应当是五一过后才回去报到，就算那边天塌下来，照说也不至于指望上她吧？会不会是，哪位同事恰好找她有私事，怕她懒怠接电话，拿这个她不得不接的电话来打？叶春萌心里存着一丝侥幸，希望还有机会把这次相亲进行下去。

她对李岩的印象相当不错。虽然，她肯来，原本是因为实在驳不开当年同宿舍姐妹张欢语的热情。

那天，在西餐厅，叶春萌迅速地在脑子里回忆着近来相亲的情形，把牛排嚼碎咽下，抓着叉子，准备驳斥张欢语关于她"眼光过高"的评价，并且哀叹一下自己的现实处境之时，张欢语皱着眉头把她抓着叉子的手推了推，说："你跟人吃饭的时候可别拿标准握持针器的姿势，这谁看着不得心里别扭？周老师当年给你留下的心理阴影不至于保持到现在吧？"

"周老师这个关于正确持器械手法的心理阴影是留给我的，你记错了。"陈曦在旁边提醒了一句。

当了妈之后的张欢语似乎特别具有忽略他人异议的强悍。她忽略了儿子不要吃水果而要吃冰激凌的要求，把一片西瓜塞进他嘴里的同时，忽略了陈曦的提醒。

张欢语继续对叶春萌道："你以前可是最女孩儿的女孩儿，那时候那帮男生叫你什么来的？水孩儿！那一举手一投足的，处处可都透着温柔妩媚。你说，干这行就是害人，十年下来你那点儿水劲儿都给抽干了！嘿，这个我老公的同学李岩，四年拿下麻省理工学院电子工程博士，现在已经是×公司的美方代表、技术总监，绝对一人养家没有问题。你要是跟他结婚，干脆辞职得了，我跟你说，"她抓起一张餐巾纸让儿子擤鼻涕，然后用另一张把他吃得满是水果汁的小花脸擦干净，"我这辈子最轻松快乐的一天，就是移民下来了，把辞职申请交给科主任那天。中国的临床大夫，那就是对正常人的摧残，身体上和精神上的。"

叶春萌想了想，确定张欢语不大可能真正关心她是否"眼光高"，更不大可能有兴趣听她的相亲经历，于是将原本准备出口的较真的解释咽了回去，但是又想到了另外一个问题，她疑惑地望着张欢语问："这么一精英，钻石王老五，难道没有相亲对象需要二十五岁以下的要求？"

"这就是最难得的地方，要不说你得把握住呢！人家没那么肤浅，知道年龄相近更有利交流，交流对婚姻那是相当重要。再说，你也别妄自菲薄，其实女医生听起来很有档次，就是别细想！再说，"张欢语打量着她，很诚恳地说，"萌萌你还是漂亮，也一点儿没见老，比二十岁的时候还多了味道。不过，这一过三十，很快可就老了，你得趁……"

陈曦伸了个懒腰，笑嘻嘻地打断张欢语："趁过期之前赶紧卖出去。"

张欢语皱皱眉头："小曦你别打岔！萌萌啊，你看就这周，找个有情调的地方，见个面儿？"

"哦……太可惜了。"叶春萌摊手，"我后天就下乡了。半年，林县。"

"下乡？还半年？"张欢语惊讶地望着她，"这又是什么破规矩啊，以前还没有。"

"就是去年从咱们学校教学附属医院开始试行的啊，咱们学校系统的医院是要一年呢。咱们上学时候，周老师他们不就一直在讲嘛，中国医疗最大的问题，就是基层医院跟大城市的教学医院技术水平差距太大，北京、上海的水平越来越接近国际先进水平，但是绝不代表中国的水平。之前那种，一年下去一个专家队，敲锣打鼓扯红幅地，不到一个月又走了，顶多几个会诊几个手术造福个别人，人走了，技术也带走了，对当地的帮助不大。真正起作用的是一批又一批的大医院主治医以上的大夫长期连续地下去嘛，在当地医院作为普通工作人员出门诊查房带学生，这样才能真正扎实地提高当地医院自己的水平——不是输血，是提高造血干细胞的造血能力……"

"哎哟得了，别跟我说这个，脑仁儿都痛。"张欢语连连摆手，"当年还真特崇拜类似周老师他们那样的白衣天使，等我干了几年下来就觉得那简直是怪胎。哦对了，就是你们当年叫的'变态'。我说萌萌，你再干下去可也有要变态的趋势。"

"咱们学校系统去年开始试行之后，我们几所市属的医院今年也开始试行。我这是第一批，后天就走了。得，你白费心了。"叶春萌耸耸肩膀，"遗憾！"

张欢语皱紧眉头，想了一会儿，忽然一拍手："林县？那旁边不就是祁县，著名的风景区么？离北京市区也就两小时车程，他开车过去也不是多大的事儿，顺便赏景！这回正好啊，咱们别老饭馆啊咖啡厅啊，俗！让我安排安排，你们俩在祁县著名的桃花渡见！"

叶春萌愣怔了好一会儿，半晌才说："那个桃花渡……那个，冬天没啥好看，总得等着开春吧？再说，我刚过去，还不知道具体的时间安排呢。"

"你瞧你还推三阻四！不过你说的倒也有几分道理，光秃秃的去也没劲。你让我好好安排。"

叶春萌完全没想到，学生时代丢三落四许下的承诺过了三天就少有记得起来的张欢语，这次竟然显示出了超强的记忆力与责任心。半年之后，她在林县的工作即将结束，收拾东西准备回市区，她已经忘了钻石王老五这回事儿的时候，突然接到张欢语的越洋电话，说："你在那边事儿也完了吧？马上五一，我已经跟李岩说好，五一长假，选一天，你们在桃花渡见。你记着，打扮漂亮点儿！"

固然觉得相亲这回事跟自己的八字不太对，叶春萌还是握着电话连说谢谢——她是真的感动。无论如何，对自己的终身大事竟然如此关怀和尽力，相亲对象条件还是少有的好，张欢语可也不枉是当年的好姐妹了。为了好姐妹的热心，叶春萌对这次相亲可算是相当认真，甚至按照她要求的，化了淡妆。

李岩长相普通，节日旅游旺季，混在桃花渡自然景区入口处的人群中，甚难将其找出来——多亏现代的通信工具手机，当叶春萌对着手机说我已经到了并且交代自己的穿着打扮，同时四处张望了几分钟后，终于与另一个对着手机交代自己高度、穿着特征并且四处张望的人接上了头。

"不错，今天体会到我们做通信器材的实际意义。"他边合上手机边笑，"要不今天咱们就得各打一个写着自己名字的白牌儿接头，可更傻帽了。"

叶春萌笑了出来，并且对相貌普通的李岩有了挺不错的第一印象。至少，她想，在这么个好天气里有个不讨厌的伴儿春游，也绝对不是个坏事。

叶春萌跟李岩相处得相当舒服，越聊越是自然投机，说起共同认识的朋友——张欢语和她老公各自的学生时代。李岩讲起张欢语的老公跟他们讨论如何博得女孩欢心，大家齐心协力想主意，都认为第一次约会的形象相当重要，把他从头到脚包装了一身名牌，叶春萌立刻想到当年，张欢语曾经问起大家的意见，她们几个女孩子，对那一身不太协调的名牌非常鄙视，认为他虚荣，差点因此而否定了这个其实非常实诚的追求者，忍不住哈哈大笑，才要说话，电话响了。

叶春萌带着一丝苦笑接起电话，听了几句，神色变得严肃，应道："我没在林县，不过离祁县更近……有大概半小时山路……没问题，立刻过去。"她说罢把手机往兜里一揣，跟李岩说了句，"抱歉，附近突发状况，大批伤员送到祁县医院，中心让我立刻就近过去帮忙。"说罢把旅行包往肩上一甩，大步跑着冲门口折返回去。他们现在的位置是在桃花渡的谷底，返回入口处要翻过方才下来的缓坡，不陡，只是颇影响速度。

叶春萌保持着平地1500米跑的速度爬了有十多分钟的坡之后，发现李岩也跟在她后面跑过来，见她回头，他有点惊讶地说："你体力很可以啊。"

"你也可以啊。"她瞧了他一眼，他一样跑得并不见吃力。

"我喜欢登山，有机会就背着行李远足。从十年前去美国读书的时候开始。"他笑，"很少有女孩子能够跟我跑一个速度啊。"

"我每天早晚各跑5000米。"叶春萌边跑边说，"从十年前，我还是实习医生的时候开始。"

4. 一别十年

当叶春萌给一个二十岁不到的气胸伤者做完闭式引流之后，身边已经是相当安静，只间或地可以听见伤者低声的呻吟和来往医生护士的脚步声。她微笑着轻拍伤者的肩膀："不用紧张，暂时没事了，好好睡一觉。"

她直起腰，转头看窗外，已经是一片漆黑。墙上的挂钟指着十二点的位置，她活动下腰和脖子，又去察看了一下已经睡着了的两个肋骨骨折伤者。他们现在都呼吸平静，只是时而抽动一下嘴角，大概是梦里伤口依旧疼痛。

叶春萌轻轻地给一个被子褪到了腰际的伤者把被子掖好，之后对正在调整输液速度的护士点点头，脚步很轻地走了出去。

大部分重伤员已经陆续在当地医院或者从市区其他医院赶来的医生陪同下，转到了市区的几所大医院，一些轻伤伤者已经回家。此时县医院的手术室内，还进行着几台手术——那是几个腹腔脏器受伤的伤者。

急救中心的其他同事在她到达一个多小时之后从市区赶了过来，现在何副主任和小刘应该还在手术室配合其他医院来支援的外科医生进行手术。半年没见，自己居然非常想念他们，尤其……尤其是在这么一场急救之后。她想了想，快步地朝手术室走了过去。

门外伤者的家属或蹲在角落低声抽泣着，或互相依偎着茫然地盯着手术室的门，有一个四十来岁的妇女一直在走来走去，略微神经质地跟自己唠叨："救得过来，一定能救得过来……能挺过去……"

叶春萌忽然想，让张欢语厌烦到了将有能力辞职的一天作为今生最快乐的一天的"医生"这份职业，承受着比法律行业、金融行业更大的压力，付出着绝不低于他们的体力和精力却并没有那么高的物质回报，那么它除了糊口之外，还给了自己什么？居然让自己并没有过想要离开的渴望？

或者，就是跟病人或者家属，说"状况暂时稳定，度过危险期"那一瞬间的那种，不仅仅是喜悦不仅仅是满足也不仅仅是如释重负的……没有经历过，便无论如何无法体会的感觉？

手术室的门打开了，两辆轮床先后地推了出来，散在各处的家属一下聚了过去。叶春萌在人群的包围中看见了何副主任和总是管自己叫亲姐的小刘，她正想扬起手臂打招呼，目光落到任副院长身边正跟家属交代病人状况的大夫脸上，她定定地站住了。

十多分钟后，家属簇拥着轮床向病房而去。任副院长转身跟身边几个人一一握手："真多亏你们啊，下来得及时。咱们医院外科医生还真没有足够的能力处理这种严重脏器损伤出血啊！感谢你们！"

"嘿，互助，互助！"何副主任笑着道，接着冲方才一直跟家属交代情况的大夫道，"早听说第一医院周明大夫手术的精致完美，人家都说那是'巧夺天工'，没见着不敢信，今天可算是亲眼看见了！看得心旷神怡，真是心旷神怡啊！"

旁边，瘦高个子的周明抱着双臂微笑着摇头，倒像是不知如何回复这么直接的赞美。

"哎呀，小叶同志！"任副院长此时看见了站在不远处的叶春萌，热情地招呼，"下面也都消停了？小叶同志辛苦了！你是最早到的啊！"

叶春萌缓步走过来，小刘夸张地奔过去跟她拥抱了一下："亲姐，半年不见我可是想死你了！"

"去你的。"叶春萌把他扒拉一边去，冲何副主任叫了声头儿，然后，转向周明，微笑："周老师，十年没见了。"

周明愣怔了好一会儿："你是？"

"您的学生。"她说出学生俩字的时候，眼睛居然有些发热，"我们那拨一共七个，女生占了四个。"叶春萌笑，"您当时还抱怨，怎么女生这么多？"

"哦对了，你是叶……叶春萌。陈曦那届的。"周明笑了，"太多年前了。你当时是在程学文他们病区还是韦天舒他们病区？"

"小叶同志是周大夫的学生？"没等叶春萌答，任卫东一拍巴掌，"名师出高徒啊！哎，我这个老糊涂，刚看见小叶同志跑进来又没穿白大衣——就是个小姑娘嘛，我心说急救中心给我弄这么个小姑娘来糊弄我们？这有啥用啊？真是！老眼昏花！"

"哎哟任副院长，我们头儿可是把心腹爱将给您派过来了。我姐，可是我们急救中心有名的铁娘子！"小刘笑道，"您说，要不，她人都不在中心，头儿能立刻想起来她就在附近？我姐这可是，出了紧急状况，头儿们最先想得起来的人之一！"

"你就扯吧，"叶春萌白了小刘一眼，又看看周明，对小刘道，"你跟别人胡扯也就罢了，跟周老师……"她抬头瞧着周明，叹了口气，"周老师，如果您还有印象……其实连小禾都知道，我是最娇气，最爱哭，最说不得，给老师惹了最大麻烦的学生。"

　　一个淑女一定要温良恭俭让，内心纯净，以最大的善意迎接一切，叶春萌从小被教育要做一个真正的淑女。但是真正的淑女——或者说努力朝着一个真正的淑女前行的准淑女，还是做不到完全的心平气和，当受到指责的时候还是会非常委屈，淑女的委屈不可能以顶嘴的方式发泄，只能是顺着泪水流淌。

1. 美女这种生物

陈曦曾经对着叶春萌认真地说，美女这种生物，绝对不只是那层皮囊与芸芸众生不同，其内在的构造，也一定迥异。

说这话的时候陈曦正在一边把徒手扯断的长度不等的香肠段丢进煤油炉上的小锅里，小锅里是老妈宽条方便面，已经加进了白菜、鸡蛋，满得几乎要溢出来。而叶春萌正平躺在床上，脸上涂了蜂蜜鸡蛋清，其上铺着削成薄片的黄瓜片和西瓜皮，而她手里还举着本席慕蓉的诗集在翻看。

听了这话叶春萌啪地把手里的诗集合上，几乎立刻要坐起来质问陈曦这话什么意思？但是身体才跟床板呈不到15度角的时候脸上的黄瓜片就有下滑的趋势，于是她又躺了回去——陈曦揶揄她又不是第一次，甚至不止第十次，第一百次，其次数几乎不会小于她们俩认识的天数，于是完全没有必要因为"陈曦的揶揄"而让已经耗了她一晚上的护肤前功尽弃。

叶春萌合上诗集的同时，陈曦拧熄了煤油炉，半闭着眼睛把鼻子凑到小锅上方深呼吸了两下，然后睁开眼。

假如叶春萌像陈曦一样牙尖齿利的话，她现在就可以对陈曦说，恋食症患者除了外在比普通人民群众肥胖——即使现在没有以后也终将如此——之外，脑构造也一定与众不同：普通人民群众想破脑袋也不可能明白，为什么有人可以日复一日地在晚饭时间已经将一份红烧排骨或者粉蒸肉加一份青菜三两米饭吃得盘干碗净之后，临睡前对着一包加了俩鸡蛋和一根廉价香肠的方便面，能够流露出类似考古学家看着先秦时代的瓦片，物理学家看着终于成功的实验，或者地主老财望着面前金灿灿的元宝的时候，那种至喜悦而满足的神色。

但是叶春萌是美女，美女是温婉的，陈曦深知这种温婉，所以从来不担心叶春萌的反唇相讥。

"真的萌萌，"陈曦端着几乎漫溢的小汤锅，坐到离叶春萌更近的位置，稀里呼噜地边吃面边用手背抹掉被自己加进面汤里过量的辣椒酱刺激出来的鼻涕，特别诚恳地对着叶春萌说，"我经常思考，有不爱美的女人吗？我觉得没有。但是这个向往美的女人与美女的差别，它就在于实现'向往'的能力。"陈曦挥舞着筷子，脸上除了诚恳之外还带上了些许感慨，"除了基础本来就不同之外，美女就是特别有美的能力和毅力，以至于越来越美，脱出众生的范畴，无论内在和外在。难道我不想纤体护肤吗？难道我不想用文学艺术充实自己吗？难道我不愤恨棒槌四肢水桶腰吗？天哪，我每天都在想，明天少睡一会儿早上听听交响乐，晚上看会儿名著，明天少吃口红烧肉开始跑步和跳绳，每周少打点无聊游戏多做做美容……可是，上帝，总是明天！"

叶春萌看着陈曦眼中那种失落和痛苦，骤然间开始替她难过，她一时间完全相信了陈曦的坦白，急于安慰她："你别瞎说，你哪里棒槌四肢水桶腰了？能吃能运动，你体形多美……"她说着，猛然感觉到脸上片状物的脱落和凝冻状物的碎裂——方才为了这折腾了一晚上的面膜而忍了被陈曦挖苦不吭声不动弹，这时却为了安慰她的失落，在还有十五分钟就大功告成之时，前功尽弃。

叶春萌懊恼地拍了下脑袋，眼角的余光不经意地扫到陈曦狡猾的笑，她立刻明白又被她耍了，恼火地抓起床头的笔记本朝她脑袋砸过去。陈曦躲过，嘻嘻哈哈地跑过来，搂着叶春萌在她脑门上狠狠亲了一口："我真喜欢你，真的，萌萌。"陈曦哈哈大笑，然后又颇感慨地说，"其实认真地说，美女最最好的地方，就是心地特别柔软善良。"

陈曦这绝对是真心话。

她喜欢叶春萌，固然有时候觉得她的纯洁近乎幼稚，还有时候觉得她的善感有点儿为赋新辞强说愁的莫名其妙。但是无论如何，跟一个美丽的心软的而且还特别体贴的姑娘做朋友，在绝大多数时间里都是一种享受。尤其是这个世界上充斥着不少不幸长了张傻姑面孔，却像林妹妹一样心比天高的姑娘，假如你曾经有幸或者不幸地与这样的姑娘相处，时时被笼罩在对方那种又敏感又多疑又骄傲又自卑的，时而幽幽时而愤愤大多数时候不满不平总是不太高兴的情绪之中，就无法否认，对比这种分类中的众生，叶春萌这样心软貌美的姑娘是多么的可爱。固然陈曦怀疑，一定程度上，自己大约也可以归入这个不太可爱的范畴之内，但是陈曦又认为，越是这个范畴中的姑娘，越没法跟同类相处。

叶春萌狠狠地瞪了她一眼，不再说话。她相信陈曦这句说的是真话——或者说她希望她说的是真话。被人待见是件幸福的事儿，尤其是被一个有趣的、自己也待见的人待见。任何人都需要有个可以说说心事的知己，更何况叶春萌总是有许多的心事需要跟人分享。分享心事的知己绝不需要是个自己的崇拜者——赞美听得多了就会起腻，更加不能是个呆瓜，你总不希望你唠叨了半天，对方的反应完全不得要领，而陈曦，就是那个有本事把话说到你心坎儿上的妙人儿。

2 "鬼才" 韦天舒

"下礼拜就进科啦。"叶春萌仰起脸，带着个颇神往的笑容。

陈曦瞧了她一眼："拜托，从上礼拜你开始就唠叨了。"

"考医学院，不就为最终做医生？见习时候虽然穿了白大衣，但还是学生，进科之后，就几乎是医生了。"叶春萌托着下巴，那张微笑的脸，带着那种属于很单纯的理想的浪漫，实在是相当动人的。

"得了，我可是从小就没打算过当大夫。"陈曦撇撇嘴，"高考时候，我想考清华建系，但他们收人太少，我第二次摸底考又考砸了，心里没底没敢报，生怕考不上再给我分到核物理去。咱那年政法学院不对理科招生，电子计算机啥的我又怕太辛苦，想来想去女孩子学医还是比较好听，咱学校又还算名校，就这么爬贼船上了。谁晓得这可不比人家学电子计算机的学得轻省啊——等工作了，还得更苦。反正我想好了，毕业了我也不干临床，所以啊，进科不进科，对我没啥意义。"

"你不干临床是怕苦？"叶春萌微笑着撇嘴，"尽人皆知的理由吧？嘿，世事难料，还说不定，你一进临床就爱上了，到时候都舍不得离开呢。哎，你不觉得吗？临床课比基础课有意思多了，尤其见习跟门诊，遇见疑难病例……"

"临床课的老师帅了一个档次，我怀疑因此你觉得临床课有趣。"

"胡扯，就说帅，也就是外科的韦天舒帅……"

"可我也就觉得外科课有意思啊。"

叶春萌连连地被打击热情，正经有点火了，不高兴地躺到枕头上准备拉上床帘。

陈曦立刻嬉皮笑脸地凑过去："好好，当白衣天使多好啊，健康所系，性命相托，宣誓那时候我也挺热血沸腾的啊。这不是，因为一些客观情况，我反正也天使不了了，阿Q嘛！嫉妒，我这分明就是嫉妒，赤裸裸的嫉妒！"

叶春萌矜持了一会儿，毕竟耐不住想抒发感慨的愿望，把脑袋枕在胳膊上，继

/017

续满是向往地说："当临床医生多好啊。我从小就崇拜大夫，那身白大衣，穿身上，我从来就觉得比什么衣服都好看，干净，肃穆，神圣……"

陈曦硬生生地咽下了"白大衣好看不好看也得分人穿，穿韦天舒身上确实好看，可穿外科主任李宗德身上，可跟公共食堂门口卖馒头的大师傅没啥区别"——虽然咽下了，但还是不能昧心地点头，只是不说话，拿筷子徒劳地捞着小锅里幸存的方便面渣。

"那天内科见习赶上给心跳骤停的病人急救，看着监测器上的一条直线，我心都到嗓子眼了，那么年轻的一个人……外面就是他妻子和两岁的小孩，我当时都想哭，更不要说他妻子是怎样的心情了……然后，李大夫一系列的紧急措施，准确及时地安装起搏器，那人恢复了心跳……我当时就有一种感觉，我都觉得看着李大夫，就好像看着上帝……"

"邪乎了啊。"陈曦在嘴里咕哝了一句——但是并没有让叶春萌听到。陈曦从来很懂得开玩笑的分寸，但是实在受不住叶春萌的抒情了，她想了想，只有把话题带开。

"我在想，所谓英才，韦大夫这就是啊。又帅，说话又风趣，拿了好几个市级国家级的创新奖项……"陈曦说着，倒真带了几分认真的赞叹，想起韦天舒第一次与众不同的亮相。

他给她们讲外科总论的肝胆部分，推门进来，一下就让人眼前一亮。接着，没有幻灯，不写讲义，胳膊下面夹着本跟学生手里的完全一样——而且崭新得貌似从来没有翻开过的《外科学总论》就溜达了进来。走到讲台后面，啪，把书往讲台上一放，翻到他要讲的那页，忽然又把书合上，推到了一边儿去，冲着下面咧开嘴，露出一排可以做黑人牙膏广告的白牙乐了。

"这书啊，回头自个儿回家看去。都大二了，还不会看个书吗？再说，我觉得这书写得忒呆板。我给你们讲点有意思的、新的东西。"

在他之前，并没有一个老师，可以把课讲成故事，而且是让人一会儿揪心一会儿乐的故事。虽然是故事，但确乎又跟他要讲的那部分内容相关。他乐呵呵地说，要看理论，你们都该有了看书自学的能力，不明白大可以来问我；要说技术细节，还得是看手术录像，进院见习实习才有印象。他的故事，加之他的个人风采，激发了这帮学生对他所讲述的内容最大的好奇与兴趣，非但是书，回去之后相关资料都读了不少，而对接下来的试验课和见习课也有前所未有的积极。

"韦大夫确实不错。"叶春萌点头,"但是,咱们组外科带教的侯老师不是说了,在大外科,要论'让人服气'还得是咱们外科教学主任周明周大夫。哎,我在想啊,这得是什么样的人,比韦大夫还让人服气?"

"那不就是侯老师一个人说的,又没……"

"韦大夫也说了啊。"叶春萌坐了起来,"那天韦大夫跟咱们说,动物试验外科手术模型一定要认真——如今把狗当成人,今后才能把人当成狗……他看着咱被吓了一跳,又说如果用周老师的话来说呢,就是你今天对动物试验严肃对待,技术技能练得越过硬,以后对着人的时候,越能够沉着冷静。他又说因为周大夫下乡定点医院培养基层外科大夫去了,所以没能给咱们上课,不过他是咱们教学主任,早晚能碰上,他说赶上周老师主管教学,是不是咱们的福气就不知道,但一定是咱们今后病人的福气,那是没错的。我觉得韦大夫说这话的时候特别特别认真,跟他嘻嘻哈哈开玩笑的样子根本不一样。"

陈曦没说话。

八卦之心人皆有。更何况是二十岁的女孩子。

固然经常嘲笑叶春萌和同宿舍其他女孩子"幼稚",但是听着从这顶尖的医院牛烘烘的外科,学术拔尖的侯大夫到"传奇"的韦大夫,提起"周明"二字带着的那份敬重,陈曦也忍不住好奇,只不过,忍着,偷偷地好奇,没把"幼稚"表现出来。

周明,三十二岁,现在最年轻的大病区主任、副主任医师——当他在三十岁时被破格提升为副主任医师的时候,也是全系统四个教学医院三个附属医院最年轻的一个。

然而,若论他得到过的全国奖项以及保持的"纪录",却没有韦天舒多,论在国际期刊发表的文章,也没有另外一位病区主管程学文级别高……

看了不少有关社会阴暗面以及从古到今的人事斗争的名著的陈曦,一贯善于怀疑,从来不像叶春萌她们那么容易相信更加容易感动。她忍不住想,这位传说中的周明也许就是老好人一枚,才华平平但是人缘良好,所以不招人嫉妒,更可能是会"为人"而并非会"做事",杰出如韦天舒者,木秀于林,加上性格狂放、恃才傲物,一定不会对上司溜须拍马,也不见得会去拉拢平级与属下,在人望上,确乎是不会超过那些八面玲珑、长袖善舞的人的。

不过,陈曦未曾把这一番怀疑说给任何人听。善于怀疑的陈曦有个好习惯,那就是把怀疑搁在心里，未到怀疑被证实的时候，通常并不太发表感慨。

在"周明"的问题上，陈曦应该感谢自己的这个好习惯。如果她没有这个习惯的话，那么难免，她的这番怀疑会大大影响她"考虑问题特别精辟"这个宿舍公认的盛赞，而留下被叶春萌她们嘲笑一辈子的话把儿。

无论周明是否"会为人"，周明的"专业"绝非平平，这，就在五分钟之后，轮到今天跟急诊小夜班的张欢语和李棋推门进来，激动地宣布今天第一医院外科最大的"新闻"的时候，得到了绝对的证实。

3. 传说中的周明

"咱院终于做成功了一例肝移植！"李棋还没坐稳就说，"整个普外如释重负，主刀的就是传说中的周明。"

叶春萌感叹了一声："果然啊！"

而陈曦，半天没说话。

她们从侯大夫那里知道，从三个月前开始，全国挑选了几家医院先尝试开展肝脏移植手术，第一医院是其中之一。这几台手术的成功与否，是今后科室是否可以继续开展此项手术的重要评判依据，更是医院科室的荣誉。

分给第一医院的前后有三个病人，两个老主任分别做的前两台，最终病人都没有熬过围手术期。外科的压力，就连他们这些见习学生都感觉到了。

系统的兄弟医院已经成功了一台，病人在两周前度过危险期、排斥期，转到普通病房了。有比较才有鉴别，不能说第一医院的外科大夫希望兄弟医院也失败，病人也死菜，但是……他们的成功，无疑给这份压力加了码。

关键的第三台，怎么做，谁来做？

一年后陈曦他们便都明白，如此尖端的手术，反映的是团队的水平，病人自身的身体条件，以及术后护理等多种因素，无一不影响着最后的结果，这绝非外行所想的，只决定于某个主刀大夫的个人水平。但是如今，在几个才抱着临床课本读了一年的小丫头片子眼里，手术的成功还是失败，可绝对就跟主刀大夫个人紧密地联系在了一起。

她们不由觉得前面两个做手术的主任，宝刀已老——甚至根本就是名不副实。而这作为最终成功了的移植手术的主刀大夫周明，在他们眼里，可就成了个伟大的天才。

那天一整晚上个宿舍都在讨论周明。张欢语还从另一个小大夫江宾那里探听到了周明的另一个传奇，据说在他二十八岁，尚且是个低年资的主治医的时候，在一场让整个外科人仰马翻的，因附近违章建筑坍塌，同时送来的近十个腹部脏器损伤的抢救中，令人咋舌地创造了"快"的纪录。

找出血点快，止血快，在那场抢救中，比从来以快著称、保持了多项手术全市乃至全国最短时间纪录的韦天舒还快。

江宾说，周明其实从来并不求快，而是求精求细，他的任何一台手术都可以作为教学录像录制，做得更快是对外科大夫手术技能的一种挑战。但是确实没谁能说，五十分钟的手术四十分钟做完，会对病人愈后有任何绝对良好的效果，周明好像总是对这种挑战缺乏兴趣。

然而四年前的那场抢救，当寻找出血点并止血的时间成为绝对会影响病人存活以及手术后休克的可能的那次，他是最快的。

张欢语、李棋、叶春萌她们叽叽喳喳地讨论比韦天舒更加传奇的周明，他保持的纪录，他因为这台移植手术创造了几个"第一"——第一医院第一台成功的肝移植手术，当年以及之后若干年内主刀肝移植手术的最年轻的医生，唯一一个只是副主任职称而能做肝移植手术主刀的医生。

她们也在猜测周明的性格和样子。

陈曦一直没插话，没参与这种"幼稚浅薄"的讨论，但是，她也一样在心里好奇，并且非常浅薄地暗暗希望，这个周明，就算不能像韦天舒那样帅，也千万不要走李宗德的大师傅或者屠户路线。

4. 这磨人的亲戚

临进科的那个周日，叶春萌被她大姑叫去"劳动锻炼"了。

叶春萌的大姑是她家学问最高、最有出息的一个，当年从小县城考到北京最名牌的大学，现在已经是这个大学的著名教授。而她的姑父很普通，职称到退休也没能够扶正，却因为一直热心公益，关心黎民疾苦，特别善于写些针砭时弊的文章，而连续多届被选为人大代表——而且由于那些文章，多次成为优秀范文，照片得以常年地被陈列在小区宣传栏的橱窗里。

作为叶春萌在北京唯一的亲戚，大姑显示出了对这个侄女的关怀。不过这种关怀，完全不同于她们班里其他同学在北京的亲戚表现出的那样——肤浅。

比如说，李棋的伯伯、伯母每次来宿舍，都是一副赈济难民的架势，成箱的苹果橘子，一大包一大包的花生瓜子，奶粉麦片；张欢语的小姨、姨夫，除了赈济难民之外，还有着李棋的北方伯伯不具备的细致，他们帮张欢语做了一个可以安在床头的书架，这样她冬天的晚上看完书，就不用离开温暖的被窝，到她们公共的书架上去放书。

作为一个大学教授，更作为一个忧国忧民的知识分子的妻子，叶春萌的大姑对侄女的关心并没有停留在物质层面——不，用"停留"不太合适，应该说，直接超越了物质层面而集中在精神层面上。

她关心的是侄女以及她的同学们的心灵的成长。

第一次走进她们的宿舍她就发出由衷的感慨："现在的条件可真是好了啊，比我们那时候好多了，有暖气，有风扇，居然还有电视机。不过这条件太好可也是问题，现在的孩子就是缺乏老一辈那种艰苦奋斗的精神。"

待得见她们陆续打饭回来，她忍不住摇摇头，说："你们食堂的条件可真不错啊，哪像我们当年，基本都是腌菜，能吃点新鲜青菜就很了不起了。不过条件好你们也不要太娇惯自己，艰苦奋斗的精神不能丢。"

就在此时陈曦端着她的猪肉炖粉条外加俩炸鸡翅推开了门，她及时地在门口刹住了脚，回身出门，凑到隔壁吃饭去了。陈曦从来认为吃饭的时刻是自己最快乐幸福的时刻，这个时候如果被人影响到吃的情绪她一定会抓狂。

那天陈曦在隔壁宿舍混了一个多小时才回来，大姑还没有走，出乎她意料的是张欢语、李棋也都没去上自习，跟叶春萌一起三人并排地坐在陈曦的床上，而大姑搬了把凳子坐在她们面前，正循循善诱地让她们谈谈对当代大学生历史使命的认识。陈曦这次没能够及时逃走，大姑已经看见了她，招呼她过来一起谈谈。

"我要去上自习。"陈曦在听了三分钟之后开始让她们三个挪挪，她要收拾课本去自习室，她对大姑认真地说，"阿姨，我脑子特别笨，总得花上别人三倍的时间才能差不多跟上别人的进度。历史使命这么大的命题我一时想不明白，不过我觉得，如果我再不去念书，考试就会不及格，三门不及格可能就要留级，留级就拿不到学位证书，拿不到学位证书……我想不管大学生的'历史使命'是什么，我都完成不了。"

那天为了万全，陈曦在自习室关门之后也没敢立刻回宿舍，而是出去到夜市吃了羊肉串、麻辣烫还喝了一瓶啤酒，她回宿舍的时候已经过了熄灯时间，趁着夜色她发挥二级运动员的运动特长迅速地翻过了楼外的铁门，撑上了窗台，从厕所一直没修的那扇窗户钻进去，轻手轻脚地打开宿舍门。

她完全没想到大家竟然全都没睡，她才一进去，李棋和张欢语就扑了过来，把她按到床上，蒙上棉被，狠狠地暴打了一顿。

李棋愤愤然地说，这是轻的，下次再这样只顾自己逃命，留下同伴在水深火热中的话，集体跟她绝交。陈曦笑嘻嘻地说："你们点头点得那么认真，分明一副很受教的样子，怎么能说是水深火热呢？"李棋恨恨地说："你走了之后，她又多了个话题，如今青少年有一种非常不好的趋势，就是学得玩世不恭。以你为例，让我们警醒。"

陈曦正在大笑，忽然发现叶春萌呆呆地抱着膝盖坐在床上，眼圈竟然发红。张欢语摇头道："萌萌，你别担心，你姑姑总不能因为陈曦迁怒于你。再说，她不过是你姑姑，还会打电话回家给你爸爸妈妈告状吗？"

叶春萌摇了摇头，却不说话，把头埋在膝盖中间，陈曦想了想，她明白叶春萌那种微妙的自尊心，她甩甩头说道："咳，这不算啥的。高知啊高官啊都有点儿这毛病。萌萌的姑姑算不错啦，我那个部长舅舅，才不会来宿舍看我呢。小时候，每次见面，从来不给买糖吃，说吃糖长龋齿。都是丢过来一摞子书，扉页上都有那些作家写着某某同志指正的，让我回去读，然后谈谈感想，说说自己从中学到了什么。对，对，还有谢南翔他爷爷也是，我小时候每次去他家玩都被老爷子谆谆教诲……"

那天大家的注意力很快就从叶春萌的姑姑身上转到了陈曦的舅舅和她青梅竹马的男朋友谢南翔的爷爷身上，很快叶春萌也参与了感慨，从"别人的亲戚对她们就比我姑妈对我好"的伤感与在朋友面前丢了面子的尴尬中，转移到了对官僚主义的抨击上面。其实她们集体犯了个概念性错误，照说叶春萌的姑妈左不过是个大学教授，就算是她姑父也不过是个热心公益的"群众代表"，跟官僚还真扯不上什么关系。更何况，如果谢南翔的姐姐谢小禾听见了陈曦关于她爷爷的鬼扯一定对她破口大骂，一定会说老爷子有过那个闲心搭理你吗？别说是你，连我考上人大新闻系的时候，亲爷爷兼业内老前辈都只有十六字批示：努力学习，勤奋工作，实事求是，尽职尽责。连毕业后工作的教诲都一并给了。

而且，陈曦的舅舅和谢南翔的爷爷，可从来没有让她去家里"劳动锻炼"。

当进科前的那个周日晚上，叶春萌在大姑家里擦完了玻璃、厨房灶台，笨手笨

/023

脚地洗不能机洗的真丝床罩的时候，倒是并没联想到这一点，她只是心里着急，已经七点多了，她还想赶回学校洗个澡，而澡堂九点就要关门了。

"你真是没干活样儿。"大姑看了眼表，从学术资料中抬起头来，皱着眉头说一句，"我早说过你妈太惯着你了，什么都不让你干。看看这么大女孩子了，擦个玻璃擦三个小时，刷个灶台刷俩小时还有油渍。我像你这么大的时候，这点儿活也就是俩小时的事情，你一直能磨蹭到现在。萌萌，不是我说你，女人终究是女人，学问再高，家务还是要会干，而且要干得精干得巧——像你妈那样笨干也不成。"

叶春萌听到她说到妈妈的时候心里特别愤怒，有种冲动要顶句嘴，但是尊重长辈是叶春萌家最重要的家规之一，与长辈顶撞是她二十年的生命里从未发生过的事情，甚至连小时候偶尔为妈妈打抱不平，背地里说两句奶奶偏心，妈妈还都会呵斥她，这不是你小孩子该管该想的事。一个淑女一定要温良恭俭让，内心纯净，以最大的善意迎接一切，叶春萌从小被教育要做一个真正的淑女。

但是真正的淑女——或者说努力朝着一个真正的淑女前行的准淑女，还是做不到完全的心平气和，当受到指责的时候还是会非常委屈，淑女的委屈不可能以顶嘴的方式发泄，只能是顺着泪水流淌。

这天八点四十五分，叶春萌骑车往宿舍赶的时候，一路上都在不停流淌着满心的委屈。

并不只是因为大姑的指责，大姑的指责已经司空见惯，更大的原因是，她赶不上在澡堂关门之前回学校了。

5. 意义与意外

对于叶春萌而言，穿上白大衣作为准大夫，简直是她长到二十岁，最最神圣和庄重的事情。类似神圣庄重或者说兴奋欢喜——总之就是所有相对重要的事件之前，她都要洗澡并从头到脚地换干净衣服。

她在重大事件前一定要洗澡更衣的那种心情，很类似于古人逢重大事件见重要人物之前要焚香沐浴。

叶春萌无法想象蓬头垢面穿着前两天做动物实验时候溅了血点子的白大衣进科的情形，其实那真的不在于别人会觉得她怎么样，主要就是她自己的心情。

她喜欢那种身上发梢隐隐散发出的香波浴液的味道，以及刚洗过的头发柔软顺滑清爽的感觉，当感觉到自己是清爽的干净的时候，干什么都会更加舒服——即使是周末在宿舍复习功课或者看小说，她都会不但把自己整理清爽，把自己的铺位拾掇利索，一定还会连带把整个宿舍打扫干净，才有可能专心地学习或者娱乐。

更不要说第一天成为"准大夫"了。

于是，叶春萌回到宿舍的第一件事就是冲到水房洗白大衣，狠狠地搓狠狠地拧，最后晾起来的时候陈曦建议她先拿电风扇吹一阵，要不最近天潮，恐怕明天早上还是干不了。最终，陈曦帮她在床底下的箱子里翻出来了一个接线超长的接线板，可以从宿舍一直连到水房，然后跟她一起把电风扇搬到水房对着悬挂的白大衣彻夜地吹风。

当挂在水房半空的白大衣被风扇吹得飘飘悠悠的时候，叶春萌心里充满了对陈曦思虑周到的感谢，但是陈曦的脑袋里却转着个相当恶毒的念头，她看着水房极昏暗的灯光，幻想如果半夜想办法把她们班的"白骨精"骗来会是个什么情形。

白骨精并不姓白名骨精，她的大名叫作白晓菁。陈曦在报到第一天与白骨精在报到的会议大厅门口不期而遇，穿了纯白长裙的白晓菁空着双手微微扬着头，虽然她的一切仪态都很符合陈曦所看的电影里欧洲宫廷贵妇的派头儿，但是不知道为什么，当时进入陈曦脑子里的就是"白骨精"仨字。陈曦当时就想纯白长裙与及腰长发也真不是放谁身上都特别飘逸，固然大家大多知道胖子如此还是飘逸不了，然而身体呈营养不良表象，脸上又挂着冰霜雪冻的表情的瘦子如此穿着，又真的太瘆人了。

不过，也许陈曦只是嫉妒，嫉妒她出身不凡，更有可能陈曦是记仇。

陈曦的人生里最在意的是吃饭的时刻。曾经有一天，陈曦从食堂打完饭往回走，饭盒里的油爆里脊让她满心欢愉，这个时候她并没注意到周遭的环境，所以当身边一声刺破耳膜的尖叫响起来的时候，她十足吓了一跳，不过也还是握紧了她的饭盒并没脱手。可就在尖叫响起来的下一秒钟，她的后背被热汤烫了一下，这个刺激让她一个哆嗦，饭盒终于还是脱手。

当她明白过来一切只是因为汤里的一小块不该属于这个汤的香菇碎丁被白骨精误以为是一只苍蝇所以惊得将汤盆脱手丢出，尤其，之后白骨精甚至没跟她说抱歉更没打算赔偿她的油爆里脊的时候，陈曦愤怒得想要立刻抓几只真的苍蝇塞到她嘴里去。

陈曦的种种恶毒的念头都没机会实现。固然她从来不是一个淑女，可二十岁的

/025

大学生，无论如何也不能再像上小学时候那样，为了报复一个小胖子报告老师她上课看课外书以致最宝贝的《机器猫》被老师收走，小小年纪竟然处心积虑地买鼠夹捉老鼠然后把那只死老鼠偷偷放进小胖子的课桌里，看着他从课桌里往外抽课本带出了一只死老鼠吓得尖叫之后大哭，自己乐得差点抽了筋。当然，由于类似的事件，让她在小学时代被请家长的次数绝对大于了学期数乘以二。

陈曦对着随风飘荡的白大衣神思飘飞，而叶春萌所有的心思都集中在现在洗头发还是明天早起洗头发的斗争之中。最终，她决定明天早上再洗，如果今晚洗了，她不大可能坐着俩小时不睡觉，而如果湿着头发睡觉非但睡不舒服，而且早上起来，头发会被压得奇怪地支棱，简直失去了洗头发的意义。

进科那天早上五点钟就爬起来洗头发的叶春萌，不能够预知未来。

假如她能够预先得知，"洗头发"以及因此而发生的意外，将在几小时后甚至若干天、若干年都对她以怎样的目光看待身边的一切产生至关重要的影响，那么，二十岁的叶春萌，还会不会在五点钟爬起来洗头发呢？

但是当时，她只是想干干净净、清清爽爽地，穿上那件梦想了好多年的白大衣，第一天作为一个准医生，走进医院去。

　　陈曦忽然希望自己低血糖，希望可以因为任何原因在当时晕倒，但是她实在是体格健壮。不过，她立刻又想，即使真的晕菜了，周明也一定会一脚把她踹起来，告诉她说，这里有多少人连昨天的晚饭都没吃，在他们没晕倒之前，她没资格晕倒。

1. 讨厌的白骨精

"陈曦起床！"

叶春萌第五次重复这句话，距离第一次的时间是半个小时左右。

"一分钟。"

陈曦闭着眼睛回答，并且把脑袋往被子里又缩了缩。

"半小时前就是一分钟！你哪国计时单位啊？"叶春萌把书卷成筒照她脑袋上敲下去，陈曦下意识地把被子抓牢裹紧。她本来就习惯赖床，昨天晚上还听了两个小时托福听力题，两点多才睡觉。

"帮我请假吧说我病了……"陈曦几乎把脑袋完全缩进被子里。

"今天第一天进科！"叶春萌推着她。

"第一天就请假才不会有人想到是假的……"

"你搞没搞错这是进临床医院实习你装病！老师明儿万一关心你一下怎么编症状？"

"我小时候没练好曲子回琴不敢去，装病，我妈带我去病，我看就把大夫蒙过去了……那会儿我还是跟赤脚医生那本红书上找的症状照着装的……现在学这么多总不能更不如以往了吧……求你了萌萌帮我请个假……"

"陈曦你怎么这样儿啊！"叶春萌的声音提高了八度，甚至急得带了点儿哭音儿，"你说儿科管得紧，你要准备 GRE、托福，非得拽着我换到外科这组来的。小棋、欢语今天都进儿科。你不去这组，那就我跟白骨精俩女生，回头再把我跟她分一组怎么办啊……"叶春萌说着说着仿佛真的要哭出来了。

陈曦长叹一声，终于睁开眼，又半闭上，再努力睁开，哼哼唧唧地爬了起来。做人不能不仗义，因为自己懒而被扣分挨骂都活该……不过陷害了叶春萌，害得她万一跟白骨精一个小组一个病区，就太说不过去了。

其实白骨精究竟有多么讨厌呢？如果有人在当时认真严肃地问陈曦和叶春萌这

个问题，她们也没法给出一个证据十足的答案。如果让陈曦说，唯一可以称其为理由的就是那一份油爆里脊，为了一份油爆里脊而时常在背后对人家的举止长相进行恶毒的人身攻击，事实上，陈曦姑娘真的就是睚眦必报；而对于叶春萌，说来就显得她确实小心眼了。

白骨精是个富家姑娘，吃穿用度都跟她们这些平民百姓有着很大的差距，态度上也带出了一种掩饰不住的优越，这原本也就罢了，叶春萌还不至于因为人家带出的优越而心生厌憎——至少我们的准淑女不会允许自己这样。

但是，被欺负过，就是另外一回事情了。

还是在大一的时候，一帮女孩子在生物课后谈论老师拿的一个样子很别致的手包。李棋那一阵经常买时尚杂志，于是很"专家"地说，那个包是DIOR，非常贵的牌子，那一个包可是值了钱了；叶春萌随口说是啊，我好像在中友看见过这个，得上千……

这个时候，从来不太跟她们混在一起聊天的白骨精"扑哧"一声笑了出来："上千？人民币？DIOR？"

叶春萌一愣："可能我看错了，没那么贵……"

白骨精微微地撇了撇嘴角，耸了耸肩膀："不过，她手里的那个，算是做得比较精致的假货，大概也就千八百吧。"

叶春萌愣了好一阵子，直到白骨精已经收拾了课本站起来准备走了，她才终于憋出一句："你怎么知道人家的……是假的？"

"拿过真的自然知道什么是假的了呀。"

白骨精回了下头，一副"这还用问"的神情，然后娉娉婷婷地走远了。

那天叶春萌又羞又窘，低头胡乱抱起书快步地往宿舍走，手指头尖儿都哆嗦了。她长到这么大，还从来没这样被人以看着一个没见过世面的"土帽"的眼神看过，以"你怎么这么可笑"的潜台词嘲笑过。而最关键的是，人家确实是有钱，由于有钱，确实是见过世面，入学前去欧洲玩了一半的国家，寒假时候去日本滑雪，一个月也住不了一天的宿舍里摆着在富士山的照片。

人家就是可以这么高傲地踩她。

回到宿舍后她的眼泪再也忍不住地淌了下来，默默地淌了一会儿就抽咽了起来。这会儿逃课把午睡进行到底的陈曦迷迷瞪瞪地探出头来："啊，怎么了？你上课接着看那个《穆斯林的葬礼》来的？有那么感动吗，我咋觉得那娘俩都那么烦人呢？"

叶春萌哽咽着摇头，已经顾不上为了陈曦再次侮辱那赚取了她许多眼泪的韩新月姑娘和她妈妈梁冰玉阿姨而生气，自己的难过到来之时，所有为其他人的义愤就都放到一边儿了。

当陈曦猜了若干次她摇了若干次头之后，叶春萌终于算是把这件事儿说了个清楚。坦白说，其实陈曦的第一反应是："就这点儿事儿你哭成这样至于吗？"但是说出口的却是——

"她就这么讨厌，特恶毒。我觉得她早就嫉妒你了，可逮着个机会发挥发挥唯一仅有的优越感。萌萌不哭，她这就是积怨已久。"

"积什么怨啊？"叶春萌哭得鼻头通红，越想越委屈，"跟她井水不犯河水啊我……"

"你漂亮啊，女人最容易嫉妒的是什么人？还不就是比自己漂亮的女人！"

理直气壮地说出这话的时候，饶是陈曦，都有点惊诧于自己昧着良心说话的能力了。不是说叶春萌不漂亮，而是，理智告诉陈曦，白骨精根本不会觉得任何人比自己漂亮。如果有别人觉得叶春萌比她漂亮，那一定是这个"别人"档次不够。

陈曦绝对相信，白骨精就是很单纯地觉得叶春萌土帽，她们都是土帽，跟她差了太多太多的层次，别说"嫉妒"二字天方夜谭，连拿"她"与"她们"比较本身都是太不可思议的事情了，"嫉妒"二字确实存在，但是那个箭头的方向一定是从她们到她。

陈曦甚至相信方才的事件，白骨精根本不是有意羞辱谁，她就是今儿个恰好表达了一下心中一贯的真实感受——你们这些人，怎么能土成这样？恐怕过了晚饭时间，她就彻底忘了说"DIOR 的包得上千吧"的那个人是谁了，反正是没见过世面的土帽中的一员。

不过，陈曦审时度势地认为目前叶春萌不能接受这份真实，更关键的是，她终于等到了可以跟叶春萌一起诋毁白骨精的这一天。

曾经，叶春萌批评她管人家叫白骨精实在太过分了，还苦口婆心地劝她不要仅仅为了一份里脊肉就仇恨一个同班同学；她甚至善意地猜测白骨精压根儿没注意到那盆汤浇到了陈曦身上所以没有做出赔偿。当陈曦满怀激情地挤兑白骨精或者灵感大发地把她画入漫画的时候，叶春萌总是进行那种令陈曦扫兴得想骂娘的劝说。

现在，终于有了转折点，在这个转折点上冷静理智地说出事实所需要的那种勇气和实事求是的精神，陈曦并不具备。但是陈曦跟自己说，不具备这种优秀品质并不是关键，关键的是她关心朋友，说出朋友想听的话安慰朋友让她不再委屈。于是，陈曦丢掉了方才在心里闪现了一瞬的惭愧。

"嫉妒"这种说法虽然让叶春萌也有点怀疑，但是这个带着怀疑的设想至少比方才那种屈辱要来得舒服，于是在陈曦的指引下，她让自己相信白骨精确实是嫉妒自己，并且深为感慨这种嫉妒的出发点是多么浅薄。更让叶春萌心里踏实了一点的是，后来她发现，几乎全班同学都不待见白骨精，甚至她的真名几乎已经没人使用，全都沿用了陈曦的创造，而且认为陈曦这个创造实在太过传神准确。陈曦为此而创作的漫画，也就更加栩栩如生。

把自己放在一个大家都厌憎的人的对立面，这不是什么耻辱。

从此之后，挤兑白骨精成了陈曦与叶春萌之间乃至她们宿舍的一项娱乐，通常是由陈曦主挤兑而别人配合，逐渐地，她们已经淡忘了她们厌烦她的具体原因，而厌烦本身就使厌烦更加炽热。

白骨精为什么讨厌得让人忍无可忍？

因为她太讨厌了。

她为什么讨厌？

大家都讨厌她！

将好朋友置于可能跟最讨厌的人分在一组，形影不离地度过她期待了不知道多久的转科和专科实习这件事情实在太恶劣了。陈曦可以很懒，更可以很要赖，并且从来不以为耻，但是陈曦不能让自己做个不仗义的人。

终于，在七点二十五分，披着还没有完全干透的头发，穿着洗得纤尘不染的白大衣的叶春萌，带着无限的期待，和一边走一边打哈欠的陈曦一起，在医院门口跟白骨精以及刘志光等四个男生，一起走向了转科实习的第一站——普通外科。

2. 最荒谬的笑话

大会议室里乱哄哄的，周一的全科大查房还没开始。

四十多个穿着白大衣或者蓝色手术服的外科大夫，或三五一堆地讨论片子，或一对一地抓着本病例争论，或令人惊叹其抗噪声能力地躺在墙边的长凳上补觉。

七个实习生在门口站住，往里张望，一时并没有人注意到他们，大夫们各自专心于自己正在进行的事情上，他们的目光扫过那些并无差别的白大衣和手术袍，猜测哪个是他们的教学主任——那个比韦天舒还要传奇的周明。除了白骨精一贯地保

/031

持着一点跟其他众人的距离，抬着下巴却垂着眼皮根本懒怠打量周围的一切之外，其他的六个人都多多少少地带着新奇，并且猜测着那几个看上去风度还不错，年龄也差不多的大夫中，究竟谁是周明。

"小周，小周来了没？"

随着浓重的河南口音，大外科主任李宗德从刘志光和袁军之间扒拉开一条缝挤进门，转着脑袋在他满屋子的下属中间搜寻。学生们的目光追随着他搜寻的轨迹。

"这儿呢。"

长凳上缓缓地坐起一位，把方才罩在脸上的手术帽拉下来，从白大衣兜里掏出眼镜儿戴上，然后双手插进头发里，抱着脑袋摇了摇似乎是醒了醒神儿，然后伸长了胳膊晃了晃。

李宗德朝他走过去，瞧见他白大衣里面蓝绿的手术服，"哎，你刚下来啊？得了，"他再转头伸长脖子搜寻人堆儿，"韦天舒哪？那谁，二区院总，你去给我把他呼过来，这回回早查房临到该完了才来！跟他说下面儿急诊刚收了一个要做剖腹探查的，九点手术，老王有门诊，我马上有台肝癌过不去，让他给我盯着去。"

"甭叫他了，我过去。"

周明伸着懒腰站了起来，这站起来之后的海拔高度一下子让他显得有几分不合比例的单薄。他身上那件白大衣照说跟韦天舒的那件并无样式乃至质量的区别，但是后者让女同学们发了"制服诱惑"的花痴感叹，而前者，却丢丢荡荡地挂在主人身上，更由于一侧的口袋里插着的若干支笔和鼓鼓囊囊的，大约是便条簿笔记本血糖仪之类的零碎，拽得白大衣失去平衡地向一侧坠，让人有种歪倒的错觉。

周明转过了脸来，他实在过于苍白，透着睡眠不足的疲倦；他的头发也不能算很凌乱，但是细软得确实不足以维持任何的"型"，他的眼镜样式已经明显过时，眼镜腿跟一次性手术口罩的带子一起挤在耳朵后面；他长得绝对不英俊，没有任何出彩但是也没有什么缺陷的五官，就是十三亿中国人民中最平常的一员，如果忽略他那高出中国人民平均身高不少的海拔高度，那么他就是那种丢在人堆里，就再难找出来的一个。

作为一个专业如此出类拔萃的青年专家，周明甚至也并没有属于"当代精英"的那种自信的风采。陈曦看见他的第一眼，进入脑袋的，竟然是"落魄"俩字——然后，更不知怎的联想到了科举时代屡试不中的穷酸书生，大约还带着轻微的，在当年不太得志的知识分子中特别流行的结核病，会在子曰诗云的间隔中间掩着嘴，吭吭地咳嗽几声。

当陈曦的心里转着这些刻薄的想法的时候，周明已经看见了他们，他扫了他们一眼，然后跟李宗德说："今儿学生第一天进科，正好，赶上有要做剖腹探查的，我带他们观摩。"

周明冲学生们挥挥手："都跟见习组的侯老师进过手术室了吧？谁是组长？组长去跟手术室门口二姐说你们今天进科，周大夫让你们去观摩手术，领衣服口罩帽子利索点儿换了，照平时试验课学的刷手，然后在 5 号手术室门口等着我。"

他说完就把那个挂在一边耳朵上的口罩扯下来团了丢进纸篓，没再瞧他们一眼，低着头从大会议室出去了，方向却不是手术室。

后来很快他们就了解了他的习惯——连台手术之间无论如何也得先找地方"冒根烟儿"（病区护士长语）提神。据护士长说他曾经一次中了邪地接病人，十一个连台近五十个小时的手术，看着他从实习医一直走到现在的护士长，非常有先见之明地先就帮他到对面买了几包烟预备着。两台手术中间儿，护士备皮的工夫，他跑出来四处张望抓耳挠腮之际把烟丢了给他，他居然上去拥抱了护士长一下，说："您就是我亲大姐。"

学生们略微地有点发懵。他们并没有想到进科第一天就要跟一台相当复杂的手术——虽然只是观摩。他们想象的是李主任激励一下士气，再把医学生"健康所系，性命相托"的誓言重念一遍，然后教学主任周明照例把之前不同人已经在不同场合讲过了不知道多少遍的临床科室的规矩再郑重重申一遍。

他们完全没想到就这么给发进了手术室。这种没有准备，带来了相当严重的后果。

他们愣了会儿神之后由组长王东带领着去领衣服换衣服——因为赶上开台时间，发衣服的二姐很忙，他们等了好一阵子才领全了衣服去换；换到半截，叶春萌哎呀一声："小曦，糟了糟了，我……我没带皮筋！这头发……哎呀，早上它没干，我就没扎起来，居然忘了带皮筋了。"

陈曦摸摸自己脑袋上两寸长的头发，向叶春萌摊了摊手。

向白骨精求助是不可能的，叶春萌只好努力把柔滑无比的及腰长发用帽子拢住，这颇有点困难。

当周明已经冒完烟刷完手等在手术室门口的时候，学生还一个没到，再等了有五分钟，男生齐了，还剩俩女生没露面，直到周明的脸色已经相当不好看了，才看见那两个女生从刷手房跑过来，而刚站定，其中一个就伸手把掉落下来的一缕头发往帽子里塞去。

"你刷完手没有？"周明盯着叶春萌问。

她赶紧点头，点头的同时，又一缕头发掉了出来。

"你拿刷完的手去整头发！"他突然提高了八度声音吼，"无菌规则学过没有？侯刚怎么带你们组见习的？这就能让过了？"

陈曦此时发觉方才自己将他跟病弱的古代知识分子联系在一起是多么不准确，这时候的周明，简直像她军训时候的教官——那种骂人的气势，即使是她这种顽劣得一学期请两次家长的学生，也没有能够在任何一个学校的老师身上激发出来。

"回去重新刷！等等，你那头发，"他忽然走近两步，"帽子摘下来！"

叶春萌茫然地把帽子摘了下来，一头早上五点钟洗过，现在终于干透的秀发如瀑布般披泻。

"是谁教给你，可以披头散发进手术室的？"

从小到大都是个乖孩子好学生的叶春萌，从来没有被任何一个老师如此劈头盖脸地质问，她也许当时真的是由于震惊而脑神经一定程度地短路了，于是结结巴巴地回答："我……我不知道今天就……就进手术室，我以为参观……参观下病房，我，我，我一大早洗的头发，它没干，我，我，我怕压坏了就没扎起来……"

"你怕压坏了头发！"周明当时像是听到了一个最荒谬的笑话，瞪着叶春萌，摇着头，脸上的表情说不上是讽刺的笑还是怒极反笑，"就算转病房，你也不用长发飘飘。进了病房也是你看病人，并不需要让病人来参观你。"

3. 不合格的原因

叶春萌抓着帽子，披散着头发，仰着脸，呆望着不知道什么方向的方向。

周遭的世界忽然变得不大真实，那些手术室楼道里穿梭来往的医生护士，吱扭作响的轮床，似乎只是在梦里，而并非确然地在真实世界中存在着。

叶春萌做过噩梦，譬如小时候梦见妈妈忽然消失了；譬如高考前后梦见自己尚在考场中，还有一大半的卷子没有答完，老师却已经开始收卷；譬如时常梦到来学校报到的第一天，自己一个人提着所有的行李走进人来人往的校园，所有的人都在谈谈笑笑，却没有一个人理睬她，她站在所有人的中间，手足无措。

此时，在手术室里，叶春萌就好像身处一个类似的梦里，等待着醒来。

等来的是一声极端不耐烦的话："你们两个出去，剩下的跟我走。"

她看见周明已经转身往5号手术室里走去，袁军他们跟着进去，刘志光和陈曦都在其中，回头看着她，陈曦冲她打着手势。他们都作为医生而在走向手术室，而她，因为"不合格"——被认为"不合格"的内在原因是"打算"让"病人来参观她"，在这穿上白大衣的第一天，就被赶出了手术室。

跟她做伴被赶出去的是白骨精——因为手上一只"已经戴了好多年，忘了这么回事"的戒指和一条手链。

推开手术室楼道的门走出去的那一刹那，叶春萌忽然意识到，她，和她一直以来最反感的一个女生，竟然为着在别人眼里可能完全一样的原因——在救死扶伤的地方臭美，而被取消了进入手术室的资格。

说出那句话的周明，以及听到那句话的所有人，都会觉得她和白骨精，都侮辱了这个地方、这份职责吧？或者他们觉得她根本缺乏对这份职责的尊重？

她想说，不是，真的不是，事情不是这样，怎么会是这样呢？我……

但是，说话的人没有给她解释的机会，只是丢给了她这么句话，而听见这话的人，也不可能听她解释，他们匆匆而过，那么叶春萌就从此在他们心里定格于此了？叶春萌眼前再次出现周明那个难以置信的神情，想必其他的人也都一样。

有什么东西在心里碎裂。当时她不明白那是什么，很多年之后，当她偶尔想起此时，她知道，碎裂的东西，是她认为许多年来，赖以欣赏自己的、最重要的东西。

叶春萌和白骨精两个同时蒙难，又绝不是难"友"的女孩子，一前一后地从手术室出来，之间隔着至少一米的距离，当走到手术室与大会议室中间的位置的时候，会议室的门打开了，方才在里面会诊的大夫从里面陆续走了出来，主任李宗德走在最前面，迎头看见了这俩现在照说应该在跟手术的女孩子。

"这学生，周老师不是带你们上手术吗？"李宗德愣了一下。

白骨精微微撇了撇嘴角，傲慢地抬着下巴没说话，手却下意识地狠狠攥了一下肇事的戒指和手链——她已经在走出手术室的路上把它们摘下来了，握在手心里，打算待会儿就找个垃圾箱丢进去——虽然它们的价值至少相当于许多人半年的生活费。

叶春萌动了动嘴唇，低下头，也没有说话。当着面前如此多的人，她如何能重复一下刚才的过程？不说，又怎么解释站在此地而非手术台旁边的原因？叶春萌嘴唇哆嗦着沉默，每一下呼吸，胸口都抽得生痛。

"你们两个，跟我去门诊吧。"

说话的是程学文，三病区的主管。能以不到三十五岁的年龄作为病区主管，他跟传奇的韦天舒和周明一样，是上下十年的同学同事中专业技能出类拔萃者。只是，似乎他虽全面却太平淡，又或者是韦天舒和周明的光芒实在太耀眼，他一直是被好奇爱八卦的学生和小住院医忽略的一个。

"剖腹探查手术还是有相当的危险性和不确定性的，"程学文温和地冲她们笑了笑，似乎是在安慰她们，更似乎是在替她们解围，"观摩的人太多，恐怕影响主刀医生的情绪，万一发生紧急状况，手术室中非手术人员太多也会影响应急处理。没关系的，以后时间还长，我们医院的门急诊量都极大，一定还有机会观摩这类手术。"

他说罢冲叶春萌和白骨精点了点头，示意她们跟他走，带着她们远离了手术室，远离了会诊厅，远离了那些也许从她的披头散发中已经看出来些许端倪的大夫们，远离了那份让人呼吸不畅的尴尬。

陈曦不是她们，陈曦没有经历这一切，所以她就完全不能理解此时此刻，程学文在叶春萌和白骨精心里的无法用语言形容的伟大意义。

如今的姑娘，至少是二十岁的叶春萌和白骨精，不太有机会卖身葬父，也并不大可能被歹徒劫持，今天当众所遭遇的毫不留情的呵斥，对于她们，真的是长到二十岁所经历的最大的尴尬和窘境，而将她们带出这个窘境的程学文，对于她们而言的意义，也就不低于给了孝女葬父银子的公子、解救了人质的英雄干警。

于是，很长一段时间，叶春萌对程学文那种欲说不能欲罢更不能，总是带着一丝忧伤的爱恋，让陈曦觉得那是美女被追求惯了之后，为了追寻那种"不可得"的哀伤而自寻的烦恼；而当发现对周遭所有人都不屑一顾的白骨精偏偏对程学文有着让人不可置信的温顺乃至温柔的态度时，陈曦在心里竟然产生了一个特别龌龊的怀疑……不会是程学文利用少女纯情，占了白骨精什么便宜吧？

4. 心旷神怡的 "享受"

如果真的有上帝，如果人间的一切确实都由上帝做决定的话，那么这天早上，上帝一定忙中出错，把陈曦和叶春萌属于这段时间的"安排"给放混了，以至于让满心想当个好大夫的叶春萌遭受羞辱，被赶出手术室，而整天在脑子里琢磨怎么装病请假混过实习的陈曦，成了顺利跟进手术室的唯一女生。

　　站在脚凳上，心不在焉地看着正在进行的剖腹探查手术的陈曦，困得眼皮打架，此时她多么希望被赶出去的是她啊，那么她一定一出手术室的门就飞奔回宿舍，固然被骂很令人尴尬和羞怒，但是这样的尴尬和羞怒如果能换回蒙头大睡半天，那么她宁可被骂。

　　更何况，从这第一台只能算是站在凳子上观摩的手术开始，陈曦已经隐约地感到了不妙，她的小算盘打得恐怕有所误差，这外科的实习，比她设想的要更为严酷。

　　这台手术的主刀原本是主治医生江西平。

　　周明则站在江西平和麻醉师之间，看着手术，一直在问问题。被提问的对象包括了做第一助手的住院总大夫李波和做二助的住院医胡原，当然，也包括学生们。从病人的肚皮尚且完整的时候，他开始问李胡二人，病人在急诊所查的病史和体征的检查，现有结果的血生化分析，在肚皮被划开的同时他上去矫正了一下胡原的持刀手法，并且以"学生"俩字打头点名被提问对象，问方才师兄们说的体征与检查结果提示出了哪些有可能的问题。

　　陈曦对那些问题有一半没听进耳朵，另外一半也基本如听天书。陈曦的成绩虽然不好却也不算差，但是成绩不算差不见得意味着知识学得不差，通常不到考试前半个月，陈曦很少正经看书。她经常说，好钢用在刀刃上，她还说学习这回事，也跟打仗一样，一鼓作气再而衰三而竭，平时天天上自习，到考试时候气儿就泄了，好比说刘志光。

　　叶春萌说你真能鬼扯，你怎么不说咱班前三名都天天上自习？陈曦立即说那是因为他们的气儿本身就比我壮，泄了一半儿剩那半儿还是很充足，我气血本亏，就得攒到最后爆发才行。

　　陈曦这种学生最愤恨的就是搞突然袭击进行随堂测验的老师，但是好在这种随堂测验都没工夫按照正经考试那么监考，她总是能左顾右盼地打点儿小抄蒙混过关，而随堂提问——上帝保佑，这种变态的事情在大学课堂上终于是不存在了。

　　然而，现在，中小学的噩梦竟然重现。陈曦隐隐地为今后几个月的生活担忧。

　　腹腔完全打开之后，也许是为了不影响脑门已经冒汗的老江，周明终于是消停了会儿，微微皱着眉头看着错位而已经被网膜包裹住的小肠，他犹豫了一下，终于说了一句："江老师，动作轻柔点儿。"

　　被叫作"江老师"的老江，冒着汗点头，而后不到五分钟，就碰到了一根小血管，血一下漫出来，老江第一反应是抬头求助而紧张地望向周明，李波在这时候飞快地把血管扎住了。

这个小小的意外让几个学生都吓了一跳，刘志光还"啊"了一声。周明瞥了他一眼，说道："这种剖腹探查找原因的情况，碰到因包裹而移位的血管是常事，动作要尽量轻柔，并随时做止血准备。"

老江额头的汗水更密了，握器械的手也开始发颤。他是被时代耽误了的那批人中的一个，学生时代所受的训练不够正规，直到四十五岁了还是不能做太复杂的手术，如果近期还是过不了手术关，年纪再大就更不可能了，也许就要做一辈子的主治医。

至关重要的手术考核就在一个月后，为了最后的突击，最近但凡有相对复杂的手术，李宗德都暗示收了给他让他主刀，而让周明或者韦天舒在旁把关。只是这阵子突击的结果一直效果甚微，几乎每次，最终都要替换主刀。

终于，几分钟后，他再次碰到了血管，手忙脚乱地结扎居然拉断了线，当李波打完了那个结之后，他近乎痛苦甚至卑微地望着周明摇了摇头。

周明接替了老江之后，就再也不用顾及"安静的环境对主刀医生操作的影响"了，他手里一直没停，问题也就再也没停止过，而且必然以"学生"开头表示这个问题的归属。

学生们在今日还不太懂手术，虽然大概地觉得跟老江对比，他的操作透着熟练沉着，并没瞧出所谓从如今国内的学术泰斗到住院医所公认的"看周明做手术，就是个心旷神怡的享受"，而只是感觉到被他的一个又一个问题问得尴尬。

至于学校通讯社某个学生通讯员写类似临床医院专家系列访谈时候写的"他的手术让人感受到美——也许就是属于音乐的节奏"，陈曦就觉得纯属写稿的人有点癔症了。

总之，无论是心旷神怡还是艺术的魅力，陈曦都感受不到，她就觉得眼花缭乱。连解剖图谱上位置分明的脏器位置、血管走形，不到考试前几天她都记不准，更何况眼前血糊拉搭地红彤彤的，再混着些大便的黄色，模糊的一片。

周明跟李波、胡原不停气儿地操作，一个又一个的问题迎面而来，陈曦只觉得眼前模糊，带了口罩更是呼吸不畅。在那一刻，陈曦就想自己一定是脑子进了水——甚至在此水中养了鱼——才会考见鬼的医学院。

为啥不上文科班呢？听说北外的姑娘们上课经常就是欣赏个西方文学甚至赏析个电影，讨论莎士比亚的戏剧。那才是艺术，这又是血又是粪还有淡黄的脂肪粒粘在自己的袖口和手套上的境界跟艺术有嘛关系？

当然，陈曦也不该把自己对此刻的不满归结于此处不够艺术，那就太把自己拔高了，更实在的是她羡慕她们有双休日可以逛街买漂亮的衣服裙子打扮——就算她对打扮的兴趣还没高涨到那个份儿上，也可以拿那个时间去看电影或者在家打游戏睡觉。

"那个女同学，"当陈曦正沉浸在幽怨的情绪中愤懑以及伤怀的时候，忽然发现自己被点名了。这个屋子里除了手术护士和毫无知觉地被折腾着的病人之外，只有她跟"女"沾边。陈曦稍微思索了一下，明白周明的所指不大可能是她们两个，于是只好心中忐忑地答应了一声，并在此时发现他们已经完成了手术探查，开始关腹腔了。

"你在看电影吗？"帽子下面口罩上面眼镜片后面的他的眼睛实在不能算是善意地看着她，她愣怔地"啊"了一声。意识到他的所有问题，大约王东回答了有一小半，而其他同学或者回答了或者至少也表示自己在听，试图在答，只有她的思维已经奔逸回了高考填志愿的时代。

陈曦想说这么枯燥而血腥的电影即使有，她也不会去看，当然，她不敢说，只好低下头去。

他从手术台上撤了下来，把最后关腹的活儿留给了老江和那两个助手，中间让胡原把已经打好却不太规则的两个结拆掉重来。他向学生们走过来，对陈曦说："刚才在手术台上的人，至少都在过去的三十个小时里工作了二十六个小时，如果他们都没梦游的话，你没有理由站在这儿梦游。"

陈曦再次点头，心中期待着手术结束，她可以回宿舍床上做梦。但是她瞧见周明摘了带血污的手套，拿起墙上挂着的电话："急诊科，我，周明。有没有阑尾炎或者疝气的病人？收了，下午手术。收，有学生，我找手术室说。"他说着按了下电话，再拨了个键，"主任下来了么？对，那俩女生。程学文接了？好，那我再分俩过去给韦天舒，回头把教学要求给他们送过去。"

他说完回头，先对组长王东说："你理论知识记得不错，逻辑性也不错，待会儿回去把阑尾炎那章再好好看看，下午跟着李大夫胡大夫做台阑尾——李波，让他备皮，注意他的操作。其余的，下午跟我出门诊。一点半。"说罢，就径自出去了。

陈曦忽然希望自己低血糖，希望可以因为任何原因在当时晕倒，但是她实在是体格健壮。不过，她立刻又想，即使真的晕菜了，周明也一定会一脚把她踹起来，告诉她说，这里有多少人连昨天的晚饭都没吃，在他们没晕倒之前，她没资格晕倒。

叁

　　那对于刘志光而言，绝对不啻一个一直在现实世界中因为特别爱听童话故事而被嘲笑的小孩，突然有一天，看到了他所向往的东西，竟然在某个地方真切地存在着，于是他可以骄傲地在心里跟那些嘲笑他傻的人说，你们才是错的。你们不相信，是因为你们没经历，你们不相信，所以你们也永远没法经历。

1. 那个变态

"今天绝对得你请我吃饭。"陈曦一把抓住谢小禾的胳膊,"我实在太倒霉了,我……"

"哪次见着我不是赶上你又碰上倒霉事儿了所以得请你吃饭啊?"谢小禾甩开她的手,翻了个大白眼,"得了,你也歇歇脑子别编了,好歹节约点能量待会儿少吃点。"

"不是,我这次真的是太郁闷了,我,我跟你说……"陈曦急得再次抓住她的胳膊。

谢小禾从鼻子里哼了一声,照直朝前走,根本懒得理她。这人被蒙一次两次叫心软,要是被蒙了十次八次还不长记性,那就叫白痴了。

"今天我请你!"陈曦大喊一声,相当悲壮,"只要你好好听我诉苦!"

"啊?"谢小禾一愣,站住,不能相信地瞧着陈曦。难道山无棱、天地合、六月雪的奇迹,真的要发生了?难道今天,陈曦吃饭的目的真是为了诉苦,而不像以往,"诉苦"的目的从来都是为了骗吃骗喝?

新疆餐厅的大盘鸡和孜然寸骨是谢小禾与陈曦共同的最爱,通常当这两个菜上来之后,饭桌上都有一段只听得到咀嚼肉类和啃咬骨头的声音,却无任何说话声的相对沉寂。而今天,陈曦竟然没有将嘴巴和舌头专注在吃上。

"我们那个头儿,教学主任,简直就一变态。我跟你说这可不是我说的,这是萌萌说的!"陈曦边说边加紧把大盘鸡里的皮条面尽可能多地储备到自己碗里,以防谢小禾趁她说话多吃多占,"你知道萌萌那个人,多烦人的人她都不愿意往坏里想人家,能让她叫变态的人那该得到了什么程度!"

"干了啥伤天害理的事儿了?"谢小禾啃着一块骨头问。

"那倒是也没……"陈曦有点气短,但是很快又理直气壮道,"废话,干伤天害理的事儿,那就不是变态而是流氓了。"

谢小禾只好点头。

"他就是那种恃才傲物到了极点，自恋到了极点，无时无刻不凌驾在别人之上，通过踩别人而显示自己的优越的变态！"陈曦在从头到尾添油加醋地描述了周明的所有恶行之后，激动地手握一根啃了一半的骨头挥舞着，作了这样的总结。

谢小禾喝了两口茶，喝茶的同时心里在作着权衡与斗争，终于，她清了清嗓子，打量着陈曦的神色，小心翼翼地说："我觉得吧，你说的这个人他是比较不会体谅别人，也不太讲究教育的艺术，可是呢，"她咽了口唾沫，勇敢地说，"其实你不如这么想，他就是太认真了点，对你们要求严格，这个，其实也不是坏事，毕竟医疗行业性命相关呀。当然他不该讽刺挖苦你，他应该语重心长地谆谆教导你……"

"我靠！"陈曦啪地把手里的寸骨丢到桌上，"你以为你是思教处主任吧？"

"我的意思是说……"

"好吧，就算我对祖国的医疗卫生事业没有爱，那萌萌哪？"

"那个是太过分了。"谢小禾点头，陈曦继续啃骨头，过了有两分钟，听见谢小禾说道，"可是，我也觉得，就算没想到要进手术室，是要去病房……这，这，大早起的睡不着觉的话，可以多看两页书，没事洗什么头发啊？"

谢小禾说完这话条件反射地用手在脸前挡了一下，果然在这一秒钟手腕被一块鸡骨头砸中。她了解陈曦——但凡"她的"，包括她的习惯，她的身材，她的长相，她的爹妈，她的朋友……都是可以自己极尽刻薄地挖苦，别人但凡说上半句反面意见那是一定要恼羞成怒的。

"你可真不愧是在我党宣传喉舌工作了小半年！"谢小禾被鸡骨头砸中的同时听见陈曦冷笑着说道，"这一开口说话，那思想觉悟都透着跟中央一个方向，大学生应该努力学习，艰苦朴素！留什么长头发呀？"

"你有理讲理干吗人身攻击，行业攻击？"谢小禾"咣"的一声手连带手里的瓷勺拍在桌上，对陈曦怒目而视。

陈曦话一出口稍微有点后悔。作为中国新闻事业奠基人谢续高的孙女，谢小禾耳濡目染地从小就对党的新闻事业充满着崇敬和向往的情绪，坚定地考了人大新闻系并且在去年研究生毕业后如愿以偿地当了记者，自打工作之后一直充满干劲，虽然也时常对于工作中的固有问题发牢骚，甚至激愤，但是对新闻事业的热爱从未消减，陈曦所能记起来的十多年来但凡跟谢小禾呛过的几次，都是因为自己对中国媒体行业的"恶毒攻击"。

陈曦判定谢小禾真的火了。她想了想，决定让步。陈曦转了转眼珠，然后嘿嘿干笑了两声，伸手过去拍了拍谢小禾按在瓷勺上的手："轻点儿，这不是你跟食堂吃饭用的钢勺，瓷嗒。砸坏了还得赔人家。"

谢小禾对着陈曦骤然变得似乎什么都没发生的、乐呵呵的脸，对于自己尚且愤怒的情绪一时还没下来台，皱眉说道："我可能不了解所有具体情况，但是听起来我真觉得……"

"对，对，对，对，"陈曦帮她把茶续上，"我本来很怒，但是现在一下明白啦。你是一新闻工作者，实事求是的职业精神它已经渗透进你的血液里了。面对朋友抱怨诉苦希望得到点安慰这种无关职业范畴的事情，也忍不住拿出了职业操守。我虽然很不舒服，但是理解。"

谢小禾此时倒是不好意思了，挠了挠头："我也是瞎较真，这真不好。咳，你们这老师也是，有话不能好好说啊，干吗非得讽刺挖苦呢？"

"说的就是啊，我们萌萌，她对职业的崇高感情简直可以跟你一拼的。这怎么着也不该遭受这样的打击吧？所以，我就是觉得，这位老师他根本就是忍不住地炫耀自己的优越感嘛！"

谢小禾瞧了瞧她，不再说话，专心地啃骨头。

"咳，其实，这老师变态不变态的，我都也就罢了，你说我从小又不是没挨过骂——再说，这两天被逼得疯狂看书、背图谱、查资料，你还别说，这临床的东西就是挺有意思的，但我最恨这个变态的，"陈曦停了一会儿，然后握拳捶了下桌子，咬牙切齿地说，"他竟然把我和刘志光分在了一组。从今往后，我都要跟那团糨糊一起转科，一起值所有夜班，一起上手术，一起操作配合，可能有时候还要合作写报告，我……"陈曦说到此，简直就要流泪了，谢小禾觉得这么多年，没见过如此沮丧绝望的表情在陈曦脸上出现过。陈曦把脸埋到手心里，半晌才带着哭音地说，"这实在是太他妈的让人痛不欲生了。"

谢小禾半张着嘴巴，愣了好一会儿才问道："这个人比变态老师还糟糕？"

2. 那团糨糊

刘志光比同班同学都大两岁。

他小学毕业那个暑假跟同学一起去玩出了车祸，当时经过一番抢救脱离了危险，但是医生跟他父母交代，他腰椎处的伤，手术无法恢复，从此将会下肢瘫痪。听到独生儿子将终身与轮椅为伴，他父母顿时觉得天昏地暗，一时不知道这日子该怎么过下去。

志光爸爸所教书的县中学的校长带着几个同事前往医院去慰问，听得这个状况也不禁跟着着急难过，却不知道能帮什么样的忙，只嘱咐他无须担心工作，自然会安排人替他代课。过了两天，校长又急匆匆地跑来跟刘志光的爸妈说，他在市里的儿子周末回家，听说刘老师家里出的这个事情，说，现在北京的专家在市医院交流呢，其中就有全国最厉害的骨科专家，单位里一个同事的妈妈腰那里长了个大瘤子，压迫着脊椎管还是什么，总之是走不了了，市医院的大夫都觉得没法治，结果跟北京的专家一交流，嘿，专家说可以做，还真的就跟市医院的医生一起合作，手术做得很完美，现在老太太已经出院，并且可以行走了。大家都说，北京的那个老专家他就是个神医！

校长说已经让儿子托人帮着挂了号，虽然不知道老太太的状况跟志光的状况是不是相似，但是有一线希望，就得为孩子试试，不是吗？

志光爸爸当即就管志光的主治医生要来了病历复印件带着，赶长途车坐了两百里赶到市里。他临上车之前老校长又匆匆赶来，强把一个纸包塞在他手里，说："老刘，这么多年你是什么为人什么品性，所有人都知道，大家有时候有点这个那个不和，可是在心里是佩服的。出了这事，就不说什么了，这是全校上下的一点儿心意。这个事上，你不能死脑筋，社会就这样，咱们为了孩子，不能跟它置气。"

志光爸爸瞧着眼前头发微秃的老头，因为紧赶着过来，人胖又上了年纪，老校长赶得气喘吁吁，满脸油汗。他握着手里那个纸包，给眼前这个平时自己总觉得太圆滑，不够有原则，当面顶撞背后牢骚不知道多少次的上级鞠了个躬。

北京的那个专家姓魏，五十多岁的年纪，小个子，说话慢条斯理，笑容特别和蔼。魏大夫看了病历和片子，听他描述了情况，沉吟了好一会儿，抱歉地说，没见着病人，我没有把握。

"求您再仔细看看，您再仔细看看。求您。孩子才十二岁，瘫了，这辈子就彻底完了。孩子才十二岁啊。"想起这么多年的许多事，万般滋味皆在心头，这个平时被别人称为"又酸又臭又硬又确"的"茅坑石头"的中学教师，这时再也忍不住，竟然对着一个陌生人"扑通"一下跪了下去，泪水如泉涌，把老校长给他的那个纸包往魏大夫兜里塞，哽咽着说道："大夫，我这十多年，都本本分分地做人，党和国家让下乡就下乡，让扎根就扎根，别人想方设法回省城、进市里，我老实巴交地扛锄头扎根乡村，早年当乡村教师，从三年级教到初二，语文数学和物理全包，我对得起别人的娃娃，就是没给自己的娃谋过啥。现在到了这时候，想给他谋条生路也没本事了。"他边说边流泪，说到后来哽咽不成声，"我除了给您磕头，是真没别的法儿了。"他说着就真的磕下了头去。

这样的情形，魏大夫三十多年的行医生涯中，绝对并不陌生。大多的时候，他只能带着些许的歉疚和遗憾拒绝。他瞧着志光爸爸黄瘦憔悴的脸，脸上纵横的泪水，轻轻地叹了口气。他问了句："从这儿到县医院要多久？"

"长途车一天两班，得四个小时。"

魏大夫点点头，沉吟了一会儿，然后说："别说还没见着病人，只要手术没做，没完全恢复，我都不能说我一定可以帮上孩子。但是碰见了就算是个缘分。这样，今天在这里上午的门诊完了，下午我还有个会，四点多钟能结束，到时候我想法找个车子，跟你一起去看看这个孩子到底是个什么情形。"

他说罢把那个已经被志光爸爸手心的汗水浸得半湿的纸包又塞回他手里，笑呵呵地道："收好了，有你用钱的地方呢，先别想这些个，我可没把握能治好孩子呢。"

那天魏大夫赶到县医院已经天黑了，他看了志光，作了些检查，又跟他的主治大夫交流了一番，然后要了志光爸爸的联系方法，说："我回去跟几个同来的同事讨论一下，尽快给你消息。"说罢，他又连夜赶回市医院了。他在这里日程安排得很紧，第二天，还要跟市里各个医院的专家座谈和做两台手术演示。

第二天中午魏大夫就打电话到了县医院，直接跟他们的科主任谈，能否由县医院出辆救护车把志光送到市医院，他说："我觉得我们完全可以做这个手术，二次手术之后，我认为这个孩子完全恢复的可能超过百分之八十。我们值得尝试，可以把这个手术作为一个示教手术。"

刘志光的父母一直跟他说，他是个"有福命"的孩子，命里碰见了大贵人。

魏大夫就是他的贵人。不，是他的恩人。魏大夫亲自为他联系转到市医院，并且主刀给他做了二次手术，那个手术，他们市有很多医院的骨科主任都去观摩。那是一台在该市被同行带着无限的佩服，津津有味地谈论了不知道多久，后来记到了市医院骨科教学的讲义里的手术。

志光父母觉得欠了人家一个大恩德，心里特别放不下。在当时，他们整颗心都在焦灼的担心中，来来去去转院手术，混乱而又担惊受怕，并没顾上特别地感谢魏大夫。况且魏大夫在志光爸爸几次想要把全校老师凑的钱塞给他的时候，老是笑呵呵地说："等孩子站起来了，再说。"

志光站起来了，又能走又能跑了的时候，魏大夫早就回北京了。原先他们只知道魏大夫是北京的"专家"，后来才听市医院的主任说："你们孩子真是命好，这可是全国甚至亚洲骨科界都有名的'魏一刀'呀！"

总有人问起，他们最终送了多少钱的红包，又或者是不是认识什么了不起的人，能让"魏一刀"为了个病人一天来回赶四百多里山路，再亲自帮忙安排，再亲自做这个手术。他每次都老老实实地说："是魏大夫好心，咱们什么好处都没给人家。连大家凑的那个红包，人家都没收。"很多人不信，更有人说，凑钱时不知道魏大夫是这么牛的大夫，人家是嫌少吧？就你这个脑袋，才觉得好心能顶大用了。

3. 一根筋的脑子

志光爸爸老刘，是个特别轴、特别死脑筋的书呆子，连在县中学这种相对单纯的地方，都被认为是最清高迂腐不识时务的一个，经常被人嘲笑。这一次志光的事，他先是觉得那些人是小人之心，人家说得多了，他忽然想起来魏大夫说过："等你儿子能站起来走路了，再说。"

既然"再说"，那就还是要说的。虽然现在志光完全恢复了，不"说"谁也没法子，但是在志光爸爸的脑子里，"不说"就简直有点背信弃义的味道，不厚道。

在老刘一根筋的脑子里，当大夫的就该救死扶伤，就跟他当老师的就得教书育人一样，如果图病人的红包感谢，医术再高，都不值得敬重。但是，敬重不敬重是一回事，人家把儿子的下半生救了，如果当年是在"暗示"，自己又没拒绝，那么现在就不能事后赖账。

于是，志光初一暑假那年，志光爸爸带着他，揣上家里所有的存折，长途车换火车，火车换汽车，到了北京，找着了魏大夫上班的医院。他本来想挂个魏大夫的号，然后就能见着他了，结果挂号处的人像看着火星来客一样瞪着他说："挂魏大夫的号你这大白天的来？那些带着铺盖跟挂号处打地铺的，都不见得挂得上呢。"说着就摆摆手，"你挂别人的吧，不过只有普通门诊，别说魏大夫，所有专家的号都已经没了。"

志光爸爸摇摇头："我儿子是他的老病人，治好了，我带着孩子特地赶了两天路来北京，想告诉他孩子都好了，想见见他，感谢他。"

挂号处的姑娘"扑哧"就乐了："您还挺知恩图报的。不过要是您这样的，魏大夫个个都见，挂号见的话，那这种感谢号也得半夜排大队了。得了您别添乱了，带孩子跟北京玩儿两天回家吧。"说罢，目光就直接越过了他的脑袋。

老刘很快就发现这姑娘虽然说话腔调让人不待见，但是说得却没错。门口有种人的职业叫作"号贩子"，专门利用各种关系或者就是雇人连夜驻守挂到专家号然后倒手卖，在他们手里，魏大夫每周半天的十五块钱的专家门诊和另外半天的两百块的特约门诊，都能倒卖到八百至一千块，有时候更高，卖到两千块的时候也是有的。

老刘却犯上了倔，不见着魏大夫，他觉得心里会有块解不开的心病，之后都活得不明不白。他就也买了个席子，带上风油精，大半夜地加入了排号的队伍。

三个整夜，没排到，有个队伍里的老乡愤慨地偷偷跟他说，本来号就紧，还好些都叫号贩子排去了，他们低价地雇些民工，总是能抢在最前头。后来听老刘说明了原委，没好气儿地说，您这样儿的就别来占号了。很多老病号，回来复查的，魏大夫都不叫他们来排队占号，让他直接到病房找他。我看您也别跟这瞎耗了，就到骨科五病房去找他老人家，带着孩子说声谢谢不就完了吗？

老刘带着志光，半信半疑地到了骨科楼道，跟门口的护士说了这辈子唯一一次谎话："我们是魏大夫的老病号，魏大夫让我们直接到病房来找他复查。"

护士并没有在意他因为"做贼心虚"而显得特别犹豫的语调，让他登了记就放他进去了，说魏大夫上手术呢，你等着吧，不知道什么时候能下来。

那天老刘带着刘志光一直从上午等到下午，终于看见魏大夫穿着手术袍披着白大衣身后跟着一队的大夫进来了，却开始一间一间地串病房，最后进了顶头的大办公室关上了门，再到他出来，已经是六点半了。

老刘朝魏大夫走过去的时候，心里充满了一种说不出滋味的情绪。他怀里抱着一大篮子家乡的土特产，篮子底下，压着个大信封，信封里是他家几乎所有的存款。在把那个信封塞到篮子底下的时候，他的心里充满了诚心诚意的敬重。几天前，他把所有存折兑现的时候，心里的那种感情还并非是敬重，只是"守信义"而已。

他拉着刘志光走过去，冲魏大夫迎头鞠躬，说："魏大夫，我不得已撒了个谎说是复诊的病人混进来，就是想来谢谢您。这是一年前您在 S 市看过的那个 Y 县的十二岁孩子刘志光，我当时想感谢您，您说孩子还没好，等好了再说，现在他真站起来能走路能跑了，我可就带他来了。"他把那个装满着香菇木耳的篮子递到魏大夫手里，"就点心意，来北京说了这句谢谢，我就心安了。"他说着把儿子一推，志光跟跄着往前走了两步，结结巴巴地说："谢谢魏大夫。"

"您忙，我不耽误您时间了。"志光爸爸说着就要走，却被魏大夫喊住。

魏大夫瞧着他乐，把那个篮子翻了翻，很容易地摸到了那个信封，抽出来："我说刘老师，我给你儿子做手术是赊账啊？现在还债来了？你这个客户的信誉，可真好呀！"他这话一说，旁边几个大夫都乐了起来。

老刘有些尴尬，老实人做了件不那么"老实"的事儿，就开始脸红，说话也磕巴了："我，我，我是……"他瞧着魏大夫吭哧了会儿，"我是真心诚意的！我真心诚意敬重您感谢您，这是我这辈子头一遭！"他说这话的时候，忍不住眼圈儿有点儿发红了。

魏大夫走过来，就像一年前把那个浸了汗水的纸包塞回他兜里一样，把这个信封塞回他手里："刘老师啊，你说的话我还记得哪，你说你这么多年从来没对不起那些农村娃娃，我不是就做了件对得起我的病人的分内事吗？"

志光爸爸涨红了脸梗着脖子道："那您说了，等他好了，再说。"

"你不都带着他上北京说谢谢来了吗？"魏大夫乐呵呵地，"还带了那么一大篮子香菇木耳，都够我们食堂做一回木须肉了。"他又瞧了瞧志光，"小伙子不错。我看，你们要感谢我就来个大的，这孩子，以后考到北京念医学院，之后给我当学生怎么样？"他说着，回身指着身后两个高高个子的年轻大夫，"当我的学生可不易，干外科那是苦差事，相比起来，也没有那些个辛苦的行业那么来钱，小伙子，你乐意吗？"

刘志光自从跟着他爸来了北京，一直没有过什么表达自己意愿的机会，他爸让他跟着排队就排队，他爸带着他混进医院就混进来，他一直沉默地看着，而看见的一切，把这十三岁少年心里的那个世界变了个模样。

刘志光抬起头，少见地没有在说话前腼腆地脸红或者胆怯地结巴，而是特坚定地回答："我乐意，我一准儿考到北京来当您的学生。我能吃苦，多苦都不怕的。"

4. 有且只有一个的志愿

刘志光不算是个太聪明的孩子，但一直是个规规矩矩的学生。他很少像其他的男孩子那么调皮捣蛋，说起话来，简直比很多女生还要腼腆。

老刘觉得儿子也算得刻苦了，虽然成绩只是中上，他当了这许多年的老师，明白人和人的潜质不一样，所以从来没在成绩上对儿子有过更高的期待和要求。只是没想到，从北京回来，儿子念书，从刻苦变成了玩命，那个程度，让当父母的都有点担心。别的十几岁孩子爱看的武侠小说、电视，爱玩的游戏机，在他，好像天生带了抗体，甚至连人家踢球打篮球的课后，他都在抱着课本温习。一个学期过去，成绩确实上升了不少，初二第一学期的期末考总分在班里拿了第三名，到了初三的时候，已经是班里第一年级前三，可是体重也减了十好几斤，而且，本来就比较木讷少言的性格，在面对任何与课本无关的东西的时候，就越发显得木木呆呆的了。

　　老刘欣慰的同时又稍微有点儿担心，跟儿子说，尽力而为就好了。志光一边在几何题上连着辅助线一边答："爸，我才知道，北京的医学院分数可真高。但是答应了别人的事儿得做到，从小您就这么说，更别说是答应魏大夫的事儿了。"

　　老刘一愣，没想到儿子把魏大夫的一句玩笑加鼓励的话这么当真。他心中有些担心，但是，自己就是个少见的一根筋，遇事本就很难转弯，到了教育孩子这个关口上，就更加缺乏引导疏通的技巧了。他想他应该给儿子讲讲尽力而为与钻牛角尖的区别，但是自己却也还缺乏对这个区别的真正理解。他的心里多多少少觉得儿子这样有些不妥，可是如何不妥，该怎么改变，改变到什么程度就妥了，自己也十分茫然。况且，他心中始终存在着"唯有读书高"的信念，这种信念在现实中每每遭受挫败，也只让他对现实越发不满，而从没质疑这个信念的正确。

　　老刘想，若志光真是一股劲儿地把书读好了，其他的，也都次要吧。虽心里无论如何不大相信自己的儿子真能考到北京的医学院，更不要说做魏大夫的学生，但是，打心里还是觉得他这股子蛮蛮的拧劲儿，不是坏事。

　　而对于刘志光，"魏大夫"三个字在心里的意义，绝对不仅仅是挽救了自己的双腿那么简单。魏大夫是怎样地挽救了自己的腿的过程，他并不太清楚，但是他清楚地记得，去北京的那一趟，看见、听见的所有一切。那对于刘志光而言，绝对不啻一个一直在现实世界中因为特别爱听童话故事而被嘲笑的小孩，突然有一天，看到了他所向往的东西，竟然在某个地方真切地存在着，于是他可以骄傲地在心里跟那些嘲笑他傻的人说，你们才是错的。你们不相信，是因为你们没经历，你们不相信，所以你们也永远没法经历。

　　在他还小的时候，他爸爸曾经没收过学生一本可以算作童话的小书，书的名字叫《长腿叔叔》，他当时字认得还不全，却看得上了瘾，在期末他爸爸把书还给那个学生的时候，长腿叔叔的样子，他说的话写的信，都已经印在他的脑子里了。

长腿叔叔的那个形象，他做的事，是真的能让刘志光激动、向往的一种存在。他整天想象着有长腿叔叔那样的人，或者说有许多的长腿叔叔那样的人的世界，是多么美好。不知道究竟是他的幸运还是不幸，他遭遇了那场车祸，然后遇到了魏大夫。于是，他完全相信了这种美好的存在，由此，他的生活，就有了相当明确的方向，他也要成为这种存在的一部分。

对于中学生刘志光而言，通向那种存在的道路就是努力读书，路程很远，但是好在简单明确，只要一步步地走过去就好了。刘志光不怕累，不过就是别人歇的时候，他不歇，总能走到的。

在读书上，刘志光绝对不止付出了别人两倍的时间与精力，以至于出生在二十世纪七十年代末的他，并不知道周润发和刘德华，而长到十八岁的时候，即使在这个生活了多年的小县城，也除了学校和家，不认识什么其他地方，高考报志愿，他的倔强，更是让班主任老师几乎气吐了血。

刘志光只有一个志愿，就是魏大夫所在的那所教学医院所属的医科大学。

没有退路。

老师问，你发挥不好考不上怎么办？事实上就是你发挥到最好，也都还不够那所学校的调档线。刘志光坦然地说，可以考三年啊。我今年觉得好些东西都是越做越明白的，如果再考一年，肯定比今年强。

老师气急败坏地找老同事老刘，让他做这个倔儿子的说服工作，老刘说："我试试，可这毕竟还是孩子自己的事儿。"当天晚上，老刘跟儿子说："志光，你可想清楚了，真的不留条退路？"刘志光低头盯着眼前的地面："我答应去给魏大夫当学生的。"

老刘点着了烟斗，闷声不响地抽烟。他眼圈儿有点儿红。旁人可能以为是让儿子给气的，其实，是因为仨月前从报纸上瞧见了魏大夫的名字。他刚瞧见的时候特高兴，因为那名字前面是"本届白求恩式医务工作者"。这评得实在，他想，拿着那张报纸就想到处跟人说，这就是给我儿子治腿的那个大夫，这就是一分钱红包也没收，从市医院往返四百里地来看我一个小老百姓的儿子的魏大夫！这荣誉是真当得起啊！

可是他接着往下看，却一下呆住，报纸上在介绍了许许多多类似救治志光这样的事迹之后，说魏大夫工作了四十年，做了近五万台手术，就在被确诊为晚期胃癌的当天，手术室的安排表上还有他三台手术。

胃癌。

老刘的目光停在那两个字上面足足有十多分钟。一阵钝痛打胸口升腾，弥漫至全身，最终化为无法控制的热泪。

"志光。"老刘把烟斗一磕，沉着嗓子说了话，"答应人的事儿得办到，至少得尽全力去办。咱们这样成不成，三年机会，头两年，你尽管只报这一个志愿，第三年，咱们后面全填医学院，甭管一类二类，正式民营，本科大专。不管当不当魏大夫的学生，你都得学着魏大夫的样儿去做个大夫。"

刘志光第一次的高考，一如所有人预料的那样落榜了，因为影响了学校和老师的业绩，后面的一整年他跟老刘两个被整个学校反感，大家都说，这父子是魔障了，神经病。

第二次高考，他只差了五分，这次，大家倒是有点真心替他着急，念这么多年书，不容易，回头别再没个大学上！更关键的是，如果前一年上，还是基本公费，一年交个几百块就够了，而这一年，是试行并轨的第一年，一下就涨到了一千多，而下一年，就正式并轨了，学费会是现在的两倍。

最后一次，刘志光终于考上了他的第一志愿。

拿到录取通知那天，刘志光跟他爸说，我要早点儿去报到，我要去跟魏大夫说我考上了。老刘一下就掉了眼泪，闷声不响地从抽屉底层拿出个崭新的日记本，翻开，里面有一小块儿从报纸上剪下来的内容，那是一则讣告，日期是去年的这个时候，那上面用黑体字写着：

> 我国著名外科专家、白求恩式医务工作者魏淮安同志因胃癌扩散，医治无效去世。他在临终前完成了由毕生经验绘制的手术图谱，为今后的临床教学工作，留下了难以估量的宝贵的财富。

5. 癞蛤蟆想吃天鹅肉

刘志光的同学们并不知道曾经发生在他身上的所有故事。他们只知道他来自经济在全国各个省中相对落后的一个省份的小县城，他是从那个县城考到这所医学院的第一个学生，为了考到这儿来，连续考了三次。

"我的妈呀，这得有真正共产党员的意志。"当张欢语听说当真有人把活活扒掉她一层皮的高考足足进行了三次的时候，惊讶得不能把嘴巴合上。

"哟，我刚知道范进同志原来是个真正的共产党员。"陈曦一边儿看着《体坛周刊》一边儿接了句茬。

李棋和张欢语都放声大笑，只叶春萌皱着眉头说："留点儿口德啊你。他从那么个边远省份的县城考到北京来，可不容易。"

陈曦把报纸撂下："咦，你怎么歧视范进同志啊？作为一个生活清贫，时常需要小业主的岳父接济的平民百姓，考上举人以后当了老爷，人家也不容易啊。"

叶春萌语塞，论嘴皮子，十个她也不是陈曦的对手。她叹了口气："刘志光那人挺好的，就是太老实木讷了点。你们干吗就老看他不顺眼啊？"

"我们都是坏人。"听见这话李棋可不高兴了，"就你最善良了，你这么善良干脆跟他谈恋爱得了，他那么好，还那么喜欢你，你怎么没瞧上人家呢？"

叶春萌的脸腾地通红："这什么跟什么啊？跟谈恋爱什么关系？"

"你可别装傻。"李棋是个直脾气，不管陈曦和张欢语的眼色，"你跟他好就好，不跟他好你明白跟他说一声别癞蛤蟆想吃天鹅肉，这样惹人笑话。他天天大早起地第一个跑到教室帮咱们宿舍全体女生占座，当着三个班的人喊着叫咱们过去，咱们四个一组做生理实验，他一马当先地帮咱们去池子里抓蟾蜍，抓就抓吧还半途没抓住撒了手，那么大人趴实验室地上追着蟾蜍爬。老师批评他故意捣乱出洋相，一组就用两个他拿四个干吗？他说帮女生抓的！谁害怕啊？咱们四个就你有这心理阴影吧？我们没说不能帮你抓啊，谁让他那么殷勤跑过去还帮倒忙的呢？"

叶春萌这会儿眼泪已经跟眼眶里打转了，听着李棋一口气儿地说完，半天才委委屈屈地说："他就是好心眼。不信你要是有什么事求他帮忙，他肯定全力以赴地帮。"

"找他帮忙？天，还不够添乱呢！"李棋不以为然。

"你们就是都看不起他。他是爱找我，那不是咱班没别人理他么？我就觉得，就觉得一个人大老远地跑到北京来，爸妈都不在身边，挺孤单的，我刚进校门的时候就特害怕……"叶春萌说着触动了自己情绪，眼泪掉下来，拿手背抹了。

李棋不以为然："这儿除了陈曦谁不是大老远离开爹妈来北京啊？"

"陈曦可也是大老远地从东城跑到北城离开爹妈住在宿舍，虽然比其他人离家近，但也是第一次离开爸妈，也很怕……"陈曦说得特别认真，说到这里停了停，见三个人都朝着她瞧过来，便继续说道，"很害怕早上起得太晚吃不到早点，多亏亲爱的叶春萌同学团结友爱，乐于助人，每天第一个起来给全宿舍的同学们打早点，抚平大家离开父母、七上八下恐惧的心。"

"你就会胡扯。"刚还抹眼泪的叶春萌"扑哧"笑了出来。原本气呼呼的李棋也想起叶春萌一贯的细心体贴，心里觉得有点不好意思，嘟囔道："萌萌就是心思多，我来这老远倒没觉得怎么呢，没我妈天天唠叨高兴死我了。"

"唉，你们说，"张欢语慢条斯理地开口，"这刘志光到底是怎么回事儿，人不坏，可就是……"她抓抓脑袋，想找个合适的形容词。

陈曦这时候接口："就是少根筋，那根连着理想和现实的筋。"

"你的意思是说，刘志光是理想主义者？"李棋对于陈曦把"理想主义"这么好看的四个字用在又呆又笨的刘志光身上相当不满。

"你觉得理想是什么呀？其实我觉得那就是人心里特想干的一件事儿。"陈曦撕开一袋"小浣熊"干脆面，把辣椒面儿撒匀，咯吱咯吱啃了几口，"实现共产主义可以是理想，成为亿万富翁也可以是理想。"

"那刘志光的理想是什么？"张欢语问。

"刘志光的理想你得问他去，我怎么会知道。"陈曦啃着面含糊地说，"我就知道我的理想是光拿钱不干活，光吃肉不长胖，不过随着年龄的增长我发现这是——痴心妄想。"

李棋嘴里的一口茶噗地喷到了张欢语身上，而叶春萌正要出口的"你那不是理想，你那是痴心妄想"生生地被陈曦的后半句话卡在了喉咙口，被弄脏了衣服的张欢语和被呛着了的李棋一起扑过去打陈曦，女孩子们嘻嘻哈哈地闹成了一团。

刘志光的理想是什么？包括全班唯一一个对刘志光不错的同学叶春萌在内，并不真的关心这个问题。

6. 理想与现实的距离

刘志光的世界曾经很简单。

理想对于他而言，只有一个，去北京，做魏大夫的学生；实现理想的方法也只有一个，就是好好读书，把成绩提高上去。他很辛苦，但是心里很踏实，即使是第一次高考落榜，第二次高考又落榜的时候，他都并没有慌张。

自从来了北京，进了大学，刘志光自己也不清楚，自己的理想究竟在哪里了。

他终于来了，但是魏大夫已经不在了，"做魏大夫的学生"这个理想，被父亲修改成"做一个魏大夫那样的好医生"。看着魏大夫的那则讣告,刘志光流着泪郑重地点头答应。

父亲并没有说,怎么就能做一个魏大夫那样的好医生了。也许在老刘和志光心里,进到了全国著名的医学院,就已经踏上了走向一个好医生的唯一正路,在这样的医学院里,医学生距离一个好医生的距离,总不会比从小县城到北京的名牌医学院还要远吧?

没人告诉他们,近在咫尺的距离,却可以因为不晓得路的方向,而迷惘。

离开家乡之后的一切,让刘志光措手不及,甚至包括了他最最熟悉的读书这件事。每一门主课,老师两节课九十分钟涵盖二十到三十页书,而隔天的新课,又是另外的二十到三十页;每堂课后,老师还会留下若干参考文献让看;老师讲完课便走,每门课至少有四五个主讲老师,且每一个讲课的风格都不同;有些老师上课讲的一小半内容并不见得在书中出现,而更多的是当前研究的新进展。

刘志光再不可能像中学时代那样,靠着"多花时间"就可以把所有的内容反反复复地咀嚼直到熟记;再不可能有各科的老师紧盯着几个成绩好,有可能考上名牌大学的学生主动去找他们知识掌握中的漏洞;再没有那些配套的各种习题,只要花时间,大可不同类型地做个全,便熟悉了所有题型,考试便直如条件反射;若是照以前的法子念,每一本书加上老师给的文献,便足以占据所有的时间,可是不照着从前那样把所有书里老师提过的都反复咀嚼地念上几遍,刘志光心里就没有底。

叶春萌总是跟他说,得抓重点,你不分青红皂白地处处都看,便处处都记得模糊,一到考试,可不就混淆了?刘志光在她说的时候使劲点头,可是,第一他并不很清楚究竟什么是重点,而且,他觉得哪儿都很重要,都是治病救人的大事儿啊,哪有不重要的地方呢?他执拗地认为凡是老师提过书上有过的东西,就是该都看过记住,他太习惯花上别人几倍的力气,把所有的东西都装进脑子了。

从大一到大三,刘志光是班里公认的最用功的学生,但是绝大部分的主课,他的成绩都是勉强地过了及格线。

更不要说大量的实验课了。

绝大部分同学早在中学时代就已经熟练操作的物理化学实验,对他而言是如此陌生。那些试管、比色计、烧瓶、高精确度天平,有的他只是在物理或者化学书上看到过介绍,背下来了"使用守则",有的也只是在课堂上看到了老师的演示;至于王东、袁军他们老早在参加生物竞赛集训的时候已经太过熟悉的显微镜、盖玻片、载玻片，刘志光望过去的目光简直敬畏；而在陈曦抱怨早该更新换代，至少维修调整精密度的加样枪，刘志光瞧着处处新鲜，拿到手里时候怕弄坏了，不敢按下去，敢往下按了，手劲又总是不对，开始往凝胶孔里加样了，就一次次地戳破凝胶；时常是实验课老师因为他一个人而不能下课回家，得陪他一起在实验室耗着。

待到了开始拿老鼠、青蛙、兔子、蟾蜍来做的生理病理实验，就真的是刘志光的噩梦了。

他下不去手用大头针捣蟾蜍，不够果断做不好小老鼠的脱脊柱处死，而当用兔子做生理模型，血液浸出的时候，他忍不住往后退了退，别开了脸。老早已经对这个总是最后一个完成实验，有时候还完不成的学生很有些厌烦的带实验老师终于忍不住爆发地问：

"你躲什么躲？"

他瞧着老师，嗫嚅着说不出话。

老师更是生气，无论如何想不明白，自己在高中时代还是个小姑娘的时候就做得驾轻就熟，现在全班女生都已经能够手起刀落的操作，怎么一个男孩子还在哆哆嗦嗦？

"害怕？怕血？"老师皱着眉头问。

他呆呆地望着老师，想摇头，可自己也不大明白那一躲的准确原因。

"怕血你考什么医学院啊？"老师看着那张茫然而又有些瑟缩的脸，终于忍无可忍地丢出了这么句话。

刘志光低下头去。

不知道从什么时候开始，他只能用低头来避开别人惊诧的、不解的，甚至轻蔑的目光。

当年的带教老师也只是个才毕业，在职读研究生的孩子，不过才二十三岁大。她并不知道在刘志光的家乡，一所普通中学完全没有可能给学生提供任何活物做生物实验；也不知道能够从山里走到如今的实验室里，资质平平的刘志光，几乎就除了课本饭碗和床没怎么摸过动过其他东西；更不知道，在刘志光的家乡，没有类似北京天津上海南京……那样的各种各样关于未来志愿的辅导讲座，没有人给刘志光说医学院里要进行怎样的课程，从一个学生到一个医生，需要经历什么……他只是因为一个改变了他的一生的人，带着天真得近乎盲目的执着，便从山里走来了，走进了这个让他手足无措的世界。

7. 不怕慢就怕站

"反正这个刘志光他就是这样，"陈曦埋头跟大盘鸡战斗，战斗的同时没有耽误挥舞着沾满浆汁的手继续抱怨，"他特刻苦学习，但是成绩并不咋的，特认真上每节实验课，但一出手就把整个实验搞砸的次数大概排全班第一；他似乎也想跟同学一起玩，但是一不擅足篮排乒乓羽毛众球类运动中的任何一种，二跟大家没任何共同话题，就好像不是一个时代的人似的。你真听说过不知道周润发刘德华是谁，一本金庸小说都没看过的人吗？我不是说'不喜欢'这些，是压根儿就没听说过！我们班跟别班的男女生篮球赛他都只能当啦啦队，当啦啦队还经常跟别人喊得不是太协调。至于歌咏比赛最后比大家多拖半个音儿出来就更习以为常了——你说还奇怪了，他平时说话磕磕巴巴蚊子似的，嘿，每次拖长的那半个音儿还倍儿洪亮！"

谢小禾低头喝着西湖牛肉羹，一次次靠着瓷勺送进嘴里的汤抑制住已经到了嘴边儿的她对于这个"刘志光"的理解和怜惜。她刚好为了后半年的新选题而在过去的仨月里，在北方的山区走了一圈。从北京远郊的祁县、林县，到河北的几个贫困县，后来又去了山西。她现在对山区的学校、学生的状况有许多从来没有过的了解，这些天的情绪一直就纠结于此。听着陈曦说刘志光，谢小禾实在有太多感慨想发。

但是，谢小禾识趣地知道如果这个时刻跟陈曦"讲大道理"所起到的作用除了让她恼羞成怒讽刺挖苦自己"热血、高尚"之外，只可能更加厌憎那个倒霉的刘志光。陈曦属不属于顺毛的驴她并不确定，但至少她确定但凡有人胆敢逆着撸陈曦的毛——不管此举有怎样的善意，她都一定会尥蹶子，一蹄子把人踢到爪哇国去。

"谁也没说他有啥不好，但是没人跟他合得来，除了萌萌完全是本着同情心，对他不错，实验总跟他一组，还肯跟他'聊天儿'。你说，我又没萌萌那么善良，那么有同情心，我这过去三年跟他说过的话不到五句……现在，这本来转科值班就够苦闷了，还有一变态老师，然后还跟他一组！"陈曦狠狠地啃咬着鸡块的软骨，两条眉毛已经快要拧到一起了。

谢小禾给她加了碗汤。眼见桌面的三菜一汤已经几乎全部见底，谢小禾不晓得陈曦吃饱了没有，试探地问了句："再加个菜？"

"不要了，我最近决定减肥。"陈曦摇了摇头，非常珍惜地啃着最后一块孜然寸骨，啃得满嘴满脸的油光，"再说还要赶回去做套模考题。"

谢小禾点点头，习惯性地挥手付账。两人显然都忘记了陈曦说这次她请客的承诺。六月天不可能下雪，如果天气预报说会有夏日雪暴，那一定是天气预报骗人。

当陈曦在新疆餐厅吃着她的"减肥"餐的时候，刘志光从食堂买了两个包子一个咸烧饼，从学校食堂到中心医院通共十五分钟的路没走到一半就已经囫囵地把今天的这顿晚饭解决掉了，然后就从兜里掏出来一个巴掌大的便条本，剩下的一半路都在默念今天早上跟门诊的时候，老师讲解的记录。这是他开始转科的第六天，跟过了两次门诊，便条本上却已经记了满满当当的七页。

其实今天晚上刘志光并不需要去医院。按照外科转科实习规定，学生的一切跟着自己的带教老师走，刘志光的带教老师胡原今天是八点到明天六点的正常班，即使是按照周明增加的规定——实习生除跟自己带教老师值病房夜班外，依旧要求每三天一个急诊大夜班——刘志光今天还是不用去，他昨天刚刚跟过急诊夜班。

并不需要去值班的刘志光来得却比这一天该来跟急诊的王东和袁军还早，换好了白大衣，有点局促地站在急诊值班室门口。

值班的李波刚刚给两个外伤缝合完，正在开破伤风针，回头看见他，并没意外，招手让他进来，温和地问："怎么样志光，现在缝合练得怎么样了？"

"比以前强了。"刘志光低头瞧着自己的脚面，又加了一句，"我觉得强了。"这三年来，他已经习惯了回答别人问话的时候，低头藏起自己的尴尬。

李波忍不住嘴角挂上丝苦笑，想了想，拍拍他的肩膀："都是会越来越好的，有人适应得快点有人慢点。"

刘志光点头："我中学班主任说'不怕慢，就怕站'。"

李波愣了一愣，半晌才强笑道："对，对，没错。"

这会儿下一个病人进来了，是个被左右两人搀着的中年女人，脸色惨白，捂着肚子，李波指挥着家属和刘志光把病人扶上诊台，才开始检查的当儿，袁军跟王东跑进来了。

"李老师，咱今儿准定要热闹了。"袁军一边系白大衣的扣子一边说，"我们刚才在对面西域食府吃饭，临走时候旁边一桌痞子想吃霸王餐，还调戏服务员小妹，好家伙，大师傅们两分钟之后抢起菜刀杀出来了，痞子们抄起弹簧刀酒瓶子椅子应战……"

"我俩饭没吃完赶紧往回跑支援您。"王东说，"这互相砍完之后，五分钟之内，准得就近送咱这儿来。"

"你们对我可真有革命友情，居然破例没迟到。"李波说，"不过人家刘志光可来了半个小时了。"

袁军瞥了刘志光一眼，耸了耸肩膀笑笑，并没说出已经到了嘴边儿的话。

李波给病人做完触诊，开了 B 超单子、验血单子之后，让袁军检查急诊手术室还有几个缝合包，不够去让护士再调五个过来，然后跟王东说："今儿这已经有俩急腹症的了，我得盯着这边，外伤缝合那边，你们俩顶住。"

王东和袁军答应着，麻利地把一次性口罩和帽子带上，就这一分钟工夫果然听见外面一阵喧哗，夹杂着标准京骂，骚乱之中护士高声地喊："你们别这么往里挤，分两排！一边儿一排！别打了，来这儿了还打什么打！"

王东和袁军相对一笑，各自拿了消毒棉球往吵吵嚷嚷的斗殴双方走过去了，检查伤口，准备带进急诊手术室缝合，李波守着两个怀疑急性胰腺炎和肠梗阻的病人，正在察看化验单，忽然看见刘志光支棱着双手渴望地瞧着他，见他回头，问道：

"李老师，我跟他们一起去给病人缝合么？"

"你不行。"李波冲口而出，紧接着，又有点尴尬，"今天太忙了，手忙脚乱……等消停点的时候，我再带着你慢慢做。"

刘志光点了点头，却没动，站在李波身边看着他给病人做触诊检查。病人的体征不是很明显，症状却甚重，呻吟得很厉害，家属心疼，跟着紧问到底怎么回事。李波心里有几分急，一面再次打电话到楼上问今天值三线的韦天舒什么时候能从手术室出来，一面仔细地再给病人做一遍听诊触诊，这工夫刘志光探过来的脑袋实在让他觉得碍事而心烦，他皱了皱眉头，想了想，和颜悦色道："你去外面看看病人家属需要帮忙不要，帮他们催催化验单。"

刘志光答应着赶紧去了，李波舒了口气，旋即脸上闪过丝愧色，摇摇头，专心继续给病人检查。

肆

　　在整个八卦传播事业中，播出的快乐永远比收集的快乐更巨大，"收集"本身便是为了播出而服务，没有谁收集八卦是为了藏在心里当秘密的。固然，当收集的时候，多半会对告诉自己的那个人说"我保证跟谁也不说"，而首播八卦，正如同新闻工作者首播爆炸性新闻一样，有着巨大的职业成就感。

1. 才子佳人鲜花牛粪

六点半。

周明从手术室出来，照例临走前到自己病区几个状况不稳定的病人病房里一一查看了一遍，简短跟陪护的家属交代了几句，又到病区护士台抽出这几份病历，管值班护士要了下午才刚出来的血生化或者 B 超、CT 等的检查结果，仔细对照前一天的结果作了记录，再把病历送回去准备回家的时候，值班护士秦语正在接李波打上来的电话：

"妇产科急诊收了个孕妇急性阑尾穿孔的，江大夫过去会诊了，韦大夫还在台上没下来，手术室说怎么也还得有半个小时。好好，我一定跟手术室说，等完事就让他下去……嗳，等下，你命真好，周大夫还没走。"

周明站住，回头问："急诊又开锅了？"

"可不是！十多个对砍得头破血流的。还俩怀疑急腹症的，有一个有休克体征。小李说不太拿得准。"秦语瞧着周明叹了口气，"您吧，平时也就罢了，今儿这日子口儿还不说下班麻利儿地赶紧走人，我刚才都犹豫了一下不落忍的，要不是李波可怜巴巴地打三回电话叫上级了，我准假装没看见您。"

"今儿又是过什么节啊？"周明一愣。

"您装什么呀？"秦语没心没肺地露出两排漂亮的白牙乐，眨巴着眼睛瞧着他，"今天上午儿科过来催会诊的林大夫，他们说那是您太太嘛，去美国进修两年，今天第一天回来上班。您太太可真漂亮啊，哇，她这一走进来，那些个病人家属都探头瞧说这是电影明星吧？"

周明表情瞬间僵住，随即闷声不响地把手里的病历夹子插回去，转头就往电梯间走了。秦语愣怔地站着，稍微有点儿下不来台，直到总值班的护士王南过来查对医嘱，她还颇不痛快地嘟着嘴。

"怎么啦？挨护士长骂了？嘿，你们区护士长够慈祥了，你瞧我们那边儿才叫法西斯呢。"

秦语摇头，闷闷地道："不是。做错事挨骂我没话说。可是好端端地摆什么脸子啊？我真心诚意地夸他老婆美，也错了？"

"谁啊？"王南狐疑地瞧着秦语，忽然一拍她脑袋，"我的天，你不是说周大夫吧？你这可不是活该嘛。"

秦语不明所以地望着王南，王南往周围看看，把嘴凑到她耳边嘀咕了几句，秦语猛地捂住嘴，瞪圆了眼睛，半晌才摇头道："怎么会这样？真是，我早上听他们说那是周大夫的老婆，就心说，这可正经是我见过的，最名副其实的才子佳人了。"

"切，才子佳人，那都属于爱情小说。爱情小说也惯常结束在'从此，公主和王子过上了幸福的生活'那里。"王南摆出一副老练通透的表情来，"现实生活中，还就得是鲜花牛粪，才子黄脸婆。你想想，才子佳人都是光辉灿烂的，都是让人仰头看的，搁一起谁让着谁啊？"

秦语呆愣了一会儿，颇怅然地叹了口气："说实话呀，才子不才子地先不论，周大夫那人，还真是挺不错的。"

两个小护士在楼上感慨的当儿，被她们议论的"才子"已经在急诊给一个腹痛待查的病人作完了检查，跟李波交代了一阵之后正准备去看在楼道的临时病床上躺着的另一个。他刚走出诊室门，迎头看去，只见在塞满了辗转呻吟的病人以及烦躁抱怨的家属的楼道里，无论护士还是医生，或者是在作简单的检查，或者是在调整输液速度，而来往于楼道和急诊手术室的实习学生王东和袁军，都是一路小跑，偏偏却有一个穿白大衣的实习学生跟家属和病人们一起并排坐在长凳上，似乎是在不紧不慢地劝说家属，正把个装着俩包子的方便饭盒往抱着脑袋哭的家属手里递。

周明心头火起，高声喊了一句："那学生，你临床系的还是社工系的？"

刘志光抬起头有些茫然地望着周明，又左右看看，不太确定他是在跟自己说话。

周明看清楚是刘志光，愣了愣，指了指躺在楼道里呻吟的腹痛病人，稍微放缓了声音对他道："去护士台拿血压计，给病人量血压你总成吧？"

刘志光答应着去了，临走还没忘了把手里的餐盒放在病人腿上。这当儿李波走到周明身边低声道："周老师，这个学生，今儿不该他跟班，主动来观摩的，见习时候我就认得，最刻苦的一个。只是……只是他那个……实在是稍微慢点儿，不赖他，我顾不上盯着他，就什么都没敢让他干。"

周明皱眉点了点头，朝着病人走过去。刚才哭着的女人赶过来，抹了把鼻涕眼泪，哽咽着问："大夫，您看我儿子这是怎么了？肚子突然越胀越大。这有四天不能解大便了，痛得满床地打滚儿。在厂医院、柳树街医院都瞧过了，药也吃了点滴也打了，还是不行，越来越厉害。查不出来，昨天柳树街医院的大夫说得到大医院来看，晚了就不成了。大夫您看才十六岁的孩子，从来都没病过的，怎么能就不成了？"

床上那个脸色蜡黄的男孩双手抓着被单死命拧着，手臂上条条静脉突起，头发被汗黏在脸上，被单下面的肚子明显地凸起来。

"完全性肠梗阻。病人跟家属都坚持腹部没受过撞击，从来没有过腹部外伤、手术病史，从来没有过肠炎、息肉病史，在这次症状之前从来没有过腹痛、便秘、腹泻等症状，说是四天前突然发作的。我想不出来原因在哪里。"李波在周明身边快速地交代。

周明在自己的脸颊上试了试手的温度，掀开他的衣服给他做腹部的触诊，他的手才按下去，男孩子"啊"地喊出来，身子瞬间紧绷，声音嘶哑得却像劈裂了似的，目光与周明相接，却有一丝躲闪。周明略微停了一下，想了想，让他侧过身去，露出腰背，伸手轻轻按压他腰侧一片极淡极淡的乌青。

李波轻轻地"啊"了一声。

周明对旁边的孩子妈妈道："您去检验科看一眼，血常规的结果出来了没有。"她答应着去了，周明瞧着男孩的眼睛不说话。男孩喘息着，半张着眼睛望着周明，眼神儿里混杂着恐惧和犹豫。

周明伸手轻轻地按那一块乌青："十几岁的男孩子，打个架很丢人吗？有胆儿打没胆儿认？就这么着让大夫糊涂让你妈着急？"

"我没想打架。"男孩哆嗦着嘴唇，接着浑身都抖起来，"我没想打架。是……他们，他们欺负我姐，抢我午饭钱。"说着，嘴一撇，眼泪淌下来，突然抓起被单把脑袋蒙住，"我爸没了，别人欺负我姐。我并没想打架。"

周明转头跟李波说："高度怀疑小肠破裂，包裹粘连造成的梗阻。胃肠减压，静脉补液，注意水电解质平衡。加镇静剂，严密观察生命体征。"见刘志光抱着血压计站在旁边愣着，示意他量血压。

刘志光赶紧打开血压计，把气垫往病人胳膊上缠的一瞬间，不晓得为什么又开始心跳加快。可能是因为床上的病人的虚弱，可能是因为楼道里太多的目光，也可能是因为李波跟周明就在身边看着他，他太想把这件自己能做好的事情做好了……他的手又哆嗦起来，用了平时练习时候两倍的工夫才把气垫缠好，听诊器的头塞进去，然后，捏皮球，水银柱升上去，缓缓放开……一直等水银柱降到底，他茫然不解而又紧张地哆嗦着手去摸病人的脉搏，李波瞪大了眼睛，不能置信地瞪着还挂在他脖子上的听诊器，看着他，再次捏皮球，水银柱再次升上去，然后，再次缓缓下降……李波痛苦地给了自己脑门一掌。周明动了动嘴唇，没说话，却顺手扯开自己衬衫最上面的俩扣子，往旁边走开几步深呼吸了几下，再走过去，把听诊器塞进了他的耳朵里，手搭在他肩膀上说："再来一次。"

2. 朽木不可雕也

韦天舒提着两盒炸鸡翅、一听可乐从电梯出来往办公室走，路过中厅会议室，见门半开着里面灯火通明，忍不住狐疑地探了个头。

作为全科近百人会诊以及示教用的会议室里，开着后面三分之一的灯。大圆桌上摆着缝合示教用的模型，一个学生正在练缝合。他脑袋低得好像要贴到模型上似的，两只胳膊架着，别扭的姿势让韦天舒一下就想起来见习时候那个叫作刘志光的学生。

周明站在学生旁边，白大衣敞着，衬衫的扣子也已经解开了两个，他伸手像是要纠正学生的姿势，又摇头，抱着双臂来回踱步，终于叹气道："我说你，你怎么在模型上也这么较劲呢？"

那学生抬了下头，又低下头去，仍然一手持针器一手镊子，继续用别扭到家的姿势缝模型上的猪皮。

"下课了，下课了。"韦天舒大步走进来，一屁股坐在周明身边的桌上，伸手推着他脑袋转向墙上时针已经指到十一点的挂钟，"周老师，几点了啊？人，要吃饭，要休息。疲劳操作事倍功半。"

"我，我吃了饭了。我，我也不累……我能继续练。"刘志光低声说。

"你不累？"韦天舒一把抓住他手腕，把他手里的持针器、镊子抽出来丢到桌上，"缝不累也哆嗦累了。去，去，回宿舍睡觉去。睡不着的话，从现在到明天早上喜欢什么，什么事儿爽就想什么，甭管是打游戏还是玩色子还是看色情小说。就是别再琢磨这打结缝合无菌操作！"韦天舒说着，把可乐打开，准备喝一口润润嗓子继续演讲，却见刘志光摇了摇头："我喜欢这个，不喜欢别的。我喜欢当外科大夫。从中学，我一直就想当一个很好的外科医生。"他说得有点激动，声音大了不少，极认真地对着韦天舒道，"我不怕苦，也不怕累。我继续练。"

韦天舒正灌了一大口可乐在嘴里，猛然见刘志光目光灼灼地，无比坚定诚恳地望着自己，那一口可乐一下便没咽下去，差点喷到他脸上去，千钧一发的一瞬间意识到对面的人毕竟管自己叫"老师"，于是狠狠地忍住。他按着胸口转过头，缓缓地缓缓地把那口可乐咽下去，瞥见周明一脸疲惫地活动脖子，心里忽然带了三分气恼，回转身对刘志光道："你，现在，立刻回宿舍。你要真就非得喜欢这个，跟被窝里慢慢地练。你不累，不饿，别人也累了，饿了。"

刘志光怔了一怔，退了两步，看看周明又看看韦天舒，方才说话时候的激动又消失了，再度如以往一样狠命地低下头："对不起。我不知道，没注意，我忘了时间……我回宿舍去练……"

"回、回、回去也别练了，赶紧睡觉。"周明一着急也结巴起来，韦天舒哈哈大笑，周明在底下狠狠地踹了他一脚，苦笑地对刘志光道，"别练了，你练得不少了。今儿个我脑子也发懵了，回头咱们都清醒明白的时候，再好好找找你的问题。"

刘志光答应着走了，他才刚一出门，周明一把捞过来韦天舒的炸鸡翅，撕开盒子抓起一只就往嘴里塞。

"我吃剩的啊，保不齐有我口水。"

"有你鼻涕我也吃了。"周明狼吞虎咽，"中午饭吃一半，赶上急诊收了个肠坏死急赤白脸地叫人，到现在，一直事儿赶事儿。"

"活该。你老这么随叫随到，可不谁都找你么。"

"我……"周明塞了一嘴的鸡肉想要说话，韦天舒把可乐塞他手里，"你慢点儿，别噎着！"瞧着他道，"先不说别的，你这大晚上的家不回，跟一笨学生较什么劲呢？这孩子进科之前见习时候我在急诊就有印象，十足的朽木不可雕也。你这不瞎耽误工夫么？"

周明咽鸡肉，喝了口可乐压下去，摇头叹气："这学生真特认真。你也瞧见了，他说的不是假的，是真想干这行。"

"全中国至少有一大半男人都真想发大财，娶大明星当老婆，绝不是假的。"

"小县城考过来的孩子，是真不容易。起跑线就不一样。"

"扯。"韦天舒不以为然，"起跑线再不一样，是这块料也能赶过来。我们村儿，我出来上学之前就五户有电灯，我十岁才上小学，课本都跟牛背上看的，那起跑线跟你们北京的更没法比，我这么哆嗦过？"

"咱俩说的两回事。"周明摇头，"全国也没几个韦天舒。韦天舒搁哪都还是韦天舒，不当大夫去经商我看也能发大财。你这说的是塔尖儿，精英……"

"歇菜。最不齿的就是你在搬杠时候，用这种谄媚堵我嘴。"韦天舒忍无可忍地打断周明，"就算我说的是塔尖儿，你说什么？不说塔尖精英，就这孩子，你别说他多想多喜欢，我还就说他根本干不了外科，成不了一个普通的外科医生。你甭管说是社会还是命运，让他起跑线落下了别人一大截子，那落下就是落下了，他又没这个天分赶回来，愚公移山那是寓言故事，你不会真相信吧？还是你想当愚公？"

"他到底干不干得了我也不好说。可他现在就是普通外科的转科实习生，这六个月他要尽最大努力做个合格的外科大夫，这没什么离谱；他既然管我叫老师，我也不管他以后是干外科还是内科还是考不过执照下海改行，现在这六个月我就得一心一意地教他。"

"我靠，真他妈掷地有声！我都被感动了。"韦天舒一把从他手里把可乐拉罐夺过来，发现已经空了，没好气地丢进垃圾桶，"不过你吃我的鸡肉喝我的饮料，跟我搬着杠咋就一点儿都不带气短的？我不说了么，你就是活该。饿死活该，就不该给你吃；累死更活该，你就该跟这截朽木耗个通宵明儿早上再开始连台。"

周明怔了一怔，有点不好意思地乐了，把手里装鸡翅的空盒子扔掉，对韦天舒道："其实你真救我一命。我吧，听胡原、李波老说起这孩子，自己在台上也见过几次，可今儿还真是头回这么手把手地教他。好家伙，他在那较劲，哆嗦了两个多钟头，我到后来，都忍不住跟着他一块儿哆嗦了。他在那儿缝，我在旁边儿看，不自觉地跟他一块儿使劲，这下来，现在脖子肩膀胳膊……都疼，比做台胃全切还累。"

"职责所在啊周老师。疼吧你。"韦天舒扯着嘴角斜眼瞧他。

"我也真服了他，就这么较着劲，搁我三天就废了，他可真挺得住。我就想他这个愿望得多强烈。就凭这个，我不尽全力，都不落忍。"

韦天舒抬眼看了看表，再回头瞧着周明，似笑非笑地道："我也真服了你。这么多爱心耐心责任心搁个不相干的朽木上，你自个儿的事儿呢，拖到什么时候去？念初回来有三天了吧？你到底打算怎么着啊？"

周明脸上笑容尽去，半晌才道："你改行干居委会主任了？"

"一个傻孩子那么渺茫的愿望你都不忍心打击。"韦天舒挑着眉毛笑，"让林念初因为'不懂感情'、'不懂尊重'对你心灰意冷，你是不是太冤枉了点儿？"

说罢，韦天舒像对小朋友一样地拍了拍周明的脑袋，灵活地低头闪过周明愤怒地随手抓起来丢向他的一本病例，从桌子上跳下来，低头捡起那本病例，掸了掸，放在周明身边，笑嘻嘻地对周明道："爱护临床病例是每个临床医生的责任，周大夫，病案处主任强调过好多次了。"

"滚，快滚。"周明扭过头去，干脆不再看他。

"滚了滚了，你慢慢想，好好想啊。"韦天舒拽平白大衣，大笑着往外走了。

空荡荡的会议室里，周明一个人躺在大圆桌上，望着头顶的天花板。他摸出口袋里的手机，按了几个键，"滴"的一声之后，手机里是林念初一如十年之前一样柔和好听的声音：

"周明，我已经将离婚所需要的文件都准备齐全了，哪天你有空闲，我们把材料一起过一遍，也就可以提交了。财产问题两年前就已经清清楚楚，如今又已经有了分居两年的证明，我想过程应该顺利。尽快回我电话。"

3. 不知道的公开秘密

自从转进外科之后，叶春萌一直不痛快，一股郁郁的怨气明明白白地写在脸上，让那张一微笑就现出浅浅的小酒窝的甜美脸蛋，仿佛罩上了一层寒霜。狡诈如陈曦者，自然洞察了她的情绪，并且非常明智地知道，这股怨气迟早需要个发泄的出口，自己万万不可一不小心点燃了导火线，不幸地头个做了炮灰。

陈曦大约明白叶春萌如此不痛快的原因——追根溯源，大概跟刚进科那天受的那场羞辱有关，并且暗暗感叹人和人就是不同，美女的脸皮儿可真是薄嫩，被戳了那么一下子，刺痛的效果就能够持续到一个多月之后不但不消弭反而越发强烈，简直有从脸上深深痛到了心里的意思。

当然，让陈曦这样从小调皮捣蛋被家长老师责骂得已经穿上了金钟罩铁布衫的个别生，去体会叶春萌这样从小偶尔考砸了考试做错了事情自己先掉泪、老师总是会尽量安慰的姑娘，人生中头一次被这么丝毫不留情面地狠戳之后那种遭遇晴天霹雳般的难言心情，也确实困难。

叶春萌那些复杂细腻的心情陈曦虽然不能真正体会，但是叶春萌的不开心陈曦可是看得分明，于是她严格遵循谨言慎行的原则，连每天早上叶春萌喊她起床，她都尽量不再磨蹭耍赖，在三轮之内一定爬起来，甚至有好几次破天荒地跟着叶春萌一起去食堂打早点。

每个周三的早上食堂都有酥饼夹肉和豆腐脑，做得竟不比老字号的差，只是量很少。从前每逢周三，陈曦都能在足够早的时间，闭眼躺在床上喊一声："萌萌，拜托给我打肉饼和豆腐脑，量少紧急！"

叶春萌一定会抱怨她两句大小姐的臭毛病，但总是能比平时更加提前一点儿去食堂，纵容她懒和馋的双重恶习；而如今，陈曦审时度势地觉得最好避免一切有可能招惹叶春萌发火的由头，于是一大早听见叶春萌起床的动静，还没等她叫就自己爬了起来，肩膀上搭着毛巾跟叶春萌并排在水房刷牙洗脸，满嘴牙膏泡沫含糊地说："萌萌，今儿我帮你打早点吧。"

叶春萌愣了足有半分钟，几乎就想伸手摸摸她的额头有没有发烫了，随即说道："那今天咱俩就跟食堂吃吧，吃完直接去医院。正好我想早点儿。程老师说儿科有个外院转来的病人，罕见的巨大肾上腺瘤，跟肝脏小肠都粘连了，今天儿科、泌尿外科和普外要一起会诊讨论。程老师说这个病例涉及多科内容的综合，学生听听挺有意思，会带着我们一起去参加会诊。我想提前去把病历和检查结果再看一遍呢。"

陈曦这才想起来头天周明说过今天要早去听会诊，还特地强调要提前把他复印了发下来的材料看熟。她这两天忙着背 GRE 的单词和练习托福听力，连规定的手术记录都拿两大盒瑞士巧克力外加无数甜言蜜语磨着本该是"指导监督"她的李波包办了。想着那一摞压根儿没翻动的资料和周明有可能扑面而来的问题，心情立刻一落千丈。她闷闷地洗漱完毕，跟叶春萌一起往食堂走的路上，郑重地说："我今天要吃双份。"

"今天跟会诊，又不会像跟手术似的没准点儿。"

"我需要吃饱饭才好迎接即将到来的残酷打击。"

叶春萌瞥了她一眼："有些人对谁都那么没有口德？"

"我靠，还'些'。"陈曦夸张地瞪着叶春萌道，"有'个'可就足够灾难了。不留口德这点，那人绝对是宇宙性地一视同仁。"

叶春萌乐了，一时间脸上的明丽让陈曦突然脑子里很文艺地冒出句诗：

忽如一夜春风来，千树万树梨花开。

陈曦惊觉这个笑容在叶春萌的脸上似曾相识。当……当她们众口一心地贬损曾经欺负了她的白骨精的时候。

小女人啊小女人。陈曦暗暗地想，并在心里偷笑着叶春萌那点小小的心思，觉得相当有趣。

可惜，这千树万树的梨花，三分钟之后就凋零掉了，笼罩上了更厚重的寒霜。

打落梨花的罪魁祸首是刘志光。

陈曦和叶春萌刚刚走进食堂排上队，就听见远处一声"叶春萌"，紧接着人随声至，刘志光手里还捏着大半个馒头就跑了过来，站在她旁边陪着她排队，满脸欢喜地大口啃着馒头，并且理所当然地会等到她打完饭之后跟她坐在一起说那些在工作时间已经让陈曦头大的病人，向全班唯一一个对他有耐心的同学请教门诊当时没理解的老师的话，看着她吃饭。

陈曦近乎绝望地轻轻说了声"靠"，想着在吃饭时间也要对着刘志光，郁闷到了极点。如果不是为了酥饼夹肉和豆腐脑，她一定扭头就走，看见叶春萌友善地向他微笑的时候，陈曦简直对刘志光有些怨恨，怨恨他以他的不出色、不可爱来逼得自己直面自己是这么势利、不厚道、不宽容、不善良的事实。

"待会儿我要早去医院。"叶春萌微笑着找话说，"程老师要带我们去儿科跟泌尿外科一起会诊，那个女孩……"

"那个肾上腺瘤的。"刘志光一边咀嚼着馒头一面抢着接茬，每当能跟别人有共同语言的时候他都特别高兴，说话都顺溜了，"周老师把材料都提前收集复印了，你拿到了吧？那天他让我给一分区和三分区送过去的，不过我送去时候你跟手术了，我交给程老师的。周老师对带教是真重视，有什么典型病例，一定要所有学生都学到。"

叶春萌脸上的微笑逐渐退去，伸手把额前的碎发掠到耳后，扯动嘴角，眼睛瞧着别处说："听说你们病区的住院医学生天天无缘无故地挨他数落？"

"咳，哪能。"刘志光憨厚地笑着，"挨数落都是做错事或者不认真。周老师要求严，可是护士长、李老师、胡老师他们都说，当大夫就得严。都是人命，闹着玩儿的？胡老师还说，现在多挨骂，台上少出错，跟当兵的'平时多流汗，战时少流血'一个道理。"

陈曦再次直面自己内心的邪恶。此时她偷眼瞧着叶春萌越来越难看的脸色，想象她此时心中对刘志光的厌恶，自己简直就快要打心里乐开花了。陈曦可真希望叶春萌能对刘志光发作一番，无论是破口大骂还是冷嘲热讽，那么她心里的花一定会灿烂地开到脸上来。

但是事实证明，叶春萌就是比陈曦善良温和，就算内心深处有着些不太公正客观的小小心思，淑女就是淑女，她非但没有像陈曦渴望的那样给不长眼的刘志光来一场暴风骤雨，反而摇头笑笑，叹了口气："你这点特好，从来都往好处想别人。我们都比你差得远了。"

刘志光被她夸得脸红，幸福而腼腆地抓了抓自己的脑袋，傻笑。

刘志光的不长眼并没有点燃导火索让叶春萌火山爆发，但是陈曦绝对相信这会儿叶春萌的不痛快一定更深重了。这时却再次听到大老远响起来的"叶春萌"的喊声。这回人随声至的是袁军，跑到跟前径直地问道："确定一下啊，周日晚上去月坛滚轴，叶春萌你肯定去吧？"

"不去了。"叶春萌摇头，"上礼拜去就摔得我七荤八素的，也没觉出多好玩。"

"别啊！"袁军急忙堆上笑脸劝说，"一次两次不入门，三次五次你就觉出好玩了。"

叶春萌继续摇头："我从来对运动就兴致不高。"

"啊呀，你这次就当给面子，这么多人都说好了！"袁军挠头，"下回一定找个你喜欢的项目。"

"什么？"叶春萌狐疑地盯着他，"你们谁喜欢玩就谁去啊，又不少我一个。"

"咳，你还真不明白啊？"袁军嘿嘿一乐，"我们这么些人不就是当活动布景去的吗？那谁人缘好，咱们大家全是为了帮他烘托以及柔和气氛嘛。"

"谁啊？"叶春萌的眉毛已经拧起来了。

袁军咂了咂嘴，摆出一副"不至于吧你"的表情，从来都吊儿郎当，带着三分军队大院儿长大的男孩惯有习气的袁军，虽然一直对叶春萌的印象算是相当不错，可时常对于她的矜持很有些不以为然。他觉得那是略带矫情地——当然放在美女身上也是很可以原谅的——拿捏身段儿。

袁军的这副表情让本来心里就莫名地不痛快着的叶春萌真的怒了，想到自己恐怕已经莫名其妙地被一帮男生在背后评头论足，就更加恼火，她提高声音问："到底是谁？"

"李波啊。"袁军耸耸肩膀，"别说你一点儿都没觉得啊！总不至于全普外一大半儿的大夫、咱班所有男生都明白的公开秘密，就你还真蒙在鼓里？"袁军嘿嘿一笑，"其实还有别人也动过心思，不过但凡有点儿自知之明的，掂量掂量没李波条件好，都主动撤退了。"

李波在这一批住院医生里，不但才华出众，而且脾气随和能替人着想，一直人缘极好，是师弟们佩服而又觉得亲近的大哥。当发现李波对叶春萌情有独钟，却一直温温暾暾不见"大动作"，含蓄得让叶春萌完全无所察觉时，这帮师弟倒是比他还要着急，一直催着他"挑明"；袁军跟李波从小同一个大院儿长大，关系更是亲密，尤其对刘志光整天缠着叶春萌看不过眼，已经跟李波说过几回，你太含蓄有人可不含蓄，这个世道，你别不信，如果蛤蟆够癫，真说不准天鹅哪天游泳时候水进了脑袋，就跟蛤蟆成一对了。

叶春萌狠狠地咬着嘴唇，半晌，吐出句话："我不知道。我要知道，上回也就不会去。"

"至于吗？"袁军皱眉，"成就成，不成就不成，就一句话的事儿，干吗搞得跟受了多大委屈似的？"

"有这意思自己好好跟我说，"叶春萌恨恨地道，"这样闹得满城风雨是干什么？真够无聊！"她说罢，从已经排到的窗口前猛地转身，也不买早点了，大步往食堂外跑了。

这个时候陈曦做了个痛苦而激烈的思想斗争。很多年之后，每当她想起这个时刻，都觉得自己对叶春萌的友谊特别经得起考验，她放弃了已经要吃到嘴里的酥饼夹肉和豆腐脑，赶紧向叶春萌追了过去。

待到追上叶春萌的时候陈曦吓了一跳，并且暗自庆幸自己全了情义舍了食物——叶春萌竟然一脸的泪水。

"萌萌，你别生气啊，其实李波那人也是挺不错的，那还不是因为你好，他才喜欢你么？李波又不是什么猪不咬狗不啃的，你就算不喜欢他，也不用这么伤心呀。"陈曦赔着笑脸劝说，心里暗想，美女的心思就是难以捉摸，你天天被刘志光缠着都不抓狂，李波喜欢你，就算他不对你胃口，这也丝毫没啥可委屈的嘛。

"不是喜欢不喜欢的事儿！"叶春萌在食堂背后幽静的花园站住，抹了把眼泪，"你没看见刚才袁军那个神气啊？那么多人背后说三道四瞎起哄，把我当什么了？而且，我还管李波叫老师呢，我进医院是实习的，是做医生的，不是当花儿插在那儿，让他们看让他们评论着玩儿的。"

陈曦哭笑不得地瞧着她，摊开双手："萌萌，你真多心了。就袁军他们，根本就是好事者凑热闹，你就甭把他们的话当回事儿。李波吧，我觉得他是真喜欢你，就是因为他觉得你特别好呗。"

"什么多心？"叶春萌抽泣着，"他们就觉得我是摆那儿看的，而且觉得我自个儿特喜欢被摆那看，特喜欢当朵花儿！"

"怎么会哪！"陈曦继续赔着笑说，"你看，你工作态度之积极，对临床工作热爱，那是众所周知的。"

"得了吧。"叶春萌瞪着陈曦，"你忘了，忘了那法西斯说我什么来的？是我去看病人，还是让病人看我！"她嘴角一撇，更多的泪水淌下来，"我算明白怎么回事儿了。闹半天我早'出名儿'了，可能别人心里早有成见了，指不定觉得我根本没想好好干活，就当交际花谈恋爱去了呢。"

陈曦的嘴巴保持着一个标准的"O"的形状，半晌没有改变，至此，她才终于彻底地明晰了周明那两句训斥留在叶春萌心底的阴影有多么严重。而倒霉的李波，根本就是做了他顶头上司那两句话的无辜炮灰。

陈曦终于理解了叶春萌。虽然她百分之百地确信叶春萌的种种联想纯属跟自己过不去，百分之九十九地确信引起这一系列联想的可恶的周明只是恃才傲物目中无人言语刻薄，缺乏大部分男人对一个漂亮小姑娘所有的额外的体贴和宽容，而绝非她所想象的那样，事先已经对她有了成见甚至由此觉得她有着以色事人的卑劣企图——陈曦半点也不喜欢周明，但是她直觉地相信，他绝非一个对自己下属和学生们的桃花八卦有兴趣，并且因为这样那样与医疗无关的八卦而影响到学生在自己心目中印象的人。

陈曦正在想自己该如何开导她走出这个牛角尖来，还没想好说什么，就见叶春萌用袖子将眼泪擦干，带着坚决而冷冽的表情说："看着吧，我以后拼了命努力，决不能叫他们把我当个摆着看的花瓶。"

"这可大发了吧？"陈曦几乎冲口而出这句话，终于还是忍住了，挠了挠脑袋，说道，"咱得赶紧走了。得去看一眼材料，别再犯在'法西斯'手里，那可就惨了。"

4. 新鲜出炉的大八卦

"情况就是这样了。"林念初抱着双臂靠在写得满满当当的黑板旁边，瞧着泌尿外科主任王科道，"他们半年已经折腾了四个医院。X市医院打开了发现不能做又缝回去了。省医院再次手术，进行到30分钟出现大出血，抢救之后认为手术难度太大，关腹腔了。孩子爸妈不肯放弃带着到北京，儿童医院参照以前的片子和病历，讨论之后认为他们的儿外科不具备进行这个手术所需要的高精水平，建议转综合医院。虽然是儿科收下的病人，但是这个手术能不能做，还得王老师说。"

王科拿着CT片子，手指轻轻敲击，过了好一会儿摇头笑了笑："虽然是肾上腺瘤，可是现在这个情况，最难的部分恐怕是在把肿瘤从它粘连住的肝门处剥离。这个得普外说话。"

李宗德摇头："我们是没有过先例。剥离过程控制出血是个难题，尽量减少小肠损伤防止术后的粘连是另外一个。再有最麻烦的是，肝门处，结构复杂精细，我们现在也并不知道粘连的程度，以及剥离后需要做什么样可能的修复。"他转头看周明，"你觉？"

"把握是肯定没有。"周明从开始讨论就低头瞧着几张片子，手里一把血管钳在食指和中指之间转，这会儿听见李宗德问到他，也并没抬头，"如果值得做，我可以试试。"

"周大夫觉得怎么样的病人是'值得试试'的？"林念初略微发急，"普通百姓家的孩子，父母为了给孩子治病卖了房子孤注一掷到北京的，这个'值得'不'值得'……"

儿科主任轻轻咳嗽一声，林念初嘴角牵动了几下，没再说下去，扭头望向窗外；王科跟李宗德对望一眼，后者略微苦笑着摇头，后面几个学生，除了刘志光依旧奋力地做笔记之外，都颇为惊讶地望着林念初。

这会儿周明抬起头来："我的意思是说，如果做了，即使手术本身成功，病人以后的生活质量？复发可能？并发症状况？当然，林大夫所说的经济问题也得考虑。"他往椅子背上一靠，"譬如，王老师，这种肾上腺瘤的复发的概率？如果复发率很高，间隔很短，那么如果钱完全不是问题就放手做，再复发再切，事后护理，各种支持药物，尤其是进口药甚至需要从国外直接购买的药一定能负担的话，那选择余地就大不少。如果是像林大夫说的孤注一掷来治疗，我觉得就要慎重权衡，可能就不值得让家属花这个钱，病人受这个罪。"

"复发率不高。"王科拍拍手里的材料，"事后替代药物我们认为普通家庭也可以承担。而且这个孩子的状况，瘤子居然长到这么巨大，不做，没别的生存选择了。"

"孩子其他方面都很好。"林念初望着王科，"我昨天刚给她做的全面体检。结果没完全回来，不过我认为如果手术能成功，她以后的生活质量不会差。如果泌尿外和普外认为手术有成功可能的话，我对之后她的恢复有信心。"

"我觉得，"王科双手交叉，低头闭目沉思了好一阵，终于点了点头道，"从我们科的角度看，可以。老李？"王科望向李宗德。

李宗德冲周明道："你觉得可以一试的话，让小程跟你一起整出一个方案。"

"成。"周明点头，又低下头去看那几张片子，十指轮番地转动那把血管钳。

陈曦轻轻地啃着铅笔头，饶有兴味地偷偷打量着靠在墙上不再说话、却一脸不自在的林念初。

林念初真美。陈曦在心里暗自地赞叹。想起三天前在儿科轮转的李棋回到宿舍就捶胸顿足地赞叹可是见着美人儿了，咱学校连老师带学生没见着过第二个，咱萌萌跟她比，可都一下比下去了。当时自己还嗤笑她一贯夸张，今天终于见着，觉得她说的是事实。绝不只是如画的眉目和高挑的身材，而是那份……温婉绰约的味道。

陈曦她们一进会诊大厅，林念初正在连接投影仪，听见有人进来回了下头，脸上带着个若有若无的笑。陈曦竟然因为这个笑容发了好一会儿呆，满脑子就是一个"美"字。

林念初这样的女人，应该永远不会发脾气，永远就是带着那个淡淡的笑容，永远温柔而宁静。

然而，她竟然会突然说出那样不但不合她的气质，更加不合当时的场合的不得体的话，然后，是那么一脸愤懑的委屈。这所有的反常，应该是跟周明有关。

陈曦觉得很有趣，并且猛然发现，其实今天周明也很反常。早上在外科简短地早查房的时候，到后来等着会诊，从前有这样的时间，他之前又特地交代了要熟读资料，是一定要抽查提问的，而今一个问题都没问，让陈曦提了好久的心，颤悠着缓缓放了下来。到得会诊的时候，他没像平时那样于许多细节处多有疑问，若不是李宗德点到他头上，倒好像是并不打算发表任何意见了。

陈曦啃着铅笔头走神的当儿会诊已经结束，大夫们纷纷往外走了，周明在门口说所有外科的学生下午一点半在外科示教室集合，讲两个最近的典型病例，说罢大步流星地走了。陈曦拽了拽叶春萌的袖子，待到老师们都已经走远，她跟叶春萌落在最后，她低声说："这个美得不得了的林大夫，貌似跟'法西斯'有仇。"

叶春萌哼了一声还没说话，李棋已经一脸兴奋地凑过来，对陈曦笑道："嘿，这次你消息真迟钝。"

"什么？"陈曦因为交游广阔，一直是八卦集结中心，听了此话颇不服气。

"今儿早上从我带教那儿得的最新消息，中午你请客我就告诉你。"李棋得意地瞧着陈曦。

"不听。我最恨被人威胁了。"陈曦耸耸肩膀，"有本事你别说，我看憋不憋得死你。"

"你就是半点也不吃亏！"李棋恨恨地拍了陈曦肩膀一巴掌——固然愤恨陈曦的狡诈，然而这个巨大的新鲜出炉的八卦在李棋心里左突右撞。

朋友们，假如你曾经是热衷于八卦事业的同道中的一员，那么你一定可以理解李棋此时的心情。在整个八卦传播事业中，播出的快乐永远比收集的快乐更巨大，"收集"本身便是为了播出而服务，没有谁收集八卦是为了藏在心里当秘密的。固然，当收集的时候，多半会对告诉自己的那个人说"我保证跟谁也不说"，而首播八卦，正如同新闻工作者首播爆炸性新闻一样，有着巨大的职业成就感。

李棋略微挣扎了一下，决定不跟陈曦计较，往周围看看，压低声音说："林老师是周明的老婆。"

叶春萌险些惊呼出来，瞪大了眼睛盯着李棋；陈曦及时调整了自己惊讶的情绪，想了一想，摇头道："若说是夫妻，我瞧一定是一对怨偶。"

"不服你的精辟还真不成！"李棋再拍了下陈曦肩膀，"我还没说完，虽然以前是著名的才子佳人，一段佳话，不过之后，就成了十足的怨偶。我们院总大夫跟我八卦，说林大夫从来斯斯文文，对谁都和颜悦色，唯独一旦涉及周大夫，立马大反常态，简直便不像她了，听说她当年出国进修之前，已经神经质到了主任都担心的地步。我们院总大夫还感叹，世事难料啊！这可见不幸的婚姻、不合适的人，对人有多大的摧残。"

陈曦还没说话，叶春萌已经带着一个说不出是感叹还是同情还是愤恨还是兴奋还是揶揄的神情轻声说道："林大夫美就不用说了，她是多好心的人。听说这回这个小孩，哪个医院都不收，赶上林大夫刚刚回来，却帮她一直努力，上下疏通才收了进来。可惜原来这么美这么好的女人，居然嫁给一只不懂感情、不懂尊重的沙猪，也真是……看人真的不能唯才，品质性情脾气，才是最最要紧的呢。"

陈曦非常想乐，乐的原因说不出是高兴还是觉得有趣。无论如何，她知道叶春萌沉积多日的抑郁终于有了可以名正言顺发泄的出口了，她真心为叶春萌，也为自己以后的快乐生活想要三呼万岁。于是，陈曦毫不犹豫地跟进着为叶春萌的发言敲锣打鼓："而且我瞧某人也是因为自己婚姻的失败，越发变态，甚至产生了一定程度的性别歧视，尤其是对越漂亮、越女性化的女孩子，带上了刻骨的仇恨。"

"我明白原来会畏惧谁，会为了他的责难而内疚而非愤慨，是因为很切实的尊敬和歉意。"

1. 从没有过的心慌

"南翔，你说，促进人努力向上的最大动力究竟是什么呢？到底是正面的鼓励来得多些，还是负面的刺激？又或者是两方面的相辅相成？

"萌萌最近像嗑药了一样亢奋。永远精神抖擞地啃理论，查资料，跟急诊，上手术，病历和手术记录已经规范得从三分区传到一分区再传到二分区，甚至让那个变态提着她的大病历和我的，分别作为正面示范和反面典型作对比。萌萌很久不去做那些黄瓜片儿加西瓜皮的、真实功效非常可疑的面膜了，更不会在经过离校园不远处那条已经被轻度污染的小破河的时候蓦然想起徐大诗人《再别康桥》的诗句了，甚至竟然一直没有委屈地抱怨白骨精如何盛气凌人。我原本以为她跟白骨精不幸分在一组，一定会有许多苦闷来向我倾诉。

"昨天我忍不住问她：'你跟白骨精相处愉快吗？'萌萌愣了一愣，然后说：'还好吧。'然后她认真地说，'我们俩确实互相不喜欢，不过，在病人眼里我们都是实习大夫，什么事情找她跟找我完全等同，我们只得经常互相交流以免有贻误。而且，我们俩也算一起被那个变态给歧视流放了，程老师又真的对我们很好，等到出科综合考核的时候，我们倒是要让那个变态看看我们三分区的水平。'

"萌萌说这话时气鼓鼓的，那个模样儿真是又好笑又可爱。

"你知道我一贯小人之心，所以实在不觉得萌萌这样如喝了中华鳖精的工作热情完全来自于对白衣天使这个职业的热爱，当她纯粹是热爱的时候她真的没有这样巨大的动力。我觉得她的中华鳖精一大半是个人感情，也就是对那个变态的仇恨和对程胖子的热爱，而后者基本是在前者的基础上产生的。"

陈曦打着应急灯趴在床上，进行着自己这辈子唯一一件坚持了足足有四年而从来没有厌烦，没有因为任何意外而中断的"每日常规"，给隔着半个地球的谢南翔照例地啰唆自己生活中的一切。而写到这里的时候，叶春萌正在说："今天去儿科会诊，有个小孩怎么也不配合，发了疯似的哭，程老师和颜悦色地，不急不恼，也不知怎么的，就用一块奶糖把小病人逗得乐了。程老师特别懂得关心人，在手术间都会特地叮嘱我跟白骨精有点空就要抓紧休息和吃饭，下个间隙有可能不知道是什么时候了，他对护士也特别客气，从来让人做事都说谢谢……"

陈曦听到最后一句差点儿乐出声来，努力忍得肩膀直抖，调整好了呼吸之后，陈曦继续写道："萌萌现在给周老师起了个恰如其分的外号——'那个变态'，而我当然配合地叫，并且在叫的时候，想起他骂我时的恶形恶状，尤其是他对刘志光和对我的绝对不公正态度，就觉得特别解气。"

想到被优待的刘志光，陈曦忽然停住，心里一瞬间有种说不出来的情绪，却并不是绝对的不满和愤怒。

前天在急诊的时候，周明特地带着刘志光来缝合一个病人背上的伤口，开始之前，简直是挤出了少有的温和慈祥的笑容对他说："我觉得你已经练得很好了，没有问题，来，试一试。"

旁边正在给病人清创的陈曦简直震惊了，差点忘记了手里拿的是碘伏棉球，很想拿它擦擦自己的眼睛看看是否看错了人。

刘志光在这样的鼓励之下，脸上带上了庄严肃穆的表情开始打麻药戴手套铺消毒巾，每一步都进行得郑重而缓慢。旁边陈曦克制着自己想笑的冲动，偷眼瞧着，心里想象着如果有台摄像机只照着他的脸，把这张脸上的表情播给广大人民看，估计有一多半的人以为他正在进行着的是类似为原子弹零时起爆签字这样的关系着国计民生的伟大工作。

这种郑重的缓慢突然间卡了壳。

刘志光握着持针器，上了弯针，手又哆嗦了起来，他看了眼身边的周明，甚至瞥了眼陈曦，然后哆嗦得更加厉害，脸也已经通红。周明的脸已经僵了，硬生生地想继续保持微笑却"笑"得比哭还整脚，陈曦背转身，微笑着给病人清理完的创口盖上纱布准备包扎，她幸灾乐祸地想，朽木就是不可雕，努力就没有克服不了的困难这一想法，一定程度上就是大跃进年代"人有多大胆，地有多高产"的萌芽状态。

陈曦站起身去取绷带，这个时候刘志光还在哆嗦着，竟然哆嗦得没法用力握合持针器的把来将弯针卡住。

这会儿连陈曦的病人都已经瞧出点儿端倪，颇有兴味地伸着脑袋，而那个背上被砍伤的胖子的哥，因为背上铺着消毒巾不能转动身子，不知道身后发生着什么，趴在诊台上操着标准的京片子问："大夫，快着点儿您？咱从小儿就怕打针，这带着恐惧等待的滋味儿很难熬呀。"

这京片子让已经三周没回家的陈曦听着心里又舒坦又亲切，上了逗贫嘴的瘾头，忍不住就接口："急什么您急什么呀？这麻药打上去，得有会儿才生效呢。刘大夫不着急，那是特别细心体贴您的伤口和恐惧打针的情绪。"

"哎哟喂，那可谢谢刘大夫嘞。"胖子的哥更是个爱说话的主儿，这下乐了，"我说姑娘，您是护士还是大夫？你们这病人是咋个分配法儿的？"

陈曦哧啦一声将绷带熟练地徒手撕开，乐着道："水平高的给您缝伤口，水平低的像我这样儿的，绑绑绷带啥的。"

"可别这么说。"陈曦的病人也早坐得无聊了，也乐呵着接上茬儿，"我瞅着姑娘您干脆利索快，水平不低！下回我再伤了我还得找您！万一我要也得缝口子，我留给您缝！"

陈曦已经开始上绷带，听着这说话虽然知道是逗贫嘴，却也忍不住有些得意——她从来手巧，三岁半开始到上大学前，国画素描小提琴地一路练下来，砸了爹妈无数的银子，虽然艺术上没有了不起的造诣，十根手指头正经是要力度有力度，要稳定有稳定，要灵活有灵活。她虽然对实习不甚上心，但是手头儿的功夫却是让李波、胡原他们都不知道赞了多少次，甚至也因此而对急诊值班少了点反感多了分带着虚荣的热爱。

这时胖子的哥又忍不住问了句："我说那个，这麻药还得等多会儿才生效？您别算错了，别等它过会儿该回过劲儿了啊。"

刘志光哆嗦得胳膊都颤了，口罩随着呼吸已经看出了起伏，手握着持针器，居然，就是不能扣合上。陈曦幸灾乐祸地偷眼瞧着，此时，自己却做得更加来劲，故意卖弄，抖出花架子，十指翻飞地将这缠绷带打结的动作做得煞是漂亮，连最后的结，都翻出了朵漂亮的花儿来。

陈曦若有所待地瞥了眼周明，却见他转身从抽屉里拿出一副无菌手套，飞快地戴上了，两步走过去。陈曦以为他要将刘志光推开，却见他过去，双手分别握住了刘志光的双手，停了足有半分钟，刘志光的胳膊终于不抖了，手也不抖了，周明退开半步，刘志光终于闭了下眼睛用劲将持针器扣合好了。

"今天到这儿，准备做得不错。很规范。"周明从他手里将持针器接了过来，半分钟之内将那个伤口处理完了，盖上纱布，贴了胶条，对刘志光道，"去开破伤风针。"

陈曦愣怔良久，此时偏又瞧见她的病人绷带上那朵花儿，脸觉得发烧，有冲动抄把剪刀把它剪掉。她得意的心情一下子消失得干干净净，不言声儿地收拾好了手头的零碎儿。

刘志光低头出去了，两个病人也一前一后地出了急诊手术室，等破伤风针和药的当儿已经跟熟人一样聊了起来。手术室里只剩了周明跟陈曦，陈曦觉得有点心慌——她从小到大不知道违反过多少次纪律，被请过多少次家长，甚至因为一幅将老师的脑袋跟驴身子组合的系列漫画把美术老师气病了三天没能来上班……但是，她从来没有过这样的心慌。

周明一动不动地站在中间，抱着双臂，不说话。当陈曦已经什么都没得收拾了，不得不站起身从他身边经过的时候，她发现他瞧着自己，没有愤怒，没有讽刺，那种目光她不太认识，并且更加让她心慌。

"周老师，我……我出去看看还有没有外伤病人。"她快步走到门口，说不出为什么，觉得心里堵得难受，胸闷憋气，很想说点儿什么，说不出是说给别人听，还是说给自己，推开门的时候，听见周明在她身后说：

"陈曦，你记着，世界很大，并非所有人都是聪明人，也永远有更聪明、更能干、更优越的人。"

他说话的声调缓和，甚至可以称得上语重心长。然而这样的声调，却比从前任何一次对她的偷懒或者操作不规范毫不留情的呵斥更加让她胸闷憋气。她忍不住想辩解，不知道对周明还是对自己："我……我就是爱说话，我话痨。"

"那么，我替刘志光谢谢你。"周明淡淡地道，"谢谢你话痨地替他跟别人解围，而且理由非常合理。"他说罢推门走了出去。

2. 整一个悲惨世界

黑暗中，女孩子们还没睡着，叶春萌对程学文的赞美已经并不意外地过渡到了对周明的批判上。

"程老师这样的人真好。让周围的人心情都特别舒畅。"黑暗之中，叶春萌由衷地感叹，"现在还真是庆幸，没有给分到一分区去，如果天天对着'那个变态'，这半年下来，简直要得抑郁症……"

"解放区的天是艳阳天，解放区的人民好喜欢！"陈曦幽幽地接口，"不过也别这么赤裸裸地刺激俺这个还在白区等解放的不幸的人好不?"

大家都乐了,同情陈曦的不幸,然而陈曦却在信上继续写道:

"说实话,虽然'那个变态'对我的态度简直算得上穷凶极恶,但是不知道为什么,我却并没有那么厌恶他了。我觉得从某些方面来说,他是相当简单的人,恼火和开心的原因都特别单纯,至少在做老师这件事上。他可以三分钟前因为李波一系列的止血结扎缝合剥离而忍不住地赞美'出息了,真是出息了',而三分钟之后,却又因为李波轻易通过了我错误百出的手术记录气急败坏地拍桌子骂他,说这是教学医院,带教基本功不过关,别的方面再好,你都是三个字,'不合格'。

"除了第一天之外,他并没有再得罪过萌萌了,她离他眼皮子毕竟远些,而且,萌萌对实习是很认真的,打定心思为今后做个好大夫而学习,并不像我这么三心二意。今天'那个变态'再次夸奖了萌萌的手术记录写得规范漂亮而让我们传观学习。可是萌萌不领情,我想,萌萌的心里,'那个变态'已经从第一天起,就不可改变地成了对她存在了巨大偏见的粗鲁的沙猪了。而恰好顺手顾及了一下她的面子的,相貌普通性格温暾的程学文,现在简直就是一个骑着白马而来的,最英勇、最绅士、最善良的英雄。

"我相信'那个变态'其实并不明了这一切。他大概已经忘记了某一天尖酸刻薄地讽刺过一个小姑娘的事情,也许在他,那就不叫尖酸刻薄,只是实话实说。

"所以,南翔,女人是一种非常偏执而记仇的、情绪化的动物。一旦得罪了,是要咬牙切齿地恨无穷久的时间的。

"你一定要记住这一点,要小心翼翼地,千万不要得罪我,一次都不行。我做错事的时候,不要批评我,要安慰我;我犯傻的时候,不许讽刺我,要替我收拾烂摊子;当然,要经常找到我的闪光点来赞美我。"

陈曦用被子捂着嘴隐秘地笑着,李棋忽然说道:"你们成天骂'那个变态',大概他是真够讨厌的,不过我真是希望他做手术的本事像传说中那么神乎其神。"

"怎么?"陈曦愣了一愣。

"我也希望他至少在专业上名副其实。下周一就要给小姑娘做手术了。程老师说最难预测的情况是将瘤子跟肝门剥离,最要求精细的是重建肝门结构。他说……普外科手术最精细又最擅长处理突发状况的就是'那个变态'。"叶春萌叹了口气,"那小孩才十一岁,长这么大的瘤子,两次手术失败,大老远再折腾来北京……我想着心里都难受,不知道这么大点儿的孩子心里得多害怕。真希望这次手术成功,她能康复跟父母一起回家。"

"这次再不行，北京的同级医院，我想也不会再有人敢接了。哎，"陈曦翻了个身，喃喃地道，"在医院工作真郁闷，简直放眼望去就是一悲惨世界。在医院里一个月看见的无可奈何的事儿，得顶外面一辈子看见的。"

陈曦说话的时候，忍不住想起最近病区里的几个病人。

一个昨天刚收进来的巨大甲状腺瘤的农村女人，居然拖着脖子下的大瘤子耗了七年才来看病，因为没钱。依李波的话说，就是攒够了看病的钱也养大了瘤子。最让人看着心里难受的，还是随那女人一起的小孩。他六岁大了，因为妈妈怀孕时甲状腺功能受瘤子影响，激素水平异常，胎儿发育受损，孩子是智力障碍，现在还不会说半句有意义的完整的话。这女人来京看病，丈夫孩子都来了，丈夫天天去工地打零工赚个当天饭钱，孩子没处去，就跟妈妈住病房里。时常一个没看住，那孩子就戴着个脏呵呵的围嘴，傻笑着往楼道跑，满脸都是鼻涕口水，他妈妈就歪着脖子，大呼小叫地在他身后追。

一个两周前急诊收的小肠破裂粘连梗阻的十七岁男孩，手术做得很成功，恢复得也好，原本并没什么，很普通的病人，只是前天病房大乱，陈曦一进楼道便听见病房里吵吵嚷嚷，一会儿便见几个护士将男孩的妈妈从病房里拽出来，护士长半是劝半是责备地说："这是什么地方？就算你不管自己儿子才手术完两天需要心情平静地休息，还有别的病人！教训孩子回家去教训。"那妈妈蜡黄着一张脸，头发散乱地呜呜地哭，嘴里含糊地喊着："造孽。生儿养女就是造孽的，他们都是追债的……这日子可怎么过下去啊……"

陈曦本以为她又在跟儿子怄气。那男孩的小肠破裂是打架打的，而且为了怕说出打架的事甚至一直隐瞒险些延误了诊治。一进病房却见男孩床边站着个头发染成三种颜色的女孩，脸上的妆让眼泪给冲得像调乱了颜色的水彩画。

之后，陈曦才知道这女孩是男孩的姐姐，他们父亲在两年前因为车祸去世。父亲原本是这个家经济与精神的支柱，他一去，这个家骤然间坍塌。母亲尚未从自己丧夫的悲痛中走出来，并没有足够的镇定与智慧来抚平儿女丧父的恐惧与哀伤。恰逢高考，本来就成绩一般的女儿，彻底没了为高考而冲刺的斗志和念书的耐心，结识了酒吧街的一票朋友，天天混去唱歌喝酒跟人跳舞，自作主张地做了吧妹。弟弟原本一直是规规矩矩的好学生，父亲去世，暗自不知道流了多少眼泪之后发誓要做家里新的支柱，只是他确实太小了，这份志气带给他更多的是迷茫和困扰。他没法让妈妈从整日茫然地以泪洗面中回到从前快乐地忙着家务的样子，更没法把姐姐拉回以前有父亲在的时候的学生生活。然后，他自己，因为听见有人叫姐姐"小婊子"而忍无可忍地生平头次抄砖头打架，并且由此而跟人结了仇，带来了之后没完没了的祸事。

陈曦听几个护士唠叨这家的事的时候，说不出自己心里的感受。她不喜欢看见那个神经质的妈妈，更对那个"准鸡"的姐姐很厌憎，但却确实有点心疼那个男孩，看见他咬着嘴唇，眼泪在眼睛里转来转去的样子，竟然不知怎么的，想起谢南翔去美国之前，站在机场的出境口，看着人群里的父母、姐姐和她那时的脸。

那大概就是一个男孩子将要自己面对生活，却还并不知道究竟该如何面对的时候的样子吧？

她很想跟男孩说说话，安慰或者开解他，可是到了跟前了，却开不了口。她这时才明白，无论自己有着多好的口才，多么会讲故事说笑话，对于自己生命中没经历过的苦难，都无从言说。只是，之后，无论是给他检查伤口、换药，还是量血压测脉搏，态度都是前所未有的细致温和。

还有一周前收的那个二十岁的女大学生，有着一张特别像周迅的小尖脸和灵活的大眼睛。她住进来时还抱着一书包的书，陈曦给她作全面体检时她还没心没肺地问多久能出去，该考英语专业八级了，跟同学打赌谁的分高，赌请全班吃羊肉串。陈曦立刻给她建议北城几处烤得最地道的羊肉串摊子，说得口沫横飞，被护士长听见数落了半天，她跟那女孩儿相对而笑，互相做着鬼脸。

两天前这个女孩进了手术室，手术中将她乳腺肿块的组织作冰冻切片病理检查，回来的结果是恶性，于是，乳腺全切，清扫淋巴结，切除部分胸大肌，这个漂亮的姑娘，就此失去了作为女人很重要的一部分身体……手术过后，陈曦来给她检查手术伤口的时候，竟然不敢去面对她的目光。

还有……

陈曦裹紧了被子，闭上眼睛，想要尽快睡着，却全无困意。她忍不住地想着这些人，这些，若不是因为穿了白大衣在病房里做"准医生"，也许永远不会跟她的生活有所交集的人。

身处那些人之间的时候，尽管脸上绝对不会如叶春萌和刘志光那样带出任何情绪，她的心里，却总是有着不知所措的茫然惶恐，这时候，看见"那个变态"，心中暗自为了即将被提问以及九成被呵斥而叫苦之余，竟然会生出一丝没来由的安稳来。

3. 想当一个男子汉

叶春萌和李棋还在谈论着那个小姑娘以及她的父母，张欢语已经睡着了，在梦中吧唧着嘴，想是因为最近强力地节食减肥而饥饿难当，陈曦在黑暗中想着那些她不想去想的人和事，而第一医院普通外科一分区，被她们称为"那个变态"的周明，还在自己的办公室里。他的办公桌上铺着小女孩所有CT、B超、血管造影和肠道造影的片子，墙上左边挂着腹部脏器解剖图谱，右边的白板上列着小女孩这些天作的相关的各项检查结果摘要。

周明抬头左右看一会儿，便俯身在一叠绘图纸上加几笔或者擦掉几笔。眼前这张绘图纸的左上角写着"组4，图27"几个字，画面上可以看出是半个肝的结构和放大了的某些部分的血管和肝管。他微微皱眉地盯着画面，过了一会儿，从抽屉里拿出个袋子，打开，取出一把止血钳一把手术刀，闭上眼睛，在脑子中过刚才想到的一些图景，左手持钳右手持刀地模拟操作；他忽然又从袋子里抽出另外一把止血钳，左手五指很匪夷所思地将两把止血钳同时灵活地操作甚至在指间耍着。

挂钟指到十二点整的时候，他伸了个懒腰，将所有东西收拾好，抓了车钥匙，从抽屉里摸了包烟，走出了办公室。经过水房的时候，听见里面隐约的说话声，听声音竟是刘志光和才做过手术的那个小肠破裂的男孩子。周明站住。

"你得好好休息，身体先恢复了再说。不能老不睡觉。"刘志光的声音。

"我睡不着。"男孩的声音很低，"我想好多事。我怕出院之后比赛成绩不好，耽误这么长时间，其他人都在做很多题。这个比赛如果得奖，可以保送大学呢。我不知道还要不要参加这个比赛。"

"参加。"刘志光很笃定地说，"不一定得不上。就算得不上，也练一次。"

男孩沉默了好一会儿："我怕上不了大学。姐姐没考上大学，还跟别人混在一起。妈妈天天又哭又骂。我也不知道，我想让妈放心，想得奖。可是，我还是跟人打架了。还住院，开刀，妈说我比姐还让她操心。说我以后逃不了成小混混的命，以后要是成了流氓，坐牢，不如全家一起喝毒药死了倒是干净。"

"你妈是急火攻心。"刘志光道，"不能当真。怎么会上不了大学？你以前不是成绩很好？你努力一定能上。我这么笨，什么都不如别人，努力，还是能考上。你别乱想那么多。努力考。这次得不上竞赛奖，就下次，再得不上，还有高考。高考能考三次。"

"谁会考三次？会疯了。"

"我考了三次才……考上这里。这里很难考，"刘志光继续说，"我很想上这里。因为一个很好的大夫，他给我做手术治好了我，他说让我当他的学生，我说好，一定做他的学生。可是我挺笨，原本考不上，就拼命学，终于考上了，他却已经……去世了。"刘志光的声音颤了颤，半晌才继续道，"在这里，我有些不知道怎么办好。我好像什么也做不好，不过我想，我还是得加油，只要功夫深，铁杵磨成针，努力不会错的。我想做个像他那样的好大夫。"

周明站在水房门口，想走开，却半天没有挪动脚步。

极安静的楼道里，从水房传出来的，刘志光的声音，不高，却非常清晰。茫然与犹疑之中，却有着某种执拗。

怎么也顺不过来的别扭的操作，哆嗦的手，抢救时候的手忙脚乱。别人无奈叹气，不以为然地嘲笑，无可奈何地摇头，他如同对不起每个人一样，谦卑地低头。然而，还是要问，要学，执着地站在那些对他不抱希望的老师身边，哪怕是做个急诊里的"闲人"，安慰家属，带病人去找检验科。

三次高考，所有的不认同之下的坚持，是为了"做个他那样的好大夫"？

这个"他"，必然是哪位值得尊重的前辈，而这个让韦天舒断言为"朽木"，让自己努力地想办法，破例以副主任医师身份亲自带的实习生，手把手地教了一段之后满心沮丧的孩子，这样屡败屡试，跌得鼻青脸肿让别人嘲笑之后，依然要再"加油"，这位前辈，得是留给了他怎么样的梦想呢？

这时两个人从水房走了出来，迎面看见周明，刘志光有些不安地叫了声周老师，习惯性地抓着白大衣低头，等着他批评自己这么晚跟病人聊天。周明却招了招手，说道："你们俩跟我来。"

周明领着他们一直走回自己的办公室，把门关上，示意他们坐下。

男孩有些紧张地瞧着他，刘志光则更忐忑。

周明瞧着男孩问："为什么不睡觉？担心什么？"

"我，"他抬头看着他，摇头道，"我也说不清楚，好多。"

周明皱了皱眉，脱下自己的白大衣，撩起毛衣，露出后腰上的一个伤疤。

"比你还小的时候，跟人打架打的。那年代跟现在不一样，'文化大革命'刚结束，社会还乱得要命，大家从比我们大了十几岁的那些革命小将身上学了武斗的风格。那会儿打架是玩刀子的。"

男孩惊怔地望着他，半天说不出话。

周明把衣服放下，自己一撑，坐在了办公桌上，摇头笑了笑：

"没父亲的男孩子，特别想顶天立地，特想当个男子汉保护家里的人，特别敏感，对别人一句话甚至一个眼神，都能看出侮辱来，也绝对不能忍受任何侮辱。"

"您……"

"我父亲去世的时候我比你小。"周明抬头望着天花板，许多久远的往事，于遥远处，迤逦地从眼前划过，如大雨天透过被雨水打得模糊的玻璃窗，看窗外的景物，轮廓都在，却看不太清楚细节。三岁，父亲被定为反动学术权威给下放到了山西，母亲因为海外关系被认为里通外国发配到了新疆，父亲的境遇还稍稍好过母亲，山西也还有远房亲戚，于是他跟着父亲。八岁，煤窑发生事故，父亲正在其中，再也没出来。表叔把他从山西送到了新疆母亲那儿，到了那儿的时候，母亲却因为长期超负荷的劳累和营养不良造成肾衰竭，母亲央求叔叔把他带走，不要让他再亲眼看着另一个亲人的离开。叔叔把他带回山西，九岁，北京的奶奶从牛棚放出来了，给医院扫厕所，他回到北京，跟着奶奶相依为命。

"周大夫？"男孩子忍不住轻轻叫了他一声，周明瞧了瞧他，缓缓说道："我小时候的那个年代很混乱，大家都很浮躁，谁也不知道该怎么生活，我更不知道。我觉得我是家里唯一的男子汉，很想顶天立地，可是，并不清楚，这个男子汉，究竟该怎么当法。"

男孩子怔怔地望着他，见他停下不继续说，问："然后呢？"

"然后？"周明笑了，"然后就是我尝试做个男子汉。做过错事傻事蠢事，可笑的，可恨的，很多。伤过，包括腰上那道伤疤和许多其他的，让最亲的人流过眼泪，失望，担心。不过，你看，我最终也并没有成了混混流氓去蹲监狱。"

男孩抓着自己的衣角低下头去。

"没有人能真的教给你怎么做个男子汉。即便就是你爸爸还在，也不能告诉你每一步该怎么走。"周明站起来，拍了拍男孩的肩膀，"你看，每个人都有自己的问题，我有我的，这个你的管床医生，"周明指指站在旁边的刘志光，"我今天才知道他这么不容易考来，才知道他大概有过很艰难的经历。我本来只知道他不太聪明，经常挨骂，但是他很努力，没有放弃过做个好医生。我也相信他一定能成个好医生。"

"周老师？"本来一直瞧着地面的刘志光猛地抬头，望着周明，眼睛竟然红了。

周明冲他点点头，又对男孩子说："想当个男子汉，就得自己解决自己的问题，走好自己的路。好了，回去睡觉，身体不彻底恢复就什么都做不了。"

男孩子瞧了瞧他，又瞧了瞧刘志光："我还是去比赛试试。或许，对下回有用。"

"好啊。"

"如果得奖，我告诉你……告诉你们好不好？"

"当然好。"

"如果不得，就下次……或者我明年考上大学的时候。"

"没有问题。"

"那，我去睡了。"男孩子有些依恋地望着周明，"希望今后，我能像您一样。"

男孩推开门走出去了，刘志光还站在原地，呆呆地瞧着周明，有些紧张，有些期待，也有些激动。

"周老师。"他再叫了一声。

"什么？"

"是真的么，您相信我能成个好大夫。"刘志光说着，嘴唇有些哆嗦，"我能把手术，做得像您，像魏大夫那么、那么好吗？能帮那么多人？"

"刘志光，你说的那个人，是魏淮安大夫？"

"是！您也知道他！"刘志光更加激动起来，这个藏在心里太久的名字，提起来，是如许的亲切。

周明点头："学生的时候，听过他的讲座。"

"魏大夫他，他去我们县城，他本来在市里，但是去我们县城给我做手术，我就站起来了。他说让我，以后做他的学生。"刘志光激动得脸发红，有些语无伦次，他是如此想跟每个人讲魏大夫，讲魏大夫要我做他的学生。但是，即使对叶春萌，他也说不出口。什么也做不好的自己，是不是，辜负了魏大夫的希望？然而此时，听见周明说，相信他一定会是个好医生的时候，当周明提到他的名字的时候，刘志光再也忍不住，将这个藏在心里太久的秘密，对他说了出来。

刘志光声音有些发颤地说着那一个让他的生活彻底变了样子的人，他温和而亲切的微笑，这时，再又回到他的眼前，仿佛再度对他说："小伙子，不错啊，以后做我的学生吧。"

只是他来了，却再也见不到他，他竭尽全力，却不知道该怎么样，才能学他的样子，做一个他那样的大夫？

"魏大夫真是个了不起的人。"周明叹息，他望着刘志光，认真地说，"说实话，在今天之前，我只知道他是全国数一数二的骨科专家，是个讲课很生动的老师，但是，即使是报纸上铺天盖地宣传他事迹的时候，我也从来没有像今天这样，觉得他是这么了不起的人。"

"为什么？"刘志光有些不解地瞧着周明。

"因为你。"

"我？"刘志光不安地低头，"我什么都做不好。我，我不敢跟别人说要做魏大夫的学生，我怕……"

"好大夫是能帮到病人的人，好大夫并不一定是专家，专家也并不一定就是个好大夫了。"周明笑笑，然后正色道，"在这六个月里，我和你的带教老师都会好好教你做手术。你尽力学，我们尽力教，我并没有一定的把握你今后可以把手术做好，但是我有绝对的信心，魏大夫，他如果还在，他如果看见今天的你，一定不会为他说过的话后悔，你会让他觉得骄傲。"

4. "穷凶极恶"的羞辱

当李棋建议陈曦一起去夜场滚轴，被陈曦以"要看明天手术的资料"拒绝的时候，李棋的第一反应是，陈曦肯定蒙她，不定准备猫在宿舍里吃什么独食，而当陈曦真的认认真真地看了半小时资料都没动的时候，她忍不住跑过来摸她脑袋。

"干吗？"陈曦皱眉挡开她的手，"别给我捣乱，看得我郁闷着呢。"

"明儿没考试吧？"李棋狐疑地说。

"没有，可是明天要跟'变态'的手术，谁知道他要问什么啊！"陈曦叹了口气。

李棋足足瞪了陈曦三秒钟，然后哈哈大笑："天哪，原来你还真有个怕？我的天，这'变态'到底得是什么人啊？对了，不是说外科对女学生松么？你又这么能混，不是故意考英语期间换过去的？这个'变态'还真'变态'，干吗跟学生这么较劲哪？"

陈曦愣了一下，没有说话，继续低头看周明交代下来的材料。在周明的呵斥中生存的陈曦，在那个时候也真的不太能理解周明作为学术上大有作为的一名优秀外科专家，何必要跟中学班主任似的跟学生过不去。中学学生的成绩要全市会考，直接影响老师的考评，而她们，就算最后的执照考试，也已经是住院医时代，不会有人回头跟任何一个教学医院的教学主任结算当年他所带的实习生有几个没有合格，成绩又是多少。少浪费点工夫，他也许就可以多分些时间去做外科基础项目。陈曦私下里听其他小大夫说过，院长和老主任都颇青睐他，几乎把他看作是李主任退休后的铁定人选，多次催促他申请自然科学基金项目，并且听说，带一到两个这样的项目，才能对之后的升迁更有保证。

不理解归不理解，为了应付大庭广众下的提问，她只好改变了读书的习惯，勉为其难地每天饭后要翻翻书而不能留到考核前突击；为了避免敲到手背上的手术刀柄，她只好一抬手就要在脑子里过一下正确持钳、持刀、持剪姿势；为了不反复地重新写手术记录和大病历，她只好破天荒地硬着头皮反复检查核对。

可是，她究竟怕什么呢？

她今后并不想做临床，出国是她给谢南翔许下的承诺，虽说一个好成绩对申请学校有所帮助，然而实习的成绩跟理论课、英语比起来并没有那么重要。

从幼儿园起，她就比所有最淘气的男生更会耍赖耍泼皮刀枪不入，是让所有老师头痛的孩子，对于自己认定不想干的事情，她向来既不怕挨骂也不怕挨揍，于是所有的老师乃至可以体罚她的亲爹亲娘在她这里，都没有太大的震慑力。

只除了这次，对这个人。

从何时开始？

或许正是从那次他对她的穷凶极恶的羞辱开始。

陈曦的手头功夫好，带教老师们一直对她放心，凡是急诊忙得不可开交的时候，就放她一个人在里面独撑大梁。

那天急诊楼道里排着十多个等缝合的外伤，三个原因不明有外科体征的腹痛患者，李波打发刘志光给患者作基本检查，交代她镇守急诊手术室，他在外面对付三个腹痛的，等化验结果出来也许就要送上去手术。陈曦才铺好无菌手术巾，打开缝合包准备开始，却见门被推开，周明跟李波一起从外面走进来，走到她旁边就站住了。

陈曦先是心中感叹倒霉，随即心想，大不了是再被数落，再说，她的独立缝合也有段时间了，并不怕在"变态"面前显示自己的本事，还可以好好地表现下与

"朽木"的差距。

她很快地左手持镊子扣好弯针准备开始，没想到忽然听见声冷冰冰的"停"字，然后只觉眼前一花，"变态"已经戴上了无菌手套，窜到她跟前，从无菌缝合包里提起一把剪刀，咔嚓，把她手里准备缝合的、持针器上弯针带着的线剪掉了三分之二。

陈曦当时便愣了，并不明白发生了什么事。她看着周明，却从他的脸上找不到任何答案。

周明一动不动地以标准持剪刀姿势站在陈曦身边，一语不发。

陈曦拼命地搜索脑子里关于缝合的一切。从来没有说有缝合线长度的限制吧？

患者脑袋后面的伤口，至少需要五针，弯针上所剩的线，以她这种尚且不是很娴熟的技术，肯定是不够了。难道他是要限制了线的长度来提高考核水平？

陈曦求助地望着李波，他苦着脸示意换一套。她只好把手中的弯针卸下来丢到有菌区，再拿起一根，才在持针器上夹好，眼前一晃，咔嚓，又被剪断了。

陈曦着实不知所措了，呆望着周明，他皱着眉头把她手里的家伙接过来，飞快地缝好了这个病人的伤口，手法干净利索得让陈曦一时忘记了自己的窘境而很渴望再欣赏一次。

病人出去之后，周明瞧着李波问："就这样，你就能让她自己处理急诊缝合了？"

李波垂头丧气地站着，低声说："是我看得不细，是我的错。"

周明又转身问陈曦："我为什么剪你的线？"

为什么？鬼才知道。陈曦恼火地想，只觉得自己正在经历着一场前所未有的颜面扫地。她迎着周明带些讥讽的目光，委实想不出为啥被剪了线，再又突然想到居然在他眼里，自己现在恐怕跟刘志光一个水平，都是不合格，都被半途阻止，没有将缝合进行完。陈曦心里的羞怒之火燃烧得越发熊熊，以至于突然间有了破罐破摔的蛮勇。这时，陈曦骨子里的顽劣和无赖不可抑制地上涌，特别镇定自若地回答："您剪掉我三分之二的线，是为了给我作示教。让我看到，如果技术好，计算精确，三分之一的线也可以缝合完一个需要五针的伤口。您想告诉我，只要苦练基本功，以后就可以不用这么长的线，勿以善小而不为，勿以线少而不计，积少成多，减少医疗成本。"

李波本能地差点乐喷出来之后是郁闷得想撞墙，不大敢去打量周明，但是多少有点好奇。在他所有的记忆里，跟周明吵架者有之，跟他抗议讲理者有之，被他骂哭了的女孩子更多男孩子也有，然而这么样耍无赖的，还是头一遭。

陈曦挑衅地抬头望着眼前的周明。

他却既不惊诧也不愤怒，只是像听到了一个不正确的答案一样，摇头说："不是，再想。"

"想不出来了。"陈曦大声回答，因为他的平淡反应而颇为失落。

"缝伤口跟缝衣服有什么区别？"他终于提了个醒。

这时候，陈曦猛然间福至心灵地想到了那被剪断的线尾——李波带她做的时候，他个子高手臂长，手持针时，线尾是垂在半空的，那自然没关系，可是她的个子没有那么高，线尾也就碰到了旁边不能算作无菌的轮床扶手，那么，那就是一段被污染的线了。

缝伤口与缝衣服，带见习的侯宁讲课时说过多次，差别就在"无菌操作"四个字上。

陈曦恍然大悟，沮丧得恨不能给自己一个嘴巴，但是，对着周明的问题，却因为那层被削了的面子，依旧给了个很无赖的答案。

"缝衣服的针是直的，缝伤口的针是弯的，还有，缝衣服时不用持针器。"

周明瞧着陈曦，并无什么惊怒的表情，倒是有几分玩味，像是大人对着个胡闹的孩子。陈曦刹那间觉得没劲，如同自己表演了个猴戏，旁边坐着个人，却压根儿不是观众。

周明对李波说："你先把外面的病人处理了，明天带她从戴无菌手套的方法开始重新把无菌规则复习两遍。"然后对陈曦道，"你跟我上来。"

陈曦带着悲壮的、任人鱼肉的心情跟在他身后，准备好他用任何刻薄话挖苦讽刺自己，都在心里默念一千遍"骂人便是骂自己"而决不被击倒。

陈曦跟着周明先到急诊室拿了几份病历和刚做出来的检查结果，然后进了他办公室。他在办公桌后面坐下，把那些病历和检查结果推到陈曦面前："二十分钟之后手术，你先看资料，待会儿跟我说什么印象。"然后不再理她，自己靠在椅子背上闭目养神。

陈曦仔细地把病史和血生化检查看了，一遍，又一遍，她脸上无赖的神情尽去，盯着那些检查，心里说不出是什么滋味。

"什么印象？"周明睁开眼睛看着她。

"一个月前阑尾炎手术史,腹痛、高烧,白细胞基数二万二,原伤口处有渗脓。结合 B 超,可能是手术中感染……"

他站起来:"跟我上台手术。"

那台手术对周明而言实在并非什么挑战,但是因为内部感染包裹已经有了一段时间,清洗修复是个极麻烦琐碎和细致的活。这台手术,周明也没再拿任何问题为难陈曦,一直很安静。只是陈曦的脑子里却并不安静,禁不住想起来之前还是侯宁带组见习时曾经接诊过一个阑尾炎手术后感染的病人。

那病人是从远郊山区某县来的,手术已经砸锅卖铁,术后虽然感觉不舒服,却再不想花钱,总觉得农家人,挺挺,就过去了。这一挺,挺到了败血症的地步,再送医院时已经高烧半昏迷,医院直接用救护车四个小时开来了这里。

然而,晚了。败血症造成的休克,衰竭,那个病人在入院两天之后死亡。

患者的妻子,那个头发蓬乱的农妇目光呆滞地久久盯着丈夫的遗体,反反复复地说,咱们花钱手术了啊,手术说是小手术啊,做了就好了,咱们把猪都卖了,树苗也卖了,手术了啊。

"阑尾炎手术是腹部外科最基础的手术之一,大部分基层医院都足够具备做这个手术的技术能力。但是许多基层医院本身条件问题之外,医生无菌操作的概念淡薄,经常造成手术后感染。本来单纯性阑尾炎,简单的手术预后良好,感染之后二次手术,不但受二茬罪,而且由于感染炎症反应造成了更大的损伤,留下难看的疤痕,更严重的,就是这样,可以因为并发症败血症而死亡。基础操作,基础操作,医学的基本功可不是没有意义的八股文,你越精细,越规范,你手里的病人,就越有生存和康复的希望。"

侯宁当时讲的那些话,这时一字一字地,回到陈曦的脑子里,而方才那段被剪断两次的,污染了的线,仿佛幻化为一条鞭子,抽打得陈曦每一寸肌肤都疼痛欲裂。

无论是羞怒还是气愤,又或者是不肯承认的惭愧,陈曦知道,自己是再也忘不了那段线了。

那天那个手术做了两个多小时,差不多一点的时候,助手已经在关腹腔,手术室值班的许护士进来问:"小周,你让开的 3 号?这么晚了还有手术?"

周明抬头答应,一脸谄媚讨好的笑:"许姐,谢谢,谢谢,给我加一台。"

"又什么啊这是?"许护士没好气儿地问。

"巨大的一甲状腺瘤,还带一弱智孩子,长了好些年了,实在没钱,攒钱,钱攒够了瘤子也长这么老大了。"周明蹭到许护士身边，在自己脖子下面比画了一圈，"她没钱点名，排期排到两个月之后。这家也没钱住旅馆，男的打工，孩子满楼道地跑。大家都意见很大，赶紧给做了，出院大家清静啊。"

许护士叹了口气，什么都没说，转身往外走。

陈曦心里有些恍惚，眼前晃动着那个被瘤子拖得脑袋总得歪着，甚至身子也有些倾斜的大姐，和那个哈喇子满身到处乱跑，说不出一句完整的话的小孩，忽然心里不是滋味，那是一种她的生命里并不曾感受过的透不过气来的憋闷难受。而这时候，她瞥见周明正伸着脖子冲许护士背后喊："谢谢许姐，我明天请你吃饭。你随便挑地儿啊。"

那个在他脸上甚少出现的，有点儿讨好，有点儿不好意思，又有点儿如释重负的笑容，让正觉得胸口堵得呼吸不畅的陈曦，心里忽然变得前所未有的柔软而敞亮。

5. 真不是为难你

这台阑尾二次手术完成，周明没有要求陈曦跟下一台甲状腺，她却没有走，默不作声地等在手术室的楼道，靠在墙上。周明往外走了几步，又站住，回头看她，她低声道：

"下台甲状腺，夜里开缺人吧？"然后又有点心虚地更低声音地问，"如果我能帮上忙而不是添乱的话？"

周明瞥着她，折回来，站在她旁边，也靠在墙上，半晌，说道："你的缝合做得其实不错，但是，我也并不是故意难为你。"

陈曦低下头去。

"我对实习生是要求得高了点，有些东西，确实住院医生转科的时候还有机会重来一遍，而且到时候分科了大概针对性更强。但是，第一，习惯的养成很重要；第二，大部分学生也许不会留在最规范的附属教学医院，中国的医疗水平非常不平衡，也许现在所受的训练、所看到的病例治疗，就是最规范最高水准的，现在多练多学除了对你们自己好之外，"他停了停，接着说道，"我总希望如果学生到了下一级的医院，可以把这里学到的东西，带下去，虽然说年资低影响小，但是，毕竟好一点还是会有些帮助。不过陈曦，坦白说，你聪明学得快，遇事很沉着，难得性格皮实，关键还是北京生源没有户口限制，再努力点，乳腺组很想留一两个各方面条件符合的女生，可以避免很多男大夫跟患者交流的问题。我多要求你，私心里还是给咱们自己准备的。"

陈曦缓缓抬头，大多数情况下对她穷凶极恶的周明，此时脸上是很单纯的笑，这个笑容，比他的呵斥挖苦，更让她觉得胸口闷窒。

自打给留在一分区，陈曦经常认真地向东西各方神明祷告，祷告的对象囊括了玉皇大帝、如来佛祖、真主和耶和华，祷告的地点与时间是随时随地，祷告的内容涵盖了周明不要有时间抽查手术记录，包括了周明不会从她正在做备皮的手术室门口经过，包括了在她值班急诊时候周明不要回来惦记他早上手术过的病人，以致惦记完之后会到急诊顺道看看，当然更包括了千万不要点名带她上他主刀的手术。

偶尔手术开得多，有些其他台缺人，当主刀医生问有没空着的学生的时候，她一定一个箭步冲过去说我空着我空着。

前几天韦天舒喊着要人，她冲得太急脚下打滑几乎摔了个跟头，被韦天舒一把抓住，乐呵呵地说："慢着点儿孩儿，你这么激动干吗？"

她脸红了一下立刻嬉皮笑脸地接口："看您做手术这是精神享受，机会太难得了，能不抢吗？"韦天舒看着她哈哈大笑，手术中让她开腹，又让她结扎了几个血管，之后再让她关腹腔，最后笑道："相当不错，真有那么点儿周明的路子了。孩儿啊，虽说你更喜欢到我这来精神享受，但是我这里的精神享受可享受不出你现在手上这套活来。"

陈曦并不太清楚韦天舒是借着夸她故意戳戳她那点儿小心思，还是真的觉得她做得不错，无论如何，她得承认在这段时间里她的临床技能，实在是以自己不能相信的速度突飞猛进，当然，是在周明的凶巴巴的呵斥和阴损的挖苦之下。她但凡一见到周明，就条件反射地在心里过正确的触诊备皮缝合打结结扎的手法或者四大急腹症的基本体征与检查，以至于有一次她们几个在医院的食堂吃饭，她正在拿勺子准备盛汤，恰好周明跟李波从旁边经过，她拿着汤勺的手刷地一下就换成了正确握手术刀的姿势，顺势扬起来的汤溅了张欢语一身。

轮床的响声由远及近，经过他们面前，是那个长着大瘤子的农妇，她很紧张，看见周明，大声叫了声"周大夫"，眼泪就流了下来，吸着鼻子说："我不能死啊，我得养着我那傻娃娃。"

周明走过去，弯腰对她说："放心。没了这个瘤子，以后干活都方便点儿。"

轮床被推进了手术室，周明稍微闭了两分钟的眼睛，回头招呼陈曦道："走，我们把那个大瘤子给她切掉去。"

6. 两把止血钳

周一上午九点十五分，刘志光快步走进装备有全套闭路电视摄像头的多媒体示范手术室，走到手术床边。辗转了几百公里，已经进出了两次手术室的儿科小病人小曼，一动不动地躺着，干瘦枯黄的脸上，那双眼睛，显得特别大。

"马上要手术了，小曼，我来给你加油。"刘志光在床前略微弯腰，冲小曼做出个加油的手势。

"刘哥哥。"小曼伸手去拉他的手，"你接着给我讲昨天那个故事好不好？"

"我讲故事不好听。"刘志光不好意思地抓抓头，"等你好了，嘿，让小叶姐姐给你讲故事啊，她昨天不是答应你，你好了之后，送你一全套的法国童话，每天过去给你念。"

"我这回能好吗？"小曼直直地盯着刘志光的眼睛，"我好害怕。之前两次，爸爸妈妈都跟我说，睡一觉，醒来就好了。可是都没有，我就不停地看医生，打针吃药，肚子还在长大。这回能好吗？能就不看病了，不开刀了，回去上学跟同学一起考试，一起玩儿了么？"

"能，一准成。"刘志光握住她的手。

"我听见我爸爸妈妈说话，我听见他们说，这是最后一次机会了，要是还治不好，就没人会再给我治病了对不对？我会死的，对吗？"她的脸上写满了恐惧，浑身都在发抖。

"不会死。"刘志光握紧她的手，"是最后一次，因为这次一定治好你。昨天，还有前天，哥哥不是，不是特地去给你讲，哥哥也这样过，也以为完了，站不起来了，谁都那么觉得，可是你看，"刘志光居然使劲蹦了蹦，然后又左右踢了踢腿。这样子如果被陈曦看见，一定在心里恶狠狠地骂句"傻帽"，小曼却笑了，露出左边那颗长得有点儿歪的小虎牙。

"哥哥告诉你哥哥的一个秘密。"刘志光俯身下来。

"什么？哥哥你快说。"小曼眨巴着眼睛，毕竟还是小孩子，一时间，竟然忘记了害怕，脸上全是好奇。

"从前给我做手术的魏大夫，他非常棒，我爹说他是菩萨化身，才那么心慈，又那么棒。他不在了，我以为再也不会有人像魏大夫一样好，我那么努力，却再也没机会做他的学生。但是，其实有的。周老师他好像看着跟魏大夫一点儿都不一样，但是，我发现他们其实是一样的，没错，一样。也许，还有其他的大夫，也一样。小曼，魏大夫让哥哥站起来，周大夫一样会让你完全康复，上学。"

"周大夫？"

"嗯，一会儿他会给你手术。他在，你会没事的。"

"哥哥，你在这儿陪我好吗？"

"哥哥不能在这里，给你做手术的医生才在这里。哥哥会碍他们的事。"

"可是我，我还是有些害怕。"小曼小嘴儿一撇，眼圈儿又红了，"我不认识他们。我想哥哥在这儿，想林阿姨在，还有小李姐姐，还有天天晚上去给我讲故事的小叶姐姐。"

"我们都会陪着你。"刘志光握着她的小手，指着屋角处的摄像头说道，"小曼，你看，它照着你，我们所有人，阿姨、哥哥、姐姐，都能看着你，一直不会离开，都在那里，给你加油。你一会儿睡着了，做一个梦，睁眼，就看见爸爸妈妈了。"

"真的？"

"保证。"

"拉钩。"

"一百年不许变。"

麻醉医生和手术室护士进来，准备开始给小曼麻醉，刘志光向后退开，再次给小曼做了个必胜的手势。麻醉师最后检查了一次基本生命体征之后，准备上药，小曼突然抬起手，努力地冲已经退到门口的刘志光扬了扬："这次是最后一次，"她轻轻地念叨，重复着方才刘志光跟她讲的话，"因为就治好了。"麻醉药逐渐生效，小曼闭上眼睛，失去知觉的时候，嘴角挂着个浅浅的笑容。

十点整，泌尿外科主任王科和另外一位副主任医师、一位主治医师、普外科两位副主任，周明和另外两个主治医师，刷完手准时走进手术室。

"可以了。"王科环视了一下周围。

大夫们纷纷抬起双臂，护士陆续给他们系好无菌手术袍背后的带子。

"我们科的瘤子，难点重头可是你们。"王科冲周明笑了笑，"开始？"

周明点头。

手术灯唰地打亮，王科朝器械护士伸出手："好，我们开始。"

这台手术，所有实习生在示教室的大屏幕前，观摩现场直播。

这样高难度手术的直播观摩，对于才进科不久的实习生而言，想真正看明白，尚需要之后老师的段落讲解，此时看懂的甚是有限。陈曦看得头晕，中途几次差点睡着，午饭送到的时候，倒是立刻醒了，第一个冲上去开吃。她也不大相信目不转睛地盯着屏幕看的叶春萌和刘志光真的瞧出了门道。

陈曦觉得刘志光绝对什么也看不懂只是认为自己一定要看，而叶春萌纯粹是因为为那个小姑娘紧张。自从那天会诊讲解之后，小姑娘勾起了她无限的柔情，一有空就跑去自告奋勇做义工，陪小姑娘画画，给她讲故事。

在手术之前，叶春萌已经去讲了六天的故事，并且答应她说，等从手术室出来，会送给她一套最全的法国童话。

叶春萌在手术前一天的晚上，真的骑车一个多小时去东单，买了一套精装版的法国童话，价钱不菲。而她曾经念叨过好久，也没舍得花这么多钱给自己买那套喜欢得不得了的《沈从文全集》。

这台手术不要求一定从头观看到尾，只要求必须听第二天的总结。陈曦知道叶春萌惦记着这小姑娘，一定要看到最后的结果，犹豫着自己是不是要讲义气也在这里陪——无论如何，她带了 GRE 的单词来背。

在她背单词背得已经犯困，偶尔瞟几眼大屏幕就更加困的时候，听见刘志光和叶春萌的惊呼，她激灵一下清醒过来，见自己的同学们一多半已经站了起来，然后听见王东也带着点紧张地说："大量出血，之前老师们也都说过，很难避免突发的大出血。"

"上帝保佑。菩萨保佑。"

陈曦听见身边叶春萌低声说，并且，她说着又坐了下去，低下头闭上眼睛，真的是在祷告。

陈曦也忍不住站了起来。

屏幕上，血模糊了原本就纠结在一起的巨大肿瘤和本身脏器，让人晕眩。

陈曦不自觉地啃自己的手背，心跳有些加快。她一时顾不上帮忙祷告，脑子更加转不过来地去找寻模糊血泊中的出血点和血管。

然而那片模糊却很快消失了，血液很快被清理干净，脏器和肿瘤纠结的轮廓再度清晰地显现出来。

"同时两个出血点！"一直立定心思做外科的王东，比别人下了更多的工夫，如今果然比其他同学先看出了些端倪来。

两把止血钳分别夹住了两条血管，而这两把止血钳，居然是一只手操作的。陈曦愣了好一阵，想起周明经常套在手指上耍的止血钳。

手术继续进行了下去，不久再次出血，这一次的止血之后，手术有了暂时的停顿。

大屏幕里是王科的声音：

"小周，我们这边，基本没有太大问题，可是肝门这里？"

"比片子里看的粘连范围更广，还有几个没想到的血管瘤，畸形也比预料的严重。不过，我也想到过，毕竟开了两次，再关上，每一次都会加重粘连。"

王科叹了口气。

有一阵子的沉默。叶春萌抓住了陈曦的手，低声说："这小姑娘哭着问我，这是最后一次了吧？"

手术室里片刻的沉默，大屏幕前随着沉默。

"继续。"

周明的声音。

"你有把握一定能处理出血？以及引致的一系列心脑血管问题？"

"没有。做着看。"

"手术中死亡怎么办？"

"到现在这时候，没有区别了。尤其做到这个程度了，如果关，是彻底判死刑。继续做，还有希望。"

再又是沉默。更长久一些。

"我们继续。小陈，"周明冲手术室护士道，"打电话给心血管科常大夫，我昨天跟他讲好，今天随时准备支援。"

屏幕上，一把手术刀又动了起来。

周明没再说话。操作没再停止。陈曦发愣地靠着窗，没再打开手里的那本《GRE 单词》。

窗外由艳阳当空到夕阳如血，直到暮色换了黄昏，直至深夜。陈曦这辈子头一次忘记了吃晚饭。

历经了十一次大大小小的意外，包括畸形走向的血管被意外碰破，器官组织被肿瘤挤压移位变形，甚至心跳骤然停止。除了王科与周明一直没有离开之外，麻醉科主任、心血管科主任也不止一次进出。

　　学生们一直紧张地盯着屏幕，没有人注意到何时林念初站在了示教室最后的一个角落，甚至，违反了无烟规定地点了支烟，却没怎么吸，任由烟雾袅袅上升。

　　在听见那一句——"关腹"的时候，林念初转身走了出去，王东他们拍掌欢呼，叶春萌蒙住了脸，眼泪从指缝里淌下来。陈曦忽然呆呆地望着自己的双手，想起韦天舒的夸赞："是有点周明的路子了。"

　　她忽然觉得歉疚，为了这双"有点周明的路子"的手，为了曾经的那些指责呵斥和敲在自己手背上的血管钳，为了那些层出不穷突然而来的问题。

　　当天陈曦给谢南翔的信里写道：

　　"我明白原来会畏惧谁，会为了他的责难而内疚而非愤慨，是因为很切实的尊敬和歉意。"

　　"当年年纪小，并不懂事，不知道自己想要的是什么，能给的是什么，给得起的又是什么。自己一门心思地跟着也许是错觉的感觉稀里糊涂地走下去，偏偏还要求太多。"

1. 神的调戏

林念初越来越觉得，生活，基本可以解释为某神对她的一场调戏。

某神总能清楚地知道她想要什么，于是把她想要的宝贝在她最不经意的时候丢到跟前，当她又惊又喜心潮澎湃爱不释手的时候，发现，糟糕，里面有炸药啊！可是，她却还沉浸在拿了宝贝的喜不自胜之中，傻乎乎呆愣愣地捧着，虽然眼见那条连着炸药的捻子已经被点火，哧啦哧啦地响，十万火急，她还是舍不得扔，希望并且真脑子进水地相信炸药引爆之前会突然下场雨，或者捻子是假冒伪劣产品，中途会自然熄灭。然后……

轰！炸了，还是连环的，炸得她鲜血淋漓面目全非，她终于知道痛了，狼狈地把夹着炸药的宝贝扔了落荒而逃。总算是休养得伤口痊愈，重新长上了皮肉，不断地告诫自己说，安全第一，自己并没有排雷和拆除炸药的本事，那么以后万万地离开危险物品，越远越好。

然而，某神却又开始向她招手。她不理，心中保持警惕，可神就是神，神总是能读出人心里最深处的那点儿期待，他不断地在她耳边小声说："笨蛋，你没看清楚，炸药归炸药，宝贝归宝贝，你匆忙扔了，却没发现里面还有颗你以前都不懂得喜欢的钻石呢。你不要么？真不要么？其实你长本事了，可以拆炸药了，难道不想再来一次？"

假装给你，又不给；待你扔了，又嘲笑你扔错了；当你平静了，只是偶然有些微失落的时候，某神总能牢牢地抓住你的这点儿情绪，适时嬉皮笑脸地跟你说："你还是有机会的啊！"

某神绝对是个善于调戏，长于调戏人的奸险狡诈的浑蛋。

林念初终于下定决心，这一次，再也不能理会这种撩拨，失落就失落，她要安全地过好自己的日子。面目全非的过往在心里刻下的伤口过于深刻，伤疤赫然还在，甚至也许并没有痊愈，所以，在那样千钧一发她差点儿又落入某神甜蜜而危险的圈套之际，她保持了理智。

　　那天，深夜。

　　她终于还是在就要沦陷的前一秒钟，轻轻地把被周明握着的手抽出来，看了一会儿他在熟睡之中孩子似的单纯的脸，站起来，转身出门，把门掩上了。

　　当亲手将门在身后关上的那一瞬间，林念初知道，她走过了自己人生中不太成功但是也许也说不上失败的一段路。明天太阳升起来，她就已经彻底地战胜了爱调戏凡人的某神，而他，应该只会把方才的一切当成一段无稽的梦吧。

　　那天晚上，小曼历时十三小时的手术终于成功结束了。

　　小曼的一切生命体征均平稳，危重症科的医生已经仔细交代了护士，回值班室睡觉去了。小曼的父母也终于在大玻璃窗外守得倦极，且总算是暂时放下了点心事，被这多日来的劳累压过了忧心，在楼道的长椅上睡着了。临睡之前，不知道抓着林念初的手，滴了多少眼泪上去，说了几十遍，您就是小曼的救命恩人。

　　"救命恩人"这顶辉煌的高帽太沉，林念初觉得自己的脑袋承受得实在辛苦。小曼爹妈自她住院以来，就把当时做主收下她，且为她前后联络的林念初当成最大且唯一的依靠，这种千钧的信任一度让她不自主地把情绪投入进去，甚至时常恍惚觉得自己跟他们属于同一立场同一战壕同一地位，而将自己的上级，以及其他合作科室，都当作了求助对象或者斗争对象。

　　现在林念初理智地觉得这样不对。

　　上学的时候，老师就讲，爱心耐心是一回事，医生不能把自己当成病人家属，做医生有做医生的分工与角色，过于投入难免情绪化，从而失去最理智客观的判断。无论于病人于自己，医生都该在情绪上与病人保持一段距离，这一段距离，是保证一个医生的冷静判断的必要，也是终生做医生的一个必须，无论是对自己，还是在更广的角度上给更多的人帮助。

　　林念初当时不能认同，认为这是为冷漠找借口的套话，爱与关心，始终是最紧要的。当然，不认同归不认同，她不会跟老师辩论，可是跟周明就是另外一回事儿了。关于这个问题，她跟周明应当争执过不止一次，争执到什么程度她也记不清楚了。他们俩的争吵太多，但凡没到了砸杯子撕书靠吃安眠药才能入睡的地步的争执，她都记不住了，只是隐约地记得这个问题和许多其他跟他们的职业有关或者无关的问题一样，在周明那里得出的结论就是她太过情绪化，分不清楚理想与现实之间的距离，不明白完美与可行之间的差距。

她特别清楚地记得，周明说过一句相当刻薄的话，说豪宅大院里的大小姐的善良纯真也是很好的，但是拿这种天真的善良去解救苍生，那就得天下大乱，实际效果肯定一定还不如阴谋家的统治。她一定是为这句话暴怒过，并且切齿地疑惑为何平时周明算不上伶牙俐齿，讲理论大课都经常讲得睡倒了一片的学生，偏偏总是在最关键的时候，噎得她说不出半句话来。而随后，她还喘气不顺，努力地想再继续把这场辩论进行下去，或者讨伐他对她的粗暴的伤害，可他却像什么也没发生，只当是科学严谨地讨论了一个学术问题一样，转头就把这件事放在一边了。如果她再提，他完全就是一副"什么？都讨论过了，你怎么还没完啊？"的惊诧神情。如果说上一个挤对讽刺是一个闷棍，把她敲晕，等她醒来，这份"无辜"，就如同一个塞在她嘴里的糯米粽子，塞得瓷实，让她无法语言甚至无法呼吸。

这一次，为了小曼的治疗，再跟他坐在一起，固然法律上的关系尚且存在，但实际的角色已经是儿科医生与外科医生，他们不会再像夫妻那样毫无遮掩毫无保留地就一个问题争论。他和她依旧有一些不同的意见，譬如说讨论用药，譬如说材料的选择，他跟王主任总是会很精打细算地考虑成本，她听着并不舒服。说不上来为什么，也许是因为这是她回国之后第一个付出这么多心血的病人，再或者就是这孩子以及她父母对她的信赖，她总有一种想要小曼用最好的、最万无一失的选择的念头。固然，她现在也明白，那确乎是不实际的。然而，她终于还是说了句："我们是临床医生，并非会计处，可否目前完全从治疗角度出发，少想其他？若真的他们会欠费，我本来也是负责医生，按照医院对于病人欠费，负责医生扣工资奖金的制度走就是。"

王科笑了笑没说话，周明瞧了她一眼，又低下头去，翻动治疗方案："林大夫，病人的最大问题，并不是这个病能否有好方法治，而是这个病是否有钱治。病人并不止小曼一个。"

周明这句话说出来，王科以及在座的儿科护士长都条件反射地抬头，有些紧张地朝她望过去。

林念初沉默了大概半分钟，然后，笑了笑，说："对不起，是我冲动了。没有摆正位置。"

周明抬起头，朝她望过来，而她，在接触到他的目光之前，将治疗方案翻到下一页。

把他当作一个同事而非自己的爱人，很关键也很重要。观念的冲突也许并没有那么可怕，尤其，也许他们并没有真正本质的观念冲突，她轻轻地摇头对自己苦笑，只是她究竟想从他那里要什么。

人的欢愉与怨念始终都不只是究竟得到了什么的问题，而是得到的这些，是否满足了自己想要的。

她跟周明的合作，让儿科主任以及外科主任非常欣慰，是和谐而成功的。甚至在手术前最后一次开会的时候，气氛原本紧张而凝重，周明给其他人列举以及解释可能出现的种种问题以及应急方法，一如既往地认为大家已经理所当然地想到，因着急而越说越快，将许多详尽的解释跳过，望着别人茫然不解的脸，他居然一急，忍不住顺口说了句："我靠，他妈的这个——"

话一出口，他瞧了眼在座的老师辈的王科，和忍不住已经乐出来的学生，尴尬得面红过耳，抓着激光笔不知所措。她在这时候将准备给儿童病房的小病人作奖励的一大把奶糖丢到桌上，微笑着说："都累了饿了，脑子跟不上了，歇会儿，吃糖，吃糖，补充点能量。"

算是帮他解了围。

之后散会，他跟在她身后，半天，才颇不好意思地说了句"多谢"，她"扑哧"乐了，说你们外科的人爆几句粗口算什么，你至于跟犯了什么原则性错误似的？

他抓着头发低头笑，小声说："总是当着学生呢，还有前辈。不合适，不合适。"然后又说了句，"多谢，什么糖啊？挺好吃的。"

"给小朋友买的，被你们吃了。"她瞥他一眼，"得还的啊。"

她本来是开了个玩笑，全没想到，第二天一大早交班之前，她的办公桌上堆了几十包不同品牌的国产以及美国、日本的奶糖和巧克力，周明的纸条儿上就四个字："还债，周明。"

那些可爱的、花花绿绿带着动物图案包装纸的奶糖，和那几个干巴巴的字。这是否就是周明？

曾经，当她跟从中学就是知己好友的程学文控诉周明的粗鲁、跋扈、嚣张和冷漠的时候，他跟她说过："相信我，念初，周明其实是个内心很温柔的人。"

他说这话的时候只引得林念初更加悲愤，泪水横流地说："你的意思是我的问题？我的心里没有温柔，所以看不见他的温柔？你都这么说，咱们认识二十年了，你倒是讲，我对谁，对什么，曾有过这么气急败坏的时候？"

程学文叹气，不断地给她递纸巾，并不再说话。

给小曼手术的当天，大屏幕示教室里，她在角落里站着，看着屏幕，目睹那一切的惊心动魄，如此远的距离，大屏幕里人像的略微变形，让她看不清楚他的表情。那些学生在议论、激动、担心，或者欢呼。在接近结束，基本可以确定所有的危险已经过去的时候，她听见一个男生说："周老师太酷了，够冷静，够沉着，有着外科大夫的鹰眼狮心巧手，这才是最出色的外科医生。"

"周老师很心软的。"

另外一个学生说。她认识这个学生，他叫刘志光，他经常来儿科探望小曼，笨拙地逗她，安慰她，给她讲故事。她觉得这孩子心虽好，表达却不清楚，开始，很质疑他的安慰所能起到的效果。可是，小曼居然就在他有点语无伦次的安慰中，从焦虑害怕到开心地笑。在麻醉之前，她担心小曼一个小孩子对着满屋子的仪器害怕，犹豫了一下，跟手术室护士讲了个情，自己换了手术袍进去，才到门口，便见那男孩子已经在里面，跟小曼说笑，耍宝一样地蹦蹦跳跳。她没进去，因为她已经看见，小曼笑了。

能在大手术前笑出来，能带着笑容被麻醉，进入那一场不知结局的睡眠，是多么幸福的事。

林念初想，也许，小孩子不懂得喜欢帅哥美女、专家牛人，也不懂得谁更加聪明能干，小孩子只懂得真心的爱护，他们对最柔软、最温暖的心展开笑容。

这个总能让小孩子开心地笑出来的学生说："周老师是很心软的。"

他遭到了旁边同学不屑的嘲笑。

林念初苦笑了一下，九年了，如果算上恋爱，已经十五年，偏偏到了能安静分手的时候，她才开始了解自己从前热烈爱过的人。不如程学文，不如这个傻呵呵的孩子。

那天夜里，一切都很安静，小曼的呼吸平稳，心跳正常，所有的仪器都显示着最好的数据，急重症的责任护士也已经打起了瞌睡，小曼的父母在长椅上微微打鼾，她在院子里抽了两根烟，睡不着，缓缓地在静寂的楼道里走，在他的办公室门口，她停下来，站了良久，摸出把钥匙，打开门，进去。

他果然在里面，办公桌上的东西移到了椅子上，枕着本《医学字典》，自己窝成虾米似的，睡着了。十三个小时，加上之前的准备，是太倦了。

她走近，把挂在门后的大衣取下来，想盖在他身上，他突然睁开眼睛，抓住她的手，一脸迷迷糊糊的惊喜和开心，含混着说："念初，你来了，你不生气了？刚才是我不好。"

她怔了一下，随即想，他大概并没完全醒过来。他大概以为这是从前很多次在争吵当中接到手术室的急呼，完了一个手术之后，也许是因为累先睡上一觉，或者是想着家里的战火不敢回家，于是窝在办公室睡着了。那些时候，她从来不会来找他，而是会在家里气得发狂，往自己嘴里塞安眠药强制入睡。有一次，塞过了量，睡了足足一整天，可是偏偏他那次是因为连环车祸被叫回去，手术和处理也做了一整天，她过量服食药物昏睡一天的结果，并没有一个痛悔的丈夫床前忏悔，而是自己醒来，还是一个人，然后看见呼机上一连串科里的传呼，以及之后主任的一顿暴怒的呵斥。

作为医生，即使病了，你也该及时请假的！

那些吵架后上手术，手术后窝在办公室的桌子上睡着的时候，他是不是也曾梦想过，有一天，她会来找他呢？如果她来了，他会跟她说对不起么？

"念初，咱们回家吧。"他闭着眼睛迷迷糊糊地说，抓着她的手，又睡着了。

周明在睡着的时候，真像个小孩子。她几乎就要俯下身去，在他的额头上亲一亲。然而终于，她还是对自己摇了摇头。

"对不起，"她在心里跟他说，"我走了。我不知道你是否尚有期待或者留恋，原谅我，在开始能了解你的时候，已经没有年轻时代的蛮勇和激情。我实在害怕这又是某神对我新一轮的调戏，我因为害怕失望，决定不再期待。"

"你很好，但是我决定放手。"

直到他睡得很沉了，林念初才抽出了自己的手，悄悄地走了出去。

2. 你很好，但是我决定放手

一切，就这样，结束了？

周明把那个暗绿色的《离婚证》拿到手里的时候，始终觉得有些恍惚，难道九年婚姻，十五年感情，就被这一个小小的巴掌大的东西，画上了永远的休止符？

林念初说，他们的婚姻，是一场多年的实验，多年后的结果，推翻了最初的假设，于是，无论已经付出了多少精力时间，只能接受失败，并且善后。她说这话的时候情绪平静得让他陌生。她从来是个情绪化的、纤细而敏感的女人，可以为了电视里一对情侣的分手而惆怅好久，时常因为一个无救的病人大哭一场，情绪低落许多天。然而说到这一场十五年前相识相恋，九年夫妻的婚姻，否定得如此坚决，只掺了那么一点点带着自嘲的伤感。

他低下头去，什么都没有再说。

他没有让她看见，桌面下面，他抓着自己膝盖的、不断颤抖的手，更不会让她知道，在这一刻，他的心里，如生命中一次又一次经历生离死别时一样，恐惧茫然，却又无可奈何。

二十多年前，他八岁，煤窑塌陷，他挤在那许多呼喊着亲人名字的人群之中，希望从那些陆续抬出来的尚且活着的人中，找到父亲，他也想喊父亲的名字，想喊父亲回来，但是喊不出声音。

不过半年之后，他跟表叔到了新疆，见着了已经别了多年的母亲，她抱着他亲吻了无数次之后，央求表叔将他送回北京的奶奶身边去。他们说话的时候关上了门，不知道他后背紧紧贴着墙站在外面。他听不大清楚母亲究竟在说什么，然而听到了她哭泣的声音，他们也许觉得九岁的孩子还什么都不懂，但是其实，他已经从母亲憔悴得吓人的脸上、带着无尽的哀伤的眼睛里读懂了一切。那天表叔带着他坐着牛车颠簸着离开，母亲站在那里向他们挥手，他一直张望着那个方向，每一秒钟都想跳下车去，向母亲飞奔而去，扑入她的怀里，对她说："妈妈，我要跟你一起，绝不离开。"但是他连一句再见都没有说出来。后来表叔跟奶奶说："还好，小明还小，不懂事呢，又跟他妈分开了这么多年，并没有哭闹，大概也不知道这是最后一次见他妈了。"

半年前，连接着奶奶身体的检测仪上，心电图拉成了一条直线，那双拉着他走了多年后又被他扶持了很久的手渐渐地变凉了，他很想将头埋在那张盖着她的白布单里，歇斯底里地号啕大哭，然而他只是亲手拆除了所有监护仪器，仔细地给她最后一次整理了容颜，穿上了她不知道什么时候自己一针一线绣制的、跟七十年前出嫁时式样半分不差的旗袍，将她藏了多年，在那个特殊的年代被打上了狰狞的红叉的黄埔军校年轻军官的照片放在她胸前。

负责抢救的心内科主任站在他身边，拍着他肩膀说："老人家八十七岁高寿，走得也这样安详，是福气，你要节哀。"韦天舒特地从家里赶来，一直站在门口，想要跟他说几句话，却一直没有开口。他对他们笑笑，平静地说道："奶奶最后的一年阿尔茨海默病恶化，其实很幸福，她忘记了很多难过的事儿，记忆里就是在等爷爷回家。现在，我想，她就是跟爷爷重逢了吧。等了五十多年，太长了。"

后来心内科主任跟别人讲，小周真是难得地看得开。

他们一个个地走了，放开他的手，每一次的放手，他都没有任何的机会挽留。

而今，终于，曾经以为真正可以一生都不必放手的人，也要彻底离开他了。

他很想霸道地一把抓住她的手，就好像十五年前的一个过了熄灯时间的晚上，那天她的民族舞在区里得了奖，一伙人出去庆祝，回得晚了，因为喝了酒，不敢叫门，几个男孩子在铁门下面守着，女孩子们战战兢兢地爬上铁门，再哆哆嗦嗦地从另外一端跳下，唯有她，总算在大家的鼓励下爬上去了，却怎么也不敢转身，更不敢往下跳，挂在门上抽抽搭搭地哭了。大家七嘴八舌地低声鼓励她，不敢高声怕吵醒了楼长，声音淹没在北京冬天的五级风中。他本来并不属于陪着她出去庆功的人之一，却是溜出去到小饭馆看足球，回来跟他们遇到，一同回校。当时他已经冷得跺脚，只盼女同学赶紧回了宿舍，自己可以回去蒙上被子暖和地睡觉，全没想着她挂在门上不上不下，将所有人都滞留在寒风之中无奈地哆嗦。

"小姐，你抓着铁栏杆转个身，倒退着就下去了，那么多人刚刚实践了，没有人摔死不是？"他在下面敲着铁栏杆冲她说。

她只是哭着摇头。

他皱了皱眉头，噌噌爬了上去，一手抓着铁栏杆，一手握住她的手腕："转身。"

她还是死命地摇头。

他不耐烦地踹了一脚铁门，吓得她一声惊呼，他皱眉对她说："我拽着你呢，不会摔下去的！我跟你说，我数三下，你再不动，我就把你推下去。"

说着抓紧她的手，又往她身边凑近了一点。

她大概是真的被吓着了，没有愤怒地骂他，居然任由他抓着手，且哆哆嗦嗦地准备转个身，只是眼泪还是不停地往外冒。他忽然觉得特别好笑，看着平日最斯文优雅，才在舞台上被鲜花和掌声包围，矜持高贵地一次次谢幕的女孩子，挂在铁门上，脸花得如同一只猫，他终于笑出声来，一面小心地扶着她，一面说道："你放心，绝对摔不到你。这样，你看这点儿高度横竖掉下去也摔不死。如果你真那么倒霉掉下去摔残了，我就养你一辈子。"

他这话音才落，她就一脚踩空，身子直直地坠下去。他脑子里完全没及细想，只是一手奋力地抓着她的手往上提，另一手及时地抓住了她另一只胳膊，几乎将她抱在了怀里，而同时，自己也被她带着跌了下去。

她毫发未伤，他却扭伤了脚，被她栽到身上，居然压断了一根肋骨。

第二天，她逃了课去校医院看他。

她对他半开玩笑半认真地说："你如果伤没完全好利索，留下残疾，岂不是要我养你一辈子？"

她说完将一瓣橘子塞在他嘴里，托着下巴冲他微笑。

那是他长到那么大，头一次注意到女孩子的美丽，也是头一次觉得在女孩子面前尴尬，他不知道该怎么回答她的这句话，便冲口而出道："你这不引诱我自己想法子把腿敲断，无论如何留个残疾吗？"

她的脸一下红了，居然很久都不再说话，却低着头，剥完橘子削苹果，削完苹果再一块块切下来放在盘子里，再又去给他打了开水，然后，站在他跟前瞧着他。

他有点不知所措，完全不知道该跟她讲些什么好，于是只是一片一片，一块一块，吃她剥好的橘子，切好的苹果，直到好几个他同宿舍的兄弟从外面拥了进来。

她低声说了句："你明儿要不能上课，我帮你抄笔记。"便跑了出去。

一帮男孩子在她关上门的一刹那，向他扑了过去，没有去碰他的伤脚和肋骨，却按住他脑袋，卡住他脖子，笑骂道："你丫太阴险了，平日里一副对女生没半点兴趣的样子，一出手，居然出此苦肉计的高招，击败情敌无数，套住了'神仙姐姐'。请客，为平民愤，你以后得每周请客，天天负责宿舍卫生，打水，给大家洗袜子！"

他被他们卡得喘不上气儿，咳嗽着骂："滚蛋滚蛋。"心里有着模模糊糊的不安。

第二天，她真的拿着笔记去找他，不是借给他看，而是工工整整地抄了一份给他，她跟他一起过老师讲过的内容，纤长的手指，划过本子上娟秀的字迹。

不知道从何时开始，所有的同学，都把他们看成了一对。在某一次众人的起哄玩笑之中，她有点恼了，涨红了脸，瞧着他，他不由自主地拉住了她的手，搂着她肩膀冲那帮臭小子说："谁再欺负我们家念初，拿白干灌死你们。"

从此她成了他的女朋友。他成了被校内校外、上下三级的男生羡慕的人。他自己的心里，却依然有些糊涂，真正跟她单独相对，不知所措更多于模糊的欢喜。只是随着时日，他开始习惯了和她一起上自习、打饭，去小书店淘他们各自喜欢的书的生活。

她不知不觉就成了他生活中的一部分，但是，他并不太清楚，自己是从"什么时候""怎么"爱上她的。

由于这个关键问题的不清不楚，她第一次在他面前哭了，冷淡了他两周之久。

3. 只讲爱别讲理

周明绝对不止一次地认真反思过，自己究竟错在哪里。

他从来不觉得林念初可以被归到会经常无理取闹、胡搅蛮缠的分类中去，尤其在面对除了他以外的其他人的时候，她简直是温婉斯文的典范。每一次周明觉得林念初"确实"不对，跟她摆事实讲道理，并且在这个过程中，她越发愤怒，达到他所认定的"不可理喻"的标准而两人由热战转为冷战之后，周明都很沮丧。

周明十分肯定自己是喜欢跟林念初共处的。当然，是不愤怒也不伤心的林念初。

其实，他也并不怕她的愤怒，他觉得自己完全可以头脑清楚、情绪平稳地解释、陈述自己的观点，并不会跟着她一起愤怒。然而，她伤心的时候远远多于愤怒的时候，流眼泪不说话的林念初，才让他手足无措。更糟的还是她之后的冷淡，她眼神里流露的心灰意冷，真正让他痛苦甚至恐惧。不幸的是，随着他们在一起的时间越长，她伤心继而冷淡的时候，越来越多。

周明自认自己在面对问题的时候，并不会选择逃避，遇见挫折，也并不会放弃。但是每每面对林念初心灰意冷的目光，他就从心底想要逃跑。曾经，某个在跟林念初冷战的夜晚，他挣扎在去劝她回家或者再鸵鸟一天，期盼她自己消气的矛盾之中，绕着住院部的大楼如丧家之犬似的溜达，恰好碰见值大夜班的韦天舒趁着没病人到后院活动筋骨。

韦天舒才一见他，立刻问道："咋的，又把人家惹了？"

周明没吭声，闷声不响地掏烟。

"我说你真是毛病。"韦天舒龇牙咧嘴地说，"好好一个大美人，不让她乐呵呵地造福他人、幸福自己、美化环境，非得三天两头制造矛盾。"

"我没有制造矛盾，"周明说到这里忽然气结，猛抽了几口烟，"我也不知道怎么回事儿。你说，"周明忽然抬起头来认真地瞧着韦天舒，"我这人，是不是特有毛病？你跟我说实话，跟我一起，特痛苦？"

韦天舒哈哈大笑，过去拍了下周明的后脑勺："你特有毛病那是一定的，你终于知道了啊？"

见周明只是闷声不响地抽烟，一脸真正的沮丧，韦天舒不由得叹了口气道："你说你这脑袋究竟是什么做的，为啥有时候那么聪明，有时候又傻到这个地步呢？"

"你别光议论和批评感慨，说具体的。"周明闷声说，"就事论事。"

"举个例子。"韦天舒把腿一盘，开始训诫，"你说你，跟咱泰斗或者主任或者咱们一是一二是二，半点儿马虎眼不打，这可以往好听了，也就是'敬业'上解释，但是跟美女老婆一样一是一二是二，不懂得跟女人说话，尤其是对待老婆，应该绝对遵守半真半假，五虚一实的纲领，非要像作研究报告一样实事求是，这就绝对是强迫症症状了。"

周明听着发了会儿呆，忍不住跟他讲起这次让林念初发火的原委。

几天前，林念初跟一帮人一起起哄烫了个卷毛狗一样的头发，周明乍一看吓了一跳，她追问他好看不好看的时候，他还自以为幽默地开了个玩笑，说可以跟卷毛狗比美了。他等着她乐，等来的是她的愤怒。她说他自以为与众不同，完全缺乏对他人的尊重。

周明忍不住对韦天舒说："我虽然觉得这是自由，剃秃了都是自由，可是我先是忍不住笑，然后表达我真实的认为不好看的想法，这也是我的自由啊，而且简直就是我对她的坦白。我就不明白了，为啥事实摆在眼前，她就能信那个吹捧她的假话呢？再说就算真的别人觉得好看她也觉得好看，那也可以是我审美不同，她怎么就能上升到我对她挖苦讽刺，不够尊重，甚至不够爱她的这个地步了呢？"

韦天舒一拍大腿骂道："榆木疙瘩！你够爱她当然是看她怎么都好看，每一个改变都是新奇的，都会由衷地赞美。别说林念初确实是美女，她就算是头母猪，你已经把母猪娶回家的话，就要面对这个事实，练就对着母猪赞美她与众不同的气质而面不改色的本领。对于美女，这个任务更加重要，人家在外面听的都是赞美，别人恐怕都在说，林念初当然怎么都好看，再奇怪的发型，再奇怪的装饰，在普通人身上那是奇怪，在美女身上那就是更加突显了美丽。人家在外面已经穿上了皇帝的新衣，回家就被你嘲笑赤身裸体，那不跟你急才怪。再说这又不是抢救病人，错了两毫升的药就要死人，你就不能闭上眼睛对自己说老婆真美老婆真美然后再睁开，眉开眼笑地说老婆真是怎么都好看，这下儿又换了个好看法儿啊？"

周明不服，说："你这是无赖的逻辑。"韦天舒说："跟女人，尤其跟老婆，那根本就不该讲逻辑。"然后他趴到周明耳边说道："要讲爱，至少要让她们相信，你跟她不讲理，只讲爱。"

周明目瞪口呆了良久，倒是认真仔细地琢磨了韦天舒的观点，并且本着反省的精神好好作了自我批评，譬如说一个卷毛狗的头发确实跟抢救病人不一样，虽然看在眼里别扭，但是如果因为痛快表达了自己的别扭，而影响了老婆的心情甚至把她气哭了，那么确实似乎对老婆不够爱惜。而且那个卷毛狗的头发，看着看着也就习惯了，就如同现在很多长相奇怪的猫猫狗狗，扁脸塌鼻梁的，大肚子小短腿的，周明觉得丑得不忍目睹，可是很多人真心喜欢，称之为"可爱"。周明认真地想了想，决定对林念初的新发型赞为可爱也还不能算违背自己尊重事实的底线，于是韦天舒接着传呼回去上班之后，他又原地坐了小半夜。决定第二天去买一只林念初一直喜欢的毛绒玩具赔礼道歉。

周明没想到，还没等这个歉道了，又惹来了林念初更大的愤怒。

那天林念初在病人那里受了委屈，一个血胆红素严重超标的孩子，必须住院治疗，而其父母、祖父、祖母却因为当时医院没有单间陪住的条件，觉得孩子在这里受罪，坚决拒绝住院，却又不肯签字，林念初费尽了口舌终于让四人中唯一肯尊重科学的孩子爸爸明白了住院治疗比把孩子抱在怀里更加重要，准备去办住院手续，没想到其余三人依旧坚决反对，而尚处于产后不久的新妈妈甚至怀疑自己丈夫是受了这位漂亮女医生的蛊惑，说了许多不好听的话出来。

林念初觉得受到了莫名的羞辱，立刻火了，说："但凡你们签字，就可出院。"然后就板着脸列举了有可能出现的脏器损伤、脑损伤等恶性后果，这却让新妈妈和爷爷、奶奶越发恼火，认为她诅咒孩子，几乎要冲上来抓住她扭打，这会儿儿科主任经过，赶紧解围。儿科主任白发苍苍，符合病人心中德高望重、经验丰富的老医生形象。也或许是工作了几十年，知道不同病人以及家属的心理，又或者是他们已经对林念初列举的恶性后果心中忐忑，此时就正好下了台阶，相同的道理让他亲自一讲，他们竟就立刻同意了住院，并且顺道告状说林念初工作态度恶劣。

主任一边送他们去办住院手续，一边说："这个我会好好处理，我们的医生是关心病人，但是工作方式方法还要注意，谢谢你们的意见。"林念初听见这话委屈得眼泪立刻夺眶而出，这虽然貌似给她解围，岂不是指责她不注意方式方法？是她不注意方式方法还是病人家属过于无知，过于不讲道理？

那天周明赔着一脸小心的微笑回家的时候，林念初已经在更大的委屈之下忘记了昨日的公案，看见周明回来自然是见着了亲人，越发地将委屈发泄了十足，后来就搂着周明的脖子痛哭得肝肠寸断。

周明听着，尤其是本着赔礼道歉的心思，开始还在安慰林念初，说："我们实习的时候就知道嘛，不讲理的病人家属总是有的，更何况他们大概真的没有医学常识，讲起来特别费劲。"如此的话说了一些之后，林念初却还是收不住眼泪，并且越发委屈，到后来，靠在周明怀里说："我们科小宋在申请出国，我也动心了，我们申请出国吧，中国体制不健全，愚民又太多，这临床医生实在是没法干了。"

林念初说这话的时候其实已经哭得差不多了，正靠在周明怀里随手地用手指卷着他的领子，至于出国的话，其实离真正的实现还有着太长远的距离。

而这时周明却说道："其实你也不能这么说。就说今天这个事情，虽然病人家属难缠是事实，可是你记得不记得，咱们上学的时候，老师就说过，我们永远不能怪病人听不懂医学道理，他们又不是医学生，也许就是我们说的话不够大众，或者是因为着急，或者是因为观念差异，着眼点不同，我们应该把每一个病情解释，都做到让自己没文化的外婆、奶奶都可以听得明白才是成功。"周明说的时候并没注意林念初的脸色，接着说道，"对呀，念初要不这样，以后你跟我奶奶来练习解释病情。其实我奶奶虽然岁数大了，可毕竟是知识分子，假如她都听不明白，那就确实是你的问题了。"

周明说这话的时候简直觉得自己找着了一个绝妙的解决问题的方法，一脸得意地去看林念初，而本来靠在他怀里的林念初一下站起身来，脸上阴晴不定地，咬着嘴唇问："你是觉得其实是我的问题了？"

"不一定啊。"周明老实地说，"所以我说我们看看嘛。你把你如何跟他们解释的，等周末，哦不，其实现在就可以去，给我奶奶解释一遍，看看她能否明白。假如真的有你解释欠缺的呢？那么下回可以注意。当然也许根本就是他们的问题，但即使是他们的问题，你也不能因此就想出国啊。出国不是坏事，可是因为逃避这里的困难就跑去美国、英国，我还真不相信他们那里的制度就一定比我们健全许多，或者说就一定没有问题。假如你去了美国，又发现了难以忍受的问题，难道还有火星可给你去吗？"

周明说这话的时候觉得自己特别诚恳，但是听在林念初耳朵里却是莫大的讽刺，那天林念初没说一句话就摔门而出，之后在单身宿舍足足住了两个礼拜。而这一次无论韦天舒再怎么教导，周明都坚持自己并没有错。周明说："这分明就是小医生必经的困难和委屈，又不是她一个人受的，她想得不对我当然要给她说明白，这个不是鬈发还是秃顶的问题，是原则问题，没有让步。"

他们的婚姻，就在无数类似于此的磕绊较真儿之中，千疮百孔地勉强支持下去，每况愈下。

"对不起。"那天，林念初纤长的手指握紧了茶杯，苦笑着望着窗外，"当年年纪小，并不懂事，不知道自己想要的是什么，能给的是什么，给得起的又是什么。自己一门心思地跟着也许是错觉的感觉稀里糊涂地走下去，偏偏还要求太多。"

"不是你要求太多，是我，"他一直没有抬头，只盯着桌面，"是我的问题。太蠢，我好像总是理解错，不知道你需要什么。我甚至傻到……"他说到这里突然又摇了摇头，拿起茶杯沉默地喝茶。

他几乎就要跟她说："我甚至傻到在这分开的两年里，以为自己明白了一些，傻到以为你也跟我一样的心思，在这两年里是努力冷静，尝试冷静下来之后，重新开始。傻到以为以前年轻气盛，如今已经懂得宽容，恰恰这些日子以来，也经历了一些事，也许就对彼此有了新的理解……傻到，我们一起合作小曼的治疗，我以为因此……因为共同的努力和最后很好的结果，而让你我的关系有了转机。我竟然傻到以为我变了些，你也变了些，而我们的改变，是在向着对方走去。

"我傻到前几天一个人去逛商场，买了一只花纹精巧的钻戒。十年前我没有给你买过戒指，你没有穿过婚纱，就坐在我自行车横梁上，一脸开心笑容地跟我去领了红色的《结婚证》，十年后，你再回来，让我们重新开始，你一样还是那么美丽，我想看你穿一次婚纱的样子。

"却原来，你的冷静平和，只是已经彻底灰心失望，将这多年，看成了一场浪费时间和精力，最终结果推翻了最初理论推测的实验。"

"周明，可否尽快签了文件?"她温和地问他。

"周明，周一有时间么，我们去民政局吧。"

她并不知道，这前后的两句话，于他，就如先后插在胸口的利刃，真切地感受到了生理学的疼痛。

只是，人总是有忍痛的本能，而他，更没有呻吟的习惯，他压制下去那一重痛楚，干脆地答："没有问题。"

于是，如今，他跟她再无关系，从今往后，她再也不是他可以去惦记的亲人。周明对自己说，不可记挂，无从想念，然而该如何忘却积累了十五年的记忆?

4. 不求甚解的报道

去民政局的那一天，是周明工作十年来第一次请假。

他特地头两天把所有事情加班做了，交代如果有意外让李波找韦天舒或者一分区两位主任医师，只想这天，什么也不想，拿几瓶酒还灌不趴自己的话，就酒送药，总之是把这现今还无法面对的一天，睡过去。等明天，明天他不看那个《离婚证》，明天他假装忘记今天发生的事，明天他就当是林念初去美国的那两年还没回来的日子里的其中一天，总之，也许，随着时间，他能接受这件事。但是这一天，让他睡过去，谁也不要烦他，甚至包括病人。

周明全然没有想到，自己这十年来的第一次请假，居然是"不准"。

原因是一份权威报纸的记者要来采访他。

主任说，这是政治任务，配合对三下乡政策的宣传的，采访你，是医院的荣誉、科室的荣誉，当然，你也明白，你是我和上面认定的下任主任和院长助理，这个形象很重要。

周明无可奈何地说："不就是个采访，不能换个时间？"

主任说："人家也是紧急任务在赶，安排也很满，采访的人里你是最小字辈，其他绝大部分是副院长院长一级的知名专家，你还推三阻四，难道让你来选时间，前辈来迁就你？再说，你又没病，'私事'，你上没老下没小，有什么要命的私事啊？"

周明被主任那句上没老下没小说得自己心生凄凉，心想我如今何止上没老下没小，然而这番话以及这重"私事"，如今是连对韦天舒都没有真正提及，无论如何不能就这么拿来作请假的理由。

于是，从民政局出来，周明只好再回到医院等在办公室里，压制着满心的烦躁抑郁和恼火，等那位要采访他的权威报纸的记者——谢小禾和她的同事。

周明并非真的那么有个性地想破坏院长主任交代下来的这个政治任务，如果真的不想配合，他也就不会等在这里。

只是理智与本能冲突的时候，不是每个人都有能力以理智控制本能的，至少，这一天从民政局出来，兜里揣着《离婚证》的周明没有做到。

于是，当两位记者拿出收集的资料，包括一些以前关于他和同事们下乡进行培训和义诊的报道，想就此开头让他谈开去，说说经历讲讲感受的时候，周明的目光落在了一则关于他在某山区医院的赞颂文章上。

那篇文章赞美周明为了农村病人勤勤恳恳鞠躬尽瘁，说"为了一个来自农村的甲状腺瘤病人，周大夫在手术室中奋战十小时，水米未进"。这样的形容本是这类文章的模板，周明以前也不是没有看见过，然而此时，却突然看着那"奋战十小时，水米未进"特别扎眼，一股无名火"嗖"地冒了上来。

"我觉得你们现在的新闻记者，在工作中特别不求甚解。"周明拿起那份报纸对两位记者说，"以此为例，说真的我不知道什么甲状腺瘤切除手术要做到十小时，至于顶着我的名字，那更从来没有发生过。如果真是特别复杂，需要做十小时的瘤子，那肯定算是疑难杂症，又不是突发急诊，我不可能敢在相关科室——麻醉科、血液科、急重症科都没有高应急水平的山区二级医院来做。如果真是那样，就算二十小时水米未进，那也是拿病人的生命和自己的职业生涯开玩笑。就算累死，也没有任何可赞美的地方。我实在不太明白这样一篇不符合事实的八股文章，发表出来，有什么真正的积极意义。"

面前的两个记者完全懵了，愣怔地瞧着他，尤其谢小禾的同事，正是这篇文章的作者，当时不过是完成个不是特别重要的采访任务，大方向是赞美白衣天使的奉献精神。当时他确实大概匆匆跟周明说了几句话，然后他就进了手术室，然后他等了很久周明没出来，他就去吃饭，顺便买了点东西，作了一个其他短采访，晚上回来正好见周明从手术室出来，算算时间正好十个小时。他想过去采访，结果周明被当地医院的医生和家属围着问东问西，他想，不过是个赞美文章，大方向对了就好了，也就不跟家属那里排队。全没想到，一年多之前的文章，这时候当作资料带来，被他拿着他知道但自己不知道的专业知识，这一通挖苦讽刺。

周明说着，想起来近年许多不求甚解的报道，无论是批判的还是赞颂的，都舍难求易，放过真正起到作用的体制问题、医疗知识问题、医学教育的改革问题，所有的所有，全都集中在"医德"二字上，抢救成功就是医德高尚、勤勤恳恳，手术失败就是医德败坏、不负责任，给不懂医学知识，而对医院有一定情绪的群众带来了很大的误导，让医患之间相互的信任越来越差。想到这里，周明真是轴上了，严肃地跟他们两个讲起了甲状腺瘤手术的问题，那位写了这篇文章的记者脸上红一阵白一阵，几次想要发作，都被谢小禾眼色制止。终于，谢小禾找个机会咳嗽一声，对周明说道：

"周大夫，确实，在这方面我们有做得不足的地方，应该改进，对于医学这个我们太陌生的学科，确实，全面了解也很困难，至于这篇文章，主要是想赞颂医生刻苦敬业，起到个正面宣传作用……"

"无论是正面还是反面，"周明打断她，"都要以实事求是为基础。知之为知之，不知为不知。你们如今的报道，经常拿医生的职业道德做文章，请问你们新闻工作者的职业道德，实事求是是否是最重要的？还是说，到了如今，你们的职业追求已经变成不求甚解地吸引眼球，超越一切？难道你们作相关采访的时候，不应该先深入了解相关常识么？"

很长一段时间的沉寂。

"周大夫，"谢小禾深呼吸了几下，努力压制住为了维护自己的职业尊严而与他辩论、解释的冲动，她站起来，把东西收拾好，主动向周明伸出手来，"谢谢您对我们的意见和建议，我们以后会注意改进。至于这个采访，我想，我们回去重新作一下'深入了解'，之后再来向您请教。"

她说罢，拽了拽同事的胳膊，冲周明努力笑了笑，转身往门外走去。

周明作好了一切跟他不满已久的新闻记者好好讲讲道理的准备，这时倒也愣了，隐约有些懊丧自己的冲动。她伸手，他也只好跟她握了握手，眼见他们走了出去，自己颓然坐在椅子上，手碰到兜里硬硬的《离婚证》，心情更是沉到了谷底。

谢小禾木着脸一路走到医院门口，同事狠狠地骂了句："毛病，脑子有毛病。"

"得了。"谢小禾看了他一眼，"无论如何，他虽然借题发挥以偏概全，说的也不是全无道理。"她闭了闭眼睛，暗暗握拳，"回去，我们先去图书馆借书……哦，我要问问学医的朋友的建议。"

柒

爱情是一种天赐的缘分，不是一人躲一人追的勉强，更不是掺杂了任何利益在内的交换，应当是在适当的地方、适当的人之间，于最美好的时候到来，如同鲜花，在清晨第一缕光线的照拂下盛开。

1. 乱七八糟的烦心事

圣诞前夜，天色很暗，天空中凑趣地飘着雪花。

尚属打饭时间，校园各处的喇叭里在放"打饭音乐"，现在是那首《绿袖》，播音员还学着"零点夜话"的配乐爱情故事，配着那歌曲，模仿着"小白"的语调讲述一个有点儿忧伤的爱情故事。

叶春萌低头快步地走，没有去仔细听那故事说的是怎么回事儿。广播站征不上稿的时候到处发动关系拉人码字，她就却不过地胡乱凑过几篇，其中那些阴差阳错的情节还是宿舍的共同贡献。她当时一边写一边念，念到女主人公站在细雨纷飞的车站前安静等待的时候，陈曦建议还是让女主角打把伞。她说冻病了不影响哀伤的效果，可是裙子打湿了会比较暴露，太诱惑了，回头男主角没等来，招来一群流氓哄抢美女打了起来，那接下来可就是急诊室的故事了，不太符合配乐爱情故事的主题。

当时陈曦挥舞着饭勺胡扯，李棋接着陈曦的路子往下编，她跟张欢语乐得停不下来。那时候多快乐，无忧无虑地笑闹，李棋永远直爽得不管不顾，张欢语永远懒洋洋地抱怨着累和陈曦永远刻薄。

叶春萌想着，心里一酸，眼泪淌了下来，融化了扑在脸上的雪花，冰凉凉的。

最近她不开心，许许多多的事儿搅和在一起，那么纠结在心里，简直是说也说不出，丢又丢不掉的郁闷难受，以致每每想起从前在宿舍里没心没肺地开玩笑，乃至上课记笔记，考前找老师套题，平时拿那些男生开开玩笑的简单的开心，都觉得有些辛酸。

只是，从前并不觉得从前的快乐，从前盼望着时间过得快些，让这单调的学生生活赶紧过去，盼望看见更精彩更多样的世界，尤其向往做个真正的能给病人解除痛苦的、能干的医生，向往那种神圣的感觉。

她的渴望其实特别单纯，自己从来不惜力，又并不笨，应该也算得有一颗关怀别人的心，已经在顶尖的医学院，那么，成为一个好医生，该是水到渠成的事儿了吧？可是怎么就在实施的过程中有着那么多憋屈呢？

最近大姑积极搭线给她介绍个男朋友，那人还在英国读书，对方父亲是姑父的上司，碰巧在大姑家见过一次，向大姑打听她有没男朋友，表示出替儿子看上了这姑娘的意思。大姑觉得是难得的好事，而她觉得这简直莫名其妙，自然不见。大姑竟觉得她不识好歹，打电话回老家搬动奶奶责备了她妈妈一顿，于是今天电话就从老家打来，父母一齐在电话的一端跟她说话。

她委屈地辩解："我还不到二十一，着急什么男朋友的事情呢？爸爸妈妈不是一直说，读书时候不要想杂事，要把心思全都用在学习上么？"

父母一时间都有些语塞，过了一会儿，妈妈叹了口气说道："也怪爸妈一直就把你当小孩子养，总觉得只做好人读好书就罢了，不用想那么多。不过到了现在，"妈妈有些尴尬地停顿了一会儿，终于说道，"有些事总是要考虑的。姑娘大了总要嫁人，别要忽忽儿的好年华过去，条件好的人都错过了。你看你大表姐，书念了不少，如今三十三了还是一个人，相亲的条件越降越低还是不行，简直把你大姨愁白了一半头发。现在社会这么复杂，你长得又好，难免这方面爸妈多担心一些，姑姑是见过世面的，若是她过了眼，妈妈爸爸也都更加放心。而且……"妈妈又停了下来，语气更加踌躇，"而且，这孩子虽然稍微大了几岁，但是名牌大学毕业，现在又在留学镀金，家里条件也好，他爸爸是你姑父的上司，妈妈是个公司的副总，大伯才提升了卫生局的副局长，你转年也该开始找工作了……"

叶春萌拿着电话，说不出话来。心中有种被欺骗的委屈。然而对着父母，终究还是没有发作出来。无论如何，她明白，不管是从前对她进行着最正统和纯洁的教导，还是如今的骤然而变的"世故"；无论是从前严厉地灌输着"凭借外貌"可耻还是如今分明是劝她实际些地利用外貌这重资本为自己谋求福利，父母的出发点，都是疼她。

妈妈的语调里有许多的无奈，甚至是小心翼翼地抱歉，这让她有些心酸。她甚至可以揣测出大姑怎么跟奶奶抱怨她的不懂事，然后奶奶怎么指责妈妈不会教育孩子，妈妈又是怎样忍气吞声地听着，然后再跟她讲，却还是要顾及她的情绪。

她偷偷擦干眼泪，跟妈妈说："最近很忙，没有时间。等有空了，去见一面。"

妈妈如释重负："萌萌，爸妈当然不迫使你，也只觉得是值得看看，若什么都好，就交往着看看，也没什么坏处；若不好，就回绝了。"

纵然在电话里一直克制，放下电话，叶春萌还是越想越委屈，忍不住想跟陈曦好好倾诉一下最近这许多的烦闷难受。却没想到，才说完这件事的始末，一肚子的感慨牢骚还没发出来，就听见陈曦说道：

"你大姑的话得打折扣，她说的条件好，谁知道什么乱七八糟的。要说条件不错，李波条件才真是不错，长得又好业务又强脾气也好，说起来他爸也是少将级了呢。而且野战军出身的，不是机关上去的，实打实，正经是硬。你别不信，野战军出身这帮人路子野着呢，胆子也大，要真想给你帮忙，比卫生部门那帮谨小慎微的知识分子指得上……"

陈曦边说边把新东方单词书翻了一页，拿手指头在书上画拉着默记单词。

叶春萌宛如胸口被重重地打了一拳似的，半天说不出话来。

"真的萌萌，李波是真的不错……"陈曦把单词书扣上，转过头，目光跟她相接，愣住了，"你……这是怎么了？"

叶春萌摇了摇头道："没什么了。"

这就确实没什么好说的了。

也许真是她自己的问题。也许把选择男朋友看作是纯粹感情的问题，而非一个各方面综合资源的衡量的过程，是件幼稚而愚蠢的事。也许在他们所有人眼里，包括陈曦，自己一个普通人家的孩子，又是外地户口，想要纯粹凭自己的本事和努力，在一个理想的位置做自己喜欢的工作，真的难之又难，若放着"女性"、"漂亮"这样的资本不用，才真正是傻子。

她看了眼表，五点四十，晚上该她跟急诊夜班，实在不想再在宿舍里待着，干脆早点去医院。她站起来，这会儿陈曦嬉皮笑脸地凑过来，搂着她肩膀道："别生气嘛。我这不是最近整天跟李波一起，挺合得来的，又真觉得他不错，才一下没忍住帮他敲锣打鼓一下，希望肥水不流外人田。你看你看，你就是美女，被人追多了，还烦，我这样儿的，要是有人追，肯定还挺得意的……"

"去你的。你自己青梅竹马，郎情妾意，一天一封信甜着呢。"叶春萌皱眉把她轻轻推开，心里明白这个事儿想跟她发发牢骚，一定是鸡同鸭讲，绝对得不到理解，搞不好她心里还要嘲笑自己假清高。

"甜个鬼啊。"陈曦苦着脸道，"背单词背得我都快脑残了。大病历我还没写呢。"

叶春萌满心烦躁，实在没心情再跟陈曦啰唆，拿了件挂在门口的白大衣，就推门走了出去，等到出了楼门，才想起没穿外套，天气预报报的四五级转五六级的风从袖口领口钻进去，冷得她一阵哆嗦。她犹豫了一下，实在不想再回宿舍，想着也就是十分钟的路，就加快脚步往医院走。雪花儿不断地扑面而来，在脸上手上融化，冰凉冰凉，才不过一会儿，还没走到一半，她就觉得浑身已经冻得透了，心里那些乱七八糟的烦心事不断地翻涌着，她真想找个没人的地方蹲下来，号啕大哭一场。

2. 那个流传甚广的八卦

叶春萌是当真喜欢做个医生。

固然从前对白大衣的向往，有着许多天真与盲目的猜想在其中，然而真正走进来了，她发现，她是真的喜欢。

从前她称得上是规矩的学生，却并不能算十分刻苦，因为没有能够让她精益求精的动力。而如今，最先开始，带着几分被刻薄呵斥的不满，带着几分对程学文的喜欢和感激，她在发狠地努力之后，是真正地有了兴趣。

她喜欢给病人将脏污的伤口一点点细细地清理干净，仔细修复，她惊讶一向被称为"有洁癖"的自己，可以那么快就消除了对血液甚至呕吐物的心理障碍；她喜欢在触诊听诊中边接受信息边思索，推及可能，然后在一系列的辅助检查中寻找线索，最后在手术台上得到证实；她喜欢忙碌而紧张的夜晚，尤其是能跟着程学文上手术，边做，边听他耐心地讲，经常还会在她们已经有些茫然的时候，停一下，重复，然后笑着道："你们才进科几天，听不明白是正常，别怕尴尬，可以问，我当年可比你们笨了不少。"她喜欢看见那些病人由进来时的痛苦呻吟恐惧担心，到手术后的如释重负，再到出院时的一脸轻松；她也喜欢在自己的能力范围之内，给小病人讲讲故事，帮没人照顾的老人家打水翻身买报纸，听小姑娘说，"谢谢姐姐"，"姐姐我喜欢你"，听老人家说，"你真是个好姑娘"。

她更喜欢这个世界里的程学文。她并没等着从他那里得到什么，无论是一枝玫瑰或者一份等同的感情，她还没有想那么多。她只是很单纯地喜欢听他说话，就是讲述手术也是好的，喜欢看他手术，纵然她们都说他的手术虽然水平不低，但比起周明和韦天舒还是显得平庸了；她喜欢他对所有人的和颜悦色，永远是理解和体谅的微笑，不管是有着多少没处理的病人，他永远不会气急败坏；他不会像韦天舒那样讲许多让人喷饭的笑话，但是一句"慢慢来。咱们不急，急多错多，累了就稍微歇一下"，让身边的人都多了种踏实和平静。

假如"做医生"仅仅就是如此，那么就算再辛苦，就算每天都只能吃上一顿早饭就要撑到下午，就算夜里刚在值班室睡沉了又被抓起来给斗殴的双方缝合血淋淋的伤口，就算再也没时间像从前那样看看大部头的书，写点东西，打扮打扮自己，穿着自己最漂亮的衣裙走在阳光明媚的路上，偷偷欣赏别人投过来的目光……她也还是喜欢，绝无怨言。甚至，但凡程学文就这样温和地存在在她不远的地方，她总能看见他，他也会在看见她的时候有几分开心，因为她的一个进步而给个鼓励的称赞，那么也就够了。

但却不是仅仅如此。

她并不怕多费力做额外的工作，也并没有一定要求得什么回报——如果要，那么顶多是个微笑或者一声谢谢也就够了。但是，她不能忍受那个从来少人问津的老人家，终于因为衰竭而去世的时候，一窝蜂赶来的许多儿子女儿侄子侄女孙儿，哭天抢地之余痛指她照顾不周，拿着那些结果指着她骂，为何老人脱水了没有及时发现，为何电解质失衡而没有及时纠正，为何……她着实觉得委屈而强忍着眼泪继续干活的时候，却发现并没有人把这当作什么，倒是她的带教老师祁宇宙还说了一句："以后长点心眼儿，这样的病人显然家属是不善的，通常都是，人在时不加照顾，人死之后想着要打官司。对这样的，做什么都要留好证据要小心，尤其需要步步谨慎。像你居然落下了两张查血钾离子的单子没有贴上去，多亏他们并不真的懂到这个地步，否则说你漏做检查，就是扯不清的官司。"说罢便打发她再仔细地将所有病历核对一遍。

她并不介意核对核对再核对，可心中还是委屈。难道她不已经是连"那个变态"都称赞过病历最规范的实习学生了？难道她不是比同病区的白骨精认真了许多？做事勤奋了不知道多少？怎么就偏偏让她赶上这千载难逢不作配合反而挑剔的病人家属，于是，她倒成了反面的例子？

她不跟白骨精计较谁做多做少，甚或谁抢了谁的功劳，然而怎么也不能心平气和地接受，自己为了同是医生的责任，主动地把白骨精忘记做的分内事做了，之后她那样一副心安理得的样子。甚至，有次白骨精的带教老师为此提醒她，她眼皮都没抬地说："她做多我做少谁也不吃亏，她需要表现，努力留医院，我又不需要。"

白骨精这话说得一点也不假，她更完全不在乎自己在老师心里的形象，她从来没想过做外科，甚至毕业了做不做医生都很是问号，据说她家里是全国前十富的地产大亨，委实不用为"前途"发愁。于是，这话说出来，被噎得胸口发痛的是她的带教老师，而尴尬得不知道怎么面对别人目光的，是叶春萌。

不仅是白骨精，对于自己为了早点看到化验结果，主动替护士跑腿，取化验单，那些同样生在北京的小护士们，非但没有感谢，反倒是闲闲地说："小地方的学生就是积极，为了那个留京户口，争取留院，可也真不容易。"然后，她们就支使她做任何并非她分内的事，特别理所当然。

更难受的，是为原本不是她的错，又或者她绝对有足够的理由解释的疏忽，被护士长放大地教训。比如她进治疗室没戴口罩，分明是因为一次性口罩没有了，而又急需给病人伤口换药，祁宇宙吩咐她快点拿出来赶紧做完，她才没戴口罩进去取，却被护士长揪住狠批一顿，还说要在早查房时重新三令五申规矩，这时候她的带教老师已经进手术室了，她足足是有冤没处倾诉，在来往的病人跟前挨骂。幸亏程学文经过，喊护士长去给一个血管特别难找的孩子抽血，说小护士扎了三次扎不到位，病人家属已经急了，才算让她脱离了窘境。

"没什么的啊。"程学文冲她笑，"这方面，这些规矩，从来都是护士管咱们。我再早几年也经常这么挨骂。记住了就得了，不过有时候急了，也真顾不上——总有个轻重缓急。有时候大夫只能自己作个取舍，但是你们才入门，护士长这样要求你们，把这个概念树立得牢固点，无论如何是没错的。"

她因为他特意的安抚，而觉得心里甜蜜了许多，甚至觉得，那许多的委屈，假如都能得了他最终的那几句关怀，便就都不是委屈了。甚至很多时候，她加倍的努力，很希望他能看在眼里，不用夸奖，只要让他看见，她是能干的、努力的、聪明的好医生，这就够了。

她的努力真就如此单纯。她尤其争取一切能跟着他上手术的机会，她甚至暗自希望自己今后就能留在外科，一辈子都能看见他，一辈子都做他的学生。是因为他而喜欢做医生，还是因为喜欢做医生而喜欢他，叶春萌也真的说不清楚，只是在心里觉得，这本身就是联系在一起的。她心里的好医生就是他，她心里"做医生"就会有他的指点、帮助，甚至今后的合作。

只是那一天，夜间的手术，程学文带着他们做的，完了之后，他请他们吃夜宵，有一瞬间她觉得如此快乐，恨不能时间静止在此时。却听他们开她玩笑说："小叶现在越来越巾帼不让须眉，这一天十三个小时竟然也扛下来了，比咱们还精神。怎么着，小叶，以后做外科吧？"

她心里挺高兴，还没说话，就见程学文摇头："你们又瞎起哄。女孩子就是女孩子，这不是姑娘家干的活。以后要成家、生孩子，干外科实在太辛苦。从住院医生走过来，你们谁不是扒了几层皮？"

她望着他，心里有些微的期待："那您说我干哪科？"

"我说啊，如果能留在教学附属医院，很好，学术气氛好，环境也相对单纯，但是苦。内科比外科好些，时间上还是要规律许多。"他认真给她提建议，"再说你还有留京的问题，每年各科拿到的办户口名额有限，选科恐怕更受限制。外科男生抢得太厉害。其实要我说啊，女孩子，何必非得拼着留北京，父母不在身边，一个人漂在这儿，进了好医院压力也太大，如果去了二流医院，条件环境都差远了。咱们学校出来的，你成绩、操作又都很好，如果回去省会城市，最好的医院进去也很容易，待遇上也不比北京的差，竞争压力还小一些。小叶是我同乡吧？"他笑着问，"湖南哪里？"

"就在长沙。"她心里有点沉。

"巧了。"他笑了，"我爸爸以前在那儿工作过，现在大堂哥还在那里做大内科兼心内科主任。如果你真想回去，我给你推荐，没准他见了想收到心内科去呢。不过女孩子啊，不如找个轻松点的科室，"他叹息一声，"真是没必要这么拼命。这行太紧张，你工作辛苦了，心情也难调整，会多许多怨气，以后对家庭都不好。"

三区院总听得乐了，冲着程学文诡秘地一笑："您是因某人某事有感而发吧？"

程学文摇头笑笑，没再说话，可叶春萌却几乎掉下眼泪来。

他说得那么为她着想，说得又那么体贴，可是，所有的一切，那纯粹是老师对个不错的学生，甚至是长者对孩子的关怀和设想，没有半分希望能经常看见她的意思。其实她的心里还真没那么在乎在北京还是回到长沙，可是，他是在北京啊！

再之后，无论她多么不愿意知道，也听到了那个流传甚广的八卦：程学文是林念初的中学同学，原本程学文是保送上海的复旦大学，却因为林念初考北京的学校而跟她一起考来北京，而且考出了省探花的成绩，却没选择更难进的清华大学，跟她一起上了医学院。只是林念初才一上大学，便在新生文艺会演上，以一支独舞，两曲古筝独奏而照耀了整个充斥着书呆子的医学院，然后，居然就在一连串曾经对她而言非常美丽的阴差阳错中，跟周明啼笑皆非地相识相恋，才一毕业，就做了周明的新娘子。

六年大学，林念初跟周明谈了五年的恋爱，也足足打打闹闹了五年。每次被周明气哭了之后，林念初都要拿程学文的袖子擦眼泪鼻涕，而每次高兴了，又忍不住地跟他讲周明有多好玩，多有趣，多与众不同，是她以前从来没见过的男人。

在林念初眼里，周明是那个抓不太牢，却总舍不得放开的爱人，程学文是怎么都不会离开的，亲厚的娘家人。

直到她结婚了，那些打打闹闹再也不像恋爱时候那样，甜蜜而辛辣，辛辣中又有无穷多的甜蜜，而变成了硌牙的石头子，她也不再找"娘家人"诉苦了，眼见地憔悴下去。

程学文性格温厚，才华出众，家世还是真正的医学世家，书香门第，其实不乏女孩子喜欢的，然而，居然到了三十三岁，还是单身。大家都说，那是为了林念初；林念初跟周明结婚之后似乎并没真正快乐过一天，或者，他是等着他们终于能够分手。

三年前程学文去美国进修，而两年前，林念初便去了同一间医学院，并非公派。传言纷纷，有人说程学文祖父便是留美回国的著名儿科专家，他是运用家里的世交关系帮林念初联系了出国，也有人说他是因为自己基础研究做得出色，受当时导师赏识，趁此结识了儿科专家，帮林念初联系的。

他早林念初一年回来，但是之间有短期地再去美国参与学术交流的会议，有人说，其实是为了看望林念初的。

内中具体的一切外人并无得知，唯独只知道林念初在美国的时候，便跟周明提出离婚，而今回来，便是切实地要办手续了。

叶春萌实在并不想听说这一切；即使听说了，也不想让自己相信；即便相信了，也全然不会影响程学文在自己心里的地位，反是更加替他心酸难过。

她以前一向觉得，爱情是一种天赐的缘分，不是一人躲一人追的勉强，更不是掺杂了任何利益在内的交换，应当是在适当的地方、适当的人之间，于最美好的时候到来，如同鲜花，在清晨第一缕光线的照拂下盛开。属于她的模糊的感情，来得让她如此措手不及，于那么尴尬难受的状况下，因他的一个体贴的圆场、温和的笑，而不能控制地绽放在心里了……而在她自己还不及开始期待什么的时候，却就已经没法期待了。

那么，他呢？期待了多久？等候了多久？他就准备这样一直等下去吗？

属于医院急诊部的大红十字，在已经完全黑下来的天色中，非常清晰。已经到了院门口，急救车和来往进出的病人，下班或者上夜班的医生，不断地从叶春萌的身边经过，她已经冻得手脚麻木，浑身凉透，心情更是冰冻十尺。然而说不出为什么，临近医院，等着她的很可能是带教老师说的"过节一定热闹"的，跟圣诞歌曲、圣诞舞会、圣诞礼物没有关联，跟药水血水伤口呻吟有关的一个圣诞夜，叶春萌却忽然心生出了某种亲切的感觉来。

3. 祸不单行的圣诞前夜

雪越下越大，圣诞前夜，北京的大街小巷，已经真正成了个银装素裹的世界。

谢小禾开着社里半年前新进的采访专用越野吉普往第一医院去，准备带陈曦去新开张的西餐厅吃法国大餐。

前不久为了三下乡选题的医疗部分，她硬着头皮啃了不少书，甚至包括新中国成立以来乡村医疗的各种数据，中间甚多看不明白的，第一个想到求助的自然就是学医的陈曦。陈曦惊讶她为了一个官样文章如此较真之后便取笑她"一贯澎湃的工作热情"，然后说自己也不都明白，解答她的问题尚要"伤筋动骨"地花费精力甚至请教老师，之后，自然是敲诈大餐。

出于某种微妙的自尊心，谢小禾并没有跟陈曦提起采访周明时被他"羞辱"的事儿，只是在焦头烂额地硬啃这些自己从前算得上一无所知的东西的时候，总是会想起他来。

恼火地想，憋屈地想，不甘地想，最先开始对那些自己绝对陌生的数据概念头大如斗，想要推到一边彻底放弃，照从前的八股样板完成任务的时候，想起这人毫无掩饰地对新闻行业的歧视和偏见，便会多生出一点动力来。

等到硬着头皮坚持下来，多多少少地看进去了，她却开始有了些兴趣去钻研更多。这时，从心里，她不得不承认，这个领域实在问题太多，情况太复杂，做报道，确实需要踏实下来，认真探讨，而这，确实从前大部分样板文章，都没有做到。这时候想起他不满的抱怨，谢小禾便有几分认同，然后，惭愧，只是再想起他那样毫无克制、不留余地、气急败坏的态度，又忍不住恼火。

不知是因为下雪还是因为圣诞，向来不堵车的路段居然塞成一片，谢小禾叹了口气，拐进小胡同，东穿西插，希望走小路避开堵车地带，大概在小路上走了十多分钟，就快要再回到大路上的时候，看见不远处路边停了辆车，车门开着，应急灯亮着，隐约车边还有个人，看样子是车子出了故障。

谢小禾缓缓减速，距离那车大概三四米的地方靠边停下，摇下车窗，看见前面的人蹲在车边，竖着大衣领子，缩着脖子，似乎是在边检查轮胎边就着车灯在看说明书，于是扬声喊道："车子坏了？要帮忙吗？"

那人闻声，边起身边摘了眼镜在衣服袖子上擦拭，转头眯着眼睛往她这边看过来。谢小禾先是不能置信地轻轻"啊"了一声，随即打开车门跳下来，走近两步，看清楚了，几乎笑出声来，忍住大笑，她脸上保持着一个可称之为善良与热心的微笑：

"周大夫，怎么是你呀？"

周明怔了几秒，一时间没想起这年轻姑娘是什么人，先想着也许是哪个从前的病人或者家属，待到猛然想起这是那个不久前采访自己的记者的时候，打心眼儿里郁闷地诅咒了一下这倒霉的天气和这质量不过关的轮胎。

"好像是车胎爆了。"周明无可奈何地道，"我应该有个备胎，看看怎么换上。"

一抹笑容挂在谢小禾的嘴角，她挑了挑眉毛，问：

"你有千斤顶吗？"

"啊，什么？"

"你自己换过胎么？"

"这是我买了车之后，头次……头次出问题。"

谢小禾望着周明越来越茫然尴尬的神情，嘴角的笑意加深，转身回去打开自己车的后备厢，找着工具戴上手套，把千斤顶拿出来抱着走到周明的车边，回头望着惊讶地尴尬，尴尬地惊讶着的周明说道："把备胎拿来，哦，去帮我找几块砖头。"

"这个，"周明犹豫着，实在觉得，居然让一个女人，一个看上去颇为纤弱的女人帮自己换车胎简直太不可思议了，"要不，借你的工具用一下，就不多麻烦你了。"

"周大夫，"谢小禾抬起头来微笑地望着他，"换车胎这事儿是不难，可是新手用千斤顶，一边看说明书一边琢磨，万一实际没跟上理论，没支好还挺危险，搞不好这么重的一个车压下来，压不死也压残了。"

周明从不远处找到几块齐整的砖头，从车后备厢里取出备胎，谢小禾过来接的时候，他还是有几分犹豫，才要说话，便听得她说道："你放心，我们做新闻记者的，也不是真像你想的那样，天天光在屋里坐着抄袭或者胡编滥造煽情故事。很多时候为了采访，拿第一手资料，也需要在偏僻山路上跑，即使是女人，也是有充足处理类似故障的经验的。"

　　周明哭笑不得地瞧了眼自己手里的说明书——天寒灯暗，他甚至还没翻到自己需要找的那页，方才其实已经在想着怎么叫拖车了。谢小禾已经开始干活，丝毫没有需要他帮手的意思，周明呆站着看了两分钟，一阵寒风吹过，他打了个寒战，努力地把大衣领子再抻得高一些，习惯地掏出烟，回过身点了，才吸了两口，听见谢小禾说道："周大夫，真的，少抽烟多锻炼，就没这么畏寒了。"

　　周明夹着烟半晌没动，却见谢小禾已经在拍打自己的手套，把千斤顶送回自己车里，把砖头送回到路边，车的备胎，却是已经换上去了。周明才要过去道谢，谢小禾已经钻进车里，探头出来，冲他说道：

　　"周大夫，上次你的意见，事实上拓宽了我许多思路，让我有机会看到不足的同时，有了好多新想法。我会安排下一次的采访，不过采访之前，"在这风雪的寒冷圣诞夜，她满脸是阳光明媚的笑，"我要说，谢谢你。"

　　谢小禾说罢，也不等周明回答，打着车子踩油门，几分钟之内，已经看不见周明的影子，她志得意满地畅快地笑了出来，把手机的耳机接上，拨了陈曦宿舍的电话号码。

　　"我快到了，也就还五分钟，原本早该到了，助人为乐耽误了会儿。"谢小禾乐着说道，"请你吃大餐，你挑你挑，我今儿心情好。为什么？待会儿慢慢儿跟你说……"

　　谢小禾说着，正停在胡同口打着左灯准备拐上大路，突然听见前面一声巨响，她下意识地惊叫一声，抬眼望去，眼前主路上一串车子追尾在了一起。

　　电话那边陈曦连连追问什么事情，谢小禾呆了有几秒钟，反应过来，一面庆幸自己没有早一分钟到了这里，一面对陈曦说道："出了大车祸了，就离你们医院一公里不到的地方……我看你准备被老师叫去急诊吧，也不用想着大餐了。我去看看有没有需要报警帮忙的。"

　　谢小禾说着挂了电话，左右看看，将车掉头，开了几米靠边停下，跳下车来，却见有人飞快地朝出事地点跑了过去，正是周明。

捌

我们没有尽力么？我们尽力了。所有人。我眼睁睁地看着的，我们尽了全力。我每天满脑子里转的，都是这些疾病、创伤；我放下那些美丽的画，那些优雅的文字好久了，更别说漂亮的装扮。我心甘情愿在这样血淋淋的世界里流连。我以为我可以将你们送回到开着鲜花的世界中去，我只要你的一个微笑而已。可是，谁的双手挡得住死亡和伤痛的脚步？于是，我是屠户。原来，我是屠夫。

Grow
Up

1. 人仰马翻的一天

手术进行到第四十七分钟，周明将摘除的脾脏放到托盘里，冲李波道："后面没问题了吧？你带着他们做完，然后交给骨科。产科那边叫人，我过去瞧瞧。"

李波答应着，周明从手术台撤下来走出门去。

李波带着袁军和陈曦仔细清洗了腹腔，开始一层层关腹，袁军叹气：

"以后千万不能胡乱欢呼轻松。下午才说这两天清闲，原来就是黑暗前的黎明。今儿可算得上今年最人仰马翻的一天了。"

"文盲，什么黑暗前的黎明。"陈曦指正，"分明该说暮色前的夕阳。"

"一样，意思一样。"袁军继续叹气，"好不容易约着大一那个小美人去光影礼堂的圣诞舞会，还计划最后狂欢时刻抓住小手儿把妞搞定哪。我半途走了，可别让别人握了去。"

"那就是命里不该是你的。"李波说得颇感慨，"别可惜，也别强求。"

"你还惦记叶春萌吧？反正她也没男朋友，我看她就是拿劲儿，哥儿几个再帮你想想办法，况且还有陈曦这个特级内应。"

"得了。"李波摇头，"还是那句话，强求不了，这不是挖空心思努力的事儿。两人互相都喜欢，最后能到一块儿去都难得，更别说人家还不喜欢。算了，不想挑战极限。"

陈曦听他这话说得失落，想想李波和叶春萌各个方面还真是般配，他脾气又温和，想必会百般呵护叶春萌，想接着鼓励两句，又想起来几个小时前，自己还跟叶春萌努力给他做广告，却显然惹火了她，想来是真没什么希望了，忍不住有点替他可惜。可惜归可惜，她却已经看得分明，这时候若自己再推波助澜，倒是不厚道害他了。于是，陈曦不理袁军不死心地撺掇，只闷声不响地做手里的事儿。

"美女嘛，都爱拿劲儿，一下就让你追上了，就没劲了。"袁军还在自顾自地发表着看法，"李波你就是太实在，不会玩游戏……"

"说得跟有多少经验似的。"陈曦哼了一声，"你还不是让小美女耍得像猴。"

"这是情趣！"袁军得意地道，"乐趣就在其中，乐趣就在折腾，你这种一门心思从小扎进一个男人怀里的无聊人士，体会不了啊。"

"折腾？早晚成这样儿就好了。"陈曦撇嘴，朝手术灯下的病人努努嘴。

李波点头："可不是？年纪轻轻摘了脾，骨盆也有伤，不知道影响不影响将来。"

李波说着话，手里麻利地已经把病人的网膜关好，瞧着袁军把最后的皮肤缝了，陈曦清洁了缝合口。时间把握得很好，病人已经有了麻醉苏醒的迹象，陈曦伸了个懒腰，走到床头去瞧瞧那病人。

不过十七八岁的孩子，虽然眉毛剃得极薄，鼻翼上还钉着两颗星星月亮的时髦鼻钉，嘴巴里还散发着酒味儿，可是，在手术灯下，麻醉尚未醒来的此时，跟任何一个高中学生并无太大的差别。

送进手术室之前，在混乱中，陈曦听见跟来的交警跟一个只受了轻微擦伤的司机说话，说是这女孩子在前面跑，后面有个男孩追。原本他们在便道上跑，可女孩突然朝马路中间冲过来。他因为事先瞧见就及时打了把，车冲到了路基上撞了树停住，后面一片刹车声以及剧烈的撞车声响。待他惊魂定下来，活动了脖子四肢，开门出来，就见自己这边车道，五辆车追尾，对面车道四辆车追尾。这边，被夹在中间的一辆奥拓已经变形得不成样子，被后面一辆大公共汽车、前面一辆吉普挤得长度只剩了一半左右。当时紧跟自己后面的那辆车，不知道是不是为躲这女孩子，不知道为什么向另外方向打了把，撞到对面一辆本田的左车头。而女孩子和追着她的男孩子，一前一后躺在不远处的路面上，不知道是哪辆车终究没躲过，把他们撞了出去。

陈曦皱了皱眉头，盯着女孩的脸。

她是因为失恋真想自杀，还是跟男朋友吵了架，喝了酒，情绪失控，糊里糊涂地冲上了马路？

陈曦心里很好奇，很想问问当时恰好在事发现场，然后跟着急救车照顾两个最重的伤员一起回到医院，紧接着给这个女孩主刀手术的周明。然而周明一直没说话，她也绝不敢像跟着韦天舒那样造次八卦。

这女孩到底是不是真想自杀？如果是，又为什么要自杀？

这个疑问一直在陈曦脑子里盘旋。

急诊经常有割腕自杀被送来缝合的女孩，通常在被送来的时候，那男朋友如果在，两人已经和好如初抱头痛哭了。陈曦他们经常恨恨地骂："当着男朋友的面割腕，根本就是矫情。有本事跳楼撞车去，随便划拉那一道，死得了么？就不该给缝。"

如今，真有人当着男朋友冲向车流之中了，这无论如何可不是矫情。陈曦这时想，矫情并不是最糟糕的事儿。

失恋，或者仅仅爱情中的不顺心，就真让人有了这么巨大的勇气，来践踏自己的生命？

她如果知道，那个追在她身后的男孩，也被撞成重伤，有严重颅脑损伤，是会在心里觉得自己的爱情圆满了，还是痛悔终生？

四号手术室。

手术床上的人只是腰麻，神志清醒。隔一会儿时间，她就会问一句："孩子怎么样？"

产科大夫随着动作，不断地安抚她："目前正常，放心。"

终于，一个浑身发紫的瘦小孩子，被从母亲的子宫中取了出来。

"孩子正常，只需要按照一般早产儿护理，应该没有问题。"产科医生给这个早产二十天的男婴作了简单的检查之后，笑了，"你和孩子都很幸运。发生这么严重的车祸，你没因车祸受到损伤。如果不是本身妊娠合并阑尾炎化脓，也许都并不会早产。"

"他爸爸在那一分钟，向更容易伤害到自己的方向打把。"新妈妈怔怔地说，眼睛里泪水盈盈。

"哇，这真伟大。你老公一定很爱你和孩子。你真幸福。"器械护士笑着看了她一眼，她果然是很美丽的女人，皮肤雪白，高鼻深目，普通话说得有些生硬，显见是少数民族。

"我一直很对不住他，他却对我那么好。"她喃喃地说道，泪水顺着面颊淌下来，"他从小就对我好，很好。可是我为了家里为了钱，跟了别人，他还对我好，那男人打我欺负我，他就帮我离开那个魔鬼，他还肯……还肯娶我。他是这么好的人，不该受重伤的，安拉保佑他，有事的话，让我有事。"

年轻的器械护士忍不住"啊"了一声，有些发愣，准备递给产科主刀的线，动作慢了。产科主刀轻声呵斥了一句："专心！让你听故事呢！"皱眉对产妇道，"别说话了，安静闭眼休息。"

小护士被呵斥得有些脸红，可还忍不住想去打量这个女子——她并没有闭眼，目光停留在不远处她的儿子身上。两个护士正在擦拭孩子，拍打脚心，当他终于哭出了微弱的一声之后，护士松了口气，将他放进了准备好的暖箱里。

　　"能不能把孩子给我看看。"她恳求地望着护士。

　　"先不必了。"产科主刀温声道，手里利索地缝合着女子被切开的子宫，"孩子毕竟早产，剖腹，不要折腾。直接送早产儿病房。通知儿科接病人。"

　　"我什么时候能知道我先生的状况呢？"

　　她望着产科医生。

　　"我确实不知道，现在手术室、急诊都忙得人仰马翻。"产科主刀皱眉摇头，手头没有任何的停留，这时子宫的缝合已经完成，旁边助手也已经将血液羊水处理干净。

　　"催外科来人处理化脓阑尾。"产科主刀冲护士道，"我们快完了。"

　　护士走向手术室墙上挂着的电话的时候，周明走了进来。

　　"周大夫，我们差不多了。"产科主刀说道，"你来看看。"

　　周明换上新的无菌手术袍，戴了手套走过来，才要开始查看，那新妈妈突然盯着他道："大夫，我见过您！出事的时候您在那儿帮忙来的。"

　　周明点头。

　　"您知道我先生现在怎么样吗？"她望着他，嘴唇颤抖，心电检测仪上，心跳的频率骤然增快。麻醉师略有些紧张地站起来。

　　"当时我给你们俩都作了检查，他应该有多处骨折，但是当时看来应该没有生命危险。"周明答，开始探查腹腔，"到了医院之后我还没看见他。"他说着话，已经将情况查清楚，转头走向墙边拿起电话，说让老江或者李波过来做这个阑尾，很简单，没有穿孔。"我去骨科手术室看一眼，骨科那边说有个因为完全性骨折首诊收到骨科的病人，怀疑有腹腔内出血。"说罢，周明准备出去，身后那女子喊了声："大夫，能不能麻烦您帮忙打听下我先生的情况。"

　　周明站住，回头温声道："可以，如果还在急诊的话。我打电话上来，叫什么名字？"

　　"秦牧。"

　　"好的，你放心，如果我看见，会尽快告诉你。"

　　周明说罢，匆匆地走了出去。

2. 自己的第一个急救病人

"病人死亡。死亡时间 19××年 12 月 25 日 0 点 45 分,死亡原因……"
韦天舒语调平淡地交代。

而这句语调平淡的交代,却在刹那间,仿佛被千万个人呜咽着,喊叫着,从无数的方向,不断重复地,向叶春萌扑面而来,将她的耳朵塞得再无一丝缝隙听见其他任何的声响。

于是她并没听见自己的惊叫,也没有听到手里的玻璃注射器掉到地上砸碎的声音。她对着若干道突然集中到自己身上的目光有些不解;下意识地低头,她发现自己脚边的地面上的玻璃碎屑,下意识地蹲下伸手去捡,肩膀却被人抓住。

韦天舒略微皱眉,喊人拿扫帚来将注射器的碎玻璃拾掇进回收桶,然后扫了她一眼,说道:"这么晕头耷脑地伸手就抓污染过的碎注射器?你戴的这是橡胶手套不是防弹手套。急诊病人大多不知道既往病史,在急诊,你不遵守安全操作,没几天呢就感染乙肝丙肝搞不好还来个艾滋病了。"

韦天舒这番郑重的提醒,并没有引起叶春萌太多的注意;她直愣愣地望着方才自己做第一次心内注射的病人,嘴唇哆嗦着,喃喃地问:"病人……死了?他死了?"

韦天舒没回答她这个显而易见的问题。这时他已经在打电话跟心内科和泌尿外科联系,一个伤者有心脏病史,目前心电图不正常;另一个伤者怀疑右肾有损伤,叫泌尿外科和手术室准备。骨科两个主治已经赶过来了,开始检查病人,住院总在给主任打电话。

急救室里躺着伤最重的五个伤员,外面楼道里,还架着七张临时输液轮床。交警、记者和陆续接到消息赶来这里的伤者家属被维持秩序的导医和护士拦在急诊大厅,哭声、喊自家亲人的声音乱成一片。

急救室内一样嘈杂。

"调 800 毫升血,B 型——最好 1000 毫升。"

"第四、第五腰椎挫伤。"

"呼气,呼气痛不痛?"

"血压多少?那学生,动作快点儿!"

"血气胸。再催呼吸科……谁值班这么磨？抹粉儿呢！"

"韦天舒你给我闭嘴，又不就你们这儿开张，我那一晚上都折腾一呼吸衰竭的呢！"

"哎哟，姐，你别怒，我错了，怎么今天人民群众全想到医院过节。"

"韦大夫，这个颈椎很大可能有损伤，给我们头儿电话了，内出血解决之后我们接过去。"

"脑外，怎么着？"

"给脑科医院电话了，这个咱接不了，得转，正联系呢……"

"你瞧你们这点儿出息。"

"废话，咱们系统宗旨就是办大综合，脑外从来是人家二医系统的强项，咱们不拨款不建设，我他妈拿菜刀敲开病人脑袋去？"

……

每分钟都至少有五个人在同时请示、询问，或者吩咐，五个科的二十多个大夫护士进进出出，各自以最快的节奏处置病人，最快的频率交换意见。韦天舒挨个儿床地转着检查补漏，不时给出指示，还没耽误了将永恒的科间斗争进行到底。

叶春萌却仿佛跟这一切隔绝开了。她大睁着眼睛，死盯着那个再无任何声息的，自己方才还在急救的"伤员"——而如今已经成为一具没有呼吸，没有心跳，没有任何感觉的尸体。

就在五分钟前，祁宇宙吩咐她给病人做心内注射。

这是她进科以来头一次真正参与这样的急救。

这是一场突然而至的车祸，急诊科接到电话的时候，她、刘志光和白骨精都在急诊室里听李波分析方才送进手术室的腹痛病人的状况，当时她心里有点别扭，因为程学文带着王东上了手术却没带她。李波正讲着，急诊科护士长就人未到声先至，让立刻作好准备五分钟后接大量车祸伤者。

短暂的混乱之中，她还未及在心里真正想象一下传说中最紧张的车祸急救究竟什么样子，更别说在脑子里回忆所有的急救细节，伤员就陆续被送来了。叶春萌听从吩咐，跟刘志光、白晓菁一起，在楼道里给伤员作基本检查，韦天舒从楼上匆匆而来，只看了他们几眼，就让她一个人跟随进入急救室，这让她觉得紧张，心跳都加快了，但是又忍不住有些骄傲。

努力压制着加速的心跳，她熟练地给一个等待呼吸科医生做闭式引流的伤员清

/135

理和简单包扎了小腿的伤口，伤者不断惊恐地问："我是不是心脏受伤了？胸痛，我是不是要死了？"叶春萌想起程学文讲的，对待急诊病人，来自医生的简单的心理安慰很重要，于是轻声微笑地说："别怕，这是医院，我们是医生，我们在照顾你，你安静地闭眼休息一下，呼吸科大夫马上就到了。"

这时，她听见韦天舒喊她：

"叶春萌，准备心内注射。"

韦天舒指了指旁边祁宇宙正在做心外复苏的男孩子。

她愣怔的工夫，护士已经将托盘递过来了。

心内注射。

叶春萌的耳朵里进出着不同的声音，眼前人影晃动，而这"心内注射"四个字让她觉得晕眩，嘴里有点发干，手略微地抖。紧张，而兴奋。

在这样紧张而兴奋的晕眩之中，她努力地保持头脑中的一块澄明的部分，强制自己反复地过心内注射的要领：找胸骨缘，触摸肋间，消毒，将五毫升注射器吸满肾上腺素……她感觉到汗顺着鬓角淌到脖子里。抬眼看正在插管的祁宇宙，见他点了下头，深吸了口气，才准备扎下去，侯宁正好做完了一个处置过来："哎，这个不用……"

祁宇宙向韦天舒那边指了指，侯宁理解地点了点头，对叶春萌鼓励地笑了笑："别紧张，你没问题。"

有一丝疑惑在叶春萌心里打了个转儿，但是很快就被十足的紧张赶走了。她的所有注意力都放在即将下针的那方圆不过几毫米的位置，再次在脑子里过了一遍所有要领，将针头扎进去。

针头碰到皮肤的那一瞬间，她的周身传过一阵战栗，然而头脑中强烈的"按照要领做"的意识压过了这阵战栗，她推针头的手并没有停顿。进针，回血，徐徐将药物推进，不过几秒钟的时间，而这几秒钟里，叶春萌仿佛身处另一个世界，这个世界里，只有自己、注射器和目所能及的，伤者的这部分身体。

将注射器推到底之后，叶春萌长吸了口气，手轻轻地抖着，心中有一种奇妙的兴奋和期待，她叫了一声"祁老师"，朝祁宇宙望过去，却见他正在拔掉连在这个伤者身体与监视仪器之间的那些管子和线，韦天舒正看着表对祁宇宙宣布："患者死亡。"

时间，因这一句话而骤然停顿。她手里的注射器啪地掉在地上砸碎了，自己，再也不能动弹。

韦天舒跟手术室讲完挂上电话，周明推门进来：

"你这儿怎么着？"

"还成。转二医脑科医院俩，骨科接走俩，心内接走俩。哦，有一个过去了。"韦天舒简短交代，冲外面护士喊："常宁的家属来了么？"

"警察刚查着，打通电话了，应该正赶过来。"护士瞥了眼已经被白布盖上的尸体，不忍地摇头，"才十九，造孽啊。爹妈来了还不疼死。"

"待会儿还得有伤员送来，"周明皱眉道，"两边线一共十来辆车追尾，一小奥拓已经给前后挤扁了。"

"祁宇宙你赶紧的，把检测仪器拆下来，这个先移出去，把外面那个心律不齐的赶紧换进来。——周明，我这儿你甭管了，找地儿歇会儿去，待会儿骨科那边的，还得叫你。"韦天舒说着，回头瞧见叶春萌还望着尸体发呆，一边摘手套一边说道，"没你的事儿。你做心内注射之前我本来就要宣布死亡了，看见你已经准备好了，想着这样让你经历一次是难得的机会。嗯，不错，做得相当不错。"

周明走过来将盖尸体的白单子掀起一个角看了看死者的脸，又将单子盖上，问韦天舒："过去的就这一个吧？"

"就这一个？"叶春萌忽然爆发似的喊了一声，眼泪也进了出来，"你们……你们说起个人来，怎么就……这是条命，早上还……好好儿的，刚才还……活的……"她说着，方才抢救时并没太注意，而就在护士蒙单子之前瞥见的那张年轻的脸，此时却突然特别清楚地晃在她的眼前，连带着身上那些鲜血和污物让她忽然觉得头晕目眩，一阵恶心直涌喉咙口。

周明愣了一下，这会儿他身边床上正做闭式引流的病人哭喊肚子痛，说内脏撞坏了。主治医刘征说："我查过一遍，应该腹部脏器没事。"周明要过这病人的血生化和 B 超单子仔细看了一遍，然后做了一遍腹部触诊，对病人说道："肝脾没问题，肚子痛可能是你肺部损伤的感觉，或者是紧张引起的痉挛。不排除小肠有点伤，不重，你放心，等肺部问题处理了，再作腹部的仔细检查。一步步来，咱们先处理最要命的。"他直起身把手里单子交给护士，看见叶春萌还脸色煞白地站着，皱眉道："这干吗这是？"

"咳，那个过去的。"韦天舒说着，手里没停了给个病人插管，"我瞧着她比那俩强不少，尤其稳，带进来练练，刚才正好有机会，等于让她在尸体上做了个心内注射。那学生，头一回是不是？以后就习惯了。当大夫这是常事儿啊。别站这儿使劲想了，再想就该魔怔了。去，要手术的这个病人家属在外面，去跟骨科小张一起给家属交代签字去。"

叶春萌木然地点头，有些恍惚地跟在张卫身后走出了急救室。

临出去之前，祁宇宙特地在她耳边低声说："这也是机缘巧合，难得让学生能经历一次。你刚才做得真不错。很少有人能在那么紧张的情况下，把第一次做得这么规范。"

"机缘巧合？"

这四个字如一把刀子，在她心里刻下一道血痕。那是一条命。也许一个小时前还在跟朋友狂欢、跳舞，而一个小时之后，就躺在了这里。她"难得"地经历了，自己的第一个急救病人，在自己拔出针头的一瞬间被宣布死亡，而非她想象过渴望过那么多次的，从死亡线上，用自己的手，将一个逼近死亡的人拉回到生的一边来。

她觉得胸口闷胀，一阵阵地恶心，走到等待手术的病人家属跟前的时候，脑子还是蒙的。张卫已经开始一项项跟病人解释有可能出现的并发症、输血存在的问题，解释了一整遍之后，病人家属捏着那摞纸哆嗦，抬头望着张卫：

"怎么这么多可能？你们是不是推脱责任？我不签，你们推脱责任，我不签字。"

"手术过程是一个未知的过程，任何情况都可能发生，"张卫解释，"但是也都有个可能性的多少，这里……"

张卫反复地解释，病人家属却越来越愤怒，声音越来越高。这会儿，急救室的门开了，白布蒙着的尸体被推出来靠在墙边，同时一个一直在楼道里的、心律不齐的病人被送进去。

"常宁家属，常宁家属来了么？"护士长喊。

"宁宁，宁宁！"被拦在分诊厅的人群中，一对中年夫妇冲过来，女人四处张望，"哪儿呢，我儿子在哪儿？"

"您是常宁妈妈？"护士神色尴尬而不忍，终于握住女人的手低声说，"您孩子，经全力抢救无效……"

"什么？"女人呆愣地望着她，"你说什么？"

护士长指了指停在旁边的盖着白布的尸体。

女人放开护士长的手，不断地摇着头，小声地，喃喃地道："胡说，不会，不可能的，胡说。"她慢慢地走过去，慢慢地掀开单子，然后，没有任何声响地，软倒在了地上。

男人原本茫然地呆立着，这会儿猛地扑过去，一手揽着妻子，一手抓着儿子垂下轮床的胳膊，跪在地上，仰着脖子，朝着急救室大声地喊："大夫，您再救救吧！您再救救吧。他才十九，他还没满十九，月底才过生日啊！他哪能死啊？您把我命拿去，再救救我儿子吧！"

护士长过去掐女人的人中，按着手腕处测脉搏，看见叶春萌在不远处呆站着，喊她过来帮忙。

叶春萌有些恍惚地走过来，单膝跪在地上，戴上听诊器，去听女人的心跳，这时她睁开眼睛，突然抓着叶春萌的手："为什么不救我儿子，你们当大夫的，为什么不救我儿子？"

叶春萌张了张嘴，说不出话来。

"你们没救我儿子对不对？你们这些混蛋，没天良的东西，为什么不救我儿子啊！"

叶春萌被她摇撼着，却完全没力气——或者说不想挣脱。女人尖叫之后又哭着软语地说："你再救救我儿子好吗？你再救救，他能活的。"

叶春萌想说点什么，却怎么也说不出声来，她的头越来越痛，眼前的一切，都变得虚幻而模糊。直到祁宇宙从急救室出来，将她拉了起来，挡在身后。跟张卫谈话的家属，已经被周明接了过去。那方才愤恨质问张卫的家属，这时一脸可怜地望着周明，拼命想往他兜里塞什么，抓着他的袖子说：

"您是主刀对吧？您收着，别嫌少，我这就去提钱！立刻就去。我妈有点心脏病，肝也不好，您千万仔细点儿，我这就去提钱！"

"您母亲心脏和肝的状况我们已经作基本检查了。"周明把他的手轻轻推开，

"这是骨科手术，我是腹部外科医生。要给您母亲做手术的主刀医生已经在手术室准备了。您不签字，手术就没法进行，多耽误，就多增加感染的可能性。"

"都是你们说了算！"家属终于悲愤地喊了一声。周明示意张卫将手术同意书递过去。家属哆哆嗦嗦地签了字。张卫抹了抹头上的汗，待家属都签完了，查对过之后，赶紧小跑上楼准备进手术室参加这个手术。

祁宇宙已经给死者的妈妈作完了基本检查，抬头对周明道："问题不大，悲伤过度。"

"扶她到长凳那边休息。"周明一边朝分诊台走一边说道，"下边儿没什么咱们的事儿了。上面还有一台咱们的手术，你跟我上去。你先作准备，我这就过来。"

祁宇宙想要把死者的母亲扶到长凳上，她一把甩开他的手，向前冲了两步，扑到儿子身上："你们为什么不救我儿子！他送到医院了，你们怎么能让他死！你们不是医生，你们是屠夫，屠夫！"

这突然丧失了十九岁儿子的母亲，一脸的绝望，真正的绝望。

叶春萌觉得心里空荡荡的，反复盘旋的，只有那声"病人死亡"和这母亲的控诉——"屠夫"。

她下意识地后退，靠在墙上，很想离这一切越远越好。

屠夫。

我们没有尽力么？

我们尽力了。所有人。我眼睁睁地看着的，我们尽了全力。我每天满脑子里转的，都是这些疾病、创伤；我放下那些美丽的画，那些优雅的文字好久了，更别说漂亮的装扮。我心甘情愿在这样血淋淋的世界里流连。我以为我可以将你们送回到开着鲜花的世界中去，我只要你的一个微笑而已。

可是，谁的双手挡得住死亡和伤痛的脚步？于是，我是屠户。原来，我是屠夫。

她觉得头越来越晕，恶心，想吐。刚才雪地里穿着毛衣走了十多分钟到医院，她已经不断地打喷嚏，且觉得后背发凉。她想请个假，她看见周明又从分诊台折回来了，想开口跟他请假，他却正在打电话：

"老江，你手里这台产妇阑尾怎么样？没问题吧？嗯，跟病人说，她丈夫在骨科，正在手术，没有生命危险——啊，也没有颈椎严重损伤，让她放心。"

周明放下电话，叶春萌才想请假，周明已经快步地从她身边走过去，边走边说："跟我上下一台手术。"

3. 一个不足够爱自己的男人

手术室外，谢小禾窝在一个角落，打手机游戏。

墙上挂钟的时针已经指到了两点的位置，谢小禾第 N 次在脑子里斗争是走还是继续等的问题，一边斗争，一边继续地码俄罗斯方块，今晚已经超越了她从前的最高纪录。

面前那些伸着头盯着手术室的门抹泪，不时地自言自语走来走去的人们，想必都是有亲人在生死线上挣扎。

她没有。

那个她护送来，为他签字，帮他联系远在新疆的亲人的人，跟她既无血缘，也无任何真正的"关系"。连朋友……谢小禾的眉头挑了挑，应该说连朋友都算不上了。

替他联系亲人，在这手术室门外等他，甚至是等他的妻子的消息，只是因为……

谢小禾拧着眉头，手指机械地条件反射地按着手机的键，屏幕上的积分嗖嗖地上涨。

等在这里，只是因为她碰巧赶上这场圣诞夜里，一个似乎是跟男朋友闹气的任性女孩引来的倒霉的车祸。她碰巧认识他们，碰巧知道他们一个受了不知道到底多重的伤，浑身鲜血，一个大着肚子分娩在即，碰巧……碰巧她还知道他们都在本城除了彼此之外，并无亲人。

她是……乐于助人的优秀青年谢小禾。

嘴角挂上一丝略带滑稽和自嘲的苦笑，谢小禾发狠地按着手机键，屏幕显示的纪录已经直逼采访组同仁的最高纪录。

"谁是秦牧家属？"

手术室的门被推开，一个身材魁伟的大夫扬声喊。

门开的时候，若干等在外面的人呼啦围上去，听见说到名字，再又失望地散开。

谢小禾愣怔了一下，愣的这几秒钟工夫，即将打破采访组无聊游戏爱好者们纪录的俄罗斯方块游戏以她的失败告终，她下意识地把手机塞进兜里，往门口走了几步，又迟疑地停下。

"秦牧家属在不在？"

那个大夫又喊了一声，没听见人应声，转头打算回到手术室。

"大夫。"谢小禾紧赶了几步，跑到他跟前，咽了口口水，声音有些发涩地道，"秦牧……他太太也在手术，嗯，生孩子。他弟弟和母亲分别明早和明天中午能到。大夫，他情况，怎么样？"

谢小禾说到最后，手不由自主地发抖，胸口一阵一阵揪着痛，有点不敢抬头直视大夫的目光。

"他耻骨鹰嘴粉碎性骨折，锁骨骨折，三条肋骨骨折，还有一些软组织伤。骨科手术都做完了，目前病人生命体征尚算稳定。"

他倒豆子似的说完，转身就要进去，谢小禾情急一把抓住他的袖子，急问道：

"他来的时候意识不太清醒了，头撞在了车窗上，好多血，那里，我说头，没事么？"

"头部不属于骨科范畴，具体有没有问题我不好说。CT肯定照了，你等脑外科大夫跟你说。还有腹腔脏器的问题，普外的大夫待会儿出来会讲。"

"大夫，他……"

"具体情况各科会诊之后我们明天会跟家属详细谈。"

骨科医生说罢就又钻进了手术室，谢小禾呆立在当地，怔怔地望着那两扇在面前合上的，写着鲜红大字的门。

他在里面。只有"尚算稳定"四个字。其他的，大夫要跟家属详细谈。

谢小禾轻轻闭上眼睛。

刺骨的风，飘飞的雪，秦牧苍白的、沾满了鲜血却依旧英挺俊秀的脸。

半昏迷中，他一直梦呓般喃喃地说："阿依，别急，别怕，我们的宝宝不会有事的。"

他有妻子，有孩子，有即将赶来的亲人，医生说了他状态尚算稳定，那么一定，一定不会有事。她留在这里，或者是于人，尤其是于己，徒增尴尬。

谢小禾缓缓地转身，抱着双臂，慢慢地朝楼梯口走了过去。

医院的楼梯很长，医院的楼道很长，否则她不会走了那么久，也没走出医院的大门，不会在参与抢救和手术的医生已经开始谈论着方才的抢救的时候，还在停车场里，靠在那辆上司开恩这一年批给她的越野车上发呆，几乎拿外衣擦了半个车子。

"周明，你们那边完事儿了？"

"我们科就小程和老邱还跟台上。骨科今天是得通宵了。"

"哈哈，也轮丫们通宵一回。大外就他们急诊少。我平时看着他们老能睡囫囵觉就来气。"

周明和另外一位男大夫的声音夹在呼呼的风中传进谢小禾的耳朵，她下意识地站住，循声望过去，见周明站在楼门口不远处，和另外一个从楼门口走出来的男大夫说话，那人说罢搓着双手蹦跶着钻进一辆靠楼停着的车，周明却朝这边走了过来。

"是你？还在？"

"周大夫。"

周明经过谢小禾身边的时候，两人几乎同时出声。看见谢小禾，周明才猛地想起来自己当时是护送一个血气胸伤员，跟着救护车过来的，自己的车还在车祸地点不远处停着，而且，还有个只能将就开几里地的暂时备用轮胎，根本开不到家去。

周明站住，正想返身往外走，谢小禾在身后叫他："周大夫，我送你一程。"

"多谢，不用了，我打个车过去……"

"夜里四点多，"谢小禾瞥了他一眼，"哪个出租车司机敢载你一大男人往你停车那个胡同去？现在夜里劫车的歹徒多，的哥们过了十二点都不载男人或者看着不正经的女人进小胡同。"

"啊？"周明愣了愣，想起来最近被劫车打伤的的哥跟斗殴流氓是急诊最主要的主顾。周明心里暗想这记者丫头今儿个看上去不仅做事靠谱，连说话都特别靠谱，脸上倒是有点惭愧了，摸了摸脑袋，"我这身子骨，怎么着也不像能打劫的吧？"

谢小禾淡淡地笑了笑，半揶揄半认真地道："让歹徒劫了您也是社会损失不是？今儿多亏碰巧您在，说真的，这时候就瞧出你们专业人士就是管用。这当口我们作报道，如果跟救人的抢，是不太合适。"

周明听她这么说，想起头次见面的时候自己的咄咄逼人，以及她今天的帮忙，越发不好意思了，也不知道该说什么，只低下头来。好在谢小禾也没看他，从副驾驶拉开车门，把座位上散放的一堆书籍资料抱着，示意他帮忙拉开后门丢过去。周明瞥了一眼，惊讶地发现竟然都是卫生政策甚至临床方面的书籍，忍不住问了句："你也看这些？"

"多亏您的教导。"谢小禾瞧了他一眼，钻进车子，转头看周明一脸的尴尬，想了想认真说道，"我本来是挺怒的。不过，您说得有理，我一边看一边学，一边觉得以前好些报道确实没写到点子上去。这方面的知识，我们是该多了解，也挺有意思。"

她发动车子，小心地倒车，周明回身帮她看后面的工夫，目光又扫过那些书，再又看一眼她，居然真诚地说道："你要是学医多好，肯定能干外科。"

"这是赞美么？"听了这话，这一瞬间，谢小禾整晚晦暗得就如同这雪夜的心情，突然亮了一下，觉得这位不大会说话的周大夫实在有趣得很，这时却听周明毫不犹豫地答："当然。我还很少碰见这么肯讲理，不娇气，干脆利索的女人。"

谢小禾几乎笑了出来，这年头对自己的职业如此热爱的人倒真是稀罕了，而她却因此对这个将行业歧视和性别歧视表现得如此坦诚的人，多了几分好感。她瞧了瞧他，故意道："这可绝对是挤对了，嘲讽我不像女人。"

这话原本是跟他开玩笑，她自己说出来，胸口却没来由地一阵抽痛，秦牧昏迷中喃喃地牵记着阿依，重伤昏沉之中，语气依旧温柔呵护，那么多的宠爱。

她很熟悉的温柔，她很熟悉的缠绵。

他是那样的人，在他身边，她会很习以为常地任性撒娇，甚至蛮不讲理，他却只有温柔的包容。

陈曦曾经挤对她，在所有别处都是热血青年谢小禾，或者劳模谢小禾，唯独在秦牧那里，是小资玉女谢小禾了。

谢小禾咬了咬嘴唇。

脑子里不自主地盘旋着那一天，她跟秦牧在装修了一半的新房里，面对面坐着的情形。

"爱我，还是她？

"只要你一句话，你说，我就信。

"爱我，我可以和你一起帮着她跟那个禽兽离婚，帮她安排以后的生活，她是从小对你最好的小姐姐，我知道，她是你很在意的人，我明白。

"爱她，我走。"

她说出这话的时候，自己的眼前一阵发黑，说到"走"字，几乎软倒下去，然而她却站了起来。

心里的声音不停地喊："不要。"

你说爱我的时候，跟她的感情就应该已经结束，无论她幸福抑或不幸，她只是你的朋友。

你说你小时候就勾手指说过要照顾她，让她幸福。

但是几个月前，你把订婚的钻戒戴到我的手指上，拥我入怀，你跟我爸妈爷爷郑重地说会让我一生快乐，你说要把婚礼在新疆办，让你的母亲、生父和我长眠于斯的亲生父母，看到我们的婚礼。

这难道是假话？

告诉我，爱我，我不想走，我不会走，我要跟你今生今世，柴米油盐，做你的妻子。

然而她没说出来，她安静地望着他，等着他自己选择。

他却不说话。

良久。

"告诉我，现在，如今，此刻，你爱我，还是爱她？"

谢小禾再次问。

他却一直不肯说话，只是把脸埋在了双掌之中。

不知道过了多久。

终于，她摘下了那枚戒指，放下了那串钥匙，离开了那个房间。

不必问了，也不必知道。便纵是他也爱自己，甚或爱自己更多些，也都不够，否则，不至于这样难以抉择。

她什么都可以将就，唯独这需要担负今后几十年共同生活的感情，她要他给得足够，否则，何敢将自己一生的幸福交与他手。

自此，勒令自己不想，不问，不回头，就当梦一场，给父母的只是一句，"谈到结婚发觉性格不合，分手"，给朋友的，亦然。有好事者七拐八弯打听到了，毕竟全国前十强的建筑公司最年轻的总设计师，连得几届设计大赛奖项的秦牧太引人注目。这样的他跟一个比自己大了三岁，普通话都讲不标准的离婚女人在一起，更加引人注目，而他鼓励这女人重新进修声乐舞蹈重上舞台，就更加更加引人注目。

这些乱七八糟的小道消息，或明示或暗示地传到她耳里的时候，她都仿佛与己无关。

努力过从前自己过的日子，努力做没有秦牧的谢小禾，努力做父母的好女儿，上司的好下属，可做的事情那么多，足以填充她的时间，她的生活。

她已经忘记他了吧？一个不足够爱自己的男人，一个不百分之百爱自己的男人，为什么要记得？

纵然记得，也该是恨。

直到今天。

她忽然在那恐怖而纷乱的车祸现场，白的雪与红的血诡异地交融的地方，在之后开车跟随着救护车来到医院，在手术室外等他和他的妻子的消息的焦灼之中，在听说孩子无恙之后那一瞬间的放松里，在看见周明出来，经过身边，一瞬间蹿上脑子，"周明参与了抢救，他也许知道秦牧的状况。私下里这么打听一下，也许他不会打类似脑袋不归骨科管的官腔"的闪念里，明白了一件事。

看见他浑身鲜血昏迷的时候，那种怕他从这个世界消失的至大的惊恐带来的痛楚，在她的心里，远远地超过了他没有百分之百地爱自己的痛楚。

于是，她明白，她从来没有恨过他。

4. 曾经不只是朋友

"周大夫，我想问问你，那个，那两个人您还记得吧，妻子临产的，那个男的，怎么样？"

谢小禾这话有些声音发颤地问出口，眼睛不敢看周明一眼，专注着前面的路。

"记得。"周明答，"他的情况还真有点复杂。"

"脑CT不好？有损伤？会怎么样？"她的心跳加剧，握着方向盘的手发抖。

"噢，倒不是，他应该没有颅内伤。但是他的腹痛……我们开始怀疑有脏器出血，排除之后，先做了骨科手术，但是我忙过两个急诊伤员再看他的检查，很多不正常，血色素才3克多，血胆红素……"

"他以前身体就不好，"谢小禾急道，车子歪了一下，她连连跟周明说抱歉，接着道，"他胃不好，还有胆囊炎，几个月一发作，发作了就输液消炎。医生说该手术的，一直没时间，我也不知道他……他这一年多有没有发作了。"

周明听得专注，问道："反复发作的胆囊炎？多久了？"

"应该从我们认识时候就……"谢小禾冲口而出，随即又沉默，半晌才低声道，"大概怎么也四年了。"

周明皱眉眯着眼睛沉思，脑子里全是秦牧的检查结果和体征，想了想，问了一句："他跟你是很好的朋友？"

周明的心里，在琢磨是否将自己的想法与秦牧的关系亲近的，又能相对冷静地讨论他可能的病情的人，交换信息，以求之后诊断与治疗的顺利，然而这句话谢小禾听了，却以为是周明好奇。

她原本不能容忍别人对她与秦牧之间关系的好奇，然而经历了这一整晚后的此时，对周明有了几丝亲切感的此时，她突然想说说话。这一年半憋在心里，没有跟任何至亲好友讲过半句的一切。

"不只是，曾经不只是朋友。我研二实习采访认识他。他是我采访过最体贴最温和，最不愿意给别人找麻烦的'名人'……后来，我爱上了他，嗯，很幸运，他好像也爱上了我。订婚，他跟我讲了从前，包括他现在的妻子。包括他们之间很多不容易的事。他说，那是过去的爱情，他没能跟她一起，但是她嫁得很好。也算各有缘分。他跟我求婚。但是，嗯，没多久，他现在的妻子发现那男人是……虐待狂。

有钱，但是早年伤了下体，是个废人了，变态古怪，打人。然后，"谢小禾停了一会儿，努力地跟眼泪作了一会儿斗争，终于放弃，任由眼泪淌下来，"然后他也没有说究竟爱的是谁，但是跟我在一起，再也不能快乐。于是我放弃了他。我忽然想，如果我再等一等，如果我也任性一点软弱一点跟他说没有他我也不行……也许……"她抹了把眼泪笑笑，"不过无所谓了。他现在也很好。我也不恨他，今天一晚上想起来，居然都是他怎么好，跟他一起的时候，我怎么傻里傻气不懂事。算了。骨折应该没事吧？脑子没伤就好了。啊，他应该不会伤了手，我没记得骨科大夫说他伤了手。如果趁着这次，把他那个胆囊彻底做了手术，也踏实呢……"

谢小禾自顾自絮絮叨叨地说着，半晌没听见周明的回音，心道这车坏了现看说明书的书呆子该不是从来没关心过学问以外的事儿吧？这是莫名惊诧了？她自嘲地笑道："看，确实，您鄙视的新闻记者，确实有煽情的素质，经历都如同台湾八点档的狗血剧情……"

谢小禾说着，转头去看周明，却发现他低头闭目，竟然是睡着了。

"你……"这一番憋了一年半的哭诉，倾听的人，竟然昏睡过去，谢小禾心中蓦然而生几分气急败坏的恼怒，之后又觉得哭笑不得，方才一腔的悲情又暂且抛到一边，提高声音道，"周大夫，您当这真是坐计程车哪？"

周明睁开眼，茫然地看了看她："嗯，刚才说，噢，秦牧应该是胆囊炎，这个之后要详细检查。他家人什么时候到？他太太现在才手术后，还不太适合谈他的病情。"

"明天早上五点半他弟弟到，中午他妈妈到。"谢小禾答，木着脸跟周明说，"马上就到那间车铺，主人我认识，但凡有人去，不管几时，他都做生意。建议您买轮胎之外，也查查轮子是否平衡，做做矫正，换换机油，让人家半夜起来，也多点生意做，您也学学车子保养。"

"啊，好。"周明老实地点头，"我确实半年前就想做了，一直忘。"

谢小禾沉默着不再说话，临近要找的修车铺，缓缓减速，停下之后，她突然盯着周明问道："除了做学问，做手术之外，您有朋友吗？"

"有啊。"周明愣怔地答。

"有女性朋友吗？"谢小禾再问。

周明仔细地想了想，摇头："不大有，我小时候爱打架，长大了爱打球，都不是女孩子喜欢的。"

"那能冒昧地问一句，您太太，嗯，如果您结婚了的话，您太太是不是比我这种不任性不娇气肯讲理的，少见的女人，更加少见？"

　　周明低着头，沉默了好一阵，终于缓缓说道："我二十三岁就结婚了。我太太……她很好，很美，应该也很温柔吧。嗯，不久前，我们分开了。"

　　谢小禾的理智让她将那句已经到了嘴边的"怪不得"咽了回去，看看周明，方才的恼火被歉意替代，她低声说了句"对不起"，打开车门，跳下车，用力叩起了小铺的大门。

　　"一线大夫不跟家属说话这只是个大家心里有数儿的规则，没写到行为规范里去。"韦天舒不屑地冷笑，"有这个规矩是因为现在越来越麻烦的信任危机。可是我们没法堂而皇之地跟学生说，咱其实不光为人民服务，有时候还真得站在人民群众对立面。所以你们没经验不许乱说话，乱说话就让人抓小辫儿。"

1. 爱心天使和她的小魔星

被陈曦称为"白骨精"的白晓菁从来也没想到过，自己会在某个圣诞夜，被迫使出浑身解数地哄个六岁的娃娃睡觉，更加没想到的是，因为这倒霉的一晚上，居然会从此变成了"爱心天使"而被通报全院表扬。

圣诞节当天的早查房之后，外科全科开会，总结前一天晚上对突发大型交通事故的抢救工作。周明和程学文各自把自己手术病人的情况讲了，韦天舒从一开始就以保持身体正直的高难度睡姿酣睡，等轮到讲楼下急诊跟各科协调的部分，李宗德叫到他名字时，韦天舒眼睛也没睁就声音洪亮地回了句："同志们都辛苦了。"坐在他正对面的祁宇宙低声道："首长您更辛苦。"周围一片醒着的人都乐了，韦天舒也彻底醒过来，眼见李宗德正七分恼火三分无奈地瞪着他，他龇牙咧嘴冲老头儿乐了乐，左右瞧瞧，一本正经道："同学们也很辛苦。昨天咱科全科值班大夫护士，不值班赶回来的大夫护士，全体同学，在西方主神的生日夜，面对形势严峻的特大车祸，共同谱写了一曲社会主义国家救死扶伤的英雄赞歌。"

笑声之中，李宗德顿了顿手里泡茶的大玻璃瓶子："我让你给上级领导作报告哪？"

韦天舒依旧笑嘻嘻地："这么大交通事故抢救，到时候院办、校办、XX 报，YY 报，您都得给他们交报告，我不是替您总结么？"他嬉皮笑脸地说着，眼见老头儿的眼睛瞪圆了马上就要发作，韦天舒摊手道，"昨儿没什么大岔子，问题呢还是那些，节假日夜间急诊，辅助科室应急反应不够；分诊台护士判断不准，造成一定的接诊混乱耽误时间；抢救室急救设备不够，不能应对大规模抢救的需要；需要跟兄弟医院以及其他系统的专科医院协调，叫会诊与转病人还是得扯嘴皮子……"

"得了，老调重弹就不必了。"李宗德皱着眉头摆摆手，想了想，问道，"院办早上说，昨天有个学生跟死者家属去乱说话，人家现在在闹呢。说了一线大夫不能随便讲话，更别说学生了。这是哪个学生，这么没头没脑的？"

下面安静了一下，除了白晓菁完全不理外界尘俗地目视前方半闭着眼睛用索尼遥控超薄随身听听交响乐，陈曦睡得已经靠在李波身上，口水打湿了他白大衣的袖子之外，几个昨天参加了急救的住院医和学生互相疑惑地用眼神打量。昨天大家各自忙得晕头转向，并没太注意别人干了什么。

"我还不太清楚怎么回事。不过这批学生第一次经历这种抢救，"周明说道，"在抢救过程中表现已经相当不错了。至于跟患者家属交流的技巧，不可能那么圆滑。"

"这种跟病人交流的技巧，"李宗德运了口气说道，"跟抢救一样重要，一进科，就已经三令五申，反复强调——你们，昨天谁后来跑去看那个抢救无效死亡的伤者了？待会儿到办公室找我！"

正说着，有人敲会议室的门，李宗德喊了声进来，院办公室主任推开门进来了，一脸平时罕见的笑容，手里还提着面鲜红绣金字的锦旗。他身后跟着一男一女，都是三十多岁年纪，男人抱着个胖乎乎的小男孩。

办公室主任哗地将锦旗一展，那上面的八个大字就清清楚楚地展现在满屋子的大夫眼前：

"爱心，耐心，天使之心。"

下面一行小字："敬赠第一医院普通外科白晓菁同学及全体白衣天使。"

李宗德和其他的大夫愣怔的当儿，那个被男人抱着的小男孩忽然冲着某个方向喊了声"姐姐"，嫩生生的童音让所有人的目光都顺着他的目光望去，落在正半闭着眼睛听音乐的白晓菁身上。

那一分钟白晓菁正在听《胡桃夹子》，音量开得很大，她正幻想着自己穿着舞裙在台上舞蹈，身体和音乐的旋律完美地融合，情绪已经和故事合二为一，台下观众的目光当然都集中在自己身上，但是，那些目光只能停留在她的意识之外……目光？白晓菁的第N感感到了目光，第N＋1感让她抬起头……就在她已经被那些投射到自己身上的目光打扰，走出《胡桃夹子》的一瞬间，脖子已经被一双手臂紧紧搂住，接着就是脸颊上带着响儿的一个吻。白晓菁在惊怒之中看清楚了来人的脸，一句"你怎么又来了"及时地卡在喉咙里，换之以近乎流泪的苦笑。

这个她长到这么大遇到的唯一一个能折磨她的魔星，阴魂不散地又出现了。

"看，姐姐我说话算话。"魔星郑重地往她手里塞了个硬硬的东西——一个模型，星球大战里面的飞船模型，"送给你。"

这话说得郑重，豪气干云地。豪气干云中又带着一丝丝的不舍得，这一丝丝不舍，让白晓菁感动了一下，于是，她冲他笑了笑，伸手摸了摸他的脑袋。

"呃，我的上帝。"

不远处的陈曦，眯缝着眼睛把锦旗上的字仔细地看了三遍，盯着白晓菁三个字发了几秒钟的呆之后，再转回来到白晓菁身上，就看到了那个微笑——有点儿尴尬，有点儿害羞，有很多的开心，以及更多的温柔。

这个笑容使得白晓菁从此以有别于"白骨精"的形象在陈曦的记忆中鲜活地存留了下来，其鲜活的程度并不亚于"白骨精"尖叫着导致她打翻了就要入嘴的油爆里脊。

很多年以后，当白晓菁作为中国的儿科医生参加一个国际儿科研讨会，跟代表美国某儿研所参加会议的陈曦在大厅碰到的时候，陈曦在三分钟之内提到了这个圣诞节。她瞧着白晓菁笑嘻嘻地说："也许真有耶稣，每年过生日下来普度世人若干。我很怀疑那个小东西是不是我主耶稣化身来点化你做个白衣天使的。"

很多年后的白晓菁轻轻耸了耸肩膀，以三十度角望着大厅的天花板某处，脸上还是带着那么点儿淡淡的不屑。

"我主耶稣太看得起我了——在我身上花了大半个生日夜，那年普度的人肯定比往年要少。"

这个后来被陈曦和白晓菁称为耶稣转世的小男孩，在那个圣诞夜里，是送到医院的伤者中的一个。他父母当时都在天津，只有一个阿姨带着他。本来是因为拗不过他，带他出来买玩具，结果坐在计程车里就赶上了车祸。阿姨的手臂骨折，进手术室之前跟每一个护士说："拜托您看一眼那孩子，爹妈不在，我可别把孩子弄丢了啊。"

孩子哭声嘹亮，身上沾着不少的血迹。然而在简短的检查之后，韦天舒断定他除了手臂上的擦伤之外，并没有受到任何伤害，于是连打电话叫儿科都省了，眼睛余光扫见白晓菁动作生疏缓慢地给一个伤员刚刚清理了伤口，便喊了句：

"那个女生，照看这孩子。"

白晓菁愣了一愣："我？看孩子？"

"照看车祸后表面没有伤害的孩子，对一个医生而言，那就是要把种种可能放在脑子里，严密观察有无特殊情况。"韦天舒瞧了瞧她，"并不是让你当保姆——当然，可能你得先当好一保姆。"韦天舒说这话的时候乐了，很难说他乐得有没有一点幸灾乐祸。韦天舒说完就喊叶春萌进抢救室去了，白晓菁郁闷地瞧着依然在抹眼泪的小孩。

白晓菁不傻。

她很明白自己今天的任务其实就是当这孩子的保姆了——因为进抢救室她还够不上格，继续在楼道里一个一个地处理泥水雪水血污的伤口，她又没有刘志光那个耐心。

可是她从来不喜欢小孩，尤其是吵闹的和哭着的，三岁的小表妹来家住的一周，简直是她的噩梦。

再不喜欢，也已经没有临阵脱逃的机会了，白晓菁鼓了几次勇气，修正了几次表情，终于向小家伙伸出手来，拍拍他的脑袋，笑着问：

"小弟弟，你还有哪里不舒服么？"

小孩泪眼婆娑地瞧着她，摇了摇头。

"真的没有？"

继续摇头。

"那就好。"白晓菁出了口气——固然知道不过是做个保姆，但是穿着白大褂当保姆，又给韦天舒危言耸听了一下，她还是有些许的紧张。才放下心，突然又想到这是小孩子，小孩子也许会弄不清自己的感觉，小孩子的哭闹也许就表示了身体的不舒服，于是，她重新又紧张起来，再次加固笑容问：

"没有不舒服，那为什么哭啊？"

小男孩嘴巴一撇："害怕啊。"

"怕什么呀？"白晓菁蹲在他跟前，拿酒精棉纱将他肮脏的小手擦干净，又习惯性地从兜里掏出一管护肤油给他涂在手背上，边涂边说，"车祸已经过去了，没事了，你安全了。"

"很可怕啊。"他说着，更多的眼泪流了出来，像是要说服她似的大声说，"就是很可怕，很可怕。"

白晓菁挠挠头，想想一个五六岁孩子身经车祸，心里阴影一时难以除去也是正常，便努力地压下心中已经抬头的烦躁，握着小孩的手道："知道知道，刚才很吓人……"

"外星人很快就要来了。"小男孩盯着她的眼睛，严肃而恐惧地说。

"外……星人？"白晓菁险些一屁股坐在地上。

"他们刚才袭击了我们的飞船。"小男孩的表情好像是先头部队的指挥官在跟总指挥报告工作，"一会儿就会来大的袭击的。"

白晓菁愣怔了足足有两分钟。

好在她也看动画片——饶是如此，她还是仔细回忆了一下有关脑震荡的症状。

"乖，告诉姐姐，你头痛么？"

小男孩坚定地摇头。

"那么，恶心，想吐不？"

"姐姐！"他抓着她的手使劲摇，"外星人马上就来了！"

"我决定去参加战斗！"小家伙突然斩钉截铁地说道，"姐姐你去睡吧，我们会保护好你的！你去睡觉，我去巡逻啦！"

小家伙不理会白晓菁不能置信的表情，跳下地，真做出了个侦探的派头，朝门口走了过去。

2. 你们为何救不活他

白晓菁不能理解，为什么自己碰巧接手了个难缠的小魔头之后，就成了天使？

坦白说，没有把他丢出去，只是因为实在找不到另外一个倒霉鬼接手。无论如何，她也不能将个五六岁的孩子丢在混乱的急诊楼道里。她曾想把他锁进值班室不管，临到要锁门，突然又想起韦天舒说的，自己有责任"严密观察有无特殊情况。"万一，这孩子有颅脑损伤怎么办？万一，他内脏有缓慢出血呢？平时看的那些美国医疗片中最极端的例子这会儿都涌到她眼前。白晓菁从来没想做个天使，可也并不想因为疏忽，在实习时代就跟医疗事故挂钩。

于是，白晓菁只好七分无奈三分好笑地跟着他幻想外星人攻击地球，幻想所有动画人物大串联地对抗外星人。她许多次烦了，板起脸来意欲呵斥，小男孩却强悍地并不理会她的脸色，执着地将她当成紧急时刻唯一的战友来商讨保卫地球的大计划。所有旁的人，不管经过的护士大夫、病人家属、清洁阿姨，都被他作为可能是外星人的嫌疑分子而密切观察。

白晓菁不能不承认，生平头一次被一个这么小的小孩信赖喜欢，很有些隐隐的得意，不过这点儿得意也还不足够让她忍受这小东西奇思怪想的馊主意的折磨——被抓着东奔西跑，被迫地挖空脑袋编故事应对他的思路，甚至当有"可疑"人经过的时候被拽着隐蔽。

但是，在无数次几乎崩溃又几乎笑破了肚子，愤恨小魔头可恶和发觉他实在好玩的同时，她确实当了个相当合格的保姆。最终，小东西累极了，口中喃喃地念叨着，终于靠在她怀里睡着了。白晓菁几乎热泪长流，认真地觉得睡着的小孩，不聒噪的小孩，实在是天下最可爱的生物，于是，她把他搂紧了，发自心底地笑了出来。

这分安静太得来不易，于是这个笑容就持续良久，直到她也迷糊着睡着。

小男孩的父母无限担心焦急地在后半夜从天津赶到时，就见那淘气得让三个保姆辞职，被幼儿园阿姨称为猴王转世的儿子安稳而踏实地睡在个穿白大衣的女孩子怀里，而这个女孩的脸上，带着那样温柔的笑容。

"白衣天使。"

孩子的父母并没有故意煽情或者夸张，他们在那一刻确实热泪盈眶，一下子冲进脑袋的，就是这四个字。

白晓菁不理解这种感情。后来被通报表扬，依旧不大理解，等到被办公室主任敦促着写感想的时候，简直就愤怒了，觉得这孩子爸妈跟医院，简直都是神经病，一帮莫明其妙的神经病。

唯独，某种从前没有过的，此时也形容不出的满足和欢喜，却从此之后，长久地留驻在了她心里。

当白晓菁一脸不自在地被小男孩热情地搂着，被小男孩的父母感恩地簇拥着，跟办公室主任一人拽着锦旗一边被拍照的时候，叶春萌正裹紧了棉被，瞧着宿舍房顶发愣。满脑子只是一个问题，以后，我该做什么呢？

她在发烧——应该说昨晚就开始了，上最后一台手术已经是夜里两点。手术中，她就开始发冷，牙齿都有些打战，身上如同浸在冰水之中，脸颊却在发热。她很想喝口热水，吃两片药，然后钻进被窝里睡上一觉，可是眼前没有热水和棉被，只有严重创伤、腹腔被打开的病人。她在这病人跟前，只能是穿着手术袍，手握手术刀的医生。

上手术之前她想请假，却没说出口。她不想在这么紧张的一场抢救中，娇滴滴地退走，尤其是在曾经蔑视过自己的人跟前。

已经作为手术医生中的一个了——尤其是这人手缺乏、人员已经精简到不能精简的急诊手术，她更没有请假的理由。

叶春萌努力地深呼吸，把所有的意念集中在手头的工作上——纵然只是拉钩，打几个简单的结，剪线，而尽量忽略自己身上的冷，以及随后而来的发热。深呼吸，不去想冷，更不能让自己发抖——发抖经常是个正反馈，你容许它抖，它就抖得越发厉害。只允许自己看着血管、器官；只注意线结、刀剪和主刀的周明偶尔给她的一个指示，以及助手祁宇宙所需要的配合。

她不太清楚这台手术究竟做了多长时间，眼看着祁宇宙给病人关腹，打完了最后一个结，她几乎觉得已经过去了一个世纪，就想躺倒在地上，再也不用起来。

他们都在说话，周明好像在夸他们不错，隐约中是"今天晚上都挺有出息"，祁宇宙也许答了什么，周围麻醉师跟器械护士都乐了。他们商议着到哪儿去吃饭，累了一晚上，要吃两倍的量补充。她却完全没有任何饿的感觉，只觉得冷，只想去喝口热水倒下睡觉。她摘下口罩，准备走出去的时候，听见周明喊她，她站住回头，周明和祁宇宙同时问：

"你怎么了？是不是病了？"

叶春萌并不知道当时自己的脸已经烧得通红，嘴唇干起了皮，听他们问，只愣怔地瞧着他们。

"赶紧回去睡觉。"周明对她说，"明天你休息不用来了。祁宇宙，我去跟病人家属谈，你现在赶紧送她回宿舍去。"

周明说完跟祁宇宙一起把病人过了床，自己跟着轮床出去了，祁宇宙在门口等叶春萌，她却冲他摇头："不用你送，我去值班室睡一会儿，然后自己回去。"

"你没事吧？"祁宇宙略微有点担心，见她木着脸，倒不好坚持了。叶春萌是个漂亮姑娘，对漂亮姑娘过于关怀，难免让姑娘怀疑自己的居心。于是，嘱咐她自己当心之后，祁宇宙走了。

叶春萌本来真的想在值班室睡到天亮了回宿舍去歇一整天发汗，只是，电梯到了一层，门打开，她看见急诊楼道里靠墙的临时轮床的那一瞬间，她一下子又回到了几小时前。被一场手术从急诊抢救中拽走的情绪，突然间又回来了。

急救，自己第一次参与的急救；心内注射，自己第一次这样关键而有难度的操作；老师说做得相当不错，可是……病人死了。十九岁的病人。

叶春萌也说不清楚，自己为什么没有向左拐去值班室睡觉，而是反方向地走回急诊，走回急救室门口，看见了依旧停在那里的，那十九岁男孩的尸体。

这里已经不似方才的忙乱，绝大部分伤者已经被相应的各科室转走，只有几个伤势不重的和其他来看急诊的病人在躺着输液观察。空气中，弥漫着淡淡的血腥味儿和消毒水、碘伏、酒精混合的味道，很安静，只有睡着了的病人和家属轻微的鼾声、检测设备的声响。

在这样的安静中，那男孩妈妈呜咽中喃喃的絮叨就格外清晰。断断续续的，像是在自言自语，又不全是，像是在哭，又好像根本没有哭的气力。

她坐在地上，攥着儿子垂下来的手。她丈夫一动不动地躺在不远处的长椅上，大睁着眼睛，望着不可知的地方。

叶春萌说不清自己为什么会走过去，也许她只想劝这个妈妈不要坐在这里，地上太冷了，也许她只想跟她说保重身体，也许……只是，当她走到这个妈妈跟前，看见了她的脸，看见了被她紧紧攥着的那只手，她的眼泪就不能控制地淌了下来，所有也许想说的话都咽了下去，说出口的，是一句："对不起"。

这个妈妈呆怔地瞧着她。侧着头，轻轻重复了一遍她说的话——对不起。

叶春萌心中抽痛，更多的眼泪淌下来。

"是你。"那妈妈缓缓地站了起来，眼睛一瞬不瞬地盯着她，"是你，你是我儿子的医生对不对？是你。"

叶春萌后退一步，点了点头，又摇了摇头。望着她的眼神，心里忽然怕了起来，很想跑走，腿一软，自己一个趔趄，肩膀却已经被她抓在手里。

"是你，你说话，是不是你？我求你再救救我儿子，你不救！他死了，你为什么不肯再救救他！"她的声音嘶哑，说得很慢，她摇撼她肩膀的手没什么力气，可是在这样一双眼睛的瞪视之下，叶春萌却完全不能挣开，只能尽力向后缩着，哆嗦着，语无伦次地说道，"不是，不是。当时他……他已经死了，救不过来了。"

"胡说，胡说！"那母亲的头发披散着，眼睛血红，"你骗人。你为什么说对不起，你没有好好救我儿子，你让他死了！你该救活他，他已经被送到医院了，送来的时候是活着，现在却死了！"

叶春萌喉头哽住，说不出话，头剧烈地痛，完全难以理清思维，只能拼命地摇头。

那个父亲这时也已经扶着墙过来，冲她吼着："我明白了。我终于明白了。我儿子为什么会死，因为我们当时没赶来，你们以为他没人管！别人肯定都塞了钱给你们，我儿子没人塞钱给你们，他躺在那里，没人管！就让你这样的小年轻来练手艺！就这样害死了我儿子！你们这些黑心的东西，谁说医生是白衣天使，我呸！"

叶春萌只觉得眼前一阵阵发黑，连摇头的力气也已经没有了，只听得见那母亲在哭，父亲在喊，自己的手臂和肩膀被人推搡着，一个声音在心里不断地喊："我怎么会害死他？不是，我们尽了最大的努力在救他！我们尽了最大的努力在救他……"

值班护士什么时候来的，在跟他们说些什么；李波什么时候出现的，又是怎么把她拉开，给她裹上自己的羽绒服，把她拽到值班室……她统统没有清晰的印象了，只记得自己坐在值班室的床沿上，李波把一杯温水递到她手里时，她大睁着眼睛望着他，问他："为什么当医生？"

"啊？"李波呆了一呆，没能回答。

"为什么要当医生？"她接着问，"费尽辛苦还是要面对死亡，不能让别人，也不能让自己满意？"

"小叶，你不能想这么多。"李波想握着她的手，碰到她的时候，她向后躲了躲，他赶紧将手缩回去，从旁边拉把椅子坐下，"我们只能治一些现在科学能治疗的疾病，但不是总能救命。小叶，这是你的第一次，我们第一次的时候，也都这么难受，以后……"

"以后？"叶春萌轻轻地问，抱住自己的肩膀，"你说，今天是第一次，以后还要时常如此，无能为力，对自己怀疑，被自己费尽力气也救不活的病人的家属痛斥为屠夫。你说，做医生就要对这些麻木？就是不能有心，不能有感情，就是要冷静而冷血地做那些操作，就是像说下课了一样，宣布病人的死亡？这就是医生的生活？"

"小叶，也不是这样。"李波努力地想这话该如何说，无奈面对着她的时候，原本就不算强的语言能力更是丢掉了一大半，思维能力也跟着锐减。他想了半天想不出个铿锵有力的道理来给她以奋发向上的鼓励，犹豫了半天，只是叹了口气道：

"你先喝点水，嘴角都快裂了。然后我送你回去睡觉。你肯定烧到了38度以上。"

"谢谢你。"叶春萌轻轻地说，把手里的水喝了半杯，身上的冷已经都过去了，现在每一个毛孔都开始发热，浑身轻飘飘地，好像没有一点儿重量，胸腔里更是轻飘飘的，似乎整个儿空了，原先的许多东西，倏忽间尽失。

凌晨五点。下了近一夜的雪已经停了，地上的积雪已经很厚，树枝都被雪压弯，偶尔风过，扑簌簌地抖落下一片片雪花。叶春萌坐在李波自行车的后座上，他推着车往她宿舍走着，偶尔找句话跟她说。她并没听进去他究竟说了些什么，满脑子只盘旋着一个问题：学医的人，假如不干临床，究竟能做什么呢？

3. 给医院抹黑的罪魁祸首

"这次抢救，我们各个科室紧密配合，充分表现出了一个三级甲等医院应有的水平，应急能力经受了考验。在整个抢救中，同志们以病人为先，以救死扶伤为己任，表现出了很强的责任感和过硬的专业水平，受到各个方面的好评，今天早上的《晨报》就以大篇幅报道了昨天的急救。同志们为医院，甚至为医疗行业的同行，赢得了荣誉。这次涌现出来的像白晓菁同学这样特别突出的先进典型、先进事迹，我建议要通报表扬，"院办公室主任葛伟以标准会议报告格式作着十二月二十四日夜的抢救过程总结，说到此处，却顿了一顿，环顾一下四周，用手指敲打着桌面说道，"但是，与此同时，个别制造出不和谐声音，给医院名誉带来损害，引致医患之间不必要的矛盾的，也不能忽略，一定要严肃批评教育，杜绝这种现象的发生。"

"谁制造不和谐声音了？"韦天舒往椅子背上一靠，"有人在急救过程中草菅人命，敲诈勒索，跟救死扶伤的主旋律不合么？还是说就这份儿跟咱医院没有良好关系的报纸，"他抓起桌面上一份《都市早报》往桌子正中一丢，"跟其他报纸的正面报道不和谐？"

"报道也不是无风起浪。"葛伟一拍桌子，"人家家属在闹，给记者看见了，问了，写了，这么登出来，影响非常差。给整个抢救工作抹黑。"

"闹什么？抢救疏失？如果有质疑而且不能协调，就只能走程序来专家组调查。又不是第一次了。"韦天舒无所谓道，"该解释的已经都解释清楚，昨儿一遍今天早上一遍，家属情绪没走出来，不信，那也没办法，报纸乐意报道这样基于揣测基础上的'新闻'，那也是人家的自由。人人都有一张嘴，记者更有一杆笔，要说啥写啥，咱管不了。"

"家属为什么认为我们没有及时抢救伤员？啊？为什么会认为我们收受了其他家属在场的伤员的贿赂，所以在抢救秩序上有选择？啊？"葛伟拿中指和食指的指节当当地敲着桌子，"说过多少次这个临床医生跟家属交流的问题！临床医生态度的问题！偏不重视！觉得是小事情！现在闹起来，有报纸引用死者家属的话，说我们因为重伤员的家属不在场而忽略，造成伤员死亡！今天一早来院办采访的其他报纸就有三拨！多坏的影响？一定得严办。"

"交流？当时我要跟重伤、死亡、伤者家属都一一详细交流，连带安抚情绪，一准得多死几个。"韦天舒翻了翻眼睛，复又嘻嘻一笑，"其实我建议下次你们院办公室的领导同志们也都随时待命。有紧急情况随呼即来，我们负责抢救，你们及时交流，分工合作，各尽其责。"

"你这什么态度？"葛伟的脸腾地涨红，几乎就要站起来，旁边一直没出声的程学文赶紧欠过身去压住他的臂弯，"葛主任，您说的这个态度问题确实重要。好多矛盾是从医患之间的误会产生的。咱们也一直没放松进行交流技巧的教育不是？现在一面在壁报宣传栏加强宣传，一面也没少在咱们自己大夫护士这里强调重要性。"程学文笑着慢条斯理地说道，"昨天的情况呢，我一直在楼上手术室到今天五点多才下来，但是也明白个大概。我觉得啊，不是说交流和态度不重要，可是第一，昨天是紧急情况，很久没有遭遇的大型事故，所有能呼回来的大夫都呼回来，人手还是不够，这种情况下只能抢救为先，病人家属的情绪其次；第二，就这个死亡的，当时小祁已经跟家属交代了，但是年轻人，毕竟经验少，也许就没说太清楚，结果家属心里就存了疑问。到后来叶春萌的话才会引起家属误会。这些，说到底一是家属不能接受孩子死亡的现实，其次呢，在信任危机上。这病人对医生、医院的信任危机，是多种因素造成的，肯定不是因为昨天小祁没解释明白，或者叶春萌的几句话造成的。"

"话没有错。"葛伟略微平静了一下，"但是临床医生还是要在自身素质上找问题。这回，啊，我的意见就是这样，优秀典型要表扬，出问题的就是要严肃批评教育。尤其那个跑去乱说话激惹了家属，引发误会的学生叶春萌！我看就要通报批评这种无组织无纪律的现象。"

"叶春萌是我病区的，一向表现非常优秀，是这拨学生中最认真的之一。"程学文皱眉苦笑，"只是进科才一个月就参与这种抢救，没有经验也没有心理准备。检讨是要做，我可以来做。也确实，我们已经习惯成自然，相对忽略了给学生进行对这个特殊岗位的心理建设……"

"你们不要出了问题就先护犊子！先避重就轻！现在说的是无组织无纪律的问题，参与抢救就像上战场，没有组织纪律性怎么行？"退伍军人出身的葛伟提到战场俩字，声音都越发铿锵有力了，"学生如果没有经验，就不能随便跟家属乱说话。这是规矩，各个病区讲过没有？讲过了就得遵守！不遵守就是违纪！"

"一线大夫不跟家属说话这只是个大家心里有数儿的规则，没写到行为规范里去。"韦天舒不屑地冷笑，"有这个规矩是因为现在越来越麻烦的信任危机。可是我们没法堂而皇之地跟学生说，咱其实不光为人民服务，有时候还真得站在人民群众对立面。所以你们没经验不许乱说话，乱说话就让人抓小辫儿。"

眼瞧着韦天舒嚣张的态度，葛伟气得手微微哆嗦，差点儿习惯性地喊出一句"禁闭半天思过"或者"去做一百个俯卧撑"。

葛伟是立过两次军功的军人，却因为始终没能过了文化关，也因为轻度伤残，无限悲痛遗憾地转业。虽然从军队到地方已经四年，但是他还是习惯以及怀念绿色军营整齐划一的简单生活。被安排在医院办公室主任这个位子上，是应了当时国家关于医院的领导位置要提高思想政治素质的方针政策，更是不舍得他转业，却无法改变新规定的领导、战友，想方设法替他找的前途有保障的工作。这是他们的盛情，可是在这里的这几年，对于他却是一种巨大的煎熬。

他不喜欢这个工作，更不适应这个工作。他从头到尾，就没觉得自己跟这帮穿白大衣的是一拨人过。

葛伟出身农村，真切地知道得病的痛苦，再赶上个不负责的大夫，又是多么雪上加霜。葛伟尤其记得小时候看病的时候，护士的呵斥、大夫的冷淡，原本穷门小户，得个病不得不看得全家节衣缩食，再遭受这种待遇，还因为地位的不对等，只能受着，那是打心眼儿里愤怒难过。

被委派到这个岗位上，起初，葛伟还真是认真存了要好好整顿整顿这医德医风的雄心壮志的。但随着工作日久，渐次接触的事儿多了，他也不得不承认这不是个那么简单的问题。毕竟他没干过半天临床，完全没法站在一线大夫那个角度去考虑问题，同时反感他们整天强调临床工作的不容易。而且，他不喜欢这帮穿白大褂的，尤其看不惯他们那种属于知识分子的自由主义。除了说不出来的对"学历"二字既仰慕又愤恨的复杂感觉之外，他是真讨厌他们那种想说啥就说啥，对领导，对组织，对制度，缺乏应有的服从和尊重的态度。尤其受不了当工作中起了些冲突的时候，他们脸上流露出来的"你是外行"的不屑一顾。于是，每每出了医患纠纷，葛伟一方面由于职责所在，必须要站在医院的立场上尽力解决，而在心里面，总是一股没来由的怨气就放到了这帮总是惹麻烦的临床大夫身上。

尤其是他们这种表面护短，实质回避关键问题的态度。

尤其是这个无组织无纪律的典型，韦天舒。

这次的急救，原则上是一次非常成功的急救。葛伟明白，材料交上去，学校，甚至系统，都是会表扬奖励的，只是好端端地出了这么个岔子，家属闹媒体烦，他左支右绌烦恼之余，是憋足了一股劲要狠狠地抓个典型，以后都杜绝此类情况的发生的。本来这也是理所当然的事儿——后果都如此恶劣了，还有不严肃追责的道理？没想到先是大主任李宗德含糊地说了几句特殊情况特殊处理，之后向主要负责急诊抢救的韦天舒了解情况，他上来就是一句"不觉得那学生有什么错儿"。

葛伟是真的火了。拿出医院办公室主任的权威，勒令昨天参与抢救的各科副主任以上医生，但凡不上手术没出门诊的，全体过来开会讨论，结果这些人或者压根儿不吭声，或者就是不痛不痒地说两句，再或者是对目前的医患关系大发牢骚，对媒体意见多多，更有人拿出临床科室一贯对事务科室的隔阂来推。至于到了该学生目前所轮转的普通外科，韦天舒一如既往地不合作之外，连从来配合工作的程学文，居然也是找足了理由护短。

葛伟还真不明白了，就是个犯了错误惹了巨大麻烦的学生，抓出来严肃地批评一番——哪怕稍微矫枉过正一下，那不是为了加强印象，给她自己以及所有其他人敲个警钟么？

葛伟环视周围，除了各科负责教学的几位副主任之外，自己的几个下属，从副主任到新分配来的应届毕业生，居然一个个地成了闷嘴葫芦，一声不吭。他忽然有了种被孤立了的悲凉。可不是？即使自己的下属，其实跟临床科室的诸位，大都师出同门，毕业于这所医学院，谁知道在他们心里，是不是一样根本没有把自己这个"老粗"上级当回事儿呢？

自卑与自尊相混合所激发的愤怒在葛伟的胸腔中冲撞，他努力地压制着这种愤怒，冲着主管教学的周明说道："周大夫，你是管教学的，这个学生无组织无纪律，惹了这么大麻烦，你怎么说？"

"医生最大的组织纪律就是救死扶伤，叶春萌做得非常好。要是我下评语，我说她昨天非常称职。"周明瞧着葛伟，"这学生尽到了临床医生最重要的责任，虽然尚有不足，但是我觉得，没法要求一个学生，在见习刚结束，实习才开始的时候，具有把一切做到完美的能力。见习实习，不光是学技术，心理素质与交流技巧必须是慢慢培养的。"

"批评和追责是教育的一部分。"葛伟的脸已经板得像石头。

"从院办这边可以批评。也可以通报全院。"周明点头，"她一定程度的莽撞和思考不周，确实造成这些麻烦。不过从我们临床教研组方面，也有责任总结这次抢救，通报表扬表现最突出的同学。我们外科，认为叶春萌同学是表现最优秀的一个。"

　　"谢老师，您一定明白，现在，这个弃婴的生命和以后的幸福，对这几个学生如何走上医生之路的影响，远远超过那些表扬、奖励和荣誉。"

1. 农贸市场的一阵骚乱

"到底该买多少面粉？买哪种啊？"陈曦抓着张列了诸如白菜、大葱、猪肉馅的纸，无可奈何地瞧着白晓菁。

"差不多得了。"白晓菁不耐烦地皱眉头，恨不能下一秒钟就冲出这个空气污浊、拥挤杂乱的农贸市场，"新年包饺子不就个意思吗？"

陈曦没言声儿。

要依她的意思，新年如果一定要吃饺子的话，不如到超市抓上二十包速冻饺子，不同品牌，不同口味，就算没有爹娘在家包的地道，一准儿也比这帮乌合之众七手八脚捏揉挤按出来的，十个里面，下水之前两个漏油，下水之后五个散架的手工水饺要好吃。

可是叶春萌把这新年全班同学一起包饺子煮饺子吃饺子，看得很重要，重要到了远远高于"吃"这件事情本身的意义。叶春萌说过，和面擀皮儿往里塞馅儿的时候，心里特别温馨，是那种属于家的，安宁踏实的温馨。离开家那么远来到这儿，最想念的就是这种感觉，每到过年过节，就特别想家。好在有这么多一样离开家在这里的同学，一起读书一起生活，有机会在过节时一起动手准备煮火锅包饺子，不管包成什么形状什么口味，那种感觉特别快乐。在这个自己也许尚算客人的城市，这个班级就是"家"，这些同学就是真正的"家人"了。

坦白地说，作为打车二十分钟就到家，每周把脏衣服丢回家洗，再背着一书包卤鸡腿烧牛肉麻辣小墨斗鱼回学校的北京生，陈曦真不太有这份情怀。只是既然叶春萌有，她得讲义气，固然极其不乐意参加班级活动，这活动也是要参加的。

至于其他人，究竟有没有这份情怀，陈曦有些怀疑。有应当也是有的，譬如叶春萌提出这个建议之后，立刻得到了几乎所有人的支持，而且在她细心地考虑到同学们来自全国十七个不同的省市自治区，东南西北口味不同，征求意见的时候，几乎每个人都表达了自己的喜好，只是这热情究竟有多高，是很难说的事儿。征求完意见，到了要准备买东西的时候，大家纷纷表示在家从来不做家务，从来不去菜市场，没有概念，一切由筹划者做主。待到筹划者叶春萌仔细核算了，周围自由市场超级市场几乎转个遍比较了价钱，买了东西收钱时，总有人唠叨还是买贵了，或者东西不地道。譬如肉馅肥的太多，腻味；羊肉片不够薄嫩，不如自己切；火锅底料口味太单一；茼蒿菜不新鲜。

叶春萌几乎每年新年那几天都会委屈地哭一场，可是到了开始煮上火锅，下了料，和面，拌馅，她就又把那点儿委屈丢一边儿而开始享受那种欢乐了。当陈曦小心眼儿地提醒她，你瞧谁谁，和谁谁谁那个德行，干活儿没他们事儿，挑剔数第一，你不是被气得哭，咋这又高兴了。叶春萌反倒劝她，谁谁确实家里困难，人得靠助学金生活呢，可不块八毛的也得计较？谁谁谁她爸是特级厨师，吃饭就是挑，平时对食堂也老不满意，瞧见菜不新鲜，说两句就是条件反射嘛，别那么计较。

三年下来，叶春萌采办东西也有了经验，知道哪儿的肉片最嫩，哪儿的青菜最新鲜，买得多了，也知道如何跟人讨价还价，拿到个最好的价钱。

今年，临近新年，叶春萌像是被下了咒儿似的倒霉，感冒发烧不算，原本认真实习勤恳工作一心要做个白衣天使的，居然就赶上了死者家属闹事媒体负面报道，被院方认为是给医院抹黑的罪魁祸首，两天之内先是教办集合所有同学开会，表彰给医院争得荣誉的白晓菁，同时批评因为乱说话，在家属和公众面前造成恶劣影响的叶春萌；然后，又给叫到教办与院办轮番受教育。死者家属到现在还在院办闹，居然一口咬定是她说的"对不起死者，当时上级大夫去管别人了，只有她一个人负责抢救死者"。虽然韦天舒说了："这种事儿不是第一次，咱没有疏失，肯定能过去，就是恶心你一阵，"并且安慰她说，"就算你没再过去跟他们说话，也保不齐他们一样会闹事。"可是"保不齐"的事儿没法当依据，当时她朝死者家属过去了，说话了，死者家属才从绝望到愤怒，开始不依不饶，当时不少人看见死者家属拉扯着她一片混乱，如今院办就是认定她是肇事者，不肯放松，不知道这事儿会折腾到何时算完。

陈曦觉得老天太不长眼了，欺负老实人到了穷凶极恶的地步。多亏在院办批评叶春萌的同时，外科全科例行的大会诊，主任李宗德总结阶段工作的时候，提到学生的临床教学，倒是说，综合几位病区主管的意见，认为同学们在这个阶段都表现不错，尤其是叶春萌同学，在急救中操作最规范、最稳定，而且带病坚持手术到结束，值得表扬。陈曦第一反应就是萌萌还是没白喜欢程学文，不管程学文对她有没有意思，至少替她说了公道话。这样子她虽然给院办数落得灰头土脸，可临床这边是正面评价，至少算得大半颗定心丸，毕竟最后的鉴定，主要是临床带教老师写的。陈曦还安慰叶春萌，她的鉴定肯定是程学文写，那个"变态"就算跟她过不去，也得给程学文个面子，再说，那个"变态"之前也夸过她不止一次。陈曦没敢说我觉得"变态"固然变态，但是没你想得那么狭隘，基本来说是个实事求是的同志。陈曦绝不想再在这个当口儿表达任何跟她的不同意见给她添堵了。

当叶春萌被抓去院办挨训的时候，陈曦回到宿舍想煮面，冲口而出就是萌萌你把酒精炉收哪去了？说完之后自己站在宿舍当中突然有些感慨。当天晚上，叶春萌幽幽地说马上新年，看来是过不踏实了，今年真没时间精力再来操办过新年了。

叶春萌言语中的伤感失落让陈曦一阵心酸，她躺在床上深呼吸了几下之后，大义凛然地跟叶春萌说："今年新年的事儿，我帮你张罗。保准热热闹闹，精彩不下往年。"

一定要让叶春萌开开心心地过这个新年。

在那个瞬间，陈曦的心里充满了豪情。于是过后，她蛮不讲理地揪着李棋逼她答应晚点儿去她伯伯家吃饭，一定要在班里的联欢会上露个面儿，否则永远绝交；她花言巧语地搂着张欢语哄她，让她把新交的男朋友带来，而不要两人单独过，陈曦说大家的眼睛是雪亮的，替你审核审核也好，现在骗子那么多，更何况，早就有过来人说过，在集体活动中，远比两人相处能看出一个人的品格！她更逼袁军和王东各自回家把卡拉OK机、游戏机、影碟机搬来，代价是许诺袁军免费替他给小妹妹写三封又含蓄又缠绵又有深度的情书，并且看准时机在联欢会上倾情替他做托儿，决战新年夜，拿下小美女。

采办东西的这天，陈曦在路边儿想拦计程车，跺着脚骂破天气破地段打个车都这么难，没想到一辆崭新本田在她跟前停下来，白晓菁摇下窗户："你去买新年的东西？我载你一程。"

"你今年也跟我们一起过？"陈曦多少有点儿惊讶，不过赶紧拉开车门钻进去生怕她脑子恢复正常后悔了，管她是谁，顺风车是不搭白不搭的。

"反正也没事儿，懒得回家。"白晓菁皱了皱眉头。她不会跟陈曦解释说今年她妈为了她爸在外面那个二十岁的情人一怒之下自己飞去巴黎过了，勒令她爸一个星期之内把这破事儿解决掉。她妈说找女人上床没问题，别找这种脑子进水，蠢到南极，居然跑到她的产科专家门诊言语刺探，暗示自己有可能怀上了某著名财团董事长的孩子的。她爸自然震怒，找秘书给那个漂亮脸蛋狗屎脑子的年轻女人一笔钱一辆宝马打发了，一面给她妈长途电话低声下气地赔罪，一面在家生气发火砸东西。白晓菁不想在家听她爸骂保姆骂司机骂如今社会行行都缺乏职业道德，做婊子的都毫无专业素质。于是，白晓菁就生平头一次，走进了鸡毛乱飞，烂菜叶子满地，时而撞过来个某摊主的三岁儿子和另外一个摊主两岁闺女的农贸市场。

"我看要不就多买点儿。你把那袋面粉，那堆白菜韭菜，那些肉馅全搬上。"白晓菁的忍耐已经到了极限，"反正后备厢有地方，吃不了扔掉！"

陈曦才要说话，忽然听见不远处猪肉铺位的摊主操着河北口音大声喊："这娃可不是不行了吧？他妈呢？那女人跑哪儿去了啊？"

一阵骚乱，好些人伸着脖子不由自主地朝那边儿走过去，陈曦和白晓菁面对面地发愣，这会儿又听着那河北口音的高声喊："谁给瞧瞧啊，这娃这是怎么的了？脸儿青了啊！手脚也凉了……他妈，那女人说上个厕所咋就没影儿啦？"

陈曦跟白晓菁几乎是同时地说了声"瞧瞧"，就一左一右地抢在一个正往那边瞧的大妈前边赶了过去。

2. 医者仁心

牡丹花图案的鲜艳小棉被包裹中，小小婴儿的脸色青黑，鼻翼明显地一张一合，嘴巴也张开着，似乎在用尽全力地，吸进每一口混合着炸丸子香味儿、生猪肉腥味儿、鸡粪味儿和腐败烂菜叶子味道的浑浊空气。

"哎哟他妈这是上哪儿去了哟！"卖猪肉的胖大妈拍着猪肉案子跺脚，"这说出去上个厕所就回不来了！这娃先是哭又是吐，现在脸也青了喘气儿眼瞅着越来越费劲，可咋整哪？"

聚过来的人越来越多，有人伸手摸孩子额头说"不算太烫"，有人说扒开嘴看看是不是痰堵住嗓子了，有人说把包裹松松可能裹太紧，又有人说不行，天这么冷，松了包裹这么小的孩子不得冻死。更多人咂嘴叹着，这么点儿孩子怎么就跟这儿，又脏又冷的，能不病吗？

声音越来越高的杂乱议论声中，白晓菁和陈曦终于挤到了跟前。这会儿隔壁卖黄瓜西红柿的年轻媳妇儿也吆喝着"让让"钻进人圈儿，手里晃悠着她家老二的奶瓶子，"许就是他妈妈不好，没吃饱饿青了，来来喝口热奶！"

她正准备把那婴儿从猪肉摊主怀里抱过来喂奶，就听见旁边一声"不懂你别乱动他！"她被唬了一跳，循声儿转头，见是个脸色极白、颧骨特高的年轻女孩，瞧年纪不过二十岁上下，却带足了一脸不耐烦的傲慢。

"我不懂，小丫头片子你倒懂？"她咂巴着嘴翻了个白眼儿，"我俩胖小子都生了，老二都满地跑。"

白晓菁眼皮都没翻一下地说了句："我是医生。"

"医生"两字在这种情况下让周围围观的群众肃然起敬，大家不自觉地都往后退了退，白晓菁就站在了相对的最前沿。抱着孩子的大妈赶紧欠起身子把孩子往白晓菁跟前送了送，嘴里唠叨："你快看看这孩子这是怎么了？听着应该咳嗽了有几天了，今儿上午他妈说上个厕所买点儿东西，就没影儿了。我刚才生意闲会儿进去一看，这娃模样儿不对了啊。原本不这么黑，脸蛋儿红白红白的。"

白晓菁不答话，把右手伸进小棉被里摸着小孩儿的胸口，举起左手腕儿看着表，一会儿抬起头来说："心跳 120 次，鼻翼扇动浑身发绀，这像是呼吸窘迫，得赶紧上医院。"

"他妈没在啊！"大妈苦着张脸说，"你是医生，你先给他瞧着治治？让他喘气舒服了，等他妈来了再送医院？"

"我们就是医学生，医学院的学生。没毕业呢，算不上医生。"陈曦小声纠正，很清醒地意识到这孩子情况危急，随时可能出意外，而她和白晓菁，根本还没开始轮转儿科，对儿科的所有知识就是半年前走马观花的四周门诊见习和一年前理论课课本上的铅字——考完试之后她是忘了大半了，白晓菁照说也绝不会比她强。

不知道是因为陈曦声音太小还是大家故意忽略了她的提醒，周围人全瞧着白晓菁，等她妙手回春。陈曦暗暗郁闷，暗想她跟白晓菁两人加起来也还顶不了半个正经儿科医生，也就会测测脉搏心跳，这可如何收场？

但是白晓菁却一如既往地半点儿都不气短："我学的是正经规范的西医，又不是赤脚医生，没仪器没设备，怎么在菜市场给他检查诊断？"

陈曦一声儿"靠"差点儿冒出来，打心眼儿里崇拜白晓菁在任何情况下都能理直气壮的强大气场。一个"菜市场"提醒了陈曦，她赶紧冲大妈说道："孩子小，本来免疫力就低，现在病得厉害，这儿空气又浑浊，病菌又多，是不能在这儿待了，得赶紧地送医院去。您看孩子脸都紫了，还有呼吸急促，这都是缺氧表现，再耽误要出事儿的。"

"哎哟！"大妈一拍大腿，"我可不是他的什么人哪！他的妈也不是我什么人，头几天因为我老头子回老家给他哥奔丧去了，我这儿寻摸人帮几天手，她就来了，还抱一孩子。她口音一听就跟我一个乡的人，说丈夫在这儿打工，抱着孩子来看她男人，结果到了这儿才知道她男人的工程队又去了南方，她一个钱没有了，想暂时求个落脚地方，也干点儿活攒几个钱好回家或者上南方找她男人。我这可是瞧她可怜存了帮人一把的心让她留下的，晚上她娘俩就住我身后这店面儿里头，我真不是孩子什么人……"

"别啰唆了，再废话他咽气儿了就！"白晓菁大声喊，几乎是从大妈手里把孩子夺了过来，陈曦吓了一跳，凑近了去看，但见孩子的鼻翼一张一合得更是厉害，呼吸的频率眼见更加快了，嘴唇已经发紫，整个小小的身子颤抖着，确实是耽误不得了。

"他妈回来让她立刻去第一医院儿科找白晓菁或者陈曦，"白晓菁抱着小孩想要挤出人圈儿，"等她回来，没准就缺氧缺出脑残来了。"

大妈愣着神儿的工夫，陈曦却一把揪住白晓菁的胳膊："等等。"

"干吗？"白晓菁恼火地瞪着她。

"让大妈跟咱们一起去，有个见证。"陈曦为自己在关键时刻保护自己第一救人第二的小人之心有些惭愧，但是这孩子确实情况危急，后面有什么样的后果难以预料。叶春萌的前车之鉴清晰地就在眼前，让实在不够高尚不够纯粹的她不得不多存了个心眼，"万一孩子路上有个好歹，或者在医院需要做任何决定，我们都做不了主。"

大妈双手连摆："我也做不了主啊！"

"大妈，您得跟我们去，要不我们是谁您其实也不知道，万一我们把孩子抱走卖了呢？"陈曦飞快地说，用力拽她，"他妈若是因事耽误在外，一回来孩子没了还不跟您拼命？"

"我，我，我这好心我倒了八辈子霉，再说我走了谁给我管摊子？"

"您摊上了这是。您瞧，我们不把他带医院去他万一在您铺子里出事，您更扯不清楚，现在还有我们帮忙分担。"陈曦已经把她拽起来，使眼色让白晓菁先往外走，对大妈继续说道，"您这摊儿，旁边儿找人帮忙照一眼，平时都一块儿的，您还能信不过？这是一百块。"陈曦从兜里掏出钱来塞她手里，"就算您一斤猪肉能赚个两块到三块，算您从现在到晚上九点两个半小时平均每十分钟卖出二斤二两肉，到收摊能卖出三十三斤，一百块补偿您经济损失您也不亏，没准还赚了跑腿儿费。您看您赶上我们这样的好人，坏事变好事，不过跑个腿，我们还有车，您真是福大命大造化大，还犹豫什么劲儿哪！"陈曦上嘴皮碰下嘴皮跟机关枪似的给大妈连算账带说服，已经拽着这大妈挤出人群，心里想着这个猪肉摊是长摊儿，以前自己跟萌萌来买鸡蛋的时候就见过这大妈多次，肯定跟周围摊位的人都是熟的。把她拉上，万一不幸孩子出事，他妈要闹，说自己跟白晓菁害死孩子的话，拽着这大妈一起，自然可以直接见证，旁的人跟她相识，想必也肯做个间接证明的。

　　白晓菁却没有转这么多的心眼，只一手搂紧那个花布包裹，一手在前挡着可能撞过来的人，嘴里喊着"让开让开"。孩子的呼吸越来越急促，那节奏让她抱着包裹的手臂也微微颤抖，她努力以自己从来没有过的速度，蹬着两寸钉子跟的意大利皮靴"负重"跨越着许多突然出现在脚底的障碍向外冲刺。

　　很久以后，陈曦曾经无比崇拜地赞美她真是个有天使之心的人，跟自己的庸俗迥然不同，白晓菁根本懒得废话，更懒得解释。但是当程学文也笑着逗她说，"原本以为那次急救中只是凑巧，没想到原来小白确实是有医者仁心"的时候，白晓菁忍不住瞪大了眼睛对他说："其实还是凑巧，我说'我是医生'，只是条件反射，可是已经说出了口，我只想，无论如何，要救回他来。"

3. 一场生命的接力赛

　　"那好像是陈曦？"医院偏门口，叶春萌跟刘志光说着话，才要从旁边小路回宿舍，远远地瞧见个高个短发女孩抱着个颜色鲜艳的包裹往这边跑过来，她往前走了几步，瞧清楚女孩确实是陈曦，却是一脸的惶急，脸上几道子汗，短发都打了绺，被黏在了额头上。

　　叶春萌快步地迎过去，待离得近了，才发现，陈曦怀里抱的包裹，是个小小婴儿。

　　"快，帮忙接把手。"陈曦见着叶春萌，可算是见着了亲人，把小婴儿递过去，自己弯腰撑着大腿喘气。

　　"这怎么回事儿？"

　　叶春萌摸不着头脑地问，再低头一看孩子，更是吃了一惊："这……这孩子严重缺氧，全身发绀啊！"

"菜市场抱来的。"陈曦抓紧倒了几口气儿上来，直起身子，拽着叶春萌胳膊接着往医院里跑，边跑边说道，"堵车，完全开不动，我半途干脆抱着他跑过来。他妈的，我闹半天也有跑负重马拉松的潜力。"

"他父母呢？"

"鬼知道跑哪儿去了，把他扔卖猪肉大妈铺子里了。'白骨精'跟大妈路上堵着呢……"

"陈曦！这孩子……"叶春萌大喊了一声，猛地站住，直直地瞪着怀里的孩子，但见他极力地将头后仰，张大嘴巴，已经紫黑的小脸痉挛地抽搐起来，被子里裹着的四肢狂躁地乱动，而几秒钟过去，他的头突然软软地垂了下来。

叶春萌的脑子刹那间空白，似乎周围的世界都旋转了起来，孩子痉挛的紫黑色的小脸无限地扩大，尤其是那双半张半合的、眼神涣散的眼睛，像极了几天前，自己对他做了"最后"的抢救，却终于没能逃离死亡的十九岁男孩的眼睛。

叶春萌的腿一软，跪在了地上，双臂却还牢牢地环着这小小的包裹。她仰头瞧向陈曦，喃喃地道："他……他死了？他……"

陈曦蹲下，双手抖着把孩子抱过来，哆嗦着解开棉被包裹，此时她的脑子里，连考试后仅存的急救知识都已经丢到了爪哇国去，只是胡乱地拍着他的脸颊，捏着他的胳膊，带着哭音儿道："你别死，你再努力地喘喘气儿啊！我抱着你跑了几里地，咱们可都进了医院的门，你再坚持一分钟啊！"

"你这样不行！赶紧，赶紧叫儿科和呼吸科老师来！"

陈曦茫然地抬头，却见说话的是刘志光，他挡开陈曦在婴儿身上乱捏乱拍的手，把小棉被摊在地上铺平，将孩子平放，深深地吸了口气，俯下身，用口覆住婴儿口鼻，用力吹了下去。吹了两次之后，他直起身，解开婴儿胸前的衣服，两根手指摸到婴儿两乳之间，向下按压。他的脸紧张得通红，汗顺着额头脸颊脖子向下淌，肩膀颤抖，手指也颤抖，按的频率并不稳健流畅，可是他不断颤抖的手，一下一下地在婴儿心脏部位按压，嘴里数着："一，二，三……"

周围经过、进出医院的人围了过来，很多人问："怎么回事儿？要不要叫大夫？"

陈曦醒过神来，冲刘志光道："你继续，坚持，我马上去找儿科和呼吸科老师！"说罢扒开人群，拿出今生最快的百米冲刺速度，向楼里冲了过去。

"二十一，二十二……"人圈儿之中，刘志光单膝跪着，一下一下地按压小孩儿的心脏部位，记着数，仿佛周遭的一切嘈杂根本不存在，眼前只有这个全身发紫，突然停止呼吸的小小婴儿。而他，就要依照急救课上老师所讲述的心肺复苏术来抓住婴儿正在流失的生命。

"二十七，二十八……"

叶春萌跪在地上，一直没有站起来。她眼前的一切都发虚，唯独清晰的只是一双濒死却带着留恋的眼睛，她有些分不清，这到底是谁的眼睛。

"没用了，他可能已经死了……"叶春萌哑声说，耳边回荡起"病人死亡"四个字，眼泪淌了下来。

"他没死！只是呼吸骤停！"刘志光斩钉截铁地大声说，竟全没有平日的怯懦和犹豫。

叶春萌呆怔地望着他。

他动作别扭而费力，神情却执着而笃定，这时已经数到了三十。

"萌萌，咱们急救课学的，停止呼吸三十分钟内复苏都有希望！萌萌你一定记得的，老师说你是领悟最快、动作最规范的一个，还让你给下一届同学演示！"对小孩吹气的间隙，他对叶春萌说，说罢，再深吸气，俯下身，对着婴儿的嘴吹气，两次之后，继续做着按压胸腔的动作。

叶春萌咬着嘴唇，拳头不自觉地攥紧，指甲抠到了肉里。很多的声音，在耳边回旋。

"叶春萌，心内注射。"

"做得很好，很稳当。"

"病人死亡，死亡时间……"

"这么年轻的学生，你怎么会救人？一定是你的错，是你害死我儿子，你不是医生，你是屠夫，屠夫！"

"就她能？事事爱往前赶，显哪！想当优秀想留京留院呗！瞧瞧这回……"

当医生最怕碰见这种家属不在身边的危急病人，你尽力施救，可医生又不是上帝，救不过来，家属就把失去亲人的一腔怨气撒在你的身上，你可能就不仅仅是"无能"而是"无德"、"无耻"……

她不由自主地蜷起身子。

"三十三，三十四。"

刘志光执着地做着急救，他已经满脸通红，汗顺着后脖子往下淌。孩子的脸依旧青紫，一只小手，却似乎是向上抬了抬，仿佛想抓住什么。

孩子，你是舍不得放弃这才刚开始的生命吗？

……

急救课上，老师抱着双臂，环视下面的学生。

"我们为什么要给二年级尚未入院的学生开设选修急救课程？"

老师微笑着，停了一会儿。

"坚持对濒危患者进行救护，是患者站在生存与死亡分界线上，等待专业人员与专业设施救护的时间里，迈向生的一方的关键。院外救护通常由非专业人员实施，但是同学们，作为专业人员的你们，在以后穿上了白大衣之后，在上班时间有着救死扶伤的责任，但是其实，从踏进校门的那一天开始，你们已经是'救死扶伤'的预备队了……"

"三十五，三十六。"

刘志光依旧一边数着，一边按压着孩子的心脏部位，孩子的手指头微微地动了一下，但是很快又垂了下去。

很小的手，指甲都还没有绿豆大，青紫着。

很小的脸，扭曲着，这么小的孩子，一样也能感受到巨大的痛苦。

周围的人渐渐散去，有人议论"不行啦"，"这真是，在医院院子里咽气"。

"三十九，四十。加油，加油，再坚持一下！你成！"

刘志光喃喃地对小孩说，然后，继续。

小小的青紫的孩子依然毫无生机，只有刘志光对口吹气的时候，他围着牡丹花肚兜的胸口，略微起伏。

"做医生没法控制生死，能力水平更有高下之分。但是只要尽了全力，不放弃任何一点希望挽救生命，就尽到了医生的责任，你就不需要后悔，也不需要对别人说抱歉。"

那天早查房的时候，周明对全体学生和住院医说。

不放弃任何一点希望，挽救生命。

这是医生的责任。

刘志光做完两次人工呼吸，再立起来，刚要做心脏按压的时候，手被叶春萌轻轻隔开："我来，你休息一下，之后我们轮流，一人三轮。"她熟练地找到孩子的心脏部位，按压下去，节奏均衡流畅，不疾不徐。

"萌萌，一定行！"刘志光冲叶春萌握了握拳。

叶春萌没有看他，也没有看周遭的任何东西，脑子里很清明，耳朵里也不再有那些声音的盘旋，只剩了选修急救课程上，老师关于心肺复苏要点的讲述。

所有技术要点之上——坚持！不能因为一轮两轮三轮之后，病人没有反应而放弃努力，可能在第四轮第五轮就有了自主呼吸，即使在专业设备到来之前都没有自主呼吸，你所做的复苏，对于尽量减短他的脑缺氧时间非常重要。

坚持。

我坚持帮你。

请你坚持活下去。你的生命，不应该是结束，而是刚刚开始。

呼气，按压，按压，呼气，看不到希望却需要继续下去的枯燥循环，因为希望，也许就在下一秒钟。

"让一让，让一让……"

不远处急诊楼处，陈曦身后，导医推着带小型复苏设备的轮床奔了过来，林念初和儿科一个住院医跟在轮床旁边。

对面，从医院的停车场，白晓菁和卖猪肉的大妈一起向这边赶，白晓菁跑得有点别扭，她的意大利皮靴的细跟在菜市场别在砖缝里断掉了一只。

"四十三，四十四。"

刘志光向后撤出，再换叶春萌俯身做人工呼吸。

陈曦带着林念初和导医，白晓菁拽着大妈，几乎是在同一时间到达，叶春萌抬起头来，刘志光上前继续按压婴儿心脏，叶春萌对林念初快速地说道："婴儿浑身发绀，呼吸急促，约十三分钟前突然停止呼吸心跳，现在一共进行 CPR 十一分半，一分钟前恢复极微弱的心跳和呼吸，我们不能肯定是否有效，继续进行 CPR。"

"非常出色。"林念初迅速拍了拍叶春萌的肩膀，冲刘志光笑了笑，"下面交给我们。"她将小婴儿抱起来，跟住院医一起给他接上复苏设备戴上氧气面罩，抬上轮床。

叶春萌深吸了口气，坐在了地上，几乎就要软倒。白晓菁瞧了她一眼："挺棒的，比我强。"

与此同时，陈曦对刘志光竖了竖大拇指。

"不知道他能不能真挺过来。"叶春萌拉着陈曦的胳膊站起来，望着已经进了儿科楼的轮床和林念初他们的背影。

"我觉得能！"刘志光说。

"谁知道？"白晓菁耸耸肩，"尽人事听天命。这孩子赶上这么个不靠谱的妈，命不能算太好。"

"赶上你我呢？"陈曦半开玩笑半揶揄地说道。

"没准就是命运的转机。"白晓菁一点儿都不客气，"有时候这种转机，相当重要。"

4．16 床弃婴 "小白菜"

一周以后。

儿科重症监护病房里，16 床，躺着一个小小的孩子，床头卡片该填写姓名的地方，空白，该填写生日的地方，也是空白。

儿科的医生护士叫他 16 床，也叫他"小白菜"。

他是儿科目前情况最危重的病人，为了他，他的管床大夫小姚和主治医生林念初，已经整整六天没离开医院了。

他的血压心律都曾经是零，在这一周中，更是有好几次，他们以为，他最终难逃死亡之手的掌控，然而，那小小的嘴，始终顽强地呼吸着这个世界的空气。

如今，他的生命指征基本稳定住，血氧饱和度已经上去，心电图首次显示正常，胸片出来，明显的大叶性肺炎，其他感染还不能确定，已经存在败血症。

孩子的父母，始终没有找到。

儿科查房，主任沉吟了一会儿，说："照制度，我们已经尽到急诊救护的责任，后面，这种无监护人出现的孩子，要转院，得报公安部门，先送福利院，由他们负责处理。院办的人说过几次了，今天已经联系了福利院，下午就把孩子接走。"

"现在不能折腾啊！他这刚从死亡线回来一点，还败血症着呢。我们已经费了这么大劲儿，不能前功尽弃啊。"小姚急道，眼泪差点出来。突然间，她发现，经过了这六天六夜一百四十多个小时如此紧张而惊心动魄的"战斗"，她对这个没有父母时刻追问情况，试图给她贿赂或者找她麻烦的可怜孩子，有了一种说不出来的感情。

"这时候送福利院，那差不多等于当时没救他！"李棋低声嘟囔。

林念初用眼色制止她们的抱怨，低头想了想，对主任说："还有几项检查结果得明天才能出来，能不能通融到周一？已经作了检查，就等单子出齐，也好给那边一个报告。否则，以后出了任何问题，万一在这里作的检查已经显示情况有变化，也是扯不清楚的事情。"

"弃婴的问题，是儿科永远会有、也永远不能完美解决的问题。"主任笑了笑，然后叹气，"这个孩子，病情又重，又还不是扔到我们医院的，更麻烦。"

"就到周一。单子出齐，也算一个完整的诊疗过程。"林念初望着主任低声说。

主任终于没有反对。

中午，李棋风风火火地跑到外科找到陈曦、叶春萌和白晓菁，说："主任说，要把小白菜送走。"

"就是你们抱回来那小孩儿！"李棋喘着粗气儿说，"到底找不找得到父母呢？明儿可能就要送福利院，我看真送去凶多吉少。在这儿完全康复的可能还大点儿，去了那边，不死九成也得留后遗症。"

"凭什么啊？"白晓菁冒火儿地道，"我不说了么，医院不能减免的医疗费我出，这孩子我抱回来的，我负责到底。"

"你负责个头。"陈曦白了她一眼，"真出了纠纷你就是医院一分子，不能作为家属方。再说你怎么负责到底，你一没权力在重大医疗决策的时候给他签字，二没有收养权，就算钱咱们全都垫上了，出了问题还是医院责任，现在就都是人家林老师担着。弃婴又不他一个，你个个负责？"

"那你说怎么着，扔回菜市场？"白晓菁冷冷地道，"弃婴有多少我不管，这孩子是咱们的孩子。"

"咱们的？"陈曦听见这仨字才想挤对两句，但是话出口的一秒钟，那孩子依偎在自己怀里，自己抱着他亡命狂奔时的那种心情，突然间回来了，她拍了一下额头，"待会儿下班，我再去找。菜市场是找不到了，我想到附近小诊所一一查，尤其给低收入人员的低收费产科医院，没准能查到生他的记录。"

"找他妈？"白晓菁仿佛听见了世界上最不可思议的事儿似的瞪着陈曦问，"你是说那个把他扔了的女人？她配做主么？"

"她不配可她有权！"陈曦没好气地道，"至少，知道个线索，咱得先确定这孩子不是人贩子拐的！而且因为咱们一直在找人，所以先不送福利院，也算给院办个交代吧？你硬顶，还不是让人家林老师给收拾烂摊子么？你们当时没看见，我去找人时，可是内科急诊、妇产科急诊、儿科都在推。最后儿科林老师作这决定，不是好作的，等于也是救了咱们一命，要不然他们推着，孩子死咱们手里，还真说不清楚了。"

白晓菁拧着眉毛不说话，陈曦也懒得理她，自己脑子里至少有七八个主意在飞转，突然，她说道："咱们给他募捐吧。"

"募捐？我不是说医院不能减免的那部分我垫上吗？"白晓菁瞪着陈曦，"瞎折腾什么啊？"

"白大财主，这不光是钱的事儿。"陈曦撇了撇嘴，"你能给他垫钱，可没权利给他做主，再说，你能把他抱回家收养么？"

"我……"白晓菁张了张嘴，还没说话，陈曦已经笑嘻嘻地拍着她的肩膀道："所以这孩子是'咱们'的孩子，不是'你'的孩子。咱们就铺陈大点，动静大点，搞得煽情点儿，弄得跟什么什么爱心故事似的……唉，说得我直想吐。"

陈曦说着做了个鬼脸，想起来平时别人拿这种事儿可劲儿地煽情的时候，自己是多么不以为然，如何挖苦讽刺。

也许，煽情的人也不都是拿煽情当享受，煽情也有煽情的无可奈何吧？陈曦苦笑着想。

"也是啊。"李棋福至心灵地一拍脑袋，"可不吗，多煽乎些人的同情心，也许医院能把小白菜当'特例'……"

"还铺张大点儿？来得及么？"白晓菁狐疑地问。

"尽全力。"一直听着没说话的叶春萌，突然说道，"能做多少做多少。我今儿下班就把小故事写出来，立刻去旁边小店印儿百份，塞学校信箱，晚上，我们就拿募捐箱，挨个敲宿舍门去。"

"挨个敲门？这好像有点儿逼捐的意思啊……"

陈曦不能置信地瞪着叶春萌。这主意，怎么能从脸皮最薄的她嘴里说出来？

"嗯，光发传单可能人家看看也就罢了，面对面去讲，大多数人却不过。"叶春萌平静地说，"咱们一切尽快，今天晚上我不值班，学校的女生宿舍我就一个个敲去。男生那边，看看他们谁去。尽量让捐款的，签个名字。"

"我也去。"李棋一乐，"萌萌都下海了，还能落下咱这脸皮厚的？"

"我今儿晚上在病房值班。横竖楼上值班除了常规一般没啥事，"陈曦缩缩脖子，吐吐舌头，"正要换墙报呢，李波想把这活儿推给我，本来我还不干。嘿嘿，受点儿累就能有点权，我今儿晚上，给它换个小白菜的特刊，忽悠一下外科这边的医护、患者。"

"我不管这无聊事儿。"白晓菁不耐烦地皱眉，"反正最后差多少，我补齐。"

"咱们各自尽力。"叶春萌说罢就收拾了饭盒站起来,"我这就赶在下午上班之前,把要印传单上的文字写出来,再看能不能帮陈曦写个墙报上的稿子。"

这个晚上,李棋和叶春萌分别拿了一个捐款箱,一个签字本,从一楼开始,挨个敲门。来往的同学有意或无意落在她们身上的惊讶的目光,以及偶尔类似"哗众取宠"的低声议论,都让叶春萌一阵阵地觉得脸颊发烧,心里发窘。她深呼吸,努力地在每一次敲门之前,脸上又都带上了自然的笑容。

跟李棋会合的时候,两个人的捐款箱里,都有一些或零或整的钱,两人的本子上,都有认真的记录。

"费这么大劲,也不知道,最终能不能真拖到彻底把他治好再送走。"李棋叹气,"更不知道,他能不能找到人领养。这倒霉孩子,他爹妈真是畜生,不养就别生啊,当是撅起屁股下个蛋,下完就走人呢?"

叶春萌低头一块一毛地核对钱数、名字,半晌,抬头说道:"无论如何,咱们为他做了自己能做的事。"她微微抬起下巴,目光里却有一丝的茫然,她并不知道,是否真的,不放弃任何的希望,尽力了,就不需要抱歉,也不会后悔?做医生,会让自己的双手,触摸那么多死亡和不可复原的伤残,甚至自己明白,有时候假如自己能水平更高一点,又或者更及时一点,就不是死亡而是康复,不是家庭破裂而是阖家团圆,是不是只要自己尽力了,就真可以坦然?

临床医学,这个自己曾经义无反顾地选择的志愿,走进去,那些摆不脱的无可奈何让她害怕和犹豫,想要走出来,却又真的已经难以割舍。

走下去,又究竟该怎么做一个医生?

这个时候,儿科重症监护病房里,林念初静静地瞧着这个被称作"小白菜"的孩子。

这一晚如此安静,林念初已经不知道在这里站了多久。无数的可能在脑子里盘旋,一个又一个的办法钻进脑子,又沮丧地被否决。她心里明白,按照规定,考虑种种利害关系、麻烦,他就是该被送走。然而,她也一样清楚,在这些规定之下,这个由自己亲手奋力从零血压心律挽救回来的孩子,多半,会离开这个世界,或者落下残疾。

又有什么办法呢?生活中有着如此之多的无奈和无法解决的问题,"小白菜"不是第一个被父母遗弃的可怜孩子,也不会是最后一个。

林念初轻轻地叹了口气,心里酸楚,看着紧闭双眼的孩子,忍不住伸手用手指轻轻触摸他的手心，他动了动，突然那只小手，紧紧地攥住了她的手指。

手指上那柔弱至极却又执拗至极的力量，让林念初竟如被电击了一般，不能动弹，不能将自己的手指，从这小小的手中抽离。

5. 她叫我 "老师"

"天使之心。"

普通外科教研室的墙上，挂着鲜红的锦旗，锦旗上这四个字金灿灿的，跟在后面没多远，就绣着同样金灿灿的三个字——白晓菁。

如今这名字的主人，就一动不动地站在距离它不到一米的地方，抬头盯着那几个字，眼神还很凶悍。

终于，她低下了头，回身抽了把椅子，噌地登上去，一把把这面锦旗扯了下来，卷了卷，夹在胳膊下面，一阵风似的推开教研室的门，往同层的医院办公室冲了过去。高跟鞋的鞋跟，敲打着水泥地面，哒哒哒哒地响了一路。

这是周一的中午，午饭时间。

院办公室里，儿科主任谢启明、护士长杨莲、主治医生林念初坐在一边，院办公室主任葛伟和副主任坐在另外一边。谢启明搓着双手，脸上带着苦笑面对着葛伟说："葛主任，您说的一切都没错，都是制度，但是现在我们真是想请求一个例外，哪怕只多给我们一周的时间，一面继续加紧找孩子的亲人，另外一面，再尽力让孩子的状况更稳定一些。欠费方面，希望医院根据相关条例作部分减免，不能减免的，学生们，还有我们的大夫，自己捐钱解决。"

说完这番话，老头子摸了摸已经秃得发亮的脑门，深长地叹了口气。

原本，半个小时前，林念初推开他办公室的门的时候，他是坚决以及坚定地对她说："小林，你不用跟我多说了，你不是新实习生住院医，感情用事也有个尺度。这个菜市场抱来的孩子，欠费就不必说了，他到底有妈没妈，那个妈究竟会在什么情况下跳出来，这里会有多少潜在的纠纷官司，我想你很明白。你说等到周一，我答应了。院办已经跟福利院联系，明天就是周一，该送过去了，路上你跟一下，不要出问题。"

林念初站在他对面，半天没有说话，在他又要继续说下去的时候，抬起头，叫了一声"谢老师。"

听到"老师"这俩字，谢启明愣了一下。

自从他十年前做了儿科主任之后，已经不负责教学工作，新住院医生和学生，都自然而然地叫他主任，相熟的老下属亲昵地叫头儿，进修医生管他叫谢大夫，只有个别当年他还负责教学工作时带过的学生，又留在儿科工作的，会循以往的称呼，叫他谢老师。

林念初是这少数人中的一个，是他真正"带"过的最后一拨实习生，也是他亲自面试留下的住院医。她才工作的时候一直叫他老师，后来，不知道从什么时候起，她也跟旁人一样，叫他主任了。

谢启明偶尔有点儿失落——虽然自己马上就会觉得这失落压根儿是莫名其妙，没事撑的。然而这失落还是会在他听见学生喊其他负责教学的大夫"老师"的时候，忽然冒上来。主任只是个职称，或者带着尊重，但更有着生疏，而老师，有着全然不同的意义。

"我当然都明白。"林念初笑了笑说道，"其实当时学生跑来求援的时候，我马上想到的就是欠费、官司、纠纷，立刻电话产科，因为不知道婴儿究竟有没有到二十八天，该归儿科还是归产科新生儿管。我们照惯例地背条文扯皮，只是学生在那眼巴巴地瞧着我们推搡，她喊我们'老师'，跟我们说那孩子已经呼吸停止了，她的同学在坚持给他做人工呼吸……"林念初停下来，低头看着地面，过了好一会儿，她抬起头，"她叫我'老师'。我想起来，我的老师教给我，我教给我的学生，所有的所有，都是治病救人。当时，我没有时间再给她解释，其实，医学教材是该把中国国情、官司纠纷、成本核算，都写进去的。"

谢启明半张着嘴说不出话，过了几秒钟，有些恼火和更多烦躁地拍了下桌子："小林，你这是干什么？"

"每天都有许多的弃婴，他们根本不被发现地就消失了。也有许多送到医院的，可以治好但是家属放弃治疗的孩子，我为这个孩子提出特殊的要求，对其他的孩子是不公平的。但是谢老师，"林念初的眼圈儿微微红了，"这孩子碰上了那几个天真热情的学生，这是他的命，那几个学生在医生生涯的最初，'捡'到了他，头一次主动地努力尽医生的职责。我还记得当初我还是专科实习生的时候，儿科一个心肌炎危殆孩子经过三天三夜的抢救治过来了，虽然我只是一直守在那里，技术上起不到什么作用，但是之后，家属来感谢，院里表扬，您和许多其他老师，都跟家属说，我是主要照顾她的医生。后来我知道，这是咱们这儿老师们的规矩。你们觉得，这样阳光灿烂的开始，会让新人在以后那些充满委屈无奈的路上，多一点信心和希望。谢老师，您一定明白，现在，这个弃婴的生命和以后的幸福，对这几个学生如何走上医生之路的影响，远远超过那些表扬、奖励和荣誉。"

"你……"谢启明指着林念初摇头，抱着双臂在办公室里踱步，走到第三圈的时候，再长长叹了口气，回转到她身边，拍了拍林念初的肩膀，"你去把那孩子的检查结果、病历拿上，咱们去医院办公室。"

"谢谢老师。"林念初低声说。

6. 做医生的意义

当白晓菁离医院办公室已经只有三四米距离的时候，被人从后面拍了下肩膀，她不耐烦地"刷"地转头，一句"干吗"已经出口，才见是程学文。他上下打量了她一会儿，语调平和地问了一句："上班时间离开科室，你向带教老师交代了么？"

"我，"白晓菁张着嘴巴半天没说出话来。这句话若由任何其他人，不管是带教老师还是外科大主任，在这个时候对她说出来，她肯定理都不理，扭头就走，随着心中那一股不平怒火，做自己要做的事儿去。

可这个人偏偏是程学文。

他一如平时的温和，然而这句话一出口，却让她不由自主地尴尬惭愧。

她将头扭到一边去："我办完了事儿，回去给您作检查。"

程学文握住她夹在腋下，卷得乱七八糟的锦旗："这是做什么去？"

白晓菁倔强地将下巴扬着："这跟您没关系，这是我们自己的事儿，之后，我擅自离岗，您怎么处置都行。大不了给我个处分。"

"如果因为你擅离岗位没打招呼，造成该交代给护士的医嘱没有交代，该查看的化验单没有查看，耽误了病人治疗甚至出了医疗事故，是一个处分能解决所有问题的么？"

他说完这话，便就只静静瞧着她，白晓菁开始梗着脖子僵着，然而那股充斥了全身的、方才被愤怒所激起来的充足的底气却在他的目光之下渐渐泄了，她不知不觉将昂着的头低了下来，眼睛瞧着别处，脸上依旧带着执拗："如果院办那帮人非逼着把那孩子送走，我就把他们办公室里，由他们的手接下来，送到不同科的那些什么天使什么全心全意治病救人的破旗子，全都烧了。别挂着丢人现眼，瞧着扇自个儿嘴巴。”

“回去，继续给你的病人换药。你昨天的手术记录还没有交。”程学文却仿佛没听见她说话似的，从她手里将那面锦旗抽出来。

“程老师，您……”白晓菁一脸的不服气，却没说话，闷闷地用脚尖踢着地面。

“做英雄之前，你要先做好本职工作。再光明正大的理由，都不是渎职的借口。”他说罢，再加重语气说了一遍，“回去，把你手头的工作做完，在你管床病人随时能找到你的地方，一直到下班。”

白晓菁瞪着他，嘴唇动了好几次，却什么也没说出来，终于还是转身大步朝普通外科的方向走了。

待到她已经拐弯下楼，程学文却笑了，低头看了看那面锦旗，笑容更深，拿出手机给三区院总打了个电话，交代道：“刚刚手术完的病人，你去跟急重症病房联系，确定跟他们那边管床大夫把所有结果都过一遍；后天要手术那个，单子你再去检验科催，家属来了立刻呼我。另外，白晓菁管床病人的换药拆线，清洁瘘口，谁也不许再替她。你们管不了她的话，我也管不了你们，那过几天就作工作总结时，我跟周大夫申请，把你们一起轮转到他一分区重新转科考核，考她操作基本功，练你们带教基本功。”

他说罢合上电话，对着那面锦旗瞧了一会儿，卷起来，朝前面的医院办公室走去。

办公室主任葛伟已经对着林念初递到面前的病例、检查结果看了足足十分钟而没有说话。

他看不懂这些东西，并且从心里，觉得林念初他们，是拿他不懂的东西来压他，暗示他，你是外行，你得听我们安排。

他们说这孩子目前不能转院，转了院，一定会让状况恶化。到时候，有了官司，未见得就一定不会扯上咱们医院。

可是他们却谁也不能保证，这孩子在这里就可以康复，甚至无法保证，这孩子留在这里，就可以活下来。

“既然都是未知数，何不按照最简单的办法进行？既然规定是我们尽到急诊救护的责任之后，这样的特殊病人，有特殊的处理方式，怎么就不能按规定送福利院了？怎么你们临床科室总是问题多多，就不能够按条文规定来免除纠纷？”

他敲着桌子问。

林念初的脸略微涨红，一时忘记了主任反复叮嘱的，不要跟院办闹僵，闹僵了台阶不好下，冲口而出道："如今根本是医疗法规不健全，保险制度不健全，才有如此多的纠纷，这些纠纷不是我们'制造'出来的。"

　　她才要继续说"再说院办公室难道不是有职责处理临床工作以外的麻烦事？难道你们的工作就只是传达中央精神、鼓舞临床士气和查我们有没有漏戴胸牌、着装不整"，话没出口，听见谢启明咳嗽了两声，便咽了回去，压下不满和委屈，强笑着道："我们确实并不太懂得临床以外的东西，所以我们需要院办公室的同志协调。"

　　葛伟一时没有说话。

　　那个小孩儿，他看见了。就在今天上午。

　　儿科楼道跟其他科不同，虽然是病房，却有着过节的气氛。用粉蓝粉紫相间的纸剪成花体的"欢欢喜喜过新年"贴在墙壁上。

　　粉红色成串的气球挂出来了，电光纸皱纹纸做的拉花拉起来了，宣传墙报的色调更加花花绿绿，一棵前几年由一个病人家属赠送的圣诞树，更是被护士长收藏好，每年圣诞节便摆出来，拉起彩灯，挂上些小玩具。

　　葛伟走进去的一路，碰见了几个出院或者申请暂时离开医院回家过年的孩子，脱下了病号服，换上崭新的漂亮衣裳，立刻去了不少病恹恹的神色，精神且漂亮可爱，每个都被父母、爷爷奶奶，甚至大姑小姨簇拥着，手里拿着新玩具。

　　他们从他身边经过，走远，然后，他走到了儿科急重症病房，透过玻璃，看见了那个浑身被检测仪器的连线连接着的小孩。

　　他心里不是没有怜惜的。

　　只是，这怜惜，遭遇那迎头而来的欠费纠葛、潜在的无穷无尽的麻烦时，就开始无奈地淡化。这么大的医院，这绝对不是唯一的一个例外。若此时开了这个先例，以后，又是否照办？既然有福利院可送，葛伟宁愿让自己相信，他们的所有解释，都是说辞，也许就是搞临床的看见个疑难病例就舍不得放，生怕别人抢走，甚或，他们就是想出这个风头，不顾及医院的实际。

　　到时孩子治好，他们是功臣；孩子有事，烂摊子一堆，他却得跟他们一起分摊。他最恨他们说的一句话，"请您尊重我们的临床判断"，带着高级知识分子的高高在上。

　　想到这儿，葛伟的恼火又再升腾起来，拿过大茶缸子灌了几口水，清清嗓子，就想对谢启明和林念初说，不能开了这个先例，否则院办的工作根本没法做下去。

就在这会儿，有人敲门，他皱眉喊了声进来，门被推开，进来的却是程学文。

程学文笑着跟他们打招呼，自己拉过椅子坐下，见大家都瞧着自己，便将手里的锦旗放到桌上，展开。

"程大夫，您这是？"葛伟不明所以。程学文是他少数不算太反感的临床医生，平时，间或还是有几句说笑的。

"那个学生。锦旗上绣了她名字的这个。"他冲葛伟笑着开口，"院办通报表扬，这孩子一下劲头上去了。平时的表现嘛，还真连'合格'都勉强，可是自这之后，一直就心心念念当个称职的好医生。"

"好事。这就是通报表扬的意义，不只在这个人，我们是给更多学生立个榜样，比学赶帮超的榜样。"葛伟点头，心里有点奇怪，怎么当时他对通报表扬的态度并不积极，此时却特意来说这话了？

"您说得对。"程学文瞧着这面锦旗，"其实虽然是上完了两年半临床课，见习了一年的准医生了，他们也都还很孩子气。经常可以因为一句夸赞立志，而且就为了这份志气不明所以地就坚持下去。这个学生，白晓菁，我不敢说她在被表扬、拿锦旗的时候，是否真的有足够做医生的责任感，但是之后，我想她一定是有，否则那么个怕麻烦、懒、也不算太关心别人的孩子，不会把一个窒息的、脏兮兮的小孩，从菜市场抱了回来。"

葛伟脸色微微变了。

程学文却自顾自地说下去："对，就是那个被您通报表扬的学生，做主抱回来的这孩子。我还开了她句玩笑，说她果然是当得起'天使之心'的赞誉。她跟我说，因为她在那里对别人讲了，她是医生。我想这孩子能这么做，是真正开始理解自己的职业了。"

葛伟皱起眉头，一时间没有说话。

"学生管咱们都叫老师，您虽然不是临床大夫，但其实也是他们的老师。我们教给他们临床技能，但是他们入院，穿上白大衣，念医学生誓言的时候，是院办的老师们主持的仪式。就正如您把这面锦旗交给她，并且因为她在爱心上的突出表现，而作为优秀实习生通报表扬，您也在教她怎么做一个医生。我们教得够不够好，还无从得知，从她身上，您这重教学，是做得相当好了。"

葛伟拿起茶缸又喝了几口，没好气地瞪着程学文道："程大夫，您这是拿高帽挤对我。咱们也不来虚的，这个例子难开，开了，后面的事情没法办。"

"我也不是给您扣高帽。"程学文略微有些感慨，"我是真的拿不准，这个学生，被这面锦旗、这个表扬，也或者就是那天晚上跟那个孩子的相处，改变了多少。也许那就只是让我们看到了她的潜质，但也难说那不是她的一个转折。我只是希望这个转折所带来的影响，再到这次这个婴儿身上，能继续让她带着积极的信心走得更远一点。"

"葛主任，咱们是教学医院。"林念初接口，"咱们这次不为这孩子破例，但是可以为了'教学'而循例。咱们从前都有一些没有钱将治疗进行下去的病人，因为疾病有教学意义，可以作为教学资源，免除医疗费用。您不太忙的时候，咱们都可以往前查记录，我上学的时候就有，九十年代也一直有。这次这个孩子，虽然在临床教学上没有教材的意义，但是从另外一个方面，几个学生如接力一样地主动承担救助无父无母的婴孩的职责，您说，什么条文，什么口号，能比咱们当老师的，肯定他们的行为，帮助他们将这场生命的接力棒传递下去，更能让他们理解做医生的意义呢？"

"小林的文学功底好。讲事情很能动人啊。"谢启明摸着秃脑门呵呵地笑，身子欠向葛伟，拍着他的肩膀，"我跟你保证，我到你这儿之前，本来是下命令让她明儿就把孩子送走的。可是小林会讲话，居然让我这老头子心里有点儿不是滋味儿，这才跟她一起，到你这儿求个情。老葛，小林说这些学生像跑接力一样把这孩子护送到了儿科，不为过，如今这接力棒交到他们老师手里啦。你说，咱真跟他们讲，后面路途坎坷，危险性大，老师拒绝跑下去，这个，这老脸，真是放不下啊。"

"葛主任，咱们可以尝试一起把这场接力的最后一棒跑下去。包括碎石铺路。"程学文从白大衣口袋里掏出个本子，拿出几张名片，"这是几个做法律工作的熟人，我可以去咨询他们，如何避免孩子母亲再度出现对我们无理勒索；这里有全市收低收入甚至是三无母亲的产科医院的电话，咱们可以去调查，有没有孩子身世的线索；另外我也会找以前认识的在公安局工作的同学朋友，调查一下，最近有没有婴儿被拐案。"程学文一一地把这些东西递到葛伟面前，"学生是带着冲动的热情在跑接力，咱们这最后一棒，还真得一起处理好他们热情的副产品。等这场接力跑完，咱们自然该教给他们，热情之外，尚需要做些什么。"

葛伟闭了闭眼睛，叹了口气，胡乱翻着那个写了许多电话号码的本子，不说话。

"我们也只是希望宽限一下，咱们再找找孩子妈，也再让孩子病情稳定一下。"

谢启明瞧着葛伟，"这也说得过去啊，欠费那边，一定不让医院为难。"

"学生已经凑得差不多了。"程学文笑，"虽然是儿科的病人，参与抢救的可全是外科的学生。这帮孩子又印传单又在学校挨门募捐，一分区还有个有才的，周五连夜把宣传板报擅自换了这孩子的专版。今天别说病区的大夫护士不少都看了板报捐了款，连病人、家属，都跑去看宣传栏，四处打听这孩子到底怎样了。您说，他们闹得这么轰轰烈烈，咱们万一推到福利院，孩子出了事儿，虽然从追责上不属于咱们的责任，名声上也不好听。放在咱们这儿，现在虽然没法说最后后果，但是医疗水平高了不止一个档次不说，这一个多星期的抢救，咱们儿科的大夫更了解孩子情况，无论如何胜算大些。再说，留下来，无论后果如何，让学生，也让那些得知了此事的病人知道咱们尽心尽力了，这不也是您说的，改善医患关系的核心在于医生通过自身努力让病人信任嘛！"

葛伟咕嘟咕嘟把茶缸里的水喝完，长长地叹了口气，无可奈何地冲他们做了个投降的姿势："你们念的书多，个个能说，我脑袋都让你们搅晕了。"

"我们多念几本书，"程学文乐着，"可您是参加过多少实战演习，立过功的。您要是心里真想把他推走，就您这意志，我们能改变？咱们临床和事务科室本来就是一家人，就是一起解决问题，您得帮着我们。这次我们给您惹的麻烦，咱们也会跟您一起解决掉。"

葛伟把手一挥："程大夫你也别一直将我的军了。这事儿不再啰唆，就先照谢主任说的，缓一周再说。他娘的，福利院这地方，相关医院水平咋的，我对你们说的半信半疑；这孩儿的妈我瞧是不打算要他了，就希望他福大命大，病能好，今后还能找个好人家。"

"蠢蛋，言情剧中有真谛。"周明车已经快开出医院大门了，韦天舒犹自站在当地得意地自言自语，"对待女人这种敌人，知己知彼，百战百胜。你不看看她们迷恋喜欢相信的东西，能知彼吗？"

1. 萌萌的新烦恼

让人真正忘记一个烦恼的灵药，时常是另一个更大的烦恼。

陈曦说这话的时候才上大一，当时刚刚得到消息，为了迎接首都文明校园的评比，学校将在最近突击检查宿舍，不得挂床帘，不得使用煤油炉和热水器，宿舍边角不得有灰尘……当时她们四个异口同声地大骂这是面子工程，毫无意义，并且开始为应付"查抄"而发愁，在那几天里，再没有人提起之前让她们最发愁的早操签到、跑步领票制度。

叶春萌当时就说陈曦说得有理，而三年之后的现在，如果她再想起来陈曦曾说过的这句话，一定会由衷地感叹——精辟。

被李主任亲自代表临床教研室特别表扬"尽职尽责，技术操作掌握出色"之后，尤其是在运用急救选修课所学的急救技能成功抢救弃婴"小白菜"之后，叶春萌在诊断和操作上仿佛更加"开了窍"，好几次在看了她的急诊处理和手术操作以及给入院病人的全身检查之后，程学文，甚至是三病区的杨主任医，都赞她"上了路子"了。

对这些夸赞，她当然在心里欢喜，也越发有了动力，但是，那全年级学生头一号的"通报批评"，被扣上了诸如"爱表现，不守纪律，散漫"等帽子，更尤其是病人家属声声"屠夫"的指控，总是让她心里莫名地烦躁，这种烦躁，跟随着她，挥之不去。

真正让她不再在脑子里百转千回地思考这做医生的意义，跟病人保持一定距离与全心全意救助病人之间的关系，乃至做医生终究是不是最适合自己的终身选择的，是大姑的一通电话。自那电话打来之后，叶春萌就有了新的烦恼。

叶春萌的姑姑在最近的体检中，照 B 超发现有一个直径 1.9 厘米的胆囊结石。

姑姑翻书，上网，托人打听，得知这样大小的结石，如果没有症状，可手术也可暂不手术，不手术可以尝试碎石但是效果通常不好，也可以半年做一次检查观察着，但是据说有个癌变的概率。手术的话可以取石，也可以取胆囊，然而取石的话容易复发，取胆囊的话，自然就是失去胆囊的功能了。

姑姑满心愁闷犹豫不决之间，偏偏这据说应该已经存在了几年，从来没有过症状的结石，起了感应，两周之间，姑姑数次觉得腹胀恶心，睡梦中觉得右肋下隐隐作痛，到了后来，竟然因此好几晚上都失眠了。

权衡来去，姑姑还是决定手术，绝了这个后患。至于手术，姑姑下决心要做创伤小、愈合快，但是尚属于新技术的腹腔镜微创手术。

那时国内腹腔镜切胆囊的技术也不过才刚刚开展不久，能做得出色的医院不多，第一医院是其中一个，而且算是普外科的一大特色。当年老大夫们都没有学习这个新技术，做得最好的就是韦天舒和周明两位，韦天舒更是专长于此。

排队等做这个手术的病人，已经连点名都要排到一个多月以后。姑姑看了两次专家门诊，李宗德和邱万里两个专家都认为是静止结石，不属于需要优先考虑手术的，如果排队，尤其是如果要做微创，又一定要点韦天舒的话，就得排到两个月之后。

姑姑饱受失眠折磨，也不是很相信两位专家的判断，很怀疑自己的结石会不会突然在这两个月间发作，出现胆绞痛，甚至泥沙状石头滑进肝总管，造成难以预计的惨重后果。而且她要在一个月后回趟老家，更担心在老家万一发作更是彻底傻眼，于是托了同事在医院的熟人帮她打点，对方答应了，过些天却又说第一医院外科这方面实在紧，真的没床。姑姑立刻想到这个同事跟她同年，评正高却比她晚了四年，这不是记恨、嫉妒，是什么？他们的话自然不能指望了，这时想起来叶春萌可不就在外科实习，应该就能认识几个说话算数的人，固然不指望一个小实习生有什么权柄，但是有了她，总是有了条递钱的渠道。这年头社会上的人，大都道德败坏，有了钱什么不能干？姑姑一面心里感叹社会风气一面立刻给叶春萌下达走后门的任务，三天两头地催她："我知道医院的门道儿，花多少钱你打听下。"

叶春萌本来就不算外向，跟韦天舒统共没说过几次话，接触最多的一次就是圣诞节那场车祸，却还因为"言多语失"惹了场不大不小的祸，最近一直灰溜溜的，哪里有勇气张嘴求人？叶春萌被大姑一日三次催得相当郁闷，却始终拖着，自己烦得要命。

拖了几天，这天晚上，九点多钟，奶奶从老家打来电话，从她一小就不懂得顾家，带着堂弟出去玩，堂弟被人欺负了她却没有给堂弟撑腰说起，足足教训了她半个小时，她使劲压抑着，还是眼睛红了。电话挂了之后，李棋探出头来跟她说：

"你这大姑的事儿，甭管。你看她对你，哪点强过陌生人了？"

叶春萌皱眉不说话，半晌才道："可是，她也确实是我亲姑姑。"

"我呸。"李棋大怒，"她先有个亲姑姑样，你再当亲侄女好不好？我看她对你就是旧社会的地主对长工。啊不，地主对长工还给工钱呢。"

连不爱发表议论的张欢语都说了："萌萌，你这大姑真讨厌，不要再给她使唤，她何时将你当侄女了，你再把她当姑姑待。"

叶春萌沉默良久，叹气说："主要是，这边我不管，奶奶肯定给妈妈气受。"

"你们家几十世纪啊我说？"李棋更火了，一拍床帮子，"你，你妈妈，欠的就是自己硬起来。你妈有工作有工资，又不是你奶奶养着的。没别的，孝顺老人没错，但是你妈是新时代新婚姻法保护之下、你爸的合法妻子，不是旧社会你奶奶家拿钱买的童养媳。"

叶春萌在黑暗中没有再说话，李棋热心地帮她分析她和她妈妈应该怎么对付她姑姑、奶奶这"邪恶"的母女俩，她只静静地望着头顶的天花板，幼小时很多很多的画面如过电影似的在脑子里滑过，奶奶对妈妈的数落，自己不忿的抱怨，妈妈又心疼又生气的呵止，以及妈妈从小跟她说的："你只有念好书，出息了，就是给妈妈、给你自己争气呢。女孩子家怎么能跟老人争口舌？倒让别人说妈妈没教好你。看看你姑姑，走到哪儿都体面，你奶奶自然风光。她说句话，在家里，就比儿子还管用呢。你以后有出息了，那才是对妈最大的孝顺。"

做著名大学的教授的姑姑，就是家里的骄傲。来自这个骄傲的一切要求，必然是正确的，甚至她跟妈妈爸爸有时抱怨，他们心疼，却也劝她："大姑对你严格也都是为了你好，以后能像她那样，不比爹妈有出息？毕竟在北京就这一个亲人，你有事还得依靠她。"

叶春萌并不能说服自己，大姑的一切教训，都是为了自己好，也并不敢想象如果自己有事，能依靠到姑姑身上，然而，姑姑的要求，奶奶的教训，父母的劝说，却不是能轻易说不的。

于是，一晚上没睡之后，她只好找到了李波。

找李波办事这件事本身，就让叶春萌很尴尬，谁都知道李波喜欢她、追她，谁都知道她曾经断然地说过绝无可能，甚至为了让他死心，她平时对他一直客气而冷淡，这时去主动求他帮忙，真正足以将她那份自尊心践踏到了泥土之中。

好在，李波是个厚道人，当她艰难地说出此事，他倒是立刻答应下来，且笑着安慰她："这么为难，当多大的事儿呢！咱们干这行的，这点方便总还是有，科里现在确实没床，不过既然是自己人，一切好说话，正好我是院总管安排病人住院事宜，你算找对了人，我看看大外哪个闲科有空位借个床，反正这种手术，术后不需要太多监控，不成咱们自己过去照看一眼就是。看那几个能做的大夫哪个有空，一个多小时的事儿嘛。"

叶春萌万分感激，之后，又红着脸说："我姑姑……我姑姑她非得要点专家，你能……能帮我问问韦大夫吗？我不是说别的大夫不好，我知道，但是……但是你看他们病人总是……"

"理解理解。"李波笑，"道理是一回事儿，真轮到自己身上谁都理解。告诉你个八卦，韦大夫自己前年阑尾炎做手术，你看咱们这些老师老说，阑尾是留给自己带的学生的，韦大夫他可也这么说过，结果到自己真要手术，狠狠抓着周大夫不放，说：'你得给我做，我不放心他们毛手毛脚的，你给我做。'然后因为怕被我们晃点了，坚持半麻，跟周大夫说：'你给我从头盯到尾，缝皮也得你来缝。'"

叶春萌被逗得乐了，心里无限感激李波的宽厚和善解人意，十足惭愧自己曾经非常小人之心地为了别人的起哄，倒是记恨了他好久。

2. 姑妈折腾进医院

韦天舒是个大大咧咧的痛快人，通常，但凡不是人命关天的大事儿，赶上他不讨厌的人趁着他心情不坏的时候求他，什么规矩都能通融。当李波跟他说起有个正在实习的学生的姑姑得了胆囊结石想用腔镜做，问他能否行个方便的时候，他根本连到底是哪个学生都没问就说道："你管床的。你有本事能给挤进来就行。"

"咱们实在没床了，我已经给加在脑外的病房收进来了。"李波笑嘻嘻地答，"看您什么时候有工夫给做了。"

"你们赶紧麻利儿地把检查都做了，哪天做完我就插一台。"韦天舒无所谓地说道，"你们自己到那边盯好术后护理，跟护士说好就行。"

管床的住院总大夫将一切杂事打理好的情况下，加一台前后不过半个多小时的手术，对韦天舒而言，压根儿就不算是个什么事儿，他答应了李波之后就溜达到急诊，打算再看看两小时前收进来的那个肠梗阻病人的情况，到底是继续保守治疗还是需要手术。下去之后，那病人倒是一切稳定，他交代了几句正准备回病区继续吭哧老头子布置他写的，关于微创新进展的材料，就听见诊室那边乱哄哄地像是打了起来。

韦天舒过去一看，身材矮小的祁宇宙正被一个高大健壮的老兄一手扯着脖领子，另外一手握拳距他的鼻子不过几厘米的距离，护士脸都白了，直劲儿地喊："我告诉你保安马上来了啊，你别乱来！"

韦天舒从后面过去，伸手捏住那人肩胛骨处，乐呵呵地问："您干吗这是？瞧不惯咱们今天没外伤病人，太闲，想造一个出来让咱忙活忙活？"

那人被他一捏，手臂酸软，不由得放开了祁宇宙的衣领，正冒火地准备对韦天舒反击，却见他咧着一嘴白牙笑眯眯地望着自己，一时间倒是愣住了。呆了几秒钟之后，大概明白了这来的是小大夫的上级，想了想，操着某地口音愤愤地道："这啥大夫，不给看病！"

韦天舒眉毛一挑，转头皱眉拿很相似的口音对祁宇宙说道："你整啥子不给病人治病？"

这话一出，那人更是呆了，如此亲切的家乡话，立刻将他心中那被首都的傲慢大夫当乡巴佬欺负的屈辱和悲愤消了不少。那边祁宇宙的火也是让韦天舒的滑稽给消了一半，心里暗赞韦天舒学说各地方言的本事越来越炉火纯青，这时整理好了被扯得七扭八歪的白大衣，跟韦天舒解释道：

"他来给伤口换药。咱急诊手术室只处理清洁伤口，不能让他的伤口污染了手术室吧？跟他说明天到门诊换药，就讲不通了。"

"凭啥说我伤口脏？我天天包着纱布小心的咋能脏？"那老兄再次听见"污染"二字，火又蹿了起来，"我说半天了明天上午火车回去，那不赶不上来门诊换药吗？"

韦天舒这回明白了，又乐了："得，得，就是小轴碰上大轴，谁也不听谁说。"转头又拿方才的方言对那人道，"我说兄弟，我们大夫没欺负你。急诊手术室只处理'新鲜'伤口这确实是规矩，这样，你听我的，给我们大夫道个歉，你这换药我帮你想办法，否则，我给你保证，你今天晚上就把北京城走遍了，也没有哪家医院会给你在急诊手术室换药的。"

那人半信半疑地瞧着韦天舒，他笑呵呵的脸以及一口自己家乡的方言使得他说的话在自己心里的可信度大大提高，固然心中一百二十分地不甘心，但看看眼前形

192 /

势，若真想换药，不顺着人家搭好的台阶下去也就是跟自己过不去了。这老兄奋力地使用阿Q精神，边在心里咒骂着"老子跟你说对不起，那是老子不跟龟儿子计较"边对祁宇宙含混地说了声："对不起，我发脾气不对。"

韦天舒一乐，一推祁宇宙肩膀："干你的活儿去吧。"然后扯着那人胳膊，"跟我上楼，今天正好不忙，我开病房的换药室给你换药就是。"

韦天舒原本极爱热闹，别人值班的时候，都祈祷病人不要太多，可以喘口气儿，他却从当小大夫开始，就怕病人太少，既然不能回家不能打牌，坐在值班室寂寞无聊，还不如一边干活一边跟病人侃大山。十多年下来，接触的各地病人多了，原本就语言天赋极强的韦天舒能把十来个省的方言说得以假乱真，跟外地病人说家乡话半真半假地胡扯套磁也成了他的一大乐趣。这一天，当他给这老兄换完药，已经很成功地让对方为自己由于无知，而在急诊无理取闹羞愧万分，一张黑脸隐隐发红，真心诚意地连连道谢，且要去急诊给祁宇宙再道一次歉去。

其实，他也并没有真正明白"伤口分级"、"无菌操作"、"陈旧伤口"、"菌群"等医学名词，也不真正理解急诊手术室、门诊换药室和普通楼道在无菌水平上的区别，并不明白为什么在急诊手术室给他换药就污染了无菌手术室，而随便在楼道里换，又很可能污染了他的伤口。但是韦天舒看起来就像他隔壁家从小一块儿长大肩并肩捧着饭碗蹲门口吃饭的狗栓兄弟，那说的话，还能是骗他吗？

送走了这位老兄之后，韦天舒心情舒畅，得意扬扬，到护士台还钥匙被值班护士数落他凭什么把急诊病人带到病房换药室处理，便嬉皮笑脸地说道："变通，变通，哪儿那么多死规矩呀？我有时候都觉得，那好多无菌规则也都是瞎扯，只是咱就这么学的就得照着做，其实吧，人免疫系统干吗吃的啊……"

这会儿病房值班的陈其才晚查房完毕过来送病历，韦天舒情绪上来了，一屁股坐在护士台上，从小时候自己在村里捡完牛粪手都不擦拿着馍就啃，让剑麻划伤了手臂扑点儿香灰就完，照样身体倍儿棒开始扯，口沫横飞侃侃而谈，周围围了好几个医生护士嘻嘻哈哈地听着，甚至两个即将出院的老病号也过来凑热闹，韦天舒也并不介意，全没发现不远处有个身穿病号服，六十来岁的女病人目光炯炯地打量着他，一脸审视的神情。

"我小时候啊，本来叫三牛。韦三牛。咱是放牛娃嘛，大哥叫大牛，二姐叫梨花，现在这名字是老头子收我当关门弟子的时候，我爹非得央老头子改的，说三牛这名儿一听就不是知识分子。师傅就是半个爹，让老头子给我起个体面名儿。咱们村儿，到我上北京读书，才五户人家有电灯……我放牛放到九岁半，后来国家动员义务教育，爹娘一合计，送去念念书吧，有先生管着，兴许还能少捣点儿蛋，这就进了村小学。念了四年，咱们全小学唯一一个从一年级教到六年级的先生说我学得太快，学会就捣乱，干脆试试去考中学，当时听说县中学考上还管饭，为了省家里一份口粮，我赶紧就去考了，没想到考了第一名，糊里糊涂地念了五年。当时的中国也乱，大家还参加着这样那样的运动，确实也都没如今这样专心读书，嘿，可是告诉你们，就那会儿，我经常回家时抓鸟摸蛋，回来卖给县城的人赚俩钱。到高考的时候，志愿全是当时的老师填的，老师说，咱们这儿还没有能考到首都去的学生呢，三牛你给咱们中学争口气。我说：'中！您说考哪儿就考哪儿！老师想来想去，见过的，最符合知识分子形象的是曾经下放到这儿的一个老大夫，恰好当年医学院在我们那儿招生，就给我填了一水儿的医学院。

"我跟你们说啊，我觉得这什么都是命，多想也没用。"韦天舒将手一挥，"说到念书上进，爹妈管老师教，也不是一点儿用没有，但次要；这病好不好，人死不死，家属花钱，大夫尽力，最后还是阎王老爷说了最算数……"

不远处那个女病人悄悄地转身走了，带着一脸愤怒的不满和鄙夷。

第二天中午，叶春萌给她姑姑送饭的时候，她姑姑对她说："我经过自己掌握第一手资料，认为这个韦天舒世界观不正，工作作风疲沓散漫，不具备一个医生应有的严谨认真兢兢业业的态度，我完全不能信任由这样一个所谓专家来给自己进行性命攸关的手术。"

叶春萌上午刚刚听李波跟她说一切已经安排好了，明天就可以手术，放下了心头一块大石头，这时听了她姑姑的话，只觉得脑袋一下空了，望着姑姑坚定而自信的神色，便知道所有的事实——无论是韦天舒至今保持着全国做此类手术数量最多、失败率为零、术后并发症最低的纪录，还是他曾经在一次世界微创外科年会上以入镜到出镜总时间七分钟、出血量一毫升的手术演示一度成为传奇，再或者是系统内外同行对他这个"鬼才"的叹服……都无法说服姑姑，过了好半天，她才喃喃地问："不让韦大夫做，您还打算找谁做？"

"周明，周大夫。"叶春萌的姑姑指示她把属于她的暖壶用记号笔写上标记，省得邻床一个几天家里没有人来探望的老太太总是随手就倒她暖壶里的开水，"我在病人和家属中调查过了，周大夫手术做得不错，也仔细亲眼观察过，他的整体作风比较严谨，决定还是由他来给我做这个手术。好了，后面的你已经不用管了，你这办事能力，以后还真得多锻炼锻炼，一点小事都能拖拖拉拉到这个地步。今天早查房的时候我已经亲自去找过周大夫，一个是跟他反映了这个韦天舒同志存在的问题，其次希望他尽快，最好是这几天，给我安排手术。这住在脑外科的病房也不像话嘛，不同分科，既然分了病房，自然就有分的道理，刚进来时安排不开就罢了，这两天总有人出院嘛，既然我是胆囊结石，怎么能老住在脑外科病房？"

叶春萌呆呆地望着她姑姑，脑子一阵一阵地眩晕。过了半晌，拿过记号笔，照她说的在她的暖壶上写下了"叶岚英"三个字，之后，放下笔，把旁边其他病人的空暖壶也都提出去打了水再放好。她姑姑又跟她说了什么，旁边其他人又跟她说了什么，她似乎是听见了，但是完全不想再说一个字，转身走出脑外十七病房，回到了病区，到护士台找到自己管的病人的病历，查对生化检查结果。正核对着，程学文从外面走进来，对她说："李波找你，在门口等着呢。"叶春萌茫然地答应一声，放下病历夹子走出去，迎面看见李波，苦笑一下，不知道心里什么滋味，只是低声说了句"对不起"便接不下去了。

李波叹了口气，把一个信封递给她："周大夫让还给你姑姑。"

叶春萌接过来，半天才涩然地说："原来她是去行贿？她也懂得递红包？我以为……我以为……"

李波苦笑："说韦大夫工作作风不严谨是当着别人讲的，红包是跟到办公室私下塞的，周大夫跟我说当时再跟她撕扯这个，太难看了，让我私底下把红包还给她去。"

叶春萌低头望着地面不说话。

李波拍拍她的肩膀："你也别难受了，周大夫已经答应把这个手术这两天就做了，不能占任何排期或者其他点名手术的时间。咱们科的病床两个月之内都安排满了，有人出院就立刻有事先排好队的人住进来，是走人情收进来的，用的是脑外闲置病床，就只能一直住那边。你姑姑不能在周大夫正常工作时间做，只能晚上加一台，这个你得跟她说明白。我既然收了她进来，后面也会负责到底。周大夫说，你姑姑手术的事儿到此为止，交给我们就好了，你不要分心，踏实实习。说起来，小叶，马上就该第一次操作考核了，你们这拨我看就你跟王东最出色，要加油啊。"

3. 自己欠的人情

韦天舒气急败坏地在周明办公室里兜着圈子，兜到十多圈的时候，周明终于忍无可忍地说道："你别跟我眼前晃了成不成？我本来今天就头大，你晃得我简直想吐。"

"我操她大爷！"韦天舒梗着脖子骂了一句，然后在周明跟前坐下来，"他妈的当医院是她家后宫，做个手术跟翻牌子点人上床一样呢？让她滚，立刻滚，或者慢慢住着，按规定排期！赶上该谁做谁做。"

"把她晾那儿那不光是寒碜她。"周明撑着额头道，"人都收进来了，还给插脑外那边儿去了，耗的时间越长，不定得出什么其他麻烦，护士天天得到那边去，也不是个事儿，如果落下个检查，弄乱个记录，都要命。"

"你这意思还怕了她了？"

"我还真怕。"周明瞧他一眼，"人家是李波开的住院条，插进的脑外病房，现在他正好住院总考核该升主治了，他从来就是干得最好的，一人能顶别人一个半，别闹腾大了为这种事儿让院办抓辫子做文章。再说，毕竟是自己学生，这人在这儿丢人现眼，说到底是跟她有关的人尴尬。既然你本来也是看着自己学生的分儿上，当本院的人给加了，横竖也不是冲她，现在还是冲着学生，赶紧做了得了。"

韦天舒抱着双臂，在屋里又兜了几圈："得，得，我今天就把丫做了。妈的，李波小子，挺能干的人，怎么这回这么不长眼，我回头不照他屁股踹几脚不能解气。这什么王八蛋，不看清楚了就收进来。"

"我做吧。"周明靠在椅背上闭着眼睛说道，"这已经对你那么多成见，你做，我看她之后但凡有个头疼脑热肚子痛的，都得想着是你工作态度不严谨，以致手术过程不规范，给她做出毛病了。"

"我……"韦天舒瞪着周明，然后对空踹了两脚，"老子长这么大，还没赶上这么窝囊的事儿过。"

"您命真好。"周明直起身来，拽过几本病历，"最近我这儿好几个头痛的病人。今天又收进来这个，肝血管瘤的，血管瘤本身位置就不好做，病人还有高血压、冠心病、糖尿病。"

韦天舒低头看了一会儿，皱眉道："她这个，现在肝功还勉强，但是这半年肝功下降这么厉害，不做的话，没准过半年就肝衰。她的各方面情况，晚做只比早做更糟糕。"

"嗯，我也这么跟病人家属说的。李主任也是这个意思，下周一全科会诊老爷子来了，再听听他的意见，还有，家属要请另外几个医院的专家来会诊。"

"又是请其他医院专家会诊。"韦天舒不耐烦地把病历扔到桌子上，"先不说不同学派的专家很多问题上就是看法不同，谁也说服不了谁，也不说他们自己攀亲访友上网查询弄来的所谓专家，究竟是不是这方面权威，但凡只要'其他专家'跟主管大夫做的方法不同，就一准认定'其他专家'说的是真理，主管大夫是'水货'，啊不，是'坑钱'，'不负责'，'没医德'。我就不明白了，究竟觉得谁是真正的专家，就让谁做去啊！"

　　韦天舒说着，见周明还对着那份病历看，似乎根本没把自己的话听进耳朵里去，一把抢过他手里的病历扔到一边："你不是问我意见么？我建议你狠狠地给她说这个手术风险高，最好让她觉得不做的话还至少有半年好活，做的话可就在台上完蛋了，手术前不信任你转找她信任的倒霉鬼去，比你给她做了，之后别说万一不成功，就成功了，也没准因为点儿正常并发症，听哪个根本没深入了解所有情况的过气老头子随口一忽悠，屎盆子一个个往你脑袋上扣。"

　　韦天舒带着对叶春萌大姑的余愤，一时间将"病人"这个群体自然而然地当作了敌方，发了一连串的牢骚和议论之后，再看向周明，却见他只是脑袋枕在双臂上，瞧着自己，脸上的神色说不出赞同，也说不上反对。

　　"你这个建议没用。"等他说完，周明摇了摇头，"病人是加拿大公民，一年前加拿大的大夫考虑她的情况，建议保守治疗，结果这半年恶化得厉害。加拿大的手术，又得至少排半年后，这才回来做的。他们这一年多，对这个病还是认真查了各方面资料，跟加拿大的大夫交流了很多，了解了各方面的风险，这次是坚决要手术。我接触着，觉得呢，病人儿子还是挺明白，而且挺讲理的。虽然疑神疑鬼是有，但是到了性命上头，谁也难保不疑神疑鬼。"

　　"下班时间到。"韦天舒不想就这个问题跟周明再争执，"今儿到我们家吃饭吧。"

　　"去你家吃饭？你们家开伙了？"周明怀疑地看着韦天舒，"你妈来了？"

　　"快来了。"韦天舒一乐，然后又苦了脸，"上回我妈来，大约是对我老婆不做饭牢骚了几句，本来，牢骚就牢骚么，结果女人这小心眼子，她一面讲了一大堆现代男女平等，男人不下厨房女人也可以不下的道理，我大表赞同力挺她之后，她又犯病开始看菜谱学做菜……"

　　"那也没什么不好啊。"

　　"那她做，我就得吃啊兄弟。而且这罗马，不是一天建成的。"韦天舒的脸更苦了。

"革命尚未成功阶段，你自己吃吧。"周明起身收拾东西，"我吃饭一向挑剔，你也知道。回头一不小心说错话得罪人，多不好。"

"烹饪方面你简直就是我老婆的偶像。"韦天舒笑嘻嘻地拽住他，"她跟我说好几次了，你做的那个泡椒鱼头和上汤白菜、土鸡野山菌煲实在是太好吃了，现在家伙也置备了，材料也买了，就是试了几次都不成功，想请老师上门指点。"

"想让我到你们家给你做饭，直说，还什么请我吃饭。"周明把外套拿过来穿上，"今儿不行，今儿事先跟别人约好了。"

"不行，"韦天舒无赖地拦住周明，"除非你约的是十八岁以上三十五岁以下的未婚女人。"

周明懒得再跟他废话，把秦牧的所有复印资料装进电脑包往外走。

自打韦天舒得知他已经离婚的第二天，就开始关怀他的个人生活，周明忽然怀疑他让自己去教他老婆下厨也还是借口，八成到了他家，能"碰巧"有个他老婆的同事或者同学或者八竿子打不着的朋友也在。周明忍不住认真地思考了一下，究竟是具备某些女性特点——比如八卦爱做媒——的男人更容易婚姻生活幸福呢，还是婚姻幸福的男人，被老婆潜移默化了这种特质。

周明往外走了几步，又站住，把秦牧的大病历复印件又拿出来递给韦天舒："你看一眼。这病人车祸那天的，骨折，咱们这边本来只是检查有无腹部脏器伤。"

韦天舒站着看了一会儿，大致看完又仔细对比看两份 B 超和 CT 片子。

"单看那天的全腹片时我也觉得可能就是反复发作的胆囊炎，"周明皱眉道，"听他朋友说的病史也符合。他身体状况本来不好，胃溃疡、贫血，也不适合在骨科的急诊手术之后立刻做胆囊切除术。当时跟病人说的是骨科手术恢复出院，胆囊炎如果不频繁发作，半年后再来手术，但是我还是开了胆囊的 B 超和 CT，今天出来的。"

周明给韦天舒指了指他手里的一份片子。

"是像浸润性癌。"韦天舒沉吟道，"周一看老头子怎么说。不过这个也就是手术中才能真正确诊了。"

周明点头，犹豫地瞧着韦天舒："你说跟家属该交代到什么程度？没到手术中也不能完全确诊，万一只是陶瓷胆囊并没伴发胆囊癌，腹痛黄疸都是胆囊炎造成的呢？白担惊受怕一场，一般人谁听一'癌'字不是天塌地陷？何况胆囊癌预后这么差。"

"周一科大查房之后，综合意见是什么就怎么交代啊。那当然得把最坏的说清楚。不怕他认为胆囊癌打开是胆囊炎，反过来的话，之后预后不好他可觉得是你漏诊。哎？我说你这是怎么了？"

韦天舒不理解地瞧着周明。周明认真他知道，但是似乎从来没见他为照顾家属情绪的事儿婆婆妈妈过。

周明还是犹豫着，半天才说道："没有责任问题，今天约我的倒也不算是他家属。"

"连家属都不是，废什么话？"韦天舒更不理解了，"哎，你以前还没有兼做医学科普公益事业的爱好。"

"人情。"

"靠，又是人情！"韦天舒一下想起来叶春萌她姑火又上来了。

"我自己欠的人情。"

周明想起那天修完车之后，天已经大亮，他坚持多给了修车师傅钱，对仰躺在车铺长椅上睡着的谢小禾更是说完抱歉又说感谢，她打了个老大的哈欠，对他摆了摆手，说道：

"以后见到我，叫我恩人好了。"

想起来她当时睡眼惺忪着，说着"恩人"俩字的得意样子，周明忍不住微笑。

"既然连家属都不是，又非打听，你实话实说不完了？还有什么情绪要照顾啊？"

韦天舒更不明白了，伸手就要去摸周明的脑袋有没发热。周明挡开他的手，往门外走，想着那天晚上，谢小禾自言自语地讲的那番与秦牧的过往，自己从来没有听人倾诉感情问题的经验，更不知该怎样回应怎样安慰，只好闭上眼睛，然而自己却完全能理解和体会，她多么记挂担心心疼，却又不能让旁人知道她依然担心记挂心疼。

韦天舒跟在周明身后，见周明不说，自己继续猜测这打听病人状况的"非家属"跟病人的关系，忽然嘿嘿一笑，说道：

"该不是风流债吧？情人、二奶、红颜知己之类。我老婆看的那些港剧里面……"

"韦天舒，"周明钻进自己的车子之前对他说，"我求你了，少陪你老婆看点言情片吧。"

"蠢蛋，言情剧中有真谛。"周明车已经快开出医院大门了，韦天舒犹自站在当地得意地自言自语，"对待女人这种敌人，知己知彼，百战百胜。你不看看她们迷恋喜欢相信的东西，能知彼吗？"

拾贰

最明白就里的病人其实知道，做手术这事儿，贿赂不贿赂主刀大夫，其实根本对手术质量并没任何影响，不管多少钱的红包，就算大夫真的收了，起到的作用顶多是术后换药的那个人，由学生住院医生的级别提升到主刀大夫亲自动手，且能多看见主刀大夫几个笑容。然而跟护士搞好关系，可是住院阶段是否舒服的关键，虽然想着去给护士送红包的病人几乎没有，但是表示尊重感谢的花篮果篮，对待护士比对待医生还要更热情谦恭的笑容，却是一定需要的。

1. 拿得起可却放不下

谢小禾摇下车窗，凉风钻进来，她打了个激灵，哭得天昏地暗的脑袋逐渐清醒。

她不太确定自己究竟哭了有多久，擦眼泪鼻涕的纸巾，已经在膝盖旁边的车座上堆了一个小山。

她转过头，可以看见周明在不远处，靠着停车场的围墙抽烟，昏暗的路灯下，他略微缩着脖子，烟头的红光忽明忽暗。

方才，在餐馆吃着饭，她拐弯抹角的追问之下，他跟她说秦牧的病情。这样的可能，那样的可能，她不是都能明白，然而"胆囊癌"三个字，足以让她觉得周围的一切轰然倒塌，粉碎。

她的胸口如同被利器刺穿似的，真切地疼痛着，额头竟冒出了细细的汗，眼前发黑。她想吐，想大哭，却用尽全力把惊痛的程度控制在一个朋友应有的范围，理智地冷静地听周明分析种种可能。她不知道自己语无伦次地究竟都说了些什么，只记得周明看了看她，把那些病历复印件从她手里拿过来，不再继续解释。

他目光中无尽的同情和不忍让压抑眼泪这个艰难的任务变得更加艰难，她忽然心中一动，盯着他问："你其实知道我今天把你叫出来，说让你还我人情，是借口，对不对？你……你早知道我惦记他，所以准备好，带齐了他的病历和检查。"

周明没有说话。

"你那天其实都听见了我说的话，根本没有睡着？"

谢小禾望着他问，忍住不哭，已经是需要耗尽每一个毛孔的力量的事情。她狠狠地咬住右手食指和中指的指节。

周明招手叫服务员结了账，她往外走的时候甚至忘记了外衣。他跟在她后面，替她拿着所有她忘记的东西，让她上自己的车，把发动机打着暖气打开，递给她纸巾盒子，拿了包烟，关门走开。

这个小小的空间里便就只剩她自己，再也不用任何的伪装。

以前她一直告诉自己，不要哭，不要为不值得哭的东西流眼泪。挺一挺，再挺一挺，就过去了。

可是不论值得不值得，不论是对还是错，所有的甜蜜和所有的伤痛，并非不去看不去想假装没有发生，就真的随着时间消失了。那是她生命里抹不去的一部分，那是自己真正毫不计较地爱过，肆无忌惮地快乐过的时光，他是自己曾经以为要携手终老的人。

她哭了那么久。

哭过，心里还是痛着，然而那种窒息的感觉好了很多，发泄出许多疼痛，却也哭掉了浑身的力气，谢小禾靠在椅背上，用手指整理了一下头发，偏过头，看见不远处的周明。

她想起来，哭的时候，还有人在离自己很近的地方等自己。

谢小禾拉开车门。

周明回头看了一眼，掐灭烟丢进垃圾桶，走过来，上车坐好，从怀里掏出一只烤红薯和一包糖炒栗子递给她。

谢小禾这才发现自己竟然饥肠辘辘，原来哭也是这么消耗体能的一件事。当然，这顿饭，她自跟他开始说秦牧的病，就再也没心思吃什么东西了。

"你呢？"谢小禾开始啃红薯，烤得很透，很香甜，她有点感动，然后心想，从点完菜开始就被自己追问工作范畴的东西，不知道他这顿饭吃饱没有。

"回家煮面。"周明开出停车场，"你家怎么走？"

谢小禾下意识地从侧镜看了眼自己肿得桃似的眼睛，想起今天是周五，是爷爷的老朋友、生父当年的老上司栾爷爷雷打不动纠集另外俩老头过来跟爷爷打桥牌的日子。中间但凡她在家必然要把她叫过去关怀一番最近的工作生活，尤其是个人感情问题。看见她这副样子，老头一定得刨根问底，自己实在吃不消。

"我能……在你家待两小时么？"谢小禾抱歉地瞧着周明，"你不用管我，我混到十一点差不多客人走了，家里人都睡了，就自己打车回家。"

"哦，没问题。"周明并没追问，往自己家方向开过去，"万一医院要有事儿呼我回去，不能送你，你就跟我那住一晚上，明天早上给我撞上门走就是。"

"实在太感谢了。"

"恩人不用这么客气。你帮了我大忙在先。"

谢小禾有点脸红，低声说："什么恩人。那是开玩笑胡扯的，你别当真……今天，我也是实在想知道他的情形，才只好厚着脸皮跟你耍无赖叫你出来。那个，那点小事，不要再提。"

周明笑了笑，过了会儿认真说道："你放心，我们会尽力找出最好的治疗方案。"

"痊愈的可能……有多大呢？"谢小禾低声问。

"良恶性以及发展的程度，的确要在术中才能确诊。胆道问题，尤其是胆囊炎跟囊壁增厚型胆囊癌的鉴别，一直在影像学诊断上是个难题，其他症状和体征上，又很难区分。至于预后如何，何种方法更好，更存在多种因素。这些没法几句话给你说清楚，有很多东西我们在会诊上也是会各执一词，等下到家，你想知道，我慢慢给你讲，也可以给你些资料。"

"我明白，我明白。总是问这问那，真是很烦人了。"谢小禾不好意思地道，"我并没有家属的权利，只是，我……"

周明摆摆手："不用说这些。我明白。"

谢小禾低下头。

"你想去看看他吗？"周明忽然问。

谢小禾的眉头跳了跳，摇了下头，又呆住，似乎是仔细想了想，半晌，又再摇头。

"还是不要了。又没有什么真能帮到他的……万一我自己一个克制不住，太苦情，对自己，对他，都没什么好处。"谢小禾把脸颊贴在车窗上，好久，接着说道，"我曾经恨他的不决断，拿不起放不下。所以我作了决断。我心里其实觉得总有一天他会后悔。我自己更要活得漂漂亮亮地，让他后悔。但是到现在，"她苦笑，"我才明白，拿得起，放得下，是对人多高的要求。我不希望他后悔，也不希望他抱歉，更不希望他尴尬或者难堪，唯独只希望他的病能治好……尽量治好。"

2. 那个走后门进来的病人

"你们这同学她姑懂人事儿不懂？"

普外科一分区门口，脑外科护士小常扬着声儿说道，还待继续往下说，嘴巴却被陈曦递过来的带椰丝的"SEE"巧克力糖塞住。

"别生气别上火儿。"陈曦作势给她拍背，笑嘻嘻地道，"那人就不是正常人。"

椰丝巧克力在嘴里甜丝丝地化开，这正是小常最喜欢的口味，却依然压不住她满腔的怒火："收她进来本来就是关系人情儿，普外管我们借个床，我们就提供个地儿，她怎么着关我们什么事儿啊？叫人叫得比我们自己科的病人还勤。那要真是要紧事儿也就罢了，连床头灯灯泡坏了也按好几次铃！"

"要说她还真就该住脑科。"陈曦再给她递上一块巧克力，跟着她一起愤慨，"这分明脑子里的毛病比肚子里大嘛，该好好跟你们科查查！"

"那倒也是。"小常听着乐了，在盒子里挑带椰丝的巧克力，"不过看来他们这脑病还传染性的。你同学她姑父更重！我靠，那哪儿是病人家属啊，纯粹中央首长视察的架势。上来就先不满，说我爱人是胆囊的手术，怎么安排在脑外科啊？这不利于护理不合乎规范啊！妈的，为啥在这儿，您是装糊涂还是真不知道？看李波面儿上，我们懒怠理他，他还来劲了，视察一圈儿之后给我们提一张单子的意见，其中一条儿，说我们给病人的点滴没有连接护士台的自动计时器，西方国家都有！这点非常不科学！真新鲜，我们还希望改进装备呢，那省我们多少事儿，就跟不用花钱似的。抱怨仪器不先进也是他们，抱怨医疗费用高也是他们！"

"消消气儿。她明后天也就手术，再过两天就出院，咱一起结束噩梦。"陈曦搂着小常的肩膀道，"你爱吃椰丝的巧克力我宿舍还一整盒儿没动呢，明儿给你拿来。"

"切，怕长胖就拿你男朋友给你的猪饲料毒害我呀你？"小常翻了陈曦一眼。

"人跟人不一样啊。"陈曦笑嘻嘻地道，"你这身材，吃大象饲料也不怕，全长该长的地方。不像我，一放纵就走形，真命苦。"

这马屁拍到了小常心里，她忍不住翘起嘴角儿，方才从脑外科直冲过来准备找普外的人吵架的冲天的怒气算是消了一大半："也多亏她就一胆结石，手术简单恢复快，硌硬人也就这三五天的事儿。"

"唉，可不么。"陈曦叹了口气，"她住个院，快把萌萌折腾死了。我们本来中午都嫌回去打饭麻烦，凑合吃医院食堂。她倒好，明明有病号饭，天天让萌萌回学校二食堂给她打小炒，还要汤。住院两天让萌萌来回给她到家取了三回东西。"

"那是她们家人她活该。我看她家脑病她也传上了点儿，要不，又不是亲爹亲妈，干吗赶着当奴才。整天就是副楚楚可怜的小样儿，事儿还不都她自己找的？"小常酸溜溜地哼了一声，"我瞧她其实长得也一般，尤其身材就是一平板。就她做出来那种那种弱者样儿，让男的喜欢。"

陈曦没有接茬却也没有替叶春萌反击，只是心里好笑，怀着刻薄的心思偷偷地瞥了眼小常那张跟曲线玲珑的身段极端不协调的、肆虐着青春痘的大饼脸，暗自感叹女人的嫉妒实在是无处不在，并且迅速在心里搜索各种蛛丝马迹——对李波有好感的护士不少，她以前倒是不知道还包括小常；再或者，脑外的哪位帅哥在这两天跟萌萌献殷勤了，给她招了怨气？

　　陈曦心里转着这些心思，脸上却甜蜜蜜地冲小常笑着，咬着耳朵偷偷问她到底木瓜奶管用不管，她究竟是不是喝木瓜奶才有了这么好身材，两人嘻嘻哈哈地打闹了一会儿之后，小常算是彻底平了火，放弃了跟普外一病区的人好好算账的念头，拿着陈曦塞的巧克力回脑外科去了。陈曦长长地呼了口气，庆幸今天恰好自己值病房班及时拦住了小常，没让她闹到普外的护士台去，否则叶春萌后三个月的日子就真是没法过了。

　　自从叶春萌的姑妈折腾进医院，死活不肯信任这方面手术最出色的韦天舒，已经被大家当作最大笑话的谈资，而每每提起，总是会在"那个病人"后面跟上"叶春萌她们家的"；再后来她认准周明，五千块的红包在手术前死命地塞了一次又一次，大有一副周明不接她不敢上手术台的架势，最终周明接下了，交给叶春萌，让她等手术完再还给她姑姑，否则她大概不能放心上手术台。叶春萌从周明手里接过信封时，陈曦都不忍心看她一眼。陈曦不知道叶春萌会不会觉得这是周明故意恶心她，根据叶春萌以往对周明的成见，这种想法大有可能，然而，如今因为姑姑，她却再也不能痛斥周明。陈曦以一贯的小人之心揣测，单单就是心里想骂一个自己不待见的人而没法痛快淋漓地骂，这本身就是一件让人憋屈的事儿，就光这个，便足以让叶春萌郁闷得胸口痛了。

　　况且，远不止于此。

　　最明白就里的病人其实知道，做手术这事儿，贿赂不贿赂主刀大夫，其实根本对手术质量并没任何影响，不管多少钱的红包，就算大夫真的收了，起到的作用顶多是术后换药的那个人，由学生住院医生的级别提升到主刀大夫亲自动手，且能多看见主刀大夫几个笑容。然而跟护士搞好关系，可是住院阶段是否舒服的关键，虽然想着去给护士送红包的病人几乎没有，但是表示尊重感谢的花篮果篮，对待护士比对待医生还要更热情谦恭的笑容，却是一定需要的。偏偏叶春萌的姑姑眼里，似乎只有主刀大夫周明一人，李波和刘志光两个直接管她的大夫也还就罢了，对护士，可就全是一副居高临下的神气，比一般人家对待保姆又还多了三分怀疑的目光，短短四天已经让管她的护士怨声载道。只不过她是"后门"进来的病人，这怨气，也就是都冲着叶春萌而去了，连叶春萌自己掏钱买了两箱水果两个果篮低声下气地送去时，人家都冷冷地说一句"不敢"，丢在旁边，碰都不碰。原本护士和实习学生就不是"一家"，远远没有带教老师和实习医学生、老护士和新护士的那种亲切，如今，叶春萌可就已经是全病区护士最不待见的"公敌人物"了。

陈曦在心里暗暗叹气，在心里替叶春萌祈祷，甚至为了叶春萌，乃至自己耳根子的清静，也捎带不情不愿地替叶姑姑祷告了一下，只希望她赶紧安生地做了手术，赶紧出院才好。

陈曦快步地往办公室走，经过六病房，听见里面有说话声，回头看了一眼，见刘志光坐在十九床那个胃癌末期的老头床边，手里拿着个三寸长的桥的模型，眼睛瞧着床上的老头，脸上带着倾听的表情。

陈曦听不见老头说话的声音，但是几乎可以肯定他说话的内容。

"这模型，是我1952年评上全国青年劳模，我们总工程师亲自送给我的。这是他年轻时在国外得的奖品，你看那底座的洋文，那是他老的洋名儿。他老说我干劲足，又聪明，小时候没赶上念书，新社会了，得多学习，多学习，有知识才能更好地建设国家……"

陈曦还知道，接下来，老头一定会抹眼泪地追忆那位留德回国，却在"文化大革命"中含恨而终的建筑专家，老头儿一定会讲得号啕痛哭，然后拍着一只装满了年代久远的奖品和学历证书的袋子，说："我信他说的话，我自学，我后来还考试，我一个几代人都大字不认识几箩筐的工人家的孩子，我当了技术工人，高级技师，我得了好些荣誉。"

老头儿接着会说起来他温柔善良的妻子。老头会说："我不怕死，死了就见着她了，她走了二十多年，我把儿子拉扯大了，可没给他找后妈。他念了大学，念了研究生，现在是单位的骨干。孩子孝顺，我发现了这个病，他可急坏啦，到处找专家，找法子，还想倾家荡产地给我做那个移植。可就是他工作忙，不能老陪着我。我知道工作重要啊，他是骨干，他跟我这儿坐一会儿，就好几个电话找他。我知道工作重要。可是我也有点儿寂寞。见着我媳妇就好了，咱们见了面儿，做伴儿，说话。"

这一切，老头儿不知道已经唠叨过多少遍。

跟每一个肯听他说话的医生护士护工都或多或少地说过。

但是最多的，是跟刘志光说，一遍两遍三遍，同样的内容，刘志光永远凝神静听，表情肃穆，经常陪着他落泪。

有时候刘志光跟门诊，或者在下面急诊值班，一两天没看见他，老头儿一定会四处问："小刘大夫今天不上班儿啊？"

刘志光不在时，惦记小刘大夫的，可不只十九床。

不知道什么时候开始，刘志光已经成了一病区最受病人欢迎、最被病人信任的大夫。

就在几天前，陈曦被十五床那个因为肝硬化失去蛋白质代谢功能，因此时常出现精神症状的老人的"犯神经"折磨得崩溃，已经放弃了在这种"异常状况"下给他做检查，准备丢给上级处理的时候，惊讶地发现，那老头，却肯听刘志光说话，能够被他安抚，能够跟他配合。

五床那个对儿女女婿媳妇医生护士都看不顺眼，整日哭哭啼啼或者骂骂咧咧的老太太，有天嫌女儿来晚了半小时，跟女儿怄气，不吃饭，让女儿滚出去，谁都劝不了她，偏就刘志光来了，她竟然肯听刘志光说话，拉着他的手哭诉了一阵之后，不知道刘志光到底怎么劝慰的，老太太总算是抽噎着吃了饭，之后，女儿再进来，她没言声儿地往边儿上挪了挪，示意女儿坐在身边。

十三床的肝血管瘤患者，一个不想让家人砸锅卖铁外带借钱给他治病的郊县农民，家人不在的工夫就想溜走甚至自杀，不晓得刘志光那个晚上跟他四个多小时的聊天究竟起了多大作用，只是之后所有主治甚至主任跟他交代的病情，他都要去问问刘志光是不是真的这样，然后才踏实。到手术前，他问了好几遍，小刘大夫你会跟着我进手术室吧？待到手术成功，临到康复出院，他给主刀的李宗德又鞠躬又道谢，对刘志光，却是紧紧地握着他的手泪水横流，半晌说出一句："小兄弟，我忘不了你。"

七床那个事儿特多、什么都保持警惕保持怀疑的阿姨，某次护士给她扎点滴时一下没扎准血管扎了三次流了血，她坚持认为小姑娘是报复头天晚上她对于护士和医生在病房时间太少，解释病情不彻底不耐心的投诉。护士长和主治医生都解释了，告诉她这可以说是年轻护士技术还不精湛，且阿姨体胖找血管难度确实大，然后越紧张越难，但绝对不是存心报复，她却不肯相信，然而差不多的话，后来被刘志光说出来——还带着他惯常的结巴，那阿姨虽然还对护士非常不满，火却是渐渐消了。

那阿姨还说了句让陈曦几乎喷血的话："如果医生都像小刘大夫你这样，就好了。"

可是，便算是陈曦把全身鲜血都喷光，也改变不了病人和家属对刘志光的信任。甚至连"周大夫的手术做得特别精致"，"李主任是全国在这方面最出色的专家之一"，都不止一个病人，要跟刘志光证实了之后，才心里倍觉踏实。

对于刘志光的受欢迎，叶春萌很替他开心，感叹说用心做事还是有回报的，病人看见了他的努力、他的用心。

陈曦不能认同，说光用心有什么用，他现在虽然诊断操作基本功都有提高，但还是咱们同学里最差的，真正稍微急一点，病人多一点的情况，老师根本让他靠边站不要碍事。他跟病人关系好，那是他正经事做不了，就越发有工夫管闲事。

可是，就算他"正经事"做不好，他也在努力，"正经事"暂时还做不好的时候，他做了力所能及、能帮到别人的"闲事"，错在哪儿了？他是笨点儿、慢点儿，可是也没真的惹到你啊！陈曦你平时也不是小气的人，你怎么就那么容不下他呢？

陈曦每当提起刘志光时那种说不出的讨厌，让叶春萌真的有点困惑。

对于叶春萌认真的困惑，陈曦嬉皮笑脸地归之于嫉妒，她对刘志光的嫉妒，嫉妒他搞得定让自己手足无措的病人。对于这个理由，叶春萌当然不信，认为这是陈曦的胡扯。陈曦对刘志光，只有都市聪明姑娘对小县城笨拙傻小子的歧视，跟嫉妒哪里扯得上半点关系？

然而把"小白菜"从菜市场抱回来的那天，晚上，大家在宿舍里还在激动地谈论这件事的时候，陈曦把大衣手套帽子穿戴齐全，在四级风里，啃着羊肉串绕着校园溜达。她的脑子里，竟然一直在想自己最讨厌最看不上的刘志光。

为什么那么容不下他？她看不上的、看不起的人，其实不少，那些比刘志光讨厌、可憎不知多少倍的人，她也不过撇撇嘴，连谈论都懒得谈论，对刘志光，却经常提起来就气急败坏，却还经常不断地提起来。

不断地想用各种理由证明，这个轴到让人发狂，笨到让人沮丧的人有多么讨厌。

为什么呢？难道真是嫉妒？

只有嫉妒一个人的时候，才会真正不厌其烦地诋毁他，而不是忽视。

嫉妒刘志光？嫉妒什么？

那天陈曦在冷风里走着，眼前始终晃着刘志光笨拙地给"小白菜"做人工呼吸心肺复苏的样子。笨拙，不标准，如果那是一个模拟急救考试，恐怕他还会得到不及格的分数。然而任何一次手术、急诊，都是"观摩"或者作后备的后备的他，最不符合一个医生的要求的他，居然是第一个帮这孩子呼吸，帮助他的心脏跳动的医生。他做得那么坚定，那么理所当然。就像他在任何时候都带着一卷线，在所有人的偷笑中，随时随地地练习打结一样理所当然，就像他做不了"正经事"时，管病人的"闲事"一样理所当然。

他就是总能在被不喜欢他的人嘲笑，在关心他的人叹气的时候，依然那么理所当然地，做着自己认为"应该去做"的一切。

3. 见面不过三次的朋友

谢小禾从来没有想过，自己可以跟一个见了才不过三次面的人说这么多话，且说话的内容，是对最亲近的朋友，也甚少提及的。

"我……平时也没有这么啰唆，"谢小禾抓了抓自己头发，偷偷地看周明，再又低下头，"我就是心里……心里乱七八糟的……"

自从那个车祸的雪夜，自己的生活，便就突然脱离了惯常的规则，不，生活还照旧，然而心情，却每日间七上八下，没着没落，忧惧凄凉。只是，无法对任何亲人，哪怕是亲近的朋友言说。

便算对从小无话不说的陈曦，她也只是轻松地对她说道："世界真小，圣诞夜来找你赶上车祸，偏就碰见他们夫妻，还帮了他们个忙，联系家人。"

陈曦眯缝起小眼睛看了看她，然后"哦"了一声，笑："要不要当作熟人，特殊照顾？"

她耸耸肩膀："难道你们做医生的，不该是对所有病人，都一视同仁，如同亲人？"

"谢记者说得是。"陈曦赶紧点头，然后哈哈大笑，"那好那好，我恪守职业道德，不去替你公报私仇。"

之后，陈曦再也没有跟她讲秦牧的状况，她也并不去问她，前几天陈曦为了找一个菜市场弃婴身世的线索找她帮忙，一起吃饭聊天的时候，更完全没有提起秦牧。今天她听周明说才知道，车祸当天秦牧虽然排除了内脏出血和颅内出血，是住在骨科的病人，但是自从周明从腹部平片看到胆囊异常，第二天重新给他单查肝胆，发现有可能不只是胆囊炎起，就已经在病区病例讨论中作为重点病例之一讨论了。

陈曦当然知道秦牧的一切。

"陈曦一定不想让我再记挂，再难过。我也不想让她知道，我还这么放不下。想来想去，医院不能去，陈曦不能找，就只好，拿帮你的那点忙来市恩。"谢小禾不好意思地对周明说道，"能不能还麻烦你，不要让陈曦知道我……我找过你，我只跟她说过，我为了医疗政策方面选题的事情，采访你。"

"我人缘没其他老师好，学生很少跟我聊天。"周明在厨房里准备材料，补充自己这顿没吃好的晚饭，回头见谢小禾还是不放心地瞧着他，又再说道，"你放心，让学生知道，一个女孩子帮我换过车胎也没有那么光彩。我怎么会去四处宣扬。"

谢小禾带着个微笑叹了口气："我并不是为了面子。只是不想让他们担心。陈曦这丫头从小就已经是半个我家的人，跟我弟弟之间绝无任何秘密，我跟秦牧的事，父母爷爷嘴里不说不问，但不知道为我担过多少心。我是烈士遗孤，家里人从爷爷往下，都觉得我身世可怜，连弟弟，比我小了四岁，却从懂事开始，就被大人灌输要照顾我让着我的概念。其实，我虽然没见过生身父母，但从婴儿开始就被全家乃至生父的老战友、老上级关怀疼爱，哪里有半点可怜了？小时候不懂事、霸道，还经常欺负弟弟。于是他倒是跟隔壁的陈曦亲近得多，管比他大了几个月的陈曦叫姐姐，不肯叫我这个正牌姐姐。"

"陈曦?"周明切着鸡丝惊讶地瞧了谢小禾一眼，陈曦这女孩子，古灵精怪得时常让他都觉得头痛，怎么想，也想不出她会是个宽厚的小姐姐。

谢小禾笑："是。陈曦从小在大院调皮捣蛋欺负人出了名儿，偏偏就和我弟弟这个乖宝宝特别投缘，那是真正的青梅竹马，不过小时候，骑竹马的那个，应该是陈曦。"

谢小禾说着笑起来，这个笑容在厨房不算明亮的灯光下，有一点朦胧的温柔甜蜜。周明心里微微地一动，自打认识她，从在他心里印上了"不靠谱"戳子的女记者，到雪夜一边躺在地上给他换轮胎一边挤对他的"刻薄版雷锋"，从冷静镇定地跟他和交警一起帮忙转移车祸伤员，到为了已经做了爸爸的前男友失神担忧，以至伤心大哭的小女孩……从来没有见过，她这样的神情。

"水开了。"她指着不断冒水汽的锅提醒他，周明抓过面条丢进锅里。

"乳腺组的主任很中意陈曦，我也觉得她有许多女孩子不具备的决断、狠劲儿、皮实不娇气，而且聪明——是有点儿浮，但能懂事的聪明。还真很想好好地给自己科带出来留下，没少为基本功跟她较劲。"周明笑着看谢小禾一眼，"后来听说陈曦的男朋友在美国，而且是相当情比金坚，还真有点遗憾。原来就是你弟弟。嗯，说不准啊，"不知怎么的，周明忽然有了点想逗逗她的兴致，"好像现在心外的住院总大夫，我们大外科年轻一辈儿最潇洒英俊出类拔萃的一个，很想对陈曦攻坚。世事难料啊，我们做老师的，于公于私，支持他，也别让我们的心血白费。"

"就全世界都支持他，陈曦也还是会嫁给我弟弟。"谢小禾果然挑起眉毛，瞪着他说道。

"这么肯定？他们不过是二十一岁的小孩。"周明忍着笑正经地说，发现谢小禾认真的样子其实非常可爱。

"小孩儿怎么样？他们是不到五岁的小小孩儿的时候，就说要做一家人了。到现在，长大了，个性变了，样子变了，分开到地球的两边了，这个承诺丝毫没变，十多年的坚持，是不是已经超越了许多成年人做了这样那样客观条件的权衡，挑选伴侣时做出的决定？"

"不到五岁？"周明这次是真惊讶了。

"我弟弟四岁半，才从福建外婆家回来不久的时候。"谢小禾把头靠在墙上，微笑，很多失意的时刻，知道身边还有某种温暖恒久地存在，便总觉得多了一点希望。

4. 真正的青梅竹马

那是很久远的回忆了。

那个暑假，父亲单位专门办了个暑假班，把那些因为小学、幼儿园放假而没人看管的双职工的孩子，从三岁到十岁统统收在一起。

当时有个放零食的大圆桌，恰恰高过了四岁半的谢南翔的头顶，却才到八岁半的谢小禾的胸口。谢小禾可以在老师还没开始发果丹皮或者大白兔奶糖的时候就偷偷地抓一两片美滋滋地吃，谢南翔却只能伸着小胖手胡乱地在桌上寻摸。

当时在爷爷家长大的谢小禾可没打算听父母的话，跟这个才从外公家被送回来，说话还带着让北京小孩嘲笑的福建口音的"弟弟"相亲相爱，很愤恨他分去了自己不少的玩具和零食，看着他傻里吧唧地伸手在桌面摸索的时候，就不动声色地把一堆阿姨方才嗑的瓜子皮推到他手的搜索范围之内，乐呵呵地看着他抓了把瓜子皮往嘴里塞，嚼了几下，哇的一声哭出来。

陈曦从小就比同龄孩子高，当时，桌面只齐她鼻子的位置，小胖子哭得伤心的时候，她正在一边低头玩魔方，不知道是动了侠义心肠还是被小胖子哭得心烦，走过来，踮着脚尖抓了块奶糖，把糖纸剥了递到小胖子嘴里，并且摸了摸他的脑袋说：

"喏，给你糖吃，别哭啦。"

刚刚因为百般疼爱他的外婆去世而大老远地从福建被运送回北京的谢南翔，这时在心里，对父母、爷爷、姐姐、保姆、司机、警卫员……在感觉上并没有半分区别，可在这一时刻，却因为这一块奶糖而对陈曦产生了巨大的亲切感。他吸了吸鼻涕，呜咽着抓着陈曦的手，可怜兮兮地拿带着福建味的、比京片子要绵软了许多的普通话说："姐姐，我喜欢你。你跟我一起玩好不好？"

那简直是陈曦头一次被一个小朋友如此信任地依赖。她从来都被认为是坏蛋、小魔头，差不多哪怕比她大一两岁的小孩，都对她充满警惕。而这个新来的小孩，无限信赖无限依恋地拽着她的手，管她叫姐姐，眼神里带着崇拜。陈曦也许是昏头了，反手拉住谢南翔，豪气干云地道："好！我也喜欢你。以后咱们一起玩，我会保护你的。"然后牵着谢南翔的手，骄傲地从谢小禾跟前走了开去，难得大方地把兜里珍藏的零食、枕头下面压着的玩具，跟谢南翔分享。

暑假班结束，小朋友们要各自回家，陈曦的妈妈来接陈曦，谢南翔立马跟着就走，这会儿谢爷爷的司机老刘赶紧过来抱住他："哎哟，怎么跟着人家走啊。"

谢南翔挣扎："我跟姐姐走……"

老刘乐，指指谢小禾："你姐姐在这儿哪。"

谢南翔拼命摇头："我不要她。我要陈曦姐姐。我只要陈曦姐姐。"

大人们是一起乐了，陈曦妈妈更是觉得惊讶，不太理解自家这个从能跑能跳开始，就再也不间断地接到其他小朋友控诉的女儿，居然有一天，被一个小孩当成了姐姐。

谢小禾可是火了，走过来，大声对谢南翔道："我是你姐姐，她不是。我跟你是一家子。"说着过去拉他。这个弟弟固然她并不喜欢，但是毕竟是她弟弟，跟别人跑了，未免太没面子。

"不要！"谢南翔有着他自己的执拗，这时候，福建味的普通话都喊出了点铿锵的味道，看着谢小禾伸过来的手，居然一口咬了下去。

被咬得并不太痛，谢小禾却因为吓了一跳而哭了出来，老刘手足无措地看着这一哭一怒的姐弟俩一时不知道怎么办，而那个小的，这会儿又已经拔腿朝陈曦走了过去。

"小弟，你要回自己家。"老刘对谢南翔作着解释，"不能跟人家回别人家。"

"我要跟陈曦姐姐一家。"谢南翔执着地坚持。

"不行，你跟她不是一家，你跟你姐姐……"原本就不善言辞的老刘对着个娃娃更头痛。

"我就跟陈曦姐姐一家。"谢南翔极其坚定地说。

"没羞!"谢小禾哭了几鼻子之后，惊吓过去，已经换上了羞怒，"不是一家的男生要跟女生结婚，才是一家。呸，你们两个要结婚，没羞没臊。"

谢南翔一时间并不太明白这是什么意思，但是听得结婚了就是一家了，便对陈曦认真地道："陈曦姐姐，我们结婚吧。"

这会儿阿姨和在场的家长都已经乐得跺脚了，谢南翔却再次跟陈曦说："我们结婚吧，就能一起回家了。"

陈曦忽闪着眼睛有点犹豫，不知道是否也觉得"结婚"有点不妥，可是大约因为骨子里根深蒂固的"要讲义气"的概念，想着这时临阵脱逃太对不起人，终于点头说："没问题!"

那是谢南翔与陈曦之间最早的承诺。

之后。

六岁半的陈曦对因为普通话仍带着口音被同学嘲笑的谢南翔说："谁欺负你，你来找我。"并且切实地帮谢南翔出过头，往那些讨厌的家伙书包里塞老鼠——那时候她是唯一一个懂得用老鼠夹子诱捕老鼠然后又敢于亲手摘下来的小孩。

八岁的陈曦对七岁半的谢南翔说："拼音没什么难的，来，我教给你，明天就拿满分了。"

九岁的谢南翔已经不仅是著名的乖宝宝，而且在许多方面出类拔萃。他性格温和，并不喜欢出头跟其他小孩比试，但是却陪陈曦打乒乓球，让她赢过大院所有因为她是女孩子不肯加她玩的小男孩，去少年宫跟陈曦的"对头"们下棋，把所有十二岁以下的孩子全部毙掉。

十一岁的谢南翔拿着数学竞赛的卷子给陈曦辅导，无数次陈曦已经烦了，吵嚷着要出去玩，谢南翔把巧克力塞到陈曦嘴里说，你这次得了奖小考就不用参加，直接保送重点，六年级你妈妈就不会把你关家里复习，我们还能总一起去玩。

十二岁的谢南翔钢琴拿了少年组不知道多少次的第一名，却不管人家怎么说，甚至老师怎么说，从来不肯给别的小提琴手伴奏，但却一直是水平相当水货，还被爹娘逼着去考级和参加特长生考试的陈曦的专职伴奏，哪怕陈曦的比赛跟他的比赛冲突。

十三岁的谢南翔熟练地设计好了一套计算机程序，却要费上三倍的工夫努力地把它改得不那么完美，以此帮陈曦混过中学新开的计算机课的考试而不至于让老师起疑。

十四岁的谢南翔钻进物理集训队的实验室，把牛肉干递给陈曦，然后帮着已经焦头烂额想要砸仪器的她找出电路接错的地方。

十五岁的谢南翔参加了中美交换学生项目的十项竞赛，以综合成绩第一名拿到美国顶尖私立中学的奖学金，家里人为他开派对庆祝，众多叔叔伯伯中间，十五岁的南翔已经有了应对的礼貌。

这时候的姐弟两人，已经亲厚非常，谢小禾逗弟弟说："舍得吗？"

谢南翔笑："你长大也会离开家，我不过早点，以后我带你们在美国玩。"

谢小禾笑："除了我们，跟陈曦分开，你舍得？"

"我们不会分开。"谢南翔说得很自信笃定，"我以后要跟她结婚。我会好好念书工作，以后照顾她一辈子。我跟陈曦说了，从前每次一起玩，最后都不舍得回家，这不过是一次更长久点的各自回家，自立了，下一次，就再也不用各自回家。"

十五岁的谢南翔说："陈曦答应我，大学毕业，就嫁给我。"

5. 不是朋友还能是什么？

"从五岁到十五岁，从小小孩到少年，之后，分开这些年了，都是一样的承诺，"谢小禾微笑，"我弟弟是，陈曦也是。陈曦这丫头难有正儿八经的时候，能坚持的事儿也着实不多，唯独对这份感情，从来没有动摇。你别不信，别说谁潇洒英俊，也别说谁才华横溢，陈曦也经常评论评论其他男孩子，或刻薄或客观，有时候还很一针见血，于是我问她：'那我弟弟呢？'你猜陈曦说什么？"

谢小禾望着周明笑。

这时周明已经把他的香菇冬笋鸡丝羹浇到了龙须面上，准备开吃，听她问，想了想，说道："说你弟弟比任何人都英俊潇洒，才华横溢？"

谢小禾摇头，半晌才道："陈曦说，谢南翔是谢南翔，他们不是，所以才能拿各种尺子去量。"

周明听了这话，举着筷子，呆了好一会儿，终于低下头开始吃面，吃了几口才含混地道："现在的小孩，说话也真是很有意思。"

"跟你说这些，你是不是觉得无聊透了？"谢小禾有点抱歉地看着周明，看了眼墙上的钟，九点半，自己还需要再耗一个小时才能回家，决心管束自己保持缄默，不要聒噪得让自己的收留者彻底崩溃。

"不无聊不无聊。"周明抬头说道，"学文科的就是不一样，讲八卦跟讲小说一样……"

"哎，向毛主席保证这是真的，我可没艺术夸张。"谢小禾听见"文科"俩字，关键是从周明嘴里说出来的"文科"俩字，觉得这句话绝对是个讽刺。

"向毛主席保证这是赞美。"周明咽下一大口面，有点噎着了，拍着胸口道，"特真诚。"

"你说到'学文科'会是在赞美吗？说实话我更相信你感叹我应该学医的时候，是真诚地夸我。"谢小禾斜睨着他。

"这次绝对是赞美，真的，我就是觉得你讲事情讲得精彩，真挺好听的。"

"这次？"谢小禾努力地压制住已经浮上嘴角的一丝笑容，微皱眉头盯着周明，"那么以往以及有可能的以后，你确实对我们有行业歧视、学科歧视了？"

周明夹在筷子上的面滑落回碗里，握着筷子发呆地望着她，半晌，咳嗽了一声，含糊地道：

"也不是，只不过，思维方法不同。可是这几年你们的一些并不算客观、科学的报道确实给我们正常的工作造成很大麻烦。但是，当然，我想，我现在想，肯定也有我不了解你们行业的地方。你挺好，你真的挺好，其实采访那天，我自己有情绪问题，跟你们说话……说得大概有点过，我是真没想到你肯把不好听的话听进去……"

谢小禾看着周明发窘地解释，解释得语无伦次又很严肃认真，显见对于她的指控很不安，然而宁可这么吃力地解释，却也决不肯拍着胸脯说一句："你误会了，谁说我歧视，我当然没有歧视。"

谢小禾终于忍不住笑了出来，周明这才明白她并非恼了，缓了口气，才要说话，却见她这时直勾勾地盯着自己的面。

"又有什么问题？"周明愣怔地问。

"刚才就顾讲陈曦的八卦，我这才闻见，好香。"谢小禾叹气，"看着，也好香。"

"你还没吃饱？"周明不能相信地问。当时停车场边只有卖栗子和红薯的，他不确定她是喜欢吃栗子还是红薯，于是买了个半斤的烤红薯和半斤的糖炒栗子，而事实是，她吃完了红薯，又吃完了栗子。

谢小禾睁大眼睛瞧着他，半晌才又叹了口气："帮我买栗子和红薯的时候，你是已经猜到我会赖着跟你回家了么？"

"什么？"周明完全不明所以。

"怕我跟你抢啊。"

"怎么会，就是晚饭没吃饱，煮口面凑合填饱肚子。如果你早说，我就多做一份，这有什么好抢。"周明极认真地说。

"凑合！我凑合吃面果腹的时候，是酱油拌面。"谢小禾带上悲愤的神情。

"哦，那要不，"周明想着冰箱里还有什么，站起身来。

"不用不用。"谢小禾笑着拦住他，"我要真再吃，一会儿你要建议我去查甲状腺功能了。"她看看墙上的钟，十点，对周明道，"你做你自己的事好了，我不打扰你了，再有一会儿，我也可以回去了。"

"什么时候走我送你。"周明也看了眼钟，惊讶时间过得这么快。

"不用。别说在北京打个出租车，为了采访戒毒所，连云南大山里的盘山路我都自己一个人连夜开过。"谢小禾笑，"你太客气，会让我觉得自己太打扰你，还想再打听他的状况，就真的不好意思开口了。"

"不是客气。"

"嗯，也别担心我再想不开。"她仰起脸笑笑，"难过确实难过。但是该来的总会来，能过去的总会过去。我没事。"

"我知道。不担心。不过送朋友回家，应该。"

周明很自然地说出"朋友"二字，谢小禾心里忽然一暖，就不再跟他争执。是的，在这样一个晚上等着她哭，把她喂饱，听她杂七杂八地胡扯八道的人，不是朋友，还能是什么呢？

6. 每天一封的信

夜深人静，值班室里，陈曦裹着棉被给谢南翔写信。

"最近仿佛发生了许多事。很多，但是我忽然不知道怎么说起。今天怎么也睡不着，干脆写流水账给你看。

"那个从菜市场抱回来的小孩，所有人都尽了最大努力，我们终于能留下他，而且，他在以一个让人难以置信的速度迅速康复。前天李棋回来乐得不成，说那小孩儿会笑了，取足跟血的时候还哭一声，可是接着一逗他，只要对着他的眼睛，他就笑。后来萌萌也跑去看他，回来说，他真的会笑，笑得特别好看。

"现在这孩子简直已经成了儿科的宝贝，大家下定决心要给他找个好人家，不能送到福利院去，病好了也舍不得。甚至我们不想再找他的父母了，便算找到，便算她肯认回孩子，她既然肯把他扔掉，不管是因为养不起，还是因为病治不起，我们都很怕再有困难她依然会放弃这孩子。

"大家敲锣打鼓地给他寻摸领养人，多亏是个男孩，一个护士的朋友的远房亲戚决定领养。这对亲戚在北京跑服装生意，如今生意做得不错，户口有了，房子有了几套，手下已经有二十来号工人，偏就是男方不育，看遍医院试尽偏方之后两人都已近四十，终于决定领养个儿子继承香火。

"他们对孩子年龄长相都很满意，看了，立刻就决定领养。大家都觉得这'小白菜'这下有了幸福的希望，且想着那位夫人五个手指头上五个金玉翡翠的大戒指，先生脖子上小手指头粗的项链，开玩笑说'小白菜'这回歪打正着去了有钱人家，只别被晚来得子的爹娘惯得过于厉害，跟那个童话故事'大林和小林'中去了富人家的大林一样，来日让我们见着个营养过剩、呆头痴脑、四体不勤、五谷不分的胖少爷来治疗肥胖症。

"没想到就在即将成为有家孩子的第三天，'小白菜'未来的父母突然气势汹汹地推开了儿科办公室的门，进来就破口大骂，为什么做医生的要卸包袱，骗人？

"当时，所有在场的人明白，这其中一定有了误会。李棋说，大家很难得地真正拿出上级要求的医生对患者家属的无礼指责不但要打不还手骂不还口要发自内心地笑脸相迎的态度，好几个人同时拉过椅子请他们坐，并且倒茶，请他们坐下来慢慢说。

"孩子不会有后遗症，这从他的全身体检结果已经可以确定，他的败血症已经控制，并且根本排除了脑炎；他的心肺发育正常，败血症只是细菌入血，跟白血病根本是两码事情，只要没有造成器官损害，他便跟任何一个健康的孩子没什么两样，他只是弱一点，需要更精心的呵护，他以后会是一个正常、聪明的孩子。

"李棋说，林大夫泡了碧螺春端到他们跟前，完全放下惯有的矜持，以比平时的温柔斯文更温柔斯文十倍的微笑，迎接他们伴着'骗子'的指责喷出来的唾沫星子，一遍遍解释病情，甚至有几分低声下气，这让周围几个小大夫都有点吃惊了。

"只是林大夫也许毕竟还是太'骄傲'，也或者就是太爱这个小孩，她的耐心、低声下气，在听见对方说出：'那谁知道啊？谁知道他会不会比别的孩子傻？比别的孩子矮？''他弱，那我们多倒霉啊，还不是自个儿生的还得老带着看病'之后，彻底崩溃掉。她拉开了门，在对方要投诉的坚持下把他们送到了院长办公室。

"'小白菜'再次变成了无父无母的孤儿。院办公室下了硬指示，立刻把孩子送走，现在败血症已经控制，孩子已经可以撤管，可以送到福利院了。

"大家都很急，想着如何能继续赖几天，加紧找领养，我动了心思找小禾写煽情故事刊登报纸吸引领养人，可是大部分人都觉得不妥。我说我也觉得很别扭，我也不喜欢这种形式，可是，为了'小白菜'的未来，我们也只好抖掉浑身的鸡皮疙瘩，硬着头皮来了。林大夫说不是鸡皮疙瘩的问题，我不舍得把他放在舆论的中心，被人评论，拿他的悲惨身世赚人眼泪，更不要让他冒险，看煽情故事一时激动做出领养决定的人，不见得与当年一时冲动生下他又不要的人有所区别。

"有很多不幸的人，为了生存下去，只好成为舆论的中心，把不堪回首的往事展露人前，我们的'小白菜'应该是个幸福的孩子，要拥有平静快乐地长大的幸福。

"我知道这些都是真理，可是，实际情况摆在这里，'小白菜'会真的拥有我们希望他拥有的幸福吗？

"昨天主任再催，林大夫竟然说，暂时没人领养，她就把'小白菜'带回家，一直照顾到有人领养的时候。如果他懂事了还没人领养，她就领养了这个孩子。晚上，她真的把孩子带回去了。

"我不知道该说什么好。连白骨精和李棋她们都担心，林大夫这才是一时冲动。医院里当真没有能藏住的秘密，林大夫已经跟周老师离婚的事，大家多多少少是知道了。

"一个人带一个跟自己并无血缘关系的孩子，林大夫说怕别人冲动，但她这样做会不会太冲动呢？可是这冲动，至少，让'小白菜'暂且有了个家，就有了等待幸福的缓冲余地。

"这个冲动的结果究竟会是什么？对这孩子，会不会又是一场以善意开始，以无奈结束的伤害？对林大夫，会不会给她未来的生活带来许多她自己都没意料到的麻烦，甚至，我庸俗地想，再美丽出色的女人，也是三十出头的离婚女人，带着'小白菜'的话，她以后还会有自己的幸福吗？她会不会被这小孩子，折磨去美丽和骄傲，变成一个泯然众人的黄脸婆呢？

"我不清楚。

"南翔，我从前很自信，于是很爱发表被她们称为'特别精辟的言论'，如今越来越不能再发表'言论'。很多事我想不明白，很多人我看不明白，包括我自己。

"我不知道自己是否真的在'嫉妒'刘志光。这个在我看来除了心眼好、够刻苦，简直一无是处的人。但是他这心眼好和够努力，却也不见得能起到他期望的效果。

"然而不管效果怎么样，这个人就一如既往地笨拙而坚定地做属于'刘志光'的事。

"我跟自己说，如果不是萌萌后来反应过来了，凭刘志光那别扭至极的心肺复苏，或许'小白菜'早在林大夫他们赶来之前就已经完蛋了。可是，确实，如果没有刘志光毫不犹豫地拿那蹩脚的、考核时候勉强过了及格线的操作来给小孩复苏，也许萌萌压根儿不会反应过来，还在纠结究竟救得活救不活这个孩子，更不要说我。我也跟自己说，如果医生个个都像刘志光那样去跟病人'谈心'，解释那些琐事，病人早就死掉了一半，哪里还能留下命来等着他安慰？只是，昨天，那个肝癌骨转移的退休老师又痛得哭了，他一边哭一边骂我们，说反正救不了他了，为什么要做这些'支持'治疗，让痛苦再延长一点儿？那个人对主任，对周老师都大发脾气，他们亲自给他去做伤口的处理，他都不肯，却要让刘志光给他做，周老师说他做得恐怕不够标准，那人却坚持，说标准也救不了我了，我愿意看见他，我愿意听他说说话儿。

"现代的医学有太多难以解决的问题。李波说，做医生，永远有许多两难的选择，更有时候，奋力地救活一定会截瘫的病人，或者救活立定心思自杀的病人，都不知道自己这么做，是对是错。周老师说挽救生命是医生的本职，也是本能，有生命才有后面的希望。我不知道他是不是当真能永远这么笃定，又或者说，我不知道他是不是从最初就如现在这样笃定，反正我不能。

"何止做医生呢？

"便就连到底该不该同小禾说秦牧的事，我都不知道究竟该怎样决定。

"秦牧夫妇是小禾送来的，我在当天立刻进了手术室，并没见她，之后说起，她是一副学雷锋做好事的语气。

"可是我却总不能相信这是真的，但是这一次我揣测又揣测，却怎么也猜不透小禾的心思。她做事从来雷厉风行，且肯认错，那么她是否真的就把跟秦牧的一段过往，当作了错？

"但是，她放不下又如何，我是该引导她发泄出积郁于心的难过，还是该假装什么都不知道，继续等时间消化掉她心里的一切？

"更不要说，后来科会诊讨论了秦牧的病，竟然有可能是预后极差的胆囊癌。

"听着病历讨论的时候，我心里特别希望，他有不幸中的幸运，因为这场车祸，也因为这场车祸他的普外科大夫是周老师，这个很难早期发现的病被及时发现，他还有康复，哪怕是尽可能延长生命的机会。

"这只是我本能的希望。秦牧是小禾几乎嫁了的人，也是我那时候很喜欢的朋友、大哥哥，打着小禾的旗号，敲诈吃喝，耍赖要他帮忙设计班刊比赛的版面拿到大奖，拿他画的 T 去考上艺术类学校的同学跟前臭美的人。

"我不知道这样的希望对不对，我自己都很惊讶。他是背叛了小禾的人，且现在跟那个把他从小禾手里抢走的女人感情很好，还有了小孩。我一直以为自己会对他的倒霉幸灾乐祸，也更觉得自己会厌憎那个女人。

"但是没有，我那天看见那个女人，伤口还没长好，偷偷地扶着墙想去看他，我没有按照规定板起脸把她呵斥回去，我找了辆轮椅带她去婴儿房外面看了看孩子，然后，送她去骨科病房，秦牧那里。

"秦牧看见我，低声说谢谢。谢谢大夫。不是谢谢陈曦。

"我对这一切觉得茫然而沮丧，跟小禾面对面说话的时候更觉得沮丧。其实我真想跟她说，来，抱一个吧，如果你想哭，咱这儿有个可供你哭的肩膀。然而，话到嘴边，还是说不出来，因为脑子里，立时就有了如此对还是不对，好还是不好，又会带来怎样的后果的考量。

"这么的犹疑。对于不能看见明确结果的事——或者，所有人都会犹疑？

"除了，刘志光那样的人。

"我忽然明白，为何看着他总是拿着那卷线，无时无刻不在练习打结，总是在病人有任何他力所能及帮忙的时候随叫随到，我那么气急败坏。

"假如他也为了如此的努力到底是哪番后果，这样投入究竟值得不值得好好犹豫一下，甚或为自己找个后路，开始多念外语，多留心临床以外的工作的话，我都比较能够觉得他可理喻。

"是的，他真是不可理喻的大傻瓜。但是南翔，我想，在我心里，其实相信，真的傻到了这个程度，实在是件幸福的事。

"南翔，前一段我有很多烦恼，比如不知道什么时候开始，对做医生有了些眷恋；比如想到要去一个陌生的地方，有许多的抗拒和惶恐；比如，比如没有时间好好地背这些单词，又不知道，究竟是该目标明确地背单词，还是该好好地做我的医生。

　　"那天你说，让我放下心来做好手头的事，我的今后，也未见得多背了十个单词就比少背十个更美好。如果以后做医疗相关，如今的经历必定有用；如果以后彻底改行，如今，便更是宝贵，因为，仅有这一段时光体验这样的生活。我当时气愤地说你不说真心话，应付我，摔了电话。

　　"我跟你发了很多莫名其妙的脾气，还好，你没跟我计较，也没跟我吵架，说实话，虽然我知道自己很不讲理，还是不想听你说我胡闹。这种感觉真幸福，谢南翔永远是谢南翔，很踏实。

　　"我想在我的生命里，毕竟还有一件，可以全无疑惧，全无得失考量地，放纵自己做个傻瓜的事。"

拾叁

也许，看着舒服相处舒服，便就是个最高的标准，是他对自己生活质量的最高要求。他从来没有独身主义的愿望，然而，娶回家的那个人，必不能只是出得厅堂入得厨房的美妻贤妻，甚至两者都不是也无妨，但只要舒服。可这个标准，原来比那两者皆要，更难。难在抽象，无法将"舒服"二字拿任何可以量化的条件定义，只有自己的感觉，可以做主。

1. 他不仅仅是大夫

祁县医院。

嘈杂混乱了大半天的急诊楼道终于安静下来，临时未能转院或者住进病房的伤员也都已经做过了处理，轮床被安排一张张挨墙列着，家属大多就在旁边陪护，两三个护士挨床在检查伤员的基本状况。

一楼的电梯门打开，副院长任卫东胳膊撑着电梯门，冲着里面的人说："大家都差不离从下午三点干到现在夜里一点钟，肯定饿了，就在咱们食堂吃了晚饭，咳，其实是夜宵了，大家休息一晚上明早再走。我们院长亲自把俩大厨从家叫来加班的，据说加了咱们祁县有名的野山菌烧兔子，说怎么也不能让各位来支援的同行再饿两小时开回城里去。"

急救中心的小刘接口："那我们可不客气了，您一说我立刻觉得饿得前胸贴后背——哎哟，头儿，"他赶紧转头瞧向何副主任，"咱没打算客气吧?"

一电梯的人都笑了，何副主任笑骂："你怎么老这么二百五。"

叶春萌背靠着电梯微笑着瞧着，离开急救中心下基层支援半年，工作的林县医院急诊科的大夫都把她当"上级老师"，态度大多拘谨，让她经常怀念急救中心急诊一科。任副院长说到祁县特色野山菌烧兔子，她先是立刻觉得饥肠辘辘，然后又才想起来，自己连午饭，甚至早饭都没吃。

一大早起来，叶春萌牢记张欢语的指示，洗澡之后将买早饭吃早饭的时间让给了涂脂抹粉拉直头发，心想，如果跟相亲对象话不投机就赶紧找地方吃饭，吃饭可以占住嘴巴少说几句，然后吃完饭走人，也算不太辜负大学好姐妹的良苦用心。没想到这次跟相亲对象挺谈得来，到了一点才想起要吃饭，她还记得那位李先生也提到了此地特产野山菌烧兔子，还有烤羊腿，他说他曾经在此跟朋友吃过一次，非常地道。他说的时候脸上表情特别向往，让她在那一瞬间仿佛回到大学时代，上实验课一上到饭点儿，大家就开始过干瘾地讨论各种美食，饥饿着却快乐着。她觉得这男人很有几分亲切可爱，那种种围绕在他头顶的光环，以及"相亲"这种过于严肃也有些尴尬的形式所带来的抗拒感和距离感大大地消失，只是就在此时，呼机响了。

医院的急呼就是她的相亲杀手。这不是第一次也绝对不仅仅是第二或者第三次在对相亲对象有所感觉的时候接着追命催魂 call。

不信命不行。她简直真的要怀疑，要想相亲成功，是确实得先辞职再说了。

离开学校十年之后，竟然在这样的情况下，跟如今的同事一起碰见当年最严苛的老师，听上司和同事在他面前有点夸张地赞美自己的工作，她有一点点属于小姑娘的骄傲又害羞，满足又欣慰的心思，甚至因为这个老师是周明，更多一分难以言说的感慨。

只是，当周明跟她随口交流了几句他们各自所知的她那届同学和住院医生的消息时，叶春萌突然意识到，当年的朋友同学，婚的婚了，一半还都有了娃娃，个别未婚人士，譬如王东，正广撒请柬地要十一大婚，袁军也有了亲密女友，唯独自己，却是连个交往超过两个月的男朋友也无。念及此，她想起早上相处颇舒服的钻石王老五李先生，这让从来没有过做灭绝师太的远大理想的叶春萌，不得不承认自己隐隐地惆怅。

任副院长正抓着周明胳膊坚决不许他不吃饭现在就走，叶春萌笑着道："任副院长您别拽着周老师，吃饭不重要，您赶快给他找两根烟吊命。"任副院长哈哈大笑说："周大夫，你直说嘛！咱们干外科的可不一大半都靠这个熬夜？"周明连连摇头，冲叶春萌道："真不是真不是，烟都戒了七年了。"转头又对任副院长苦笑，"不是跟您客气。正好老婆这几天也出差，俩小混蛋晚上不太肯跟阿姨，不见着爸爸妈妈，能每十分钟琢磨出一幺蛾子折腾人，两人儿轮流。我真得尽快赶在阿姨崩溃之前回去，我现在最怕得罪的就是阿姨。"

"哎哟，可不是。"何副主任在旁边感同身受地接茬，"我们家那个，头两年没上学时，我最谄媚奉迎的就是幼儿园老师。逢年过节就挖空心思琢磨怎么送礼。以为上学了总算好了，得，现在就怕听见班主任打电话说她又惹什么祸了。"

"我就不明白为什么有人家的孩子就那么乖。"周明叹口气，但分明脸上带着笑。

"看来陈曦说您当了爹之后慈祥很多不是假话。"叶春萌挑起眉毛瞧着周明笑，"我们命苦，不像师弟师妹们赶上了好时候啊。"

"这个，我以为是你们一届一届控诉得多了，年年都得着几个'变态'啊，'魔鬼'啊，'狼'啊的外号，"周明似乎颇认真地说道，"我洗心革面，改过自新，现在终于做了好人了呢。"

叶春萌大笑，才要说话，忽然望着远处愣住，那是一个医生两个护士跟另外一个穿休闲装的男人一起走过来，医生护士在对那个男人说谢谢，那个男人摆着手："我并没有麻烦。反正也要等朋友，恰巧碰上，恰巧顺手帮忙而已。"

那人居然是李岩。

瞧着自己的相亲对象走过来，听见他跟医生护士说话的时候，叶春萌并不敢确信，他说的那个"朋友"就是自己。直到他很开心地向自己招手叫自己名字，她才猛然意识到，这次的相亲也许气场强大，居然有希望扛住急救中心传呼这个克星。

跟李岩一起的医生和护士还在向他连连致谢，他刚刚义务地帮个受伤不轻，英语讲得相当不标准的法国旅客跟医生护士之间当了翻译，之后又帮忙打电话给他在法国的家人，一直忙到现在。那人伤情稳定，家人已经得到通知，领事馆被知会，联系了明天转到协和医院。

不懂法语，又听不太懂这人法国口音的英语，并且说任何英文医学名词这人也听不明白的祁县医院医护人员，在这人急得大喊大叫，自己也一头大汗的时候，见李岩神兵天降，帮忙到底，如今一切顺利解决，对这位难得的"志愿者"万分感激。李岩连连说："我真不是学习雷锋做好事，我确实等朋友，闲着也是闲着。"说着指着叶春萌道，"尤其朋友既然也是来帮忙参加救援，我还有个小心眼，如果戳在这里等着被她瞧见，恐怕她嫌我碍事赶我走人呢。"

他笑着看叶春萌，看见她有点害羞地低下头，很快又抬起来，带着个让人看上去心情舒畅的笑容。

张欢语跟他介绍的时候说："萌萌曾经是我们班最温柔细腻女孩脾气的姑娘，只不过实话实说，这些年让这磨人的临床工作整硬了愣了不少。不过你放心，回头如果看对眼，好好呵护最好劝她辞职，那个水姑娘准还能够回来。"

她变硬了变愣了？

所以可以在前一分钟还在桃花林里低头轻轻笑着，偶尔掠一下被风吹乱的长发，声音温软柔和地跟他聊起当年跟张欢语她们同宿舍时，小姑娘之间欢乐而青涩的从前；后一分钟，就因为急救中心的一个急呼，在起伏的山地上跑了近三公里，脸上温柔的羞涩尽去，心思也似乎完全将他这个"相亲对象"踢出了思想之外。可以在赶到之后迅速地进入状态，不容置疑地指挥不常经历这样急救场面、忙得晕头的当地医生，作最快的反应和判断。

他远远地看着她穿梭于鲜血和呻吟之间，一个一个重症病人地看过去，一句一句简单的医嘱交代下来，那份决断，竟然并不比哪个女总裁少了一点点的精明干练。

精明的女人再美，也不可爱，干练跟上的，往往就是一意孤行的霸道，人们如是说。于是张欢语反复强调："萌萌，她从前可是个见着重伤病人会掉眼泪、自己难过很多天的水姑娘，她爱文学，喜欢的可不是鲁迅，是梁实秋，是林语堂，是沈从文，是张爱玲，她本来是个纤细敏感温柔的水姑娘。"

张欢语说的"萌萌"，究竟曾否改变？

李岩望着眼前的叶春萌。

她的脸上淡妆略残，额头到脸颊有两道汗迹；长发已经绾到头顶，用一个塑料卡子利索地盘住；她身上白大衣的袖口、胸前和下摆都沾着些血迹和药水。但是她安静地抱着双臂微笑，他忽然间觉得，这时的她，竟然比在十里桃花、微风拂面的桃花渡时还要让他有一种难以言说的宁静踏实。

他一时，居然不知道该如何言语。像很小的时候，父母答应若是连续考了三个第一就给他一整套遥控赛车，他终于一个一个地拿下第一，最喜欢的那套模型却已遍寻不着，终于无限惆怅地放弃了，不料后来却偶然间在街角的橱窗里看见，于是他长久地站着，双手放在口袋里握拳，不敢就推门进去，生怕那已经不肯出售，或者因为任何的原因，仍然是场空欢喜。

这时候他听见她对旁边一个年纪大些的医生说道："头儿，看来我也不能跟你们一起吃饭了。"

"不行！这都半年没见，我们都想你了！"另外一个年轻大夫大声说，"除非你也有个儿子闺女的在家等妈。是不是，头儿？"

"让你朋友跟我们一起嘛，这么晚了，也没别处吃饭。"何副主任上下打量对面中等身材、普通长相的男人。

李岩心跳忽然有些加快，很觉得自己该周旋几句，却一下将平日跟同事下属客户们交流自如、举重若轻的说话本事丢了个一干二净，只带了些紧张地瞧着叶春萌。

却见她忽然一边一个地挽住那俩医生的胳膊将他们拉近，凑上嘴去说了几句什么，那年轻的医生张大了嘴不能相信地瞧着她，然后瞧向李岩，年纪大些的只眯着眼睛打量着他，终于她一推他们肩膀，朝自己走过来，低声说道："我们走吧。"

"哦，好，好的。"他心跳加剧了一阵之后开始好奇她究竟说了什么，只是此时她低头看着地面笑，那笑容与其说羞涩倒不如说俏皮得意，就好像是刚刚成功戏弄了别人的淘气姑娘。

李岩很有一种冲动想牵她的手，却终于还是把伸出的手插回自己的口袋，向她点头，正要转身出去，突然将目光定在周明身上，眼见他跟叶春萌扬了下手，又跟那几个大夫说了两句就准备离开，在他迈出了两步之后，李岩不自觉地赶过去几步到他跟前：

"您是……周大夫，十年前第一医院的周大夫。"

周明愣住，仔细地皱眉思索，然后又望向叶春萌，再抱歉地点头："是，不过您是？"

"您肯定记不得我。十年前，您给我妈妈做过手术。您做得非常好，我们一家都一直感谢。可是后来很快您离开医院说是去外地协助培训基层住院医生，再后来我们就回加拿大了，但心里，一直记着。妈妈去年回国时，我们还去第一医院想看看您，可是一进去，真是人山人海，找到外科，等了几个小时，您也没从手术室出来。"

"哦。"周明笑笑，如同第一次被人当面感谢一样不好意思，"这样。这也没什么可记得的。就是赶上我，赶上别人也一样。"

叶春萌走过来拉李岩的袖子，笑着说道："赶快放周老师走，你再啰唆，等他回家发现阿姨愤怒辞职，恐怕也就在众多记得他，但是他不记得的病人家属里记住你了。周老师您赶紧回去救火吧，哪天我要去看看能折磨您的那俩宝贝。"

周明边往外走边回头说："你要是不怕给吵死烦死，什么时候有机会到我家去玩。"他说着，已经走到了门口，叶春萌向身后的同事同行告别，跟李岩一起往停车场走，她偏头打量李岩，见他依旧望着周明离开的方向，脸上是无尽的感慨。

叶春萌乐了，轻轻咳嗽一声："你好像见着周老师，比见着我都还激动？"

"哦，不。"李岩慌忙摇头，认真说道，"这，咳，今天真是……呵呵，小叶，你不知道，周大夫对我而言，他并不仅仅是治好了我妈妈病的大夫，真的，不止于此。"

"什么？"

李岩摇摇头，低头走一阵，叶春萌也不追问，直到他打开车门，她坐了进去，他发动了车子开出医院，她都只望着窗外安静地坐着。

"小叶，我不知道从什么说起。好像跟才见面的女孩子说这，有点太严肃和别扭了。"他一手搭在方向盘上，一手伸到车后座抓过包牛肉干递给她，"下午在医院外面小卖部买的，你先垫垫，待会儿有好吃的东西。"

叶春萌接过来，也并不问他到哪里去，也并不问这么晚了，哪里还会有什么好吃的东西，只慢慢地啃着一根牛肉条。

过了好一阵子，李岩叹了口气，飞快地看了她一眼："说不出为什么。我觉得你会理解，也不会在心里不以为然地耻笑。"

"你说。"

"十年前周大夫是我妈妈的医生。很多东西，真的很多东西，对我而言，从那时候改变。不能说都因为他，但是他是一个开始，之后，我肯去尝试信任，然后，"他慢慢说道，"也许一切都没变，但是我心里的世界，和从前不是一个样子了。"

"他是我老师。"叶春萌似乎并没有对他说的话惊讶或者好奇，只是接口，"绝不只是教会我许多临床技能，甚至职业精神的好老师。好多同学都觉得，他是我该感谢和歉疚一辈子的老师，可是我没跟他说过半句谢谢，更不要说抱歉。呵呵，十年前，如果你妈妈是十年前在第一医院做的手术，那么也许我们曾经碰见过，不过彼此没有印象。不过，我并不在周老师的病区。"

"那个时期应该很特殊。"李岩眯着眼睛回忆，"当时外科很乱，每天都有很多记者出入，甚至听说卫生局专门派了调查组，而调查的就是周大夫，据说……"

"说他给人开了后门加了手术，收了红包，因此往后推迟了正常病人的手术。"叶春萌淡淡地道，"说他接受贿赂，区别对待病人，助长不正之风，病区管理混乱。那是在人大会期间，有代表以私访形式写了这篇文章，于是报纸云集，他是那个批判的焦点。"

"对，看来你当时真的也在外科。"李岩更对她多了份莫名的亲切，"我能不能说，我们真是有缘分呢！会不会有点肉麻？"

"肉麻？因为说缘分吗？"叶春萌扑哧一笑，"我方才为了脱身，跟主任说，我这些年相亲，但凡有点意思的，总是会被医院的急呼破坏。总算天可怜见，竟然有个没给吓跑的人，必然是有点缘分，我若再不抓着，怕这辈子都要贡献给急诊事业了。"

"嗯，我当年着急妈妈病情，否则，怎么可能完全没有注意这么漂亮的实习医生？"李岩心情大好，忍不住真诚地开玩笑。

"当年我灰头土脸，惶惶不可终日，躲避一切人的目光。"她却答得认真，"是我。我恰好就是那个给外科、给周老师带来所有那些麻烦和混乱的人。"

2. 或许我们曾经擦肩而过

车子从医院开出不到十分钟，就已经离开了县城中心，进入山区。平缓的柏油路接上了只有一半宽度的、道路中间时有松果石子的山路，偶尔颠簸。李岩放慢车速打开天窗，夜晚的山风钻进来，带着青草、泥土和松果的味道。一切是如此安静，只除了风过树叶的声音和草间的虫鸣，叶春萌枕在座位的靠枕上，透过打开的天窗，看着树影之间点缀着星星的夜空，没一会儿就迷迷糊糊地睡着了。待到醒来，自己的身上盖着李岩的外衣，车已经停在一个农家小院门口，门外堆着柴草，屋顶码着玉米，大门两边是红色底的倒挂的福字。叶春萌长长地伸个懒腰，侧头瞧着李岩，忽然笑了：

"一觉回到十年前，学生时代的春游秋游。工作单位再组织出去玩，就没住过农家院儿了。"

"今天不自己动手可吃不上饭了。"李岩笑道，叶春萌再伸了个懒腰，推开车门出去，狠狠地吸了两口山区夜间清冷的空气，一时间睡意和倦怠尽去，回过头，见李岩已经从后备厢里拎了两桶水、一个小小的工具箱，掏出钥匙朝小院走过去。

"不用钻木取火的话，我还帮得上忙。"叶春萌跟在他身后。

"打火机如果坏了，可真难说。"李岩打开院门，这是个很小的小院，正面两间房，两侧各一间，院子里有菜圃，种的是白菜，像一朵朵绿色的花朵。李岩领着叶春萌推开侧面小屋的门进去，拉开灯，抬头看着挂在墙上的两块小黑板，左边那块密密麻麻地依次记录着十几个名字，旁边都有日期，从四月份到前天。右边那个黑板上面写着：

"5月1日，刘小飞与朋友三人消灭光冰箱里所有存货后补充储备，现有羊后腿肉一块，野兔一只，香肠若干，黄瓜五条，青椒两个，烧烤酱料两瓶。抽屉里所有调料齐全。"

李岩在左边小黑板写上5月3日李岩带朋友一人，然后回头对叶春萌说道：

"尝尝麻辣兔肉？"

"好啊，"叶春萌点头，站在小屋中间，向四周打量，见这墙皮已经剥落的小小屋子里烤箱、冰箱、微波炉俱全，墙角还有只不小的煤油炉子、一只电火锅。她偏头瞧着那小黑板，问道："这都是你的朋友？"

"是，不过有的还没机会见面。"李岩已经开始取出兔子熟练地化冻涂抹调料，"有的是同事，有的是朋友，有的是网上认识的，也有朋友的朋友，大家都喜欢骑车爬山漂流野玩，两年前某天旺季来爬山，没租上旅馆，敲这老乡家的门。老乡的儿子闺女都进城打工极少回来，旁边这屋就空下了，后来我们聊得投机，跟老乡说每年给他一笔钱算租这房子，我们谁偶尔来玩就在这儿歇脚，平时不在，他们会帮我们打扫打扫，定时清理冰箱。老两口寂寞，还挺乐意见着年轻人，我们自然方便，这两年下来，加入的人越来越多，把东西越置越全，跟老人关系也熟络得很。我们照着记录过的人数分摊给钱，跟老人也都从来没算计计较过，倒是互相帮忙得越来越多。"

李岩说着，已经把兔子腌好，切好青椒块，那边叶春萌把煤油炉子点起来，找出铁锅烧上开水，李岩在抽屉里挑拣着调料，对叶春萌笑道："你休息会儿吧，忙了一整天，等都好了我叫你。"

叶春萌却望着铁锅里细小的水泡不动，过了好一会儿，很没头脑地说了句："我们的生活时常就是这样的，我有时候觉得很累，更有时候觉得很烦，还有时候委屈不平衡，但是没想改变。嗯，没想。"

李岩瞥了她一眼。

叶春萌微微皱眉，颇认真地继续道："我们都不小了，我觉得也没必要遮掩，尤其别误会。"

"好，不遮掩。"李岩笑起来，手里熟练地削土豆皮，切土豆片、姜片、洋葱丁，"我收入不算低但是工作不轻松，一年出差的时间大概有三个月，周末经常加班，而且最关键的是，我做的波段，呃，有人说会影响精子活动力尤其是 y 染色体，所以很多同部门的同事生的都是闺女，对于重男轻女的女同志，这个……但是，我也不想改行。"

叶春萌愣怔地瞧了他几秒钟，扑哧笑了。

"大夫给说说，他们讲的是否谣言？不是的话我们要向老总申请劳动保护津贴；是的话，要辟谣，这太影响我们找媳妇了。"

"好，我回去给你问问学遗传的同学。"叶春萌忍着笑。

"谢谢，谢谢。"李岩打开窗户，打着放在窗台下的电炉，将倒了油的小平锅架上去，随即将兔丁丢进锅，烟雾吱的一声冲天冒起来，他抓着锅把有节奏地颠锅，之后再顺次地放入配料，薄薄的一层烟雾一时将他裹住。叶春萌眯着眼睛吸了口这油烟的味道，再睁开眼，见他边翻炒着锅里的东西边侧头冲她微笑。她忽然觉得很倦，但是又舍不得闭上眼睛，只蜷着身子抱着双腿，将脸靠在膝盖上，那种软绵绵的疲倦由她心里蔓延开来，弥漫至全身，她轻轻地打了个哈欠，垂下眼皮，低声说：

"真好像是老熟人。"

李岩回头望了她一眼，见她已经蜷在椅子上睡着了。他放轻动作，向锅里倒入开水，酱油，点了醋，把锅盖盖上，回过头来，很仔细地打量她。

很好看的女人。很舒服的好看。相处起来，就更加舒服。

这两年，随着他升任这个千多人的公司的技术总监，给他介绍对象的人，越来越多。大家说，他条件太高，连父母都说，不要太挑了，没有十全十美这回事。他不想申辩，也没法申辩，任何的说法，都是"这姑娘还不够他标准"的委婉理由。

也许，看着舒服相处舒服，便就是个最高的标准，是他对自己生活质量的最高要求。他从来没有独身主义的愿望，然而，娶回家的那个人，必不能只是出得厅堂入得厨房的美妻贤妻，甚至两者都不是也无妨，但只要舒服。

可这个标准，原来比那两者皆要，更难。

难在抽象，无法将"舒服"二字拿任何可以量化的条件定义，只有自己的感觉，可以做主。

终于，在这并没太抱希望的相亲中，认识了她。

她不仅让他觉得舒服，而且亲切。踏实的亲切。可以卸下许多的戒备，可以放下许多的不安，不需要特别拿捏风度，不需要特别在乎言辞，相处的本身就是一种欢愉，就如同，已经相识了很久的朋友。

在此时，三十二岁的李岩竟然如十三岁情窦初开的小男生一样，很想打电话跟好朋友啰唆几句——当然，三十二岁的时候便就只是想想，然后，忍不住去琢磨从前认为极玄乎的"缘分"二字，且认认真真地搜寻十年之前回忆的画面的每一个角落，究竟有没有个瓜子脸的小姑娘医生。

十年前的她该是什么样子？比如今更加甜美更加娇嫩？还有没有现今这份穿着白大衣时的决断精干与从容，脱下白大衣之后的温和、沉静和灵透？

水姑娘，她如今，给他的感觉，又何尝不是如水呢？

李岩动作轻而快地翻搅锅里的兔肉青椒和土豆，陆续加些调料进去，香味溢出来，越来越浓，这时候他听见身后叶春萌的肚子里轻轻地响了一声，而她扭了扭脖子，嘴巴吧了两下，却并没睁眼。头在膝间埋得更深，鼻子被挤得轻轻地皱了起来。

李岩几乎想要轻轻抚摸她的头发、她的脸颊。

十年前的她究竟是什么样子？十年前的第一医院，曾经有一段自己难以忘记的回忆，似乎，于她，也是，只是她却并没有再多说起。他忍不住再次仔细地回忆，她究竟是那许多穿着白大衣的人中的哪一个呢？

当年的记忆遥远而纷杂，无数的白大衣，弥漫的药水味道，自己不安而不满的情绪，一切都是那么烦躁，所有人的面孔都模糊，唯独清晰的是那个下午，楼道里乱哄哄的，大概是个年轻的医生跟个冒充家属的记者吵架，病房里面的病人和家属都各怀心事，没做手术的忧心忡忡，做了手术的四处探头打听。这个时候那个瘦高的大夫走进来给一个病人做检查，他就是周明，一切议论和传闻的焦点，也正是将给他妈妈做手术的主刀医生。

他跟妈妈交换了个眼色，静静等周明做完检查，转身出去时跟上，快速地把一个装了张银行卡的信封塞到他的兜里，然后转身想走，却被他从身后抓住手腕。

当时他安静地看了他许久，然后拽着他的胳膊走进病房，他心中惶然，被他拉着在妈妈的病床旁边停住，听见他对妈妈说：

"您说过，您以前是做教师的。您会因为哪个学生没给您送钱送礼，故意教错了他，让他考坏么？"

妈妈半天才说："那哪能够，哪有往坏了教的。他们的成绩那也是我们业绩啊。"随即似乎明白了啥，有点不好意思地说，大夫，但是说实话，人之常情，那送礼的，总是会特殊照顾照顾。

"那么我告诉您，手术台上没有特殊照顾，只有做好做坏。做好是大夫的脸面，大夫的成绩；做不好，是没这个能力，你便把金山搬来，也是没有用的。我可以在这里给你们说，从实习开始，到工作十年，近万台手术，从没有任何一次，在手术台上，我没有尽全力。请你们，信任我。请你们，现在，"他停下来，环顾周围，"像当时选择我做你们的主刀医生时一样，信任我。"

"新闻报道的基本原则是实事求是。"谢小禾瞥了眼已经张口准备呵止自己的头儿，目光扫过所有同仁，"及早、照实报道代表发言是一种实事求是，然而在任何情况下，我们都有权利和责任质疑任何一种言论的真实性和准确性。"

1. 医德腐败的典型

周一上午十点多钟，才下了手术的外科主任李宗德，一脑门子官司地推开手术室的大门，一个挨一个手术室地探头，终于在某个手术室门口停下，高声喝道：

"韦天舒！你还真跟这儿扯闲天儿呢！"

正在跟收拾器械的手术室护士讲笑话的韦天舒回头，看见主任，缩脖子一乐："哎哟，头儿，我这不刚完两台，这就去办公室好好备课，下午给见习的孩子们授业解惑嘛。"

"人家消化科说你手术早完了，病人半小时前就推出去了，人家叫你会诊，你就不去。"

"我烦他们。"韦天舒翻了翻眼睛，"会什么诊啊？说了他们也不听，叫会诊不就是推责任吗？再说了，一叫我就去，下回他们叫得更顺溜了。就烦他们这种——'叫主治以上的会诊'。"韦天舒捏着嗓子学消化科某个他最厌憎的女医生说话。旁边的护士都乐了。

"你，"李宗德痛心疾首地骂他，"咱们科跟消化科有矛盾，矛盾归矛盾，不应该把这种矛盾扩大化，尤其是涉及处置病人。你看看周明，虽然跟他们也经常意见不合，但是这种事上该怎么就怎么，做大夫得有做大夫的基本素质。"

"基本素质？"韦天舒嬉皮笑脸地瞧着他道，"您可不能把周明作为仅仅具备'基本素质'的大夫的标准，如果拿他当这个标准，那眼前至少二分之一的大夫应该下岗，四分之一的大夫应该坐牢，大约还有一些真应该枪毙的，剩下的，就是跟周明一样，脑沟回跟正常人不太一样的稀有品种。问题是，下岗的下岗了，坐牢的坐牢了，人民群众也吓怕了，会有人前仆后继地补充进医疗队伍吗？本来只是累得半死的稀有品种也就死透了，那人民群众不是更没人看病了？您看，现实就是现实，人民群众骂骂咧咧可也得接受现实，咱也一样。"

"你怎么老那么多歪理？"李宗德恼火地瞪着他。然而这个看着吊儿郎当，干活时却十足精干利索，且保持着几项全市记录，一项全国创新发明奖的属下，实在是科里一块金字招牌，收到病人送的锦旗并不比周明要少。临床硬碰硬，能干最重要，自己也因为他的能干，少不得容忍他无时不在的胡说八道。

韦天舒一乐，正准备再找补几句，表达对主任的尊敬，就见外科总护士长急匆匆地进来，见着李宗德就喊："主任，您出来一下。"

"又怎么了？"

"外面很多记者，大概还有卫生局官员。院长副院长都在办公室等您呢。"护士长犹豫了一下，低声说。

"这怎么了？"李宗德和韦天舒同时问，同时在脑子里过最近的病人——没有任何纠纷啊。

"说是……说是今天两会第一天，有代表发言，说……说咱们是医德腐败的代表。"

"医德腐败？"李宗德脑子轰地一下，脑子里快速地将科里几个技术一直上不去，或者平时特别自由散漫的属下一一地过，忍不住还看了韦天舒一眼，心想这小子终于阴沟翻船，胡扯八道惹麻烦了？

"说是谁了没有？"

"说是……说是优秀病区，破格提拔的优秀青年专家。"

"一分区？"李宗德跟韦天舒再次异口同声，"胡扯。"

总护士长的眉头拧在了一起："周大夫还在早上五点多时急诊收的一台肿瘤梗阻、肠坏死的台子上。病人肚子里烂抹布似的，一点点儿吸液，绣花儿似的想办法找好点的地方缝呢。我看至少还得一小时，没跟他说。我想这代表，一定搞错了。"

李宗德阴着脸，半晌才道："我出去看看，到底是怎么回事儿。"

普外外科一分区四病房。

原本准备手术的病人在不满地抱怨着，大声问："从昨天晚上就开始禁食准备手术了，怎么说不做就不做？"

主治医侯宁反复道歉，只说是因为突然有临时情况："原本主刀的大夫周明，下了手术就被叫去开会了，您又非得点周大夫。现在要做，只能我做，您同意么？"

病人恼火地说："我点了谁就是谁，凭什么换？"

"所以抱歉，周大夫现在没法给您做，您就得再等一等。"侯宁说罢，转身出去，李波和陈曦跟在后面，一样是一脸的不解。

"侯大夫，这怎么回事儿？"出了病房，李波追问，"不会是哪里出了什么重大事故，要各医院间协作了吧？"

侯宁摇摇头，对李波说："具体的还不清楚。听着是个在咱这儿就诊过的代表，讲目前国内日趋紧张的医患关系时，拿咱病区、周大夫为例子，论证目前医德败坏是医患关系恶化的关键所在。"

"吃了喷过量农药的蔬菜整脑残了吧？"护士小方瞪大了眼睛大声喊出来，不能置信地瞪着侯宁，"咱病区？周大夫？医德败坏？"

"到底是医德问题还是制度问题吵了好些年了，实实在在的国家医疗投入和民众需求差距在那儿摆着，"李波也一脸不解，"医德也是问题，可轮哪儿也不用拿咱病区当典型，抓谁也不能抓周大夫吧？"

陈曦忍不住插了句嘴："周大夫？我不信。人大代表……李波！"陈曦忽然大叫一声抓着李波袖子，"我的上帝，不会是萌……"陈曦猛地捂住嘴巴，一时间石化了一般站在原地，旁边小方和侯宁都愣愣地瞧着她，李波也一动不动，两人互相瞪着对方，半晌说不出话来。

"可……可医德败坏，这……这跟医德败坏怎么能扯上呢？"李波摇着头，"不会，那台手术都是周大夫下了小夜班才加的。哪里影响别人了？不可能啊。"

"她姑父是人大代表。"陈曦喃喃地说，"而且在脑外住着时不就把什么咱们没有自动输液提醒装置，什么普外病人为何放脑外上纲上线到管理弊端地步？我们都烦这人，别人给她做什么她都觉得是应该的，可是……可是也不至于……恩将仇报吧？"

陈曦说出"恩将仇报"四个字的时候，浑身竟然忍不住地发抖，满心愤怒，而心底里终究还是不能相信。

恩将仇报。

这不是个什么稀罕的词儿，尤其对于从小爱读历史，看宫廷剧，更时常听在官场上的舅舅姨妈、叔叔阿姨闲话几句政治的陈曦而言。若是平时，她听见别人愤慨地说这话时，总会幽默几句，言语里透着"你这也莫名惊诧，真是没见过世面"的轻轻的不屑。

她惯常会轻轻地撇撇嘴，说："这算什么呀？"

可是现在，这个"算什么"的，还没彻底证实的可能，竟然让她愤怒得惊诧得手发抖，全不能相信，这，就这样，在自己身边，真真切切地，发生了。

然而，它确实就是这样发生了。

从中午开始，越来越多的扛摄像机的记者进来，越来越多的病人和家属四处打听，所有主管大夫都在院办公室开会，所有的手术，除急诊外全部暂停，陈曦他们几次跑去院办公室的门口，那门都一直紧闭着。

李波茫然地站在分诊台，手里拿着几份病历，却很久没有打开。陈曦望着他，李波是她的带教老师，两人平时关系很亲，这时，竟然只是面对面的，什么也说不出来。

三点钟，在陈曦漫无目的地在病区里走来走去，跟其他无心工作的护士随便地扯闲时，突然见周明、程学文他们从电梯里走了出来，身边，有副院长、书记，还有记者。谢小禾，竟然也在其中。

一病区所有正在楼道里的大夫护士都站住了，一时间，只是瞧着周明快步地走近，竟没有一个人动弹。

"这干什么？"周明终于走进病区，目光扫过混杂地站在楼道里的大夫、护士、学生、病人、记者。

没人说话。

"上班时间，赶集呢？"周明恼火地把手里的东西丢到护士台上，"手术暂停没让你们医患联欢。"

出来的病人互相打量着，小声嘀咕着回去了，记者才要过来，周明皱眉说道："护士长，你该清楚谁有探视权，没探视权的，立刻叫保安撵出去。"

"咱们自己，"他目光缓缓扫过旁边的大夫、护士、学生，"具体什么事情自然会开会传达。现在，你们自己，该干吗，就干吗。天又没塌下来。都干活去！李波，你先跟我去看昨天新收的要手术的病人。"

周明说罢转身往一病房去了，陈曦呆立原地，很久，然后往护士台过去，把自己该做检查的病人的病历，调了出来。

2. 恩将仇报的病人

晚上十点半。

医学院原本就不算热闹的操场上，因为大风降温而愈发空荡，偶尔经过个学生，也是背着书包裹紧大衣缩着脖子快步从自习室穿过操场赶回宿舍，偶尔可以听见风声中夹杂着南方口音对北京这干燥寒冷大风天气的抱怨。

只有个女孩子，在五六级的大风中一圈一圈地跑着，满脸满脖子都是汗。

"咱学校田径队女生越来越漂亮了。"一个经过的男生回头瞧着从身边跑过的女孩，对同伴说。

"也没准舞蹈队的，跑步增强腿部力量。"同行的男生也伸脖子看了一眼，"我瞧这天儿跟这儿跑步倒像是失恋的。"

他们随口的议论被淹没在风里，叶春萌并没有听见，她已经不知道跑了多少圈，脑子里已经没有了概念，身体似乎都已经感觉不到疲劳，只是一圈一圈地跑下去。

田径队的老师说："大家惧怕长跑，是因为有个极限，接近这个极限的时候，特别难受，但是超越了，就是一个新天地，你会跑很久很久，都不觉得累。"

叶春萌不知道自己还要跑多久，只是不想停下来，不知道停下来之后，自己该到哪里去。

从她姑姑家回来，她没有去宿舍，没有去医院，把车子靠在操场旁边锁都没有锁，大衣帽子书包往车筐里丢，就开始一圈一圈地跑着。她长跑的成绩不算太糟，但是也绝不算好，通常为了八百米拿个优的体育成绩，都会累得自己想吐，跑过终点绝对不再多跑半米，然而今天，她却已经不知道跑了多少个八百米。并没太感觉到胸闷，并没太感觉出气短，并没太感受到恶心，或者都有，然而脑子里那一幕一幕让她不能相信、不能面对的画面，不断地在她眼前晃着，压倒了所有因跑步而引起的不舒服，似乎唯一可以压制着让她想要号啕大哭又想要尖声大叫的惊慌失措的，就是用尽全身力气地奔跑。

"哦，那钱你是退给我了，但是你姑父这些天这么忙，我也没拿这个小事浪费他时间，所以，他并不知道。这也并不是问题的关键嘛。"

"对于钱的事，也许你姑父误会了，但是他所指出的现象，那是绝对存在的。他或许，错怪了一个个体，但是从整体上，这个收贿赂的问题，是一定存在的。他这次没收就能证明以前没收以后不收？那他开始还不是收下了，也许是听到我们身份不同才又退回来了嘛！而且我发现了，很多病人给护士台送水果，成箱地送！等手术时给大夫买价钱不便宜的肯德基汉堡，用筐装。那不得几百块？还有给护士长送口红的呢。不是我说你，这么大了，眼界放宽一点，不要盯着一个人、一个细节吹毛求疵，放眼到整个社会上去！"

"你姑父并不关心周大夫这个人到底是个好医生还是坏医生，他关心的是整个社会的问题，尤其关心的是广大底层民众的利益，他是要为人民说话，不是去评价一个医生一个医院的好坏！哪怕就是冤枉了一个个体，也是意义非凡的。"

"这样牛皮哄哄的王牌医院，做个小手术要排到一两个月之后去！整体医德能不存在问题？人民群众却是八个字，'如在砧板，任人宰割'。必须有你姑父这样的人，讲出来了，调查组去了，记者给曝曝光，才能查些以前没发现的问题，这就是监督。医院是为人民服务的，不是骑在人民群众头上的剥削阶级！"

"你哭什么？你还有完没完？我跟你说了这么多，你怎么还是强词夺理？最重要的事实还就摆在这儿？内部人员的亲戚可以加塞儿！本来说一个月之后才能做的手术，说加进去就加进去了。这还不说明一切？还不说明你们所谓病床紧张有巨大的水分？就是该好好曝光，不知道还会曝出你们多少黑幕来！"

"不要怕！如果他们打击报复，让你姑父继续曝光他们！再说，你也要明辨是非，不要胆小，要坚持正确的理念，不要因为自己的一点利益，别人一施压，你就怕了！做人要做得有骨气一些！"

叶春萌一圈又一圈地跑着，她觉得身体越来越轻飘飘，眼前也有点模糊不清，她隐约地喜欢这种模糊不清的感觉。这样，大概可以让姑姑说的那些话，遥远一点，不要这样一下一下像鞭子一样抽打着她，抽打得她疼痛，惊恐，寒冷，却一句话也说不出来。

说什么呢？

说什么呢？

她到底，到底到底，能说什么呢？

说我们确实病床已满，所以您暂时住的是其他科的病房吗？

说我们医院脑外是弱项，经常有产科、普外、骨科这样的强项科室借床，其中也并不总是"后门"吗？

说您的手术并无危险，一个月后做也全无问题，紧急的手术我们不可能不收，也有可能就加到了弱项科室的病房吗？

说给您加手术的周大夫，是在完成了所有既定手术的情况下，夜里十一点开台。肯加手术，全是因为我的老师对我的情分，而他对把你安插进来的他的下属，一样有这个情分，这个情分，各个行业，各个地方，不都是存在的吗？

说，周大夫经常在夜里加手术，手术的对象其实很少是后门，更从来不曾听说是贿赂，更多的，是那些边远地区，穷，点不起名，耗不起时间的百姓吗？

说什么呢？

也许她根本就不认识这个世界，从来没有认识过；也许她根本不了解人，从来就没了解过；也许她从来就不知道何为对错，何为善恶，从来就没知道过；也许她实在就是天下最愚蠢的白痴，所喜欢的所追求的，压根儿就是笑话一场，甚至连存在，都是一个错误。

那么，她可以消失吗？

"萌萌！"

远远地，有人叫她。声音夹杂在风声里，听不清楚。她皱了皱眉，想接着跑，腿却一软，跪了下来。

"萌萌。"

陈曦紧紧地抱住叶春萌，过了好久，低声说道："走，回去，睡觉，一切明天再说。"

3. 一种解释不清的信任

周明家楼下，谢小禾绕了已经不止一圈。

今天从早上开始的一切，在她的脑子里，如过电影般地，一点点地划过。

上午，不到十点，采访一组组长站在办公室门口扬声喊：

"小禾，收拾一下，第一医院。五分钟之内。"

"啊？"谢小禾有点诧异，但还是立刻手脚麻利地收拾行头，旋即已经把相机包扛上，一应家伙在背包收好，"不是从今天起主要内容是两会，我那个医疗选题要往后押几天么？我当这几天就练小安他们几个跟两会的了呢。"

"小安她们刚才从会场发回来的代表发言录音。"组长一边往外走一边对她说道，"有看头。这两年医患矛盾是个报道点，以前都是不出名的小医院。这次有代表在两会上以亲身经历，以第一医院这样有代表性的医院里被破格提拔的青年专家的例子讲开去，报道做得好，影响一定很大，能引起轰动……"

第一医院的医务处。

谢小禾他们并不是到得最早的。

医务处长，正被提前到来的报社记者围住，而里间的门关着。

"大家再等一等，等一等。里面我们院长正在跟卫生局的同志交流……我们收到消息就已经开始调查，代表发言所涉及的我们的医生，我们已经查清楚了，但是现在他还在手术室，一切等手术完成……"

手术室门口。

谢小禾跟所有的同仁一起站着。他们在低声议论，而她，手里捏着采访机，脑子里反复出现的，就是不久前的雪夜，并没穿白大衣，并不在工作时间的周明，半跪在浑身是血的伤员面前说：

"别怕，我是医生，我会帮你。"

手术室的门打开，轮床推出，轮床后面是几个穿着手术短褂的医生，其他的记者一拥而上，不放过任何一个'可能的周明'。唯独认识周明的谢小禾，破天荒地，在采访中落于人后，她看见医生中，周明最快速度地迎向记者们，将他们与才手术过尚未醒来的病人隔开。她听见同仁们纷纷开始就代表发言问题向他连珠炮地提问。

后门，拖沓手术，收取红包，混乱病床管理……

"你们让开，我需要跟手术患者的家属交代。"

人圈没有动。

他提高声音："我需要先跟手术患者的家属交代。"

她不知道自己为什么这样做。她奋力挤进人圈之中，就在自己顶头上司的眼前，站在他身边，张开双手，轻轻推开离他最近的一个学生时代的同学，如今的×报记者。

她扬声说道："我们让周大夫先把手头的工作做完。这是医院。任何追查、任何报道，都必须放在治病救人后面。这应该是这里所有人的共识，不是么？"

会议室。所有的记者被拦在屋外，第一医院的一个院长、四个副院长、办公室主任，以及两个卫生局官员、李宗德、周明、韦天舒，程学文都在里面。

医务处处长和一位卫生局官员在屋外，对着打开了所有采访工具的记者讲话。

"这是一个性质恶劣、影响极坏的事件，尤其是出在代表着我国最先进水平的重点医学院教学医院，出在一个业务上出色的青年专家身上！我代表我们卫生系统，深感遗憾。这必将对我们卫生系统的形象，在公众面前造成巨大的损害。我想这也就正说明了，这些年来日趋严峻的医患矛盾，确实主要是由于医务工作者医德的丧失造成，这也说明，我们下属一些医院在提拔青年干部上存在问题，只重业务不重医德，不注重思想品德教育，这是要付出代价的。全心全意为人民服务的精神，是时刻要放在首位的！我们会从头到尾地彻查……"

采访机转动的声音，记者的笔唰唰地响的声音，谢小禾握着采访机的手微微颤抖，她闭了一下眼睛，猛地抬头："请问这位领导，所有以上事实，我是说代表发言的内容，每一个细节，都已经查实了吗？"

官员愣了一下："这是代表今早的发言。卫生局已经组织调查组，会从头到尾地彻查，现在我们的官员也正在里面问话……"

"既然目前还没彻查清楚，"谢小禾清清朗朗地说道，并不理会集中到她身上的，包括自己顶头上司的警告的目光，"上面那些关于医德沦丧的结论，您怎么就已经下来了？"

"新闻报道的基本原则是实事求是。"谢小禾瞥了眼已经张口准备呵止自己的头儿，目光扫过所有同仁，"及早、照实报道代表发言是一种实事求是，然而在任何情况下，我们都有权利和责任质疑任何一种言论的真实性和准确性。"

谢小禾在楼门口停下，抬起手，想要按门铃，然而没有按下去，手又缓缓放下来。

一周多之前，周明说过，他们是朋友。虽然见面不过三次，还有个剑拔弩张的开始。然而，在她的心里，想起他来，竟然有着属于相识许久的老朋友的亲切。

回报社的车上，顶头上司狐疑地问她："小禾，你今天是不是故意想搏一把，求个新角度？想法不是不可以，但是你又不是不知道咱们社的定位……咱们要稳，不能出岔子，也不需要搏出位。"

她一贯是采访组最能干的记者，若非如此，恐怕顶头上司已经破口大骂——想出风头想昏了头？捅了娄子你担得起？

这时候，她便就只有仗着上司一贯将自己视作心腹，摆着无辜的脸说："事情确实还没查清楚嘛，如果真报错了，那不也是我们的问题？我其实是想谨慎一点。"

"你这次怎么这么天真？"上司皱眉，"这事不可能是凭空捏造。至于是否条条精确，这是调查组的事儿。"

"调查组查清楚了，媒体会像报道代表发言一样条条公布给公众吗？"她说这话的时候，没有掩饰住不满和嘲讽的语气。

"小禾，你这可是有倾向性了，这可是客观报道的忌讳。"上司上下打量她，"你以前采访过这个大夫，对他印象好？哎呀，这什么人被采访的时候不都道貌岸然的，能跟你说他贪受贿赂？你呀，平时看着挺能干，还是年轻，嫩。"

"明白了。"她赌气地道，"反正上次是要宣传三下乡政策，白衣天使是其中一部分，他正好要代表白衣天使，那就是光辉伟大，当时不能深究光辉伟大是不是真的；这次重点是深入探讨医患矛盾，医德问题已经定调，他恰恰是那个白狼，就是腐化败坏，也立刻定调。反正就这一个人，不同时期不同任务，真忙。"

"你？"上司不能置信地瞧着她，想说什么，又没继续，之后干脆自己看材料，不再理她，谢小禾也没有再说话。

她的心里有点烦躁，竟全然不像平时的自己。

考上新闻系，准备实习之前，爷爷说："你要知道，在这一行里，你就是身份特殊，你想不要，也不行。你但凡有半点常人都有的脾气，别人便会认定这是仗势欺人，而你不管怎么谦卑、容让，都绝对不会有人会轻慢你。"

于是自打实习开始，她就谨遵"努力做事，低调做人"的原则，从来不敢有半分任性骄矜。任性骄矜，若在她的身上，便不是恃才傲物，而是倚仗家势的小姐脾气。

今天，是唯一的一次例外，她放纵了自己的情绪，而上司，果然既没有厉声呵斥，也没有语重心长地训诫，过了好一阵，只温和地说："年轻人都有自己独立的看法，很好。呵呵，小禾，我们今天等到最后，他们在里面开了那么久的会，医院方面只说调查，可也没有否认哟。"

谢小禾低头玩弄采访机，没有说话。

她了解周明么？

一个总共见了三面的人。

不能说了解周明，但是对于周大夫，有一种解释不清的信任。即使是第一面见到他，他那么不留情面的时候。

这一整天的混乱和忙乱中，她想得最多的，都是如何找出真相，而这个真相，她毫无犹疑地坚信，跟代表的发言有所出入。

也许她今天做事，是真的带了个人感情倾向。

那其他人呢？不认识周明，是否就能证明他们没有个人感情或者观念的倾向了？

那位发言的代表呢？

到底怎样才是公正客观？

谢小禾苦笑了一下，抬起头望向那扇窗，才发现，方才还亮着的灯，灭了。

他是睡了吧？谢小禾转身，才走了几步，听见楼门响，她下意识地回头，却见周明走了出来。

谢小禾跟周明面对面地，愣了好一阵子。

"找我？"周明终于犹豫地问了一句。

"嗯，本来是，看见你灯关了，以为你睡了，正准备走。"

"找我？领导交代，不得私下对媒体说话。采访以后大概会安排，医务处长和院长会给媒体一个交代。"周明的语调干巴巴的，听不出愤怒委屈或者烦躁，只是有着明显的排斥和掩饰不住的疲惫。

心里微微地刺痛了一下，谢小禾转开头，半晌，问道："这么晚了，出去？"

"回医院，现在总不该再有记者在医院……"他说到这儿停住，有几分尴尬，谢小禾低头看着地面，那句"我并不是来向你套小道消息"咽了回去。那一重刺痛感在加重。她吸了口气，勉强笑笑："回去医院……这么晚了，还要忙啊？"

"最近我病区急的、重的病人好几个，包括秦牧。"他继续说道，"今天乱了一天，压了好些事儿。也不知道这个要乱到什么时候。我回去，把这几个病人的材料整理出来，明天跟主任和其他同事商量。"

"希望，不要影响他们。"周明的嘴角抽动了一下，脸上的倦色更重，他合上眼睛，微微皱眉，深呼吸了两下，睁开眼睛对她说道，"我要走了，你如果没有要紧事，以后再说。"

"你等一下。"谢小禾低声说道，快步到车子跟前，拉开车门拿出一个双层保温饭盒，又跑回到他跟前，"'百姓粥棚'的粥。上回跟你提过的，你不太挑剔的话，做夜宵不错。上面那层是甜的，紫米海底椰，下面那层是咸的，老鸭皮蛋粥。"

周明提着那个饭盒兀自发着呆，谢小禾已经发动了车子，转眼之间，就离开了他的视线。

　　"白色是什么颜色？"父亲轻轻抚摸那件年代久远的白大衣，"一眼看去，最简单，最干净。但是学过物理的人都知道，这其实是最最复杂的颜色。隐藏着那么多，包含着那么多，什么都有。"父亲忽然哈哈大笑，"可是，不用棱镜分析，你看不出来。而且，缺少了任何一种，它就绝不是白色。学文，这真是一个最最奇妙的颜色，最简单，又最复杂，看到简单是真，看到纷繁复杂，也一样是真。"那么白，究竟包含了多少种颜色呢？

1. 白色究竟包含了多少种颜色

"萌萌，起床。"

陈曦伸手扯了扯上铺叶春萌的被子。

"我可是特地到学校对面买的小笼包子豆腐脑茶叶蛋。"陈曦扒着叶春萌的床栏，"热腾腾的第一拨。"

叶春萌翻过身，从被子里露出脸，不知道昨晚哭了多久，眼睛肿得连双眼皮都没了，勉强地冲陈曦笑了笑。她从被子里伸出手来，想要抓着床栏起来，陈曦勾住她的手指，然后，握住她的手，用力把她拉了起来。

"陈曦。"叶春萌的声音完全地哑了，望着陈曦的时候，眼圈又红了。

"萌萌，拜托你件事。"

陈曦忽然很认真地说道。

"什么？"

"千万，千万，"陈曦盯着叶春萌，"不要做祥林嫂。不要说，我真傻，真的，我单只知道他们很讨厌，但是却不知道他们可以坏到这个地步。假如我当时听了你们的，现在就不会这样。"

叶春萌愣怔地盯着陈曦，对面床上李棋已经乐出声来。

"那个人。"陈曦指着李棋对叶春萌说，"昨天一天已经说了十几二十次的'叶春萌就是不听我们的，如果……'我已经听得脑神经紧张，如果你今天继续来'如果怎么怎么'这一套，我是真要崩溃了。"

叶春萌低下头，咬着嘴唇。

"其实说如果都是扯淡。"陈曦一屁股坐在桌子上，抓起一个小笼包子塞进嘴里，边吃边挥着手说道，"我昨天思索了一夜，嗯，真的是一夜。我就反复地想，如果我是萌萌，或者说如果萌萌听我们的，就会这样这样，或者那样那样，那样那样，这样这样，唉，真是想得一会儿激情澎湃，一会儿斗志昂扬，一会儿捶胸顿足，一会儿扼腕叹息。"

"然后呢?"李棋探头问。

陈曦把第四个包子塞进嘴里,边嚼边含糊地说:"然后就到了今天早上呗。一夜没睡着,头痛,恶心,眼发花。"

"我是说你思索一夜,想出啥所以然啊?"李棋打了个哈欠坐起来。

"缺觉。"

"缺觉?"李棋瞪大眼睛。

"想了一夜的唯一真正'结果'就是缺觉,间接的结果可能很多,比如搞不好今天白天犯困挨骂。"陈曦拿起第六个包子,"其他或许有无数可能性,但也只是可能性而已,永远无法得以验证……"

"我靠,陈曦你住手!"李棋突然从床上跳下来,一把抓住陈曦手腕,从她手里抢下第七个包子,"你千载难逢天良发现地出去买一回早点,结果跟这儿边吃边忽悠人,我要再听你扯,就连个包子皮儿都吃不上了。"

李棋一面把抢下来的包子塞嘴里,一面招呼:"小语,萌萌,赶紧起来!再不抓紧,陈曦这若干年第一次的爱心早餐,可都进她自己的肚子里了。"

叶春萌瞧瞧陈曦,又瞧瞧李棋,垂下眼皮,慢慢地套上毛衣,从床上爬下来,拿了牙刷脸盆往外走。

"萌萌,"陈曦在她身后喊。

叶春萌站了一会儿,回头低声说了一句:"多谢。"

"萌萌,这不是你的错。"陈曦轻轻地抓住她的手。

"嗯,不是我的错。"叶春萌抬起头来,望着宿舍楼道有着裂缝的天花板,低声说道,"不是我的错是谁的错呢?周老师的?李波的?谁的错又有什么关系,可是结果就是,它这样发生了。"

外科大楼的住院部。程学文才一走进楼门,就听身后有人叫自己,回过头去,却是李波。

"这么早?"程学文站住,等着李波赶上来,一起往前走着,"才六点四十五。我当院总时,从来抓紧每一秒钟睡觉。"

李波没有答话,跟程学文一起走进电梯,直到电梯门缓缓关上,李波叫了声"程大夫",抬起头来:"这次……这件事,咱们科里是让您主要负责……调查……和跟外面交代对吧?"

程学文抱住双臂瞧着他。

"程大夫，这次……这次人是我做主收进来的，我安排的住院，我插在脑外科病房。当时周大夫根本不知道，后来人进来了……手术是余外时间加的，这真是我的问题……"李波说着有点急，这会儿电梯在七楼停下，电梯门打开，门口有病人家属站着，李波停住，直到跟着程学文一直走到三病区他的办公室门口，才又继续说道，"这跟周大夫真没什么关系。"

程学文低头开门，示意他进来，然后把门关上，自己靠在门上低头沉默了一阵，然后冲李波叹了口气："其实到底怎么回事，咱们自己，谁不清楚？还需要你来跟我解释？至于对外，你是打算让周大夫对记者或者调查组说，这全是我手下院总李波瞒着我，偷偷地干的，我的责任很小？就算他真这么说了，于这个局面，又能有多大的改变？"

"可是这……我安排人进来时确实……"

"李波。"程学文走过去轻轻按住他的肩膀，叹了口气道，"你可不是糊涂人啊，这是真急了不会想了？这是医疗事故么？是责任纠纷么？需要，并且有人真的打算采证、调查，弄清每一个细节、每一个真相，然后给公众一个交代么？"

程学文的嘴角，挂着个罕在他脸上见到的嘲讽的笑，他走到窗边，沉默地望着窗外。

昨天的会议室里，空气仿佛凝固了一般，打破这凝固的空气的，是常务副院长的一声暴喝："周明，自己看看代表的发言！"以及伴随着这句话的，活页夹子砸在办公桌上的一声响。那个装着人大代表发言记录的活页夹子被掷到周明面前，力道太大，以至于它散了架，里面的纸页掉落出来，里面一段段用红笔重重画了下划线的文字，猩红色，有些狰狞。

周明伸手把摔散的夹子和散落的活页纸拉到自己眼前，把那几页纸整理好，把被摔出来的铁条又装回夹子，将活页插回去，合上夹子，从桌面平推过去："我不用看发言，如果说的是我，我自己明白到底是怎么回事。至于他写成什么样或者就此发什么感慨和引申，那不是我的问题。"

"周明！你这什么态度？"院长轻轻敲了下桌子，恼火地瞪了他一眼。

"我给学生的家属加了台手术，没有收贿赂没有占用正常手术时间，我们科没有预留'水分'病床以方便后门以及受贿，所以是安排在其他有空的科室的。就是这样。就这件事本身有什么处分，我接受处分，但是就这件事让我检讨医德败坏的问题，我做不到，让我因此承认这样的医德败坏是目前引起医患矛盾的主要原因，我不同意。让我保证今后这种人情在医院系统，或者说在我所工作的病区杜绝，我觉得，根本没有可能。"

周明说罢，低下头，之后无论别人再说什么，愤怒凌厉或者语重心长，他都再也没吭一声。

之后，刘副院长的办公室，程学文坐在副院长对面。

"你把这件事情搞好，一定要方方面面周全了。"刘副院长轻轻地吹着杯子里的浮茶，"媒体那边一定要处理好，一件事怎么报出来，差别大了。也许过两天人家就忘了到底哪个医院到底什么事儿了，哦，收集一下有没有什么先进感人的事迹，推上去！"

程学文点了点头。

"我早说过周明不行。"刘副院长脸上多多少少地带点幸灾乐祸，"老头子看重他这几年的临床业绩，昏头了。瞧瞧这回娄子捅的！再看看这脾气！这要是真在领导岗位，不定出什么惊天动地的大事儿。学文，你呀，就是太低调，就算业务上的综合实力，也不比周明差，去美国进修耽误了临床出成绩，可是这也是金字招牌。其实啊，做领导最关键的，还是处理事情的能力。"

刘副院长笑呵呵地拍了拍他的肩膀。

"周明那把刀子再利索，这里，"刘副院长指指脑袋，"全是直的，愣的，缺拐弯。这哪儿行？"

"他不是不能拐弯，也不是不懂怎么拐弯，"程学文站起身来，"他就是不想拐弯。"

刘副院长呆了一呆，还没说话，程学文笑了笑："反正，总得有人把这个弯拐了不是？我明白，这件事儿我会小心处理。"

他说罢转身往外走，刘副院长在他身后喊："学文，前些日子有人送了一方砚台给我，我不懂得这些东西，给你爸留着呢！当年你爸的院长办公室里面，从来不挂什么锦旗，一幅幅挂的都是字画，让病人进去一看，就不一样，特有气质……"

刘副院长的声音从后面传来，程学文没有再回头，却因为他提到父亲，想起自己开始实习之前的那个寒假，离家前的最后一天，父亲把四十多年前自己的第一件白大衣送给了他。

"白色是什么颜色？"父亲轻轻抚摸那件年代久远的白大衣，"一眼看去，最简单，最干净。但是学过物理的人都知道，这其实是最最复杂的颜色。隐藏着那么多，包含着那么多，什么都有。"父亲忽然哈哈大笑，"可是，不用棱镜分析，你看不出来。而且，缺少了任何一种，它就绝不是白色。学文，这真是一个最最奇妙的颜色，最简单，又最复杂，看到简单是真，看到纷繁复杂，也一样是真。"

那么白，究竟包含了多少种颜色呢？

"你想不想休个假？"程学文终于在办公室等到了周明。

"停职察看？"周明的眉毛跳了跳。

"当然不是。"程学文摇头，"不过，这几天卫生局还要成立专组调查你们病区，肯定记者来去，病人听见风言风语难免猜疑……你恐怕，很难做。"

"医院如果一定需要我消失一段时间来减小负面影响，我服从。"周明闭上眼睛靠在椅子背上，"如果没到这个地步，从我个人方面，我希望从明天开始恢复正常，尤其是几个急重病人的治疗和手术。查就查，不用查得这么鸡飞狗跳。"

程学文微微眯眼，瞧着周明，过了好一会儿，笑了笑，点头说了声好，走出了周明的办公室。

程学文忽然想，事情是个意外，而调查才刚开始，但是结果，是否冥冥之中，早有定局？

"程大夫。"李波在身后叫他。

程学文转过头来，对他笑笑："离查房时间也不远了。你好好踏踏实实回去。院总最辛苦，别想那么多让自己更累了。到了现在，唯有顺其自然。"

"程大夫，还有。"李波已经走到门口，又回过头来，"叶春萌不过是个学生，她不懂这些利害关系，不能怪她。怪我，我不该答应收进来。"

程学文摆了摆手："怪谁也没用。现在就算把那位代表拉回来——对质，也不见得能挽回什么。不要再想怪谁了，总之就是，踏实做事，把这次乱子，尽快应付过去。"

九点半，程学文有一台肝癌的手术，他带着祁宇宙和叶春萌做，时间差不多了，祁宇宙已经换好衣服等在刷手室，却没见叶春萌；程学文微微皱眉，早查房时，觉得她一切还算平静正常，做事也挺稳当，却为什么手术迟到？他往门口走过去，想问问叶春萌进来没有，还没走到登记台，就见叶春萌在那儿站着，手术室管手术服的二姐冷冷地对她说："说没有手术服了就是没有了，你跟这儿站着就变出来了？"

程学文加快脚步走过去，正要开口，二姐就正正经经对他说道："程大夫，咱们手术服紧缺，不够轮换，影响效率，我看应该跟人大会议上说说，写篇文章，反映反映这个情况，赶紧把这个紧要问题解决掉。"

"程老师我……我出去看今天新收的病人。"叶春萌推开手术室的门，飞快地跑了出去。

2. 根本不是自己人

外科主任办公室里，主任李宗德一脸的阴郁，用拳头轻轻地捶着桌面，手背上两条青筋清晰浮现，程学文靠在椅背上，拿一份全国消化外科继续教育学分课程安排，沉吟半晌，终于轻轻咳嗽一声，笑了笑，欠身把那份安排大纲递到李宗德跟前。

"主任，继续教育这个，二院、三院讲课教师的教案大纲基本都传过来了，跟咱们科几个一起，具体课程安排，我参考去年周明做的，微创那部分再多加了些新内容，手术直播示教，安排一台腹腔镜切除胆囊的、一台胃癌根治术的，还是韦天舒和周明分别做，我跟他们也都说了，时间上协调好……"

"周明示教？"李宗德眉毛抖了抖，"合适么？"

"周明的手术操作规范精致。咱们科给学生看的教学录像资料带也有不少是他的。去年和前年的继续教育学分课程和消化外科新进展交流，手术直播的大夫中也都有他。"程学文面带微笑，认真将一个其实不需要讲的，两个人都很清楚的事实再在主任面前讲一遍，仿佛真是为了这个安排陈述一条条理由。

"手术规范等于为人师表么？仅仅手术做得好，能作为重点医科大学的学生、全国各地基层医院的青年外科医师学习的楷模，前进道路上的标准么？如今医患矛盾的根源在哪儿？还不是临床医生的医德缺失？临床医生医德缺失的根子在哪儿？还不是教学医院的领导，重才轻德，从教育上就造成了这种恶果？"李宗德也不看程学文，沉着脸，如背书般地重复前几天某大报记者社论式的质问。

这样不再克制的怨愤的讥讽，实在很难跟平时大家所习惯的李主任联系在一起。

程学文轻轻垂下眼皮，没有表现出惊讶，也没有试图劝解，任由老头子将这多日来的怨气，终于发泄出来。

作为矛盾中心的普外科的第一把手，五十九岁的李宗德也真的承受忍耐到了一个限度，在这个时候，让他对着自己，痛快地骂几句，倒倒心里的怨气、窝囊气，程学文想，也许，算是件好事。

一周多了。自打人大会第一天，那篇由本届人大代表、叶春萌的姑父以讲述亲身经历从而引出当今医疗存在的问题的发言起，一石惊起千层浪，普外科至今尚无一日安宁。卫生局调查组、医学院教学办公室调查组、电视台、大报、城市主流报纸、各个小报，流水般地进进出出来来往往，审查核实人大代表文章所陈列的种种问题之余，自然对外科各项管理，从门诊到病房到手术安排到大病历手术记录到见习实习课程教案……一一抽查。

　　代表发言的核心是，一个著名三甲教学医院的重点科室、优秀病区，原本应该代表了我国医疗先进水平与发展方向，事实上，竟然存在着严重的不正之风：后门风炽烈，管理混乱，最具体体现在主管主任为收取红包拖延手术，病床"满负荷"存在水分上面。

　　四方哗然。传得沸沸扬扬却没有具体证据的，白衣世界的丑恶，一下子现实化了。

　　卫生局和医学院对之不能小视。

　　在开始调查的第一天，已经由卫生局调查组和医学院教学办公室调查组分别跟相关人叶春萌问话，再又联系了当事人叶姑姑，算是清楚明白地得出了第一个简单结论。

　　周明在这次事件中，没有索取或者收受贿赂。

　　代表本人，未能联系到。

　　代表夫人叶姑姑平淡地说："确实送过，是手术后通过我侄女退回来的，我爱人只知道送，退回的时候，他不在。"

　　这次没有。纵向追溯，横向调查，查至今日，还是没有。固然说没有在这次查出来，并不能就下了结论说没有，医学院与卫生局方面还是下了不能算科学严谨的结论——不存在收受贿赂的问题，报社、电视台的同志们还是本着科学严谨的态度怀疑着；只是，关于周明或者他管辖下的一分区索取或者收受贿赂的焦点关注，已经转移。

　　"后门风"的受益者叶姑姑说了，红包问题不是重点，红包只是造成病人享有的就医权利不公平的途径中的一种，关键是这个不公平的本身。

　　同样的手术，门诊挂号，排队点名，要等一至三个月。

　　事实上，却是一周之后，就由这方面手术做得顶尖的专家做了。

　　这中间是一个怎样的问题？

医生的手术，有多大的弹性？

病床的负载，有多大的弹性？

是什么造成了这样的弹性？这样的弹性为什么的存在创造了温床？

这些，才是问题的关键。纠缠于究竟有没有收红包，就过于死板，想得太浅了。

……

调查继续。

普外科确实没有空床。

所有有能力做微创手术的大夫，确实在一个月之内，手术安排已满。

这一台额外照顾了的手术，委实是加在了周明的工作时间之外。

这些由卫生局调查组和医学院自己的调查组一一列出的结果，却已经甚少有报纸的记者，愿意真正再往下继续了。

热情停留在这个看点上——

普通病人需要等一至三个月。

关系户可以随时点最好的专家手术。

这中间存在的一切可能，被无限量地想象、描述、推测、议论、感慨，嵌入当前越来越尖锐的医患矛盾的焦点中去。

一时间，院办公室接受的投诉增了近十倍，其中多半来自外科系统。

为何我要挂专家号没挂到，只挂到了普通号，浪费我时间？

为何我只是小病，想挂普通号，今天却说没有，某专家有空，只能挂专家号，但价钱贵了好多，坑钱？

为何我手术安排在当天第三台，邻床却是第一台？

为何我肚子痛，医生不许我用止痛药，真的是什么所谓疼痛本身反映身体的问题，不能在"情况未明"的状况下让"身体闭嘴"么？是不是因为我没送红包，大夫故意整我？

李宗德不得不立刻成立了一个临时小组，专门处理这些问题，应答这些质疑。他自己的手术与门诊停了一小半，主要负责协调的程学文，这一周除了查房值班照旧之外，基本都在与院办和病人沟通。

至于周明，前三天暂停所有临床工作接受检查，之后，基本上每天有三分之一的时间在接受各种检查和问话。而一分区的所有护士，算是经受了一场前所未有的彻查，院方自己也不能太清楚把"接受贿赂"的底线定在什么地方。收钱才算？还是一支口红、一张音乐会的票也算？还是一个果篮、一箱饮料，也算？是只有事前给，算，还是事后给，也算？那么半年之后老病号结婚了，来看望当年的护士们，送了两盒巧克力，算还是不算？

护士长问院办主任葛伟，那么丝绸锦线制作的锦旗，到底算是不算？

于是全体护士都递交了不算检查的检查，反省交代问题之外，表决心。

第一医院确实从来不曾如此被暴露于这么多媒体的监督审视关心之下。如果有，也从来都是优秀典型优秀专家科研成果最新术式或者成功抢救濒危病人。

如今，第一医院自己，也并不知道该把这彻查，放在一个什么标准。

即便是卫生局的检查组，对此，也有些模糊和茫然。

两个卫生系统自己调查组的调查结果，如果放在任何一个临床医院里说出来，大约百分之百的大夫会认为，这简直与任何不正之风毫无关系。这样的照顾，是人之常情。然而人之常情，在放大镜下仔细观察，实在也与铁定的规矩，有着一条条的裂隙。

病床确实全满，没有故意预留水分空床，然而，每一个人都能在病床满的情况下，被协调到其他病床空的科室么？专家确实是在工作时间外做的手术，然而，每一个病人都能得到专家工作时间外的特殊照顾么？手术室护士的时间呢？

无论如何，普通外科的这件天使的白衣，是不能纤尘不染了。至于这污点，原本是尚可接受可容忍的一点两点，却远远地谁也没看清楚，就甲告诉乙，乙告诉丙，丁听见了，再拿个喇叭讲出去时，这件白大衣现在已经变成满身皆污，让人义愤填膺……就不是一句两句能说得清楚。毕竟，假如这件白衣真的洁白无瑕，也就没有被讲成满身皆污的机会吧？

既然污点已经不可否认地存在，争无可争辩无可辩，脏污的程度，亦难以清楚辩说，唯一能做给他人看的，就是你在为这脏污而羞愧，正在努力地将它洗干净。

李宗德跟院办商量了很久，决定轰轰烈烈地开展大力加强医德医风建设、提高医生个人素质的"医德周"活动，以办壁报宣传、开会发言、讲述科室中关怀病人，以病人为亲人的好人好事为主，同时检讨医德上的亏欠之处，两相对比，批判坏的，弘扬好的，并安排记者采访报道。

批判的重点是李波，作为住院总大夫，打乱正常安排，给熟人开后门，影响其他病人就医的权利，造成了医疗的不正之风。

他将在会上作主要检讨，并且表决心彻底正视自己医德上的缺陷，深刻反思，重新开始，改变工作作风，带错立功，争取以后做一个合格的医生。

而周明，若干帮助贫困病人、帮助基层基础薄弱医院建设的事实要宣扬，对于没有严格管束下属，对歪风邪气没有及时制止的错误，要批评。他需要发言检讨自己的管理方法，表决心以后作为管理者，应当更加注意科室纪律，对于医德优秀的下属，要多加表扬提拔，对于李波这样破坏纪律，医德有缺陷的下属，要严肃批评，不能重用。要树立科室新风。

安排几位其他同事，从学生到主任各一至两名代表，发表意见，表决心。

这个方案出来，李宗德先跟李波私下谈了一次，也无非是说，他一贯的表现，大家明白，然而这次，事已至此，无可奈何，科室会尽力不影响他类似考试评职称的实际利益问题。

李波完全同意这个决定。

李宗德却全然没有想到，跟周明谈的时候，他先是一言不发地听，不说任何意见，而当李波的检讨递到他手里的时候，他看也没看就双手一撮，揉成了纸团，以极准确的抛物线，丢进了三米外的字纸篓。

"李波是我病区最好的住院医生，上下皆知，科内科外皆知，要表演一场口是心非的荒谬滑稽戏给不相干的外人看，我不当这个演员。我也不许他当。"

李宗德足足有五分钟没有说出话来。一瞬间想揪住他领子大骂你小子混蛋，然后诉说自己这一段的难为，对他说，总要给不依不饶的媒体一个交代。话到嘴边，他却又克制住了。只因他猛然想到，这个这几年来全科认定的最出色的青年专家，自己的接班人，非但不是自己带出来的博士生硕士生，连住院医培训、住院总轮转，都跟自己没有太大的关系。周明，根本不是"自己人"。

当年，周明的导师徐某，著名医学世家出身，被认为是医学界的奇葩，研究与临床两方面俱惊才绝艳，四十多岁便已经做了大外科的主任。徐某一贯对一板一眼的李宗德不屑，那份嚣张明晃晃地顶在头上，意见不同时，连面子功夫都从来不做，对他不加掩饰地打压排挤。直到竞选院长时，徐某因为做人过于跋扈，树敌太多而失败，偏偏在竞选失败后不久，在一个颇有争议的手术中，病人在手术台上死亡，固然最后并没判定为医疗事故，他却再也没法在这里待下去，带全家移民加拿大了。当时外科很有一阵子的人心惶惶，几个学术临床都出色的主任医师级别的副主任实力、水平相当，各有特长，其中，李宗德除临床上功夫不弱之外，在基础研究上也特别突出。只是，实力很强的李宗德却从来没有想过自己能够当上第一把手。

李宗德并非从这所医学院毕业，这在大外科，简直是珍稀品种。他家里穷，高考的时候，固然成绩足够上北京上海的任何一所名牌大学，却为了给家里减轻负担，就在离家最近的城市上了相对普通的医学院。之后工作的几年中成绩特别突出，年年获奖，到北京进修的时候，就被当时的普外科主任张志祥想办法留下了。

身处门户之见深入人心的此地，李宗德从来没抱过太多出人头地的想头，本着谨言慎行，低调刻苦，多卖力气，少争功劳，远离人事纷争的原则，只想做个技术上出色的好大夫。却没想到，徐某一走，张志祥力排众议，抛开门户之见，打破二十年来默认的惯例，以李宗德临床功底扎实，作风严谨，为人敦厚，原则性强，更难得的是并非这所医学院出身，学术研究特色与管理特色上，可以取长补短，弥补以往本科存在的不足，力主他做了这个主任。

李宗德自问，自己自上任以来，从来没有变了从前老老实实做人的态度，对待所有同事属下，一贯公平公正，用人唯才。他对于在临床上堪称天才，在作风上让人头痛的韦天舒，向来容忍。对曾经特别刻薄自己的徐某留下的"徐家军"班底，也没有区别看待，尤其是徐某的小弟子周明，行事作风，老爷子张志祥喜欢，自己也是真心赞赏，于是从来不曾因为徐某的关系而薄待了他。这么多年来，他们一直合作甚好，甚至因为惜才，连带对许多自己原本不太接受的，周明做出的不太循常规的教学改革的尝试，也都包容支持。久而久之，李宗德实在觉得他是自己很亲近很得力的属下、接班人，心中非常倚重。

直到今日，此时，周明的态度，让李宗德蓦然间想起他那位导师来。自己突然清醒，周明自然不会把自己当作正儿八经的老师，以往的合作良好，他只是遵守自己的原则。对于顶头上司的尊重信赖，究竟能有多少，实在难说。所以，才会对自己说出来的话，根本不放在心上。

李宗德很愤怒，但是却又知道，自己并不能拿出对待"自己人"的方式，一拍桌子，噼里啪啦地把心里话说出来，然后，命令他去做。

自己没法让这位接班人说出他心里到底是怎么打算。即便是真的拉下老脸，将如今的苦楚再次陈述，动之以情，他也大可继续他的骄傲，显示他对下属不计一切代价的保护。况且，如今的苦楚，还用自己来说？他不体谅，自就是不想体谅。

李宗德如同石化般站着，方才一瞬间绛红的脸色，渐渐青白。

周明站起身来："后门，我开了。我的问题。李波虽然是院总管床，但是他如果不是百分百确定我不介意，绝对不敢私自放人进来。关于这项错误，我负主要责任，李波是次要，科室怎么处罚、重罚，降级扣工资，再或者别的什么，我都无话可说。但是，我不会演这场戏给别人看，我病区的大夫，救死扶伤是本职，我们从来未曾渎职，我们没有当演员的能力。"然后，冲李宗德道，"主任，有台手术不能再拖了，我今天下午做。再有要找我问话的，下班时间再来。"说罢，便推门走了。

李宗德站了许久。

"这算什么？"半晌，李宗德抱着双臂来来去去地在办公室里走了几圈，呼吸越来越急，手都抖了，冲着门低吼道，"这个时候，谁还有资格赌气？轮到谁逞英雄？"

3. 怎能不怪她

"姑娘，你真好人，谢谢你了啊！"

十一床的老太太咧开没牙的嘴冲着叶春萌笑，一脸的褶子密密层层地叠在一起，像朵怒放的菊花。

老太太其实不算很老，才六十二，只是年轻时就营养不良缺钙骨质疏松，这会儿已经一口牙掉光，腰椎间盘突出，贫血，甲状腺功能亢进，轻度心衰，看着像是八十二的样子。

她昨天晚上急性阑尾炎发作做了急诊手术，手术后收到了外科，经系统检查，才查出这一身的毛病。

叶春萌问她既往病史时，她茫然地问："啥叫既往病史？"

"就是您以往得过的病。"叶春萌解释。

"以往没病过。"老太太答。

"没病过？"叶春萌抓着一把指标不正常的单子傻了，"从来没看过病？您不能够没觉得不舒服过吧？"

"老头子没得早，一个人拉扯俩娃长大，累啊。头痛腰痛还不是累的？没看过，吃止痛片就好。"老太太答，"哪能请假上医院哪。"

若干提示慢性病的实验室检查结果，却没有任何可供查询的、有记录的既往病史；若干明显非正常的体征，病人却没有相应的主诉。

T3T4高出了正常三倍，问："有没有经常心慌、出汗、烦躁、体重减轻？"

"也没觉得。是爱出汗吧？拆迁搬楼房烧暖气，是比炉子暖和。"

血红蛋白、红细胞，低到只有正常的一半，问："有没有时常头晕、恶心、乏力——就是觉得没劲儿？"

"没哪。唉，人老啦，哪能跟年轻时那么有劲儿？我年轻的时候，姑娘我跟你说，我一个娘们儿家，能扛一百斤一袋的大米。"

心电图异常，脉搏每分钟110次，问："从什么时候开始觉得憋气、胸闷的？"

"不记得。年轻时候在厂子车间里才闷啊，我们毛纺厂……"

已经过了下班时间一小时，入院体检还没做到一半。老太太偏还爱扯闲篇，不知道怎么一会儿就拐到她七岁的孙子一考试就肚子痛，老家二表妹的三姑娘就是怀不上孩子，婆婆撺掇丈夫跟她离婚上去了。

"姑娘你说她是不是福薄？或者跟算命的说的似的，克子？"老太太一脸愁容，说起这个倒似比自己的病更上心，"那丫头是个贤惠人呢。从小厚道啊。"

"不是什么福薄福厚。"叶春萌解释，"不孕跟好些因素有关，很有可能是丈夫的问题啊！比如精子活动能力差什么的。即使是她身体的问题，比如周期不调，比如子宫或者卵巢有疾病，比如输卵管因为炎症的阻塞，好多都是可以治疗的。"

"姑娘我不太懂，你给我讲讲？"老太太一副学习的架势，"这个可紧要。"

"大妈！"叶春萌温声说道，"您看，您这些问题，都不是一下两下就能解释清楚的，好多我也不知道。这样儿，我不知道的，我回头帮您去打听打听，我知道的，我给您拿纸笔写下来，好不好？要不，一下解释不清楚回头您给他们说错了，再或者您中间犯了糊涂，给记错了，不也耽误事儿么？咱们现在，先说您的身体状况。"

"还是姑娘你想得周全！"老太太乐了，"你给我写那可好呢。就怕麻烦了你。"

叶春萌笑了笑，继续问道："您再想想，晚上睡觉时是不是觉得躺着没有靠着舒服？靠着胸口觉得顺畅得多？您还想想……"

对这个一身病却不了解自己的身体状况，爱打岔的老人家，她只能慢慢地问，仔细地查，中间还是会被她许多突然冒出来的问题带入歧途，许多症状，需要像跟小孩子说话一样一点点一层层地解释。这真是个让人头痛的病人。

给这个让人头痛的病人问病史做体检，是近两周以来，唯一一件需要她做的，属于医生分内的事情。

自打因为"没有手术服"被取消了跟手术的权利，她似乎被彻底摒除出了医生的队伍。

早上到病房，想给病人做常规检查，护士说："血压计都出去了，现在没有。"

"什么时候回来?"

"不知道。血压计紧缺,跟上面反映反映吧,影响效率。"

病人的检查单据,问护士到了没有,护士冷冷地说:"这两天全科都在被调查,尤其是被代表言称'服务态度差、收受贿赂、区别对待病人'的护士们,全体都要写检查,一上午都在调查和检查,单子,你有送来过单子么?"

准备给自己管的病人拆线换药,才拿了拆线包进去,张主治医就皱眉说道:"先等等。具体这些操作应当不应当让学生做,你的水平达到没达到独立操作的水平,我得跟你带教老师再确定一下。"

待祁宇宙下手术出来,她去请示,祁宇宙没有说她水平够还是不够,只说:"现在谁都怕出岔子。学生,你还是看好了。没有我在旁边看着的操作,你都不要做。"

叶春萌点头。

点头,沉默,再点头,是她对这一切所能做的唯一的反应。其他,就是努力无视张主治和祁宇宙写在脸上明显的反感,坚持一步不离地跟着他们,适时地递过去他们需要的器械,为他们送去刚刚开好的化验单。

祁宇宙说,没有他的监督,她不能操作,然而,他却并没有再监督她的操作。他自己把一切活儿都做了,甚至时常因此从下了手术一直忙到下午四点再上手术,却并不让一直跟在他身边的她分担任何工作。他和气而冷淡地说:"不用了。你去休息一下吧。最近又是特殊时期,我们也要小心一点。万一你做得有任何差错,就说不清楚是谁的责任了。"

叶春萌站在一旁,所能做的,还是沉默地点头。

直到今天。

这老太太四点半转到病房,需要做全身检查和询问病史完成住院病例,柳主治要下班,在楼道里喊,问祁宇宙哪儿去了,还不快来收病人。叶春萌迎过去,说祁老师上手术了,我可以给病人做全身检查,问病史,写病历。

写住院病历,是实实在在实习生转科期间要完成的项目。问病史,出不了太大的岔子,横竖,大病历带教老师都要重新审查。

柳主治对叶春萌点了点头。

这真是她从见习以来,问病史的经历里,最麻烦的一次。

但是今天,她对于以前所有的工作中,最不乐意做的这件事,做得认真而细致,并没失去丝毫耐心。她并不是克制,而是很奇怪地,在做这件事的时候,心里有某种说不出的踏实。

在终于完成全套入院体检之后，叶春萌才要转身离开这个病房，老太太忽然伸手拉住她的手说她真是好人，谢谢她。"我老啦，啰唆。"老太太有点不好意思地说道，"自家闺女，有时候都嫌我絮叨。"

她对着这个笑容呆了几秒钟，老太太瞅着她的脸，接着说道："姑娘你人长得跟画儿里画的似的好看，性子又好，心地又好，可真是个好大夫。"

叶春萌怔怔地，眼圈居然有点儿发红，她胡乱嚅嗫了几句，嘱咐她好好休息，待她闺女待会儿过来时让她跟主治大夫谈谈，她也许需要转到内科去综合治疗这些慢性病，然后扶着她躺好，快步走出了病房。

已经七点半了，她回到大办公室，把白大衣脱下来挂进柜子，却没有立刻关上柜门，望着那件在前天急诊时沾上了些许碘伏液体的白大衣，望了许久，然后，又把白大衣拿出来穿上，往急诊室走了过去。

十二点半。

陈曦推开急诊手术室的门，走了进去。

"这样就好了，以后要小心。记得按时换药。"

叶春萌已经处理好了十二岁孩子手臂上的烫伤，正在嘱咐她注意事项。

小姑娘答应着，说了句"谢谢姐姐"就出去了。叶春萌看见陈曦，整理了一下口罩帽子，活动活动了肩背："找我么？后面还几个病人？"

"还几个病人？"陈曦摇头，"今天晚上从七点半到现在，"陈曦抬头看了看墙上的挂钟，"十二点三十二分。据说你已经缝合了六个，清创了三个，送了不知道几个去作检查。"

叶春萌低下头，低声说："已经……已经没有了么？"

"听着你还挺盼着病人多的。又不是刘志光，难道还想考前锻炼？"

"不是，我，"叶春萌抬起头，"我不是……"

"逗你哪，早知道你缝合得标准极了。"陈曦乐，然后走过去，在她耳边说，"我也不瞒你，李波打电话叫我把你带回宿舍去，别在这儿玩儿命了。今天又不是你值班。"

叶春萌低着头。

"李波向我求援。说七点多看着你从病房到急诊室来的，一直没离开，恐怕都没吃晚饭。"陈曦耸耸肩膀，"这个老实孩子，他怕你心里不好受，自己想不开，为了这破事儿自虐，想来劝你，又不知道该跟你怎么说，跟我啰唆了半天，让我把你领回去，好好吃饭睡觉。"

"他怕我……难受。"叶春萌喃喃地重复，站在急诊手术室中间，慢慢地把口罩摘了下来，手指绕着口罩的带子，半晌，嘴角轻轻抽动，眼泪涌上来，又重复了一遍，"怕我难受。"

"走吧，萌萌。这事儿它已经这样了，横竖你也已经跟医务处负责调查的人说清楚了，其他的，你……你就算把你自己虐待死，也没用啊。你这样，李波、我、我们都……"

"对不起。还要……让你们担心。"叶春萌努力地扬起嘴角笑了笑，走到污染区，低头收拾方才用过的器械，整理得很慢，很仔细，到了最后一个缝合包，她拿起里面的持针器，握在手里，好一会儿，回过头，看着陈曦，"我不会自虐，就算以前有，从今天开始，也不会。我对不起李波，更没法面对周老师，我不知道怎么补偿，但是，我不会自找别扭地在自己的心里'补偿'。陈曦，我在这儿不走，不是为了自虐，是为了我想在这儿。"

"什么?"陈曦有点迷惑地问，这一分钟，她忽然觉得叶春萌有点不太一样，暗自担心她这是刺激受得太大了。

"我只是特别想来做医生。"叶春萌握住那支持针器，一字一字地说道。然后，她抬起头，脸上有个微笑，"这真是很奇怪，考医学院的时候，进临床之前，觉得一切那么神圣美好，进来之后，才看到原来有那么多跟自己想象的不同的东西，我都在怀疑自己也许应该转行。可是，突然，手术室我进不去，在病区里，祁老师、别的老师，他们客气地对待我，不给我活干……我心里好慌。我忽然发现，我那么喜欢做属于一个医生的事情。不论是问病史，还是最基本的体检，或者是急诊室的缝合。这些，跟我从前想的完全不一样，我自己到现在也没有想清楚医生究竟该怎么做，但是我实在喜欢做这些事情，每一个细节，每一个操作，甚至不用想究竟有没有意义，有什么样的意义。做这些的时候我可以忘记了其他的任何事。"

"萌萌。"陈曦走过来，却不知道自己能说什么。

叶春萌把最后一个缝合包收好，摘下手套，摘下口罩，往门口走，拉开急诊手术室门的一刹那，又猛地把门关上，双手紧紧地握着门把。

"现在几乎所有人，都把我当成一个叛徒，我理解，不怪他们，换了我也会这样。"

/261

她咬着嘴唇，眼泪在眼睛里打转，她缓缓地蹲下来，抱住膝盖，"我忽然觉得都无所谓，以前特别生气的，被病人错怪，被护士长骂，连……连被周大夫看不起、讽刺，都无所谓，都是不值一提的小事。我怎么居然能为那些小事伤心生气还想着不做临床。不，我想做临床，特别想做。即使一辈子都会有误解，都挨骂，都受累，都值夜班，即使我心里还是会为了这些别扭一下，还是会觉得委屈，我都还是喜欢做医生。但是还可能吗？因为我，那么多人都被牵扯进来，我根本没法弥补。受什么样惩罚都应该的，但是，我希望，这个惩罚不是……不是让我永远不能再做一个临床医生。"

叶春萌靠在急诊手术室的门上，闭上眼睛，眼泪淌下来。

"我到今天才明白，我喜欢做一个临床医生。这喜欢跟小时候的喜欢不同，我现在知道，做医生有这样那样的不好，有许多可能永远没法解决的问题和苦恼，可是我还是希望，能做一个临床医生。"

4. 你还是你一直没变

普外科一分区五病房，周明拿着一摞单子低头边看边往外走，兜里的手机响起来。

"我妈来了，让你过来吃饭。"那边传来韦天舒的声音，"我这儿有瓶茅台呢，便宜你了。"

"今儿算了。"周明摇头，才看过的重症患者的家属又追出来问血象单子上的几个数值，李波在旁边低声解释。

"你不会在医院吧？"电话那头，韦天舒的声音有点恼火，更有点无奈。

"这两天白天太乱，查房都老让打断了。我脑子也乱。"周明答道，"几个不稳定的病人，或者这两天能出院的，晚上清静着，我过一遍。"

"你都医德败坏的典型了。"韦天舒冷笑一声，"还跟这儿卖什么命？你卖命，人家调查完也不发个锦旗给你。"

"废什么话，"周明皱眉，"那他要是说我纵火行凶，我还得赶紧点把火给他助兴？"

周明说罢关上手机调成振动，这边李波也给家属解释完了，接着跟他交代胃癌D2根治手术的十七床的各项情况。

"体温38度2，下午是37度8。引流情况正常，血淀粉酶正常，蛋白有点低……"

"我刚才查觉得胸腔有点积液。"周明皱眉看着血象单子，"问题不是太大。定时吸痰。她说以前冠心病是看的心内科梁大夫吧？明儿看看梁大夫能不能过来看一眼。"

李波点头，记下来了，接着又再交代十五床、十六床，周明加了十五床的血升化，调了一下十六床的补液，朝最后一间需要看的病房走过去。推开六病房的门，却见刘志光在跟十九床末期胃癌的老头儿说着什么。见着周明和李波进来，刘志光赶紧站起来，叫了声周老师又叫了声李老师，周明点头，走过去，一边把听诊器挂上，一边俯身冲老人说道："明天就转院了，我再给您检查一下，您躺平，我先听一下……"

"查什么呀大夫？"老人大睁着眼睛，"从这里转出去到那个关怀医院，就是治不了了，等死。大夫，我知道。"

周明拿着听诊器的手停在半空，一时不知道该说什么。他们的病床一贯紧张，等着住院的病人总是排到一个月之后。这个病人，一周多以前做全检查，会诊时讨论过无论如何没有手术意义，病人的身体状况也不能再进行化疗，他便跟李波说尽早让病人出院，再在这里已经没有意义，对医院的资源，对病人自己的经济，都是浪费。病人家属一直不能接受，不肯出院，要求再次会诊。

昨天，不知道是终于接受了事实，还是这著名医院重点科室的"优秀病区"摇身一变成了人民代表点名揭露的"黑店"，这一段时间的混乱，让患者彻底对此地幻灭了希望，患者的儿子找到李波，同意出院，转临终关怀医院。

治不了了，是个残忍的事实，然而此时由这个眼神空洞的老人面对面地说出来，一贯实事求是的周明，一时间有点不知所措。

"大爷，转院，是换个地方治。"

自周明和李波进来之后，刘志光就从病床边退开，站到他们身后去，站到他一贯站的、绝对不会影响医生的检查操作的"不碍事"的位置。这时，他又再走到床边，蹲下来，凑到老人耳边笑着说。

老人偏过头看了他一眼，摇摇头："这儿治不了才让我出去的，我知道。"

"是不能给您做手术了，可是不做手术也能治病。"刘志光说得很真诚，"这儿是做手术这个治法儿，不做手术了，换治法儿了，就换个地方啊。"

"换个治法儿。"老人喃喃地重复，忽然，又使劲摇头，紧张地对刘志光说道，"不，我不做化疗。我看过一个老兄弟做化疗，把钱都倾家荡产地花了，天天吐啊，到处都出血。化疗做完没几天就没了。那是活受罪啊。"

"您这个不做化疗。"刘志光把手搭在他肩膀上，"我昨天不是给您说过了吗，您肯定又忘了。我还把照片儿给您打印下来了。那儿给您吃药，打点滴，打营养，跟这儿是一样的，就是不做手术。而且不像这儿似的，规定探视时间特别严。那儿也没这么高的楼，这么多的人，能经常坐轮椅出去在草地上待会儿。"

老人的双手，紧紧地抠着被子的边儿，嘴唇哆嗦着仿佛是说了句什么，然后又紧张地对刘志光说："会不会，见……见不到人。我……我想回家，可是我儿不能……不能每天在家陪我。小刘大夫，这儿，有你……有你跟我说说话，你还帮我拉窗帘，让阳光照进来。还有你搬来了花盆。"

"怎么会见不到人？您忘记了？我昨天跟您说呢，那儿的大夫不做手术，不用在手术室。就多点时间跟您说话。您放心，我跟您说过的，那个医院我都去看过。您放心。还说不准什么时候您又遇见我。"刘志光一直握着老人的肩膀，老人由紧张抗拒逐渐放松下来，刘志光把他稍微扶起来一些，"所以啊，您让周大夫再给您检查一下，才好把您现在的情况跟那边的大夫说，那边大夫才好知道怎么照顾您。"

老人缓缓垂下眼皮，握住棉被边缘的手指渐渐放松。周明冲李波点头，一边快速而轻柔地作着检查，一边低声交代，李波刷刷地记录。

周明和李波走出病房的时候，刘志光并没走，一边帮老人整理被子，一边絮絮地跟他说道："看来您忘了，我就再给您讲一遍。哦，还有您上回想找的那个旧报纸，我可也找到了……"

周明走出病房，回到办公室坐下来，才略微不解地对李波说："这刘志光，怎么说话这么头头是道了？跟我说话老结巴，就跟他做缝合一样。"

"我也发现了，"李波笑笑，"他跟病人说话，总特顺。大概也是病人特爱听他说，就说顺了。咱们跟他说话时怎么也都爱起急。"

"他也是当过重病人，大概怎么也比别人更了解。"周明想了想，"这份心，这个努力劲儿，真是应该当个临床大夫。可惜这……"周明长长地叹了口气，有一丝沮丧地摇头，忽地望着李波，很认真地问，"不过李波，你觉得，做个临床大夫有这么好吗？"

李波愣了，半天没回上话来。

"我是真喜欢。我也只知道怎么做大夫。"周明笑笑，"对你们，我也只会教给你们做临床大夫，还要求很高。可是我不知道，你们委屈不委屈，而且，这对你们而言，究竟好不好。我知道刘志光是真想做个外科大夫，我也尽力教他了，可是……"
他摇摇头，"陈曦那个干活的利索劲头，皮实性格，我真觉得她潜力无穷，于是狠狠
地要求，她也真有进境。但是，我后来知道，她自己有自己的打算，我这一门心
思让她当个外科大夫，她只能是为难。"

"然后，你。你是真正出色。"周明叹了口气，"但是李波，我是不是也经常强
你所难？"

"你强我所难？"李波听了却笑了，摇头，"如果说强我所难，那可不是你。"

"什么？"周明一怔。

"我家是个很大的大家庭。"李波微笑，"爷爷是从红小鬼在战场上九死一生走过
来的将军，在家，跟在军队一样从来说一不二。到我高考时，我爷爷大手一挥，说：'咱
们家，司令军长都有，陆海空三军的都全了，搞导弹的科学家有，大学教授有，你七
个哥哥姐姐一个个都出息，搞水利的搞水利，搞航天的搞航天，小八，我看咱们家
就是没有当医生的，你把这块儿给我拿下，只许成功，不许失败！'于是，我高考志
愿，就从第一志愿到最末一个，都填了医学院了。"

周明听得乐了："现在，还真有这样的家长制度？"

"嗯，爷爷有威信。从小我们也习惯了，爷爷的话就是命令。理解的要执行，不
理解的，也要执行，在执行中，加深理解。"李波乐了一会儿，然后瞧着周明道，
"好在，似乎大家，不管先理解后理解，真的都理解得不错。我们都对爷爷给的选
择，并无怨言。"

周明望着他，没有说话，半晌，轻轻拍了拍他的肩膀，低声说了句："多谢。"

"我都没跟你说多谢。"李波扭过头去，沉默了一会儿，犹豫着道，"周大夫，
你的心意我们都明白，我尤其明白。其实，还是照主任说的那样，我不会……"

"这我不光是要回护你，更不是赌气。"周明迅速地摇头，"这是……"

"我知道。那种形式，谁都知道没任何意义。"李波急道，"可是现在这样的形
势，主任这些天对你连看都不看一眼。之后，还有院方，还有……"李波停住，没
说出口接下来的那句"还有下个月李主任就满六十，要退下外科主任岗位，再下个
月，你的任命就该正式下来了"。

"没意义的事儿，谁爱干谁干，我不干。"周明淡淡地道，冲李波笑了笑，"这
些事你不用操心，解决问题的法子，不是就只那么一种，我自有安排。你去把今儿
刚才查的几个病人的状况整理整理，然后早点休息去。"

李波答应了，又看了他一眼，终于叹了口气，转身出去了。

周明站在办公室当中，半晌没有动弹，直到门被推开，韦天舒走了进来。

"找我？"周明皱眉望着他，"干吗？"

韦天舒撇撇嘴，过来坐在他办公桌上，夸张地把脸凑近他的脸仔细端详："来瞅瞅，你鞠躬尽瘁得是特无可奈何呢，还是特欢欣鼓舞呢，还是……"

"滚你妈的。"周明一掌几乎把韦天舒推下去，韦天舒却不介意，一边挪着屁股再次坐正，一边不满地正色道："你这就不对了，我妈刚来，还特惦记你，"他说着从大衣兜里扯出俩纸包，"你没去，我跟我妈说你忙呢，我妈说，人家周明是好人，好大夫，不容易，比你强。你给他送点儿吃的去。你说你对我不满也就罢了，咋能让我妈滚蛋呢？"

"你……"周明气结，半天没说出话来。

"我爸妈都知道，这就是你本心。"韦天舒突然叹了口气，"我跟家里破口大骂半天这个孙子王八蛋，那个孙子王八蛋，周明是个大傻蛋。这么着，还跟那卖命。你猜老头老太太说啥？"

周明望着他，摇摇头。

"老头说，人就得讲求个本心。"韦天舒低头笑笑，"人要是违背本心做事儿，特别不舒坦。那要是让别人说了这说了那，你就不是你自个儿了，那才是大傻蛋，以后都后悔呢。"

"周明，说实在的。"韦天舒忽然大笑，"我家老头，没念过啥书，脑子愣比我明白。我这火得一天三跳脚，看哪儿哪儿生气，尤其看你还犯傻。其实，你要不这么着，那可不就不是周明了么？"

　　他对于行将放手的"前途"，并不曾有那孩子所付出的努力和执着，只是，这两年，有些习惯了，习惯那些压力和责任，习惯那些挑战和荣誉，习惯了把自己放在那个位置上去。

　　其实，退一步，何尝没有其他选择？或者那选择才是他最初原本要做，也最适合他做的。

1. 一场精彩的演讲

清晨，六点钟多点，天还没大亮。这些日子的一切，如流水般在陈曦脑海中滑过。穿插在病区，想尽一切办法发掘"蛛丝马迹"的记者，如对嫌疑犯一样问话的调查组成员，茫然不知所措的病人与家属，烦躁憋屈怨气冲天的医生护士，还有，李波的无奈，萌萌的眼泪，周明站在一群记者、家属之中，被质问，被质疑，一言不发的沉默。

"这药对么？我同学的朋友在国外，也做这个手术，人家用的可不是这个药。哎？你这什么态度？我问问怎么了？你以为我不知道呢，现在就是查你们呢。"

"不能撤管？为什么？我打听了，人家××医院做的这个手术，七天管就撤了，这都九天了！报纸上说得可真没错，你们心可真黑！为了多要钱你们让我爸住重症多受这个罪！"

"转普通病房？我老婆这还烧着呢，怎么就转普通病房？要转进来的是走你们后门的吧？你们这儿可不就是，普通人是进不来，花钱都进不来，后门儿，一下就进来，把我们挤走。"

"姑娘，大妈就问你句实话，这周大夫的手术，到底得给多少钱哪？老头子明天就进手术室了，我这心里打鼓啊。花点儿钱真没啥，真的，给少了，老头子受罪啊！这要是给做得留点儿零碎儿……"

陈曦并不清楚，为何从小伶牙俐齿，拿了无数区、市，乃至全国的演讲比赛、辩论比赛奖项的自己，有理不让人，无理搅三分的自己，竟然越来越笨嘴拙舌，那曾经永远不吃亏，不让人的嘴巴，越来越选择沉默。

她知道有十七八种回答，有的诚恳，有的圆滑，有的是针锋相对的讽刺，然而这时候，她却什么也不想说。

陈曦更不清楚，为何一贯偷偷在心里笑话叶春萌的多愁善感、谢小禾的热血激情的自己，会在昨天，一个人冲进卫生间，锁上门，靠在门上，任由眼泪，恣意地淌了下来。

昨天，午后。周明从院办公室出来，快步地走回病区，从护士台抽出几本病历，就往病房走过去，只跟李波和她简短地说一句："走。跟二十五床谈话，签字。明天手术。"

他一如从前一样走路如风，那件总嫌肥大的白大衣"飘逸"地在身上晃荡。也许是他走得太快了，也许只是病人实在并没想到，这午饭的时间，副主任会来到病房，也许是那位等手术的患者，讲得太过投入……

周明站在门口的时候，里面正在演讲和正在听讲的人，都没有注意到他的存在。

于是，精彩的演讲继续着，演讲者投入地说，听众投入地听。

"这个医院手术的门道可多。你们猜怎么，我朋友跟我说，他朋友有个亲戚就是这儿做的，之前没给钱，进去手术室了，什么什么都做好，等着要下刀了吧，这人也迷迷糊糊睡过去了，突然间，哎哟，痛得钻心，那一下就坐起来了，那一声儿可就叫出来了，外面等着的家里人听得真切，明白了，这是没给麻药啊，赶紧的，送钱，才算免了生生受凌迟的罪。"

"哎哟，这可真是……吓死人。"

"住在这儿了，可不就是任人宰割？尤其手术室那地方，一进去，估计跟阴曹地府一样，主刀大夫就是那个阎王爷……"

"你们倒是说实话，给了多少钱。咱们也统一一下儿，谁也别瞒谁。"

"说得是。这肚皮里面的东西，哎哟，他要是给你故意落下个什么，一下儿不发作，赶明儿，三个月，五个月，一年，慢慢儿折磨，嘿，我还跟你们说，这到时候去别处都治不好，不明白，就得回来，再花大钱，这叫拿住了你……"

一片热火朝天的议论中，周明走进去，径直走到半靠在床上连比画带说的二十一床跟前，把手里的病历交给身后的李波，淡淡地说道："躺平，让我看看引流管。"

方才的热闹骤然消失，换之以尴尬的沉默。

周明不出一声地查了手术后的二十一床、二十二床，李波低头做着记录，陈曦站在周明和李波的身后，紧紧抿着嘴唇低着头，手抓着白大衣的下摆，微微地缩着肩膀。她不知道该怎么抬起眼睛，面对才说了这些话的这些人，她不想看，也不想记住。

"我们来谈一下明天的手术。"周明走到二十五床肝血管瘤病人的跟前，李波拿

/269

出手术同意书。

"这个手术对你来说的必要性和危险性，其实你们都已经作了许多研究，现在我就……"

周明的语调依旧平淡，一条条地讲，一条条地说，包括会诊时，有过的不同意见都一一说清楚，患者的儿子偶尔提出一些问题，他便就再一点点解释。病人的儿子听得认真，病人却仿佛一直担心着什么，总是有些不安，偶尔冲陈曦他们笑笑，偶尔又无聊地抠搪瓷饭盆上的油漆。

直到周明讲到最后，患者跟儿子，对望一眼，拿出笔来，又犹豫了一会儿，患者的儿子左手握住妈妈的手，右手有些发颤地签了同意书。

周明又再交代了一下术前病人的准备，然后，冲李波点头，往门外走去。这时，二十五床的患者冲儿子使了个眼色，他便追着周明出去。

"周大夫，再单独说几句。"

那个叫李岩的年轻小伙子有点尴尬地拽住周明的袖子。

"什么？"周明愣了一愣。

陈曦和李波识趣地一起往另一个方向走去，准备回办公室，这会儿，听见那年轻小伙子带着讶异惊怔和不解叫了一声："周大夫，您……"

周明返回病房，一口气走到方才的二十五床跟前。站住，想要说什么，却又闭了闭眼睛，转身出去，才走到门口，他抓着病房的门框，紧紧地抓着，手背上的青筋有些狰狞。

"周大夫？"李波往前走了几步。

周明猛地回身，又再走到了二十五床跟前。

"我记得您说过，出国之前，您是做教师的。您会因为哪个学生没给您送钱送礼，故意教错了他，让他考坏么？"

二十五床立刻答道："那哪能够，哪有往坏了教的。他们的成绩那也是我们的业绩啊。"随即似乎明白了啥，有点不好意思地说，"大夫，但是说实话，人之常情，那送礼的，总是会特殊照顾照顾。"

"那么我告诉您，手术台上没有特殊照顾，只有做好做坏。做好是大夫的脸面，大夫的成绩；做不好，是大夫没这个能力，你便把金山搬来，也是做不好。患者都有绝对的权利选择自己认为最有能力的大夫，既然你们选择了我，请你们，信任我。请你们，现在，"他停下来，环顾周围，"像当时选择我做你们的主刀医生时一样，信任我。"

很长久的沉默。

周明一动不动地站了好久，然后，走到方才那段热闹中的演讲者跟前。

"我不是当事人，没权利评价你讲的那个关于麻醉'故事'的真伪。不过我这个人较真，事事要个明白。你跟我来，跟我进手术室，进去，找任何一间你认为离门外最近的手术室，尽管扯开喉咙喊，让其他的人，站在外面，离门最近的地方，请你们试试，听听，如果在手术室因为没有麻醉挨刀的一声喊，究竟有没有可能被在外面的亲属听见，然后去给大夫，及时送钱。"

那人抓着棉被拉到自己胸前，手指在被子上划拉着，低声说："那倒是也……也不用。这事儿我也听说的……咳，好像是，也可能是报纸上登的，我这脑子也不好。咳，大家都说，这不是……"

更长久的沉默。

周明脸上的神色渐渐缓和下来，半晌，缓缓说道："我并不是想跟你争论谁错谁对，更不是想跟你为难。这不重要。重要的是，我不希望你们这样进手术室。"他仰起脸，闭了闭眼睛，"我本来不觉得我有必要跟人解释，但是……我今天跟你们说，你们信也好，不信也好，信多少也随你们。是，如今上级在调查我的问题，最后的结论还没有给出。在我，我做了一件有违制度的事情，就是给一个现在在病区轮转的学生亲属加了台手术，没有占用任何排期或者点名手术时间，跟你们当老师的给哪个亲戚的孩子补了节课，我想不出有什么本质的区别。这台手术除了正常费用之外，我没收任何红包礼物，至于为什么他们说我受贿，我不明白。我只让他们给护士台送了水果。因为是人情，我自己是为了自己带的学生加台手术，护士们跟医疗系学生没这层关系，一个果篮，表示点谢意和尊重。就是这样。"他低下头去，过了好半天才接着说，"我跟你们解释这些，是希望你们，能心里踏踏实实地进手术室。既然现在你们没有转走，没有换手术大夫，我希望你们像在排我的专家号时一样，信任我。"

周明在这一天，这一个下午，说了那么多次信任。

信任，是能求来的东西吗？

周明，是会为了任何事情费力解释，低头恳求的人么？

请你们信任我。说得急切而有些苍凉。这一次又一次地请求信任，钻进陈曦的耳朵里，晃荡在脑子里，翻搅在胸口，竟然就化作了奔涌而出的眼泪。

当这些日子里的每一个进了眼里就留在了心里的画面——从陈曦眼前轻轻地出现，再又消失，当这些日子里听见的每一句听进耳朵就反复会在耳边回响的话，一句句地从耳边再度经过，陈曦闭着眼睛，吸气，呼气……这日子，也还得一点一点地走下去。

2. 没有绝对的对错

"说了多少次了？开检查单子送血检的，四点之前送过来，别赶着这会儿送！又不是什么紧急的！怎么就光想你们方便从来不考虑护士这边儿呢？随口就支使？跑堂的啊？"

程学文才一进三病区的楼道口，就听见当班护士的高声埋怨。

并没出程学文意料地，低头垂手站在护士台跟前的是叶春萌。

来回过往的病人都好奇地往叶春萌身上打量，一个做完手术第五天，由女儿扶着下床活动的老太太低声跟女儿说："那个小大夫可是个绣花枕头一包草，长那么秀气，可其实是个蠢的，天天都挨骂，护士都老骂她。多亏管我的不是她，十二床，分她手下的，都愁死了，什么都得自己盯紧。"

"赶上个不靠谱的，是得愁。"老太太的女儿同情地摇头，"十二床今天找侯大夫说呢，昨天这个小大夫给换完药，今天觉得伤口痛。"

这母女低声说着话从程学文身边经过，经过的时候站住，恭恭敬敬地叫了声程大夫，然后又把跟早上查房时已经问过的问题几乎相同的疑问再问了一遍，听到了程学文与早上主治医杨清说的基本相同的回答之后，略微放心地继续往前走了。程学文站住，那边护士还在数落叶春萌，已经追溯到了她刚进科时量完血压没把血压计立刻还回护士台这码事儿上。

叶春萌的带教老师祁宇宙就在护士台另外一边，翻看病历，连头都没往这边转一下。

程学文往护士台走过去，直到他走到跟前，当班护士才停了嘴，抬头瞧了程学文一眼，语带双关地恨恨地道："程大夫，您说说，这学生难免丢三落四干事儿不牢靠，可是像她这么能惹事的也难得。这谁能跟她一块儿干活啊？拖累到死！这样儿的我看就不该让她毕业当大夫！"

叶春萌本来一直都一动不动地低头听着，听到最后，背脊陡地僵直了一下，却还是没有抬头，依旧盯着地面，直到听见程学文说"你到我办公室等我"，才抬起头来，看看他，又迅速地垂下眼皮，转身走了。

程学文站在护士台旁边，沉吟了一会儿没有说话，当班护士瞧了他几眼，低头整理手里的化验单，低声唠叨："本来就事儿够多的，凭空来这么一档子，查，查，查，调查组不算还有媒体来'暗查'，谁受得了啊？好些本来就事儿多的家属，现在好，同样的药新的批次换了小包装了，都跟盯贼似的问千八百遍怎么回事儿。这简直没法干了！"

程学文等到周围没病人经过了，招手让祁宇宙也过来，笑了笑说道："最近是事儿多点。尤其护士，是每天都得对着住院病人没办公室没手术室没门诊轮换的，出这样事儿，一分钟都没处躲。这心里不舒服，太正常了。"

程学文说着叹了口气："可是病人那边，往身上扎的针往嘴里吃的药，心里多担心一点儿，过了点儿，这也是人之常情，谁都怕死啊！说起来，前些日子报道说有的油条是掺了洗衣粉还是什么，我这都一个多月了，别说胡同口的，连正规店的油条都不吃了，别说油条，连油饼，带油的煎饼，也都省了，现在天天早上腐乳加馒头。吃得我啊，这一上午心情都不是太好。"

听到这儿护士扑哧乐了，祁宇宙也笑了，程学文停了停，收起笑容又对祁宇宙正色说道："你也跟其他住院医都说一下，一定要尽量方便护士的工作，明天早查房的时候，我也跟病区全体大夫讲一讲，大家开医嘱、化验单，不影响诊断治疗的情况下，要多考虑护士的时间安排，咱们对病人，也要尽量理解，尽量解释，至于学生做得不好的时候，批评是应当的，"程学文微微皱眉，沉默了一会儿，抬起头，还是惯常那个温和的笑容，他看了看护士又看了看祁宇宙，"但是咱们为了自己的工作方便，不要自己再制造不必要的猜疑，所以，尽可能地，不当着病人为非原则性的问题批评学生。"

当班护士看了看他，想说什么，终于还是撇了撇嘴，没说出来。

祁宇宙的脸却略微红了，低声道："其实怪我，这事儿该我提醒她，我没说。"

"还是这句话，大家都不容易。特殊时期，咱们互相体谅些，也算是，"程学文却并没有追问这件事情的原委，只是笑着叹了口气，"也算是共渡难关了。"

叶春萌站在程学文的办公室正当中，仰头呆呆地瞧着天花板。

她不清楚程学文会跟她说什么。最近对护士的"彻查"已经从一病区扩大到全科，三病区自然没有幸免。审查一开始，全病区的护士已经把骂她当成了每日必修

/273

课，理由五花八门，可以是不知道谁放错的化验单或者说不清是谁没扣好的血压计，也可以是因为一时没找到帽子口罩不敢进治疗室给病人伤口清理晚了，还可以是因为病人催得紧擅自没戴口罩进了治疗室拿东西。

当挨骂已经变成了家常便饭，叶春萌发现，自己对被骂这件事，已经没有了太多的反应。也或许，人的感情，喜怒哀乐的反应，都是个定数，爆发之后就会超支，然后，难以为继。

当那一天，在姑姑家里，姑姑一边扒拉着茶碗里的浮茶，一边淡定地说话的时候，她终于体味到绝望的滋味。绝望之后，难道还会失望么？所有的失望，概因期待太高而已。

不要对别人的宽容与体谅期待太高。既然连接受了自己的帮助的血缘之亲都能毫无顾忌地背叛耍弄了自己，怎么可能对自己不情愿，但确实不同程度地伤害到了的，跟自己非亲非故的人，再有任何期待。

只是，当从前会在病人面前替她承担责任，会跟护士替她分辩解释的带教老师和主管主治医生，如今对她礼貌冷淡得好像对待最难缠、最不讲理的病人家属，一副惹不起我还躲不起的架势，连该给她的指导都懒得多说一个字，而是尽可能地让她少做事，只等着她转科结束，离开此地的时候，她觉得有着窒息般的难受。

很不可理喻地，在此时，她居然每每去回味进科第一天，走进手术室之前，周明对她的讽刺式的呵斥。她曾经觉得，那简直是她一生中所经受的最大的羞辱。

羞辱。

不，现在才明白，那不是羞辱，只是一个医学院的老师，真正拿医生的标准要求自己的学生，才会说出来的话。

曾经恨得咬牙切齿的，如今，竟然有些许怀念。

至于被他表扬过的病历和手术记录、基本功操作……她甚至不敢再回忆。

唯独，在她因与病人交流不当造成误解和矛盾，被院办通报批评之后，周明在全科查房之后所说的那句话，如今在她的脑子里，更加鲜明。

"一个医生，只要对自己的专业技能不断学习，精益求精，对病人不放弃任何一点希望抢救他的生命，就已经尽到职责。医生没法控制生死，但是只要尽职，你们就不需要后悔，也不用对任何人抱歉。"

不敢再奢望任何东西。唯独，他说的那句话，却记住了。

只要尽职，你就不需要后悔，也不需要对任何人抱歉。

真的么？

她不敢相信。这句话也许只是属于并不现实的理想。然而，在护士的指责和数落中，在老师的冷淡和拒绝中，在病人的猜疑和埋怨中，她还是拼着最后的努力，去尽职，也确实，只有在清创、缝合、打结、拆线、问诊、记录、推断病因、察看检查结果……这些至简单的过程中，她才可以忘记了其他的一切，——那种"尽职"了的感觉，很好。

门声响动，叶春萌回过头，看见程学文推门走了进来，然后，带上了门，走到办公桌后面坐下来，示意她在对面坐下。

叶春萌的心里突然发紧。他会跟她说什么？最近他纠缠在这件麻烦当中，连病区都来得少了，这些天来，并没有跟她面对面地说过一句话。今天，在护士连珠炮的指责之后，他让她独自到办公室来，究竟要说什么呢？

她忽然无比害怕。

不，她并不只是怕当着他丢脸。从前，她希望他看见自己最好的一面，尽可能地表现，希望他觉得她聪明、能干、可爱……那点子小心思，那种说不清楚的感情，如今再想起来，简直是某种奢侈，奢侈地喜悦忧愁和哀伤的时候，距离现在，在时间上，几乎就是昨日，但是，突然想起来，却过于遥远和陌生。

站在他的面前，害怕担心，已经完全无关他对她这个人的看法，只是担心他对她作为一个医生的能力的肯定或者否定。

似乎如今，程学文是唯一一个有可能给她肯定的评价，且又说话有分量的人了。

从前，程学文从来都说她在实习生中，表现出类拔萃，不仅是这一届，便算是跟上几届的学生比，也都算得上优秀，那么，现在，也许，他不会因为这一件事，跟其他人一样，将她做医生的能力，全盘否定了吧？如果……他因为所有其他人对她的否定，也否定了她呢？

心里如窒息般地绞紧，然后，在那一瞬间，叶春萌决心为自己解释，为自己做医生的能力分辩，为自己的坚持做努力。她双手下意识地紧紧地抓着自己的白大衣，深深吸了口气，望着程学文说道："程老师，今天下午……"

程学文摆了摆手，摇头打断她："不必说了。"

叶春萌望着他，揪着白大衣的手，抑制不住地抖。

"这段时间，你想必受了不少委屈。我虽然没有具体了解，不过可以想象。"程学文抱着双臂靠在椅背上，瞧着她的目光是温和的。

叶春萌的鼻子一酸，多日来似乎在责骂和冷淡中已经失去工作能力的泪腺，突然间有复苏的迹象。她低了下头又仰起脸，毕竟还是把眼泪克制了回去。

"我想大部分时候你是被冤枉了吧？比如今天？"程学文看着叶春萌。

"我……"叶春萌抬起头，方才想要解释的话，却说不出来。

"我知道这很不公平。原则上，我应该说几句话，替你主持这个公道。"程学文皱眉叹了口气，"但是我没有，以后也不会。"

叶春萌呆呆地望着她，半天才道："是我的错。大家生气是应该的。"

"你的错？"程学文摇了摇头，"这件事其实没有谁绝对的错了，但是结果，对很多人都不公平。对有些人格外不公平一点。人么，谁能没有情绪？到了这时候，发泄起来，也就难想到是不是公平合理了。"

"没关系。"叶春萌低声说，低头瞧着地面，半晌，才继续说道，"只是程老师，我很想，我非常想，"她喉头哽咽，似乎说话格外艰难，但终于还是说了出来，"想做个临床医生。我有很多不好的地方，我会改，会尽最大的努力，做个好医生。"她说完，迅速地低下头去，用手背在眼角胡乱抹了一把，低声继续说道，"怎么骂我都没关系。别不教我，别不让我做医生。"

"不让你做医生？怎么会。"程学文怔了一怔，随即笑道，"呵呵，其实我本来想，让你这两周提前去转门诊，躲远点能好一点，不过既然这样，"程学文站起来，"你这么想的话，还是就在病区。护士说一天两天，一周两周，总会说烦了，没有事儿永远过不去。老师不主动教你，你可以问，问一句答半句你就问两句，问一次没有给你讲清楚你可以问两次三次，你要知道，除了你自己，没有人能真的决定让你做什么不做什么。"

3. 想做个临终关怀医生

这台肝血管瘤的手术，足足做了七个小时，十一点开台，周明从手术室出来的时候，再跟等在外面的家属交代完手术情况，就径直去小卖部买了两包烟揣在兜里往医院楼后面过去，在花圃的水泥台坐下来，点烟。

一支吸完，再准备点第二支的时候，听见有人叫："周老师。"

周明循声看过去，刘志光站在不远处。

"什么事儿？"周明把烟掐灭。

刘志光走过来，在他旁边蹲下，仰着头看着他，犹豫着道："他们让我……让我来找您，让您别抽烟了，回去一起吃饭。"

周明皱眉，才要说话，刘志光又说："我看着您已经抽完一支了。刚才没来打扰您。您别抽太……太多。"

"你……"周明心里烦躁，想着怎么把他打发了，朝他看过去，却发现他满脸坦然的真诚。

"周老师，真的。烟不能当饭吃啊。"刘志光认真地看着他。

"你啰唆什么"这句话已经到了嘴边，周明一抬头，看见刘志光的脸，这句话却咽回去了，变成了温和的一句："我过会儿就去吃饭。"

"哪儿能……哪儿能不饿呢，那么久了。"刘志光摇头道，然后又望住周明说，"您烟抽太多了，这真的不行的啊。"

周明呆怔地望着刘志光，有点哭笑不得，他跟自己说话的样子，像足了正对着个闹脾气不配合治疗的病人。脸上的神情，带着好脾气的不赞同，和准备将劝说进行到底的坚毅。

周明苦笑，心里却有一点点温暖的感动。刘志光，这个把做外科医生当作最大理想，付出了最大的努力之后，不得不放弃了做外科医生，却绝对没有放弃自己理想的孩子。

理论基本功考试之后，周明拿着刘志光的成绩犹豫了许久，拿不定主意，是否应该因为他是刘志光，自己跟自己比，已经有了那么大的进步，出于鼓励，手抬一抬，给个更好看些的成绩，算做给他这段努力的肯定和鼓励？

跟程学文、韦天舒一起重新审成绩，到刘志光这里，周明停住，把自己的想法说了，沉吟着道："按照我看，所有不规范的地方都像我扣其他人那么扣分，他依然是不合格，但是他真的进步太多了。如果给出不合格的成绩，后面他可能就更没有信心，更糟糕。我想是不是在不影响名次的情况下，提到至少及格的水平？想想他高考，考了三次终于考上了……"

韦天舒立刻"靠"了一声，说："没完了？你还没完了？你手把手带过他没有？你带教时对他特殊照顾过没有？你还鼓励他？他已经是个一门心思往前走的黄牛了，你还要把他变成犀牛？"然后看了眼周明满是犹豫的纠结的脸没好气地道，"你对临床工作执着热爱我理解，你崇尚努力坚持我理解，这轴人看轴人特别对眼，我也知道。问题是，你不能光看见他轴，就觉得他是你；你不能因为他轴，就忽略他跟你，跟其他又轴又能成个出色的大夫的人不一样的地方。得得得，我才无所谓呢，

/277

这分数又不真影响分配，就影响，你要照顾一块朽木，我也都给你面子，绝无异议。"

程学文却笑了，说："我也没有异议，本来操作打分扣分都有主观因素，按我的标准你打出来的分数都可以往上加，按我的标准他就过了。不过怎么都好，不影响名次的情况下，稍微好看一点，让他以后努力的时候多点信心，也许会顺利些，如果坚持绝对的同样标准，也无不可，这个分数就是对他前一段努力的一个回馈，也许对于他以后的选择，有帮助。无论如何，是不是坚持做外科是他自己的选择，他肯定不能留在我们教学医院，省级大医院也难，但是他的理论水平加上我们学校的牌子和我们医院的转科经历，去外省基层医院外科，应该没问题。他如果非得这么做，然后一点一点地努力，谁也不知道他会不会三十岁甚至四十岁时就达到周明能给出优秀成绩的标准了。"

"三十岁四十岁？"周明皱眉问。韦天舒放到明面儿上的挤对他无所谓，然而程学文的这句话里有话的言语，却让他听得刺耳，加之这些日的烦躁，周明觉得头发根有点竖，近乎想要翻脸。

周明跟程学文虽然从大学就是同班，但是性格上都说不上热情，工作中主攻病种又不同，先后出国进修的时间段也岔开，始终没有过过多接触，加之因为林念初的关系，周明固然不觉得自己跟林念初的问题有程学文的贡献在其中，然而，心里难免对程学文的长达十数年的温暾颇不以为然。对于周明而言，喜欢就是喜欢。他瞧不上程学文对念初的态度，若真喜欢，当年有的是机会摆明车马地把她抢过去，不至于大男人一个，喜欢了多年连句表白都没说出口过，搞得旁人都议论纷纷，林念初却愤然说旁人无聊庸俗不理解他们从小的纯洁友情，无中生有无事生非。这一点上周明绝对相信林念初的脑子单纯——鲜花下跪宿舍楼下弹琴的追求者太多，林念初的心里，大概情书一万字以下绝不能算追求，连喜欢都没说出口，怎么可以算喜欢？可是既然连说出口的勇气都没，她已经嫁人，你程学文就不要再惦记，如此这般实在让人腻味。这就跟他处理工作时候的风格——从来没有鲜明的意见，一句话总是说七分留三分一样让人别扭。

程学文关于刘志光的这番话，一如他对待任何其他要讨论的话题一样，真正是纯"建议"，而在这个周明本来就烦躁的时间里，在这让周明确乎难以决断，没有绝对信心的事情上，实在让他觉得是种抱着看热闹的心态，淡淡讥讽的推诿。

"不可能吗？"程学文淡淡笑着瞧着他。

"废话！三四十岁达到合格……"周明是真有点火了。这一段日子，他亲眼看着刘志光的努力，手把手地带他，手术间隙，听他结结巴巴但是满怀尊敬地说起来当年魏大夫的一切，那样执着，那样向往，几乎是他十多年的带教中，从来未见。而这孩子执着地向往的，又偏偏就是他自己心里最宝贵最珍重的。

　　不是每个医生都能理解病人的心情，只有经历过病痛，或者经历过亲人因病痛而离开自己时的彷徨绝望无可奈何的人，才能体会。刘志光经历过躺在床上的绝望所以对于治病救人如此执着；周明经历过父亲重伤无救，母亲重病而去的绝望，所以执着。对这个执着的孩子不能放手的愿望，让他怎么能够不呵护，不痛惜？如何能容别人拿这样的语气来嘲笑？

　　"不是废话。"程学文收敛了一下笑容，"八股文似的文化考试要用三年的时间达到跟他现在的同学勉强拉齐步的水平。周明，你说，在生命科学这样严谨之外尚需灵感的领域里，他需要多少年，才能达到你周明认为可以治病救人的水平？"

　　周明愣住，半晌皱眉说道："你觉得他做不到，兜那么大圈子干吗？"

　　"谁说他做不到？"程学文摇头笑，"但凡认真做一件事，他又不是傻子，做不到专家的水准，做个合格的外科医生，总能做到。他花三倍的时间高考成功，没人能说他不能花五倍的时间达到某个水平。至于值得不值得，不是谁说了算。"程学文说到这里停住，瞧着周明，"有时候爱护不见得是替别人做决定和选择，他有自己选择的权利。哪怕错了。这是——尊重。"

　　终于，周明还是没有抬这个手。

　　拿到了考核成绩的那天，查房之后，刘志光要请一天假。周明立时觉得他这是在闹情绪，几乎冲口而出跟他说，"男子汉，对自己的选择要有担当，无论如何，也要有始有终地把在外科的轮转完成"，然而想起他一贯的努力，又替他难受，挥挥手，连理由都没问就准了假。晚上夜班，周明被叫下去看个怀疑是胰腺炎的病人，却一如从前地看见了刘志光，他在耐心地给不需要缝合的病人清创，开破伤风针，然后不厌其烦地嘱咐护理的注意事项。外面急救车风驰电掣地到了，门口分诊护士高声地喊人帮忙抬轮床，才给一个病人指点了去治疗室怎么走的刘志光，赶紧就往门口跑过去了。

　　急救车送来的病人不是外科的病人。周明却没有立刻上楼，站在楼梯口，看着刘志光跟导医一起把病人从担架上过到轮床上，送进抢救室，在门口帮忙挡着想往里进的家属，给家属解释状况。待这一阵混乱过去，恰好一个病人拿着单子四处问急诊B超在哪儿，刘志光说了一通那人还是茫然，他便领着那病人一直走到楼道口，指着前面说"往前走过了治疗室左拐第三个门就是，会有人排队"，然后他站在当地，看着那人往前走，到对的地方拐了，才回转身想往回走，一抬头看见周明在楼梯口站着，犹豫地叫了声"周老师"。然后，心虚地低下头去，一脸惭愧地低声说："我又做了没用的事。"

"什么？"

"不做大夫做社工。"刘志光头低得更低，声音也更低，"您说过我一次。"

"我说过你？"周明茫然地问，早就忘记自己曾经在某个忙碌的晚上，喝问他是临床系的学生还是社工系，更加不知道，自己这一句喝问，让刘志光从此被陈曦他们冠上了"白衣社工"的名号。

刘志光低头瞧着地面不说话，仿佛在等待他的呵斥似的，过了半天没有等到，抬起头，望着周明说："周老师，我……我也想干大夫的事儿，不过干不好，还给别人添乱。您、侯老师、李老师都花好多时间教我，他们都说，这个工夫，十个病人都处理完了。"

周明摇头道："不能这么说。谁都是从生到熟，教学医院，教学跟临床并重。"

"可是我，"刘志光犹豫着，停了一会儿，仿佛下了很大决心似的，"我好像真的做不大好，我说不出来，我在下面练习，很多次，拿猪皮、海绵缝，在床栏、桌子腿上打结，吃着饭也练，睡觉前也练，总是练，可是一到病人身上，就……"他抓抓头发，用了一个周明用的词，"就走样儿了。"

"你怎么就不能突破这个关口呢？"周明说得有点起急，"你说，这也不是第一次第二次了，按说，有了几次，就应该习惯这个感觉，要有自信，你没有自信你怎么都得走样儿。"

"我……"刘志光嘴唇动了动，没有说下去。

"你说，你告诉我，究竟为什么没有自信？是不是老师，尤其是我，脾气太不好？"周明拽着刘志光的胳膊在转角背静处的楼梯上坐下，"你害怕？其实韦大夫比我会讲，不，要不我把你调到三病区程大夫那边试试？"

"不是！"刘志光使劲摇头，"我没有怕您！没有怕您骂。我知道您说我们是为我们好、为病人好。"

"那你，怕什么？"

"我……"刘志光把双手搭在膝盖上，半晌才道，"我怕病人疼。"

周明愣怔地瞧着他。

"我扎过很多针,真疼。"刘志光低声道,"我拿着针,碰着他们皮肉的时候,就想起那些疼。忍不住就想起来。"

"疼,是为了治病。"

"我知道。"刘志光的头垂得更低,双手夹在两膝之间,"可是,我忍不住会想起来,一想起来手就抖,就会让他们更疼。我做不好。"

"你已经有了很大的进步。"周明沉吟着说,心想,也许是该跟他解释一下考核的分数,正想着如何措辞,能够不打击他的信心,又实事求是,便听他继续说道:"可是我,就是手笨反应慢。好些事儿也都是。别人练,练三次能练好了我就差不多得练十次。这个跟背考题不一样,多练一次,病人就多疼一次。我……我做二十分钟,萌萌四五分钟就做完,别人也都很短,病人就少疼。我想,他们都做那么好,能让病人少疼,还是让他们做好了。"

刘志光神色间有些遗憾,有些难过,但是却带着很认真的坚持。

周明只觉得胸口仿佛堵着什么似的,一时间觉得有很多话想说却说不出来,只缓缓地把手搭在刘志光肩膀上,轻轻地拍了几下。

"可能我真的,"刘志光皱着眉头思索着,"应该做个社工。陈曦说,西方国家都有,香港也有。有社工,病人就踏实些,大夫也轻省些。"

"可是中国的医院,"周明苦笑,"并没有社工。"

"有松堂临终医院。"刘志光的眉宇间仿佛有了一点光辉,"那里的病人是,不会、不可能再康复的病人。可是也需要医生,那里的医生要做临床医生的事,可是也有点像社工。"

"临终医院?"周明喃喃地重复,他知道松堂临终医院,但是从来在心里,并不觉得那可以称之为"医院"。医院应该是为康复而战斗的地方,至少是为了这个目标和希望,一个在沉寂中等待死亡来临的地方,能够称之为"医院"吗?

"我考完试那天,我觉得,我还是做得不好,我很难过。我觉得我什么也做不好。"刘志光抬头看着远处,"但是陈曦来找我,陈曦……她说十一床肝硬化末期的大爷又不肯配合了,她说:'我们都不行,你来试试吧,你行。'然后我就去,然后我……陪大爷说了好久的话,慢慢就把常规检查都做了,把血也抽了。大爷也……也平静好些,他不是胡闹,不是故意难为咱们大夫,他病治不好了,害怕死,很怕,又没儿女。我跟他说完话,他心里也没那么难过。我忽然想,我可能应该做这个。

这个没有治好了病人那么有用，可是我能做。"

"临终关怀医生？"

"我也没有特别想好。"刘志光有点犹豫地瞧着周明，"可是我今天，大爷从我们这里转到松堂临终关怀医院。我答应他一定陪他过去，所以今天请假陪他过去。我看了那里，那里的病人跟大爷一样，永远不会康复出院了，可是还有一个月两个月，半年一年。我还跟那里的大夫聊天了。他们很需要人。"

"你今天，是去陪十一床去松堂医院？"周明心里猛地一动，有点说不出来的滋味，只是拍着他的肩膀。

"周老师，您会失望吧。您教我那么多。"刘志光惭愧地低声说，"还有魏大夫。我很想做像你们这样的大夫，让病人康复。可是我觉得我不成，很多别人都比我成。我笨，就做……做大家不想做的这个事。总也需要人做的。"

"失望？"周明摇头，再摇头，吸了口气，"刘志光，不管你以后终究做了什么，我都觉得，你学得很好，你学了我想教给你的，你学的，比我教给你的，要多。"

"周老师，还是吃饭去吧。你觉得不饿，可能饿过了。吃几口可能胃就开了……"刘志光望着周明，好脾气地劝说。

周明摇头叹气，站起身来："走走，吃饭。"

一病区护士台，方才跟周明上手术的主治刘远、李波、陈曦都没走。

"你觉得刘志光真能把周老师叫回来？"李波不能相信地瞧着陈曦。

"那你说，是你能还是我能？"陈曦耸肩膀。

"这……"

"你我现在都不大敢跟他说话。"陈曦撇嘴，"让个与众不同的去，没准还行。我瞧周老师就算火了都不好意思跟他发，就算发了，他也不见得觉得难受，兴许周老师发过了脾气就还有点歉疚，就跟他回来了。"

李波目瞪口呆地望着陈曦，半天说不出话来，一抬头，却见楼道门打开，刘志光跟周明一起走过来了。

4. 你是我们心中的好医生

聚味楼最精致的一个包间。

周明看着眼前的几个人。同事？下属？朋友？甚至……战友？

这些人拽着他来吃饭喝酒，这些人。他以为他们会劝他什么，但是没有，他们只是嘻嘻哈哈地点菜，嘻嘻哈哈地讲那些精致或者粗俗的笑话，到现在，已经一斤白干儿、半箱啤酒下去了，他做足了心理准备，他们却没有一个人像是要劝他。

护士长从脖子红到耳根了，托着额头晃着杯子。她比他大了七八岁，从他实习时就在一病区，当时已经是资深护士了，从来都是大姐派头。从开始对他任何一点儿差错、遗漏都毫不客气地呵斥数落，到很快再难挑出毛病，反而对他过于较真过于认真忍不住地劝说，到发现某个砸锅卖铁来北京看病的病人的丈夫孩子居然在他办公室打地铺住下了，搞得一尘不染的办公室一片狼藉时一声叹息。她没跟他说什么，却在那个病人终于出院的当天，他还在手术室的时候，把他的办公室清理得如前的干净。护士长这时候已经是他的下属，然而他从见习生实习生一路到病区主管科副主任，除了交代工作的时候，从来就不觉得她是下属。护士长儿子打了预防针之后来了，一一地叫人，他相当自然地就跟小孩说，叫舅舅。护士长翻了一眼，什么舅舅，叫哥。大家都狂笑，周明尴尬地摸头，然而心里却没来由地觉得特别柔软暖和。

许护士从前在聚会上很少喝酒，今儿却上来自己满上了一盅白的，朝周明举了举杯，几下子就干了，又满上。她从前说不喝，没人敢起哄劝，今儿可着灌，李波老江他们都有点儿惊诧，李波嘀咕了句许姐闹半天是海量，可也还是没人敢接着起哄。她是手术室护士里出名儿能干的，脾气也是手术室众多泼辣脾气的护士中最泼辣的一个，现在还会因为韦天舒填手术室使用登记时写错时间，揪着他耳朵敲他脑袋把记录戳他眼前让他查。周明没有韦天舒那个跟人打交道的本事，对许护士这样脾性的人是当真心里发怵的。他还记得第一次去求许护士"破例"夜里开手术室的时候，自己心里当真是没半分把握，论交情没有，论资历，自己也还刚刚破格提了副主任，当时尚还不是病区主管，他做足了准备她摆出规矩给他张冷脸丢给他俩字"不成"。

那是个农民工，在北京拼命干了几年瓦工攒了些钱，原本打算带回家过点舒服日子，结果只能拿来治病。他不舍得，可是胆结石一次又一次地发作已经快要了他的命。他听说要手术时，不自觉地把手搁怀里，紧紧地攥着他那包用旧绒布包着的辛苦钱，生怕被强盗抢去似的，一下眼泪就出来了。嘴里哆哆嗦嗦地念叨："那就做……快做了……做了就彻底好……别痛一次也得打点滴花好些钱。"

周明看了他良久，一时间竟然没法跟他解释病房的病床有多紧，手术的队又已经排得多长。他结石发作胆绞痛频繁，每次发作抗炎治疗的药费、治疗费对他而言也确实是个不小的数字。周明不知道跟他解释现实情况他懂不懂，但是无论他懂不懂甚至理解不理解，现实就是，他没有任何公费医疗和保险，多耽误几天，就把他的辛苦血汗钱花得更多些。他说的不标准的普通话里夹的方言，周明很熟悉，那是他小时候，父亲下放的地方的方言。父亲意外去世之后，表叔还没把他送回北京的大半年里，有许多讲这样方言的人，把家里不多的干粮分给他一块，衣服分给他一件。他已经记不全所有人的名字，但是记得住那方言的调子。

周明终于还是没有解释，自己硬着头皮把他收进来住院，手术前却没能安排进病房，检查期间就在急诊楼道加了个轮床，倒是把那几天的床位费都省了。然而拿着自己的手术安排、带教安排、门诊安排反复琢磨，除了夜里加一台，实在是插不进去了。他只能去求让他心里最发怵的许护士，说的时候一直低着头，心里着实紧张，待将苦衷讲完，他手心里居然攥出了汗，抬起头见她的脸色并不算太冷，忍不住又加了一句：“当算给我个人情。”

“给你？”她挑挑眉毛，仿佛有些嘲笑地瞧着他。

周明说不出话。

许护士撇了撇嘴，撂下句“下不为例”，竟然一声抱怨都没讲，就转身去给他安排手术室了。

周明没有“下不为例”，且每一个下一次，都还厚皮厚脸地去找脾气最大、说话最算数的许护士，从第二次开始就说是“最后一次”，他说话的神情从战战兢兢小心翼翼到嬉皮笑脸谄媚奉承，她对着他从板着脸到皱眉埋怨到敲诈请全组护士吃饭到无可奈何地嘱咐他，做完太累了就跟休息室凑合睡一觉，别夜里迷迷瞪瞪地开车，也别老拿烟吊着。

周明很多次想郑重地向许护士道个谢，但从前太生，尴尬，后来，再说多谢，倒真的怕她翻脸了。

老江量大，一杯杯地灌下去，脸还没变色。周明叫他江老师。只是，“江老师”是公社社员举手表决代替高考的工农兵大学生，虽然十二分的勤勤恳恳拼搏努力，把回炉再教育撑下来了，但是却越来越难适应这些年医学技术飞速发展，对医生越来越高的要求。

周明记不住从什么时候开始，老江看他的目光已经从和气的赞许变成了有些卑微的询问，称呼从开始的小周变成了周大夫，而他和老江之间，由老江教，变成了周明从旁监督和指示。很多个已经下班的晚上，特地收了手术，他带着老江上，有时候累了，看见老江依旧迟疑畏惧的目光和不规范的操作，忍不住出声呵斥，而手术完，蓦然间看见他一头花白的头发，想到从前自己跟林念初吵架之后"无家可归"孤魂一样地溜达，被老江领回家，吃上了他亲手做的喷香的排骨面，听他跟他媳妇一起劝解讲述"家和"之道，就又觉得惭愧而心酸。

不久前，老江在第三次也是最后一次考主治医生的机会中失败。李主任和周明都尽力跟院方协调，将老江调到院办公室了，那里待遇不错福利照旧，老江直劲儿地说谢谢，只是眼里深深的遗憾和失落却怎么也掩饰不住。前天，病区的同事凑份子买了电器城的礼物卡送他，只这告别不是"高升"，大家不能热热闹闹吃饭喝酒地送，谁都觉得尴尬。护士长说"她去"，周明说"还是我去"，走到门口，看见老江正蹲在大办公室属于他的柜子前收拾东西，散乱的书籍堆在地上，老江手里拿着一个装了整套手术刀的布袋，反复摸索端详。

看见周明，老江站起身走过来，狠狠地拍了下他的肩膀，瞧着他，眼睛有点红。

"你行！"老江说，"我有时候想，自己是不成，可想想周明也叫过我老师，是我教的他基本无菌操作戴手套穿手术服。心里……心里还挺得意。"他眼里充泪，声音哽住，停了好半天，再又使劲拍拍周明的肩膀。

老江扬起头，深深吸了口气，把那个装了手术刀的布袋郑重地双手递到周明手里："当年张教授说，他拿这套刀，做成功了他这辈子最难的一次手术。他送给我，说是幸运刀，鼓励我能赶上来。我辜负了。我送给你！你才是最最衬的一个人。你别理现在那些苍蝇瞎嗡嗡。你就是个好医生，咱病区、咱科，最好的一个。这苍蝇、蚊子、蟑螂总有，拍不完，但人还是得该怎么活就怎么活着。"

周明接过那个布袋，说不出话，原本在心里酝酿良久的几句开导几句祝福变成了一声——"江老师"。

周明知道，那也许是最后一次叫他老师，却是最虔诚最感激的一次，并且头一次，在叫他老师的同时，郑重地给他鞠了一躬。

5. 你是我最得意的学生

桌上已经杯盘狼藉。陈曦在教刘志光玩"小蜜蜂"划拳，刘志光似乎对这项从前没接触过的新鲜玩意儿来了极大的兴趣，很认真地手忙脚乱。陈曦乐得肩膀都颤了，显然是逗他，眼睛里却已经没有了从前对他的厌烦和轻视。许护士忍不住凑过去，拍着刘志光肩膀道："这小子真逗！来来，我跟你玩一盘。"护士长低声跟老江说话，李波满了一杯啤酒，走到周明跟前。

李波拿的是一杯啤酒。

"今儿的最后一杯。"

李波朝周明举杯。

他的脸和脖子微红，显然还有很大余地，周明瞧了瞧那杯啤酒，笑了笑："你的量是多少？"

"上学的时候，半斤白干之后，做数学竞赛题没问题，一斤之后大概开始说胡话唱歌了。"李波笑，"自从工作，没有喝超过三两。"

二十四小时住院医，即使不值班，也会随时因自己病人的突发状况或者临时急诊人手不够被叫回医院，要时刻保持清醒。

这是周明做住院医时，张志祥反复强调过，周明再又三令五申地讲给李波他们的要求。

李波初入临床开始穿上白大衣实习，作为"医生"的最初，正是周明做"老师"的开始，他是极少数周明真正手把手从实习生带到住院总大夫的学生，更是他所有带过的学生中，最最满意，简直称得上得意的一个。

李波的笑总是温和厚道，对同事，对病人。不管多累、多乏的时候，或是抢救病人之后被嘉奖的时候，还是因为犯错被呵斥的时候，甚至，被错怪的时候，一直如此。他一直比同年的住院医多管了近一倍的床，因为能干、严谨，让人放心，从不唠叨，毫无怨言。对周明放下去的安排，他从来都是带着温厚的笑抬头，俩字回答，"好的"。

周明坦然地以更高的标准要求他，把更重的责任交付他，就如同从前老主任对自己。他看着李波从生疏而至规范，由规范而初现行云流水气韵的手术操作；抢救中，从强作镇定到能够沉着淡定地指挥护士和低年资住院医、学生协同合作，隐隐然有了大将风度；病例讨论会上，从羞涩地看着桌面不敢将自己的想法怀疑讲出来，到如今自然而然地陈述诊断理由——时常都能考虑到已经不直接管床的上级们想不到的方面……周明有一种说不出的满足。

偶尔看着如今新进科实习生的慌张，新住院医的生涩，他们做错事被批评之后的失落灰心，周明或者其他高年资带教医生都会半鼓励半数落地说一句：

"急什么急慌什么慌？都是练出来的。看你们李师兄现在这么能，他当年可也……"

这时候，李波会从手头忙着的活儿里抬起头，一乐。

各个方面出类拔萃的李波，是小师弟师妹看得见努力方向的榜样。

突然间，因为一个任何行业都存在的人情，一切天翻地覆。主任说，要办"医德周"，而李波将是那个"反面典型"。要重新反思，要改变从前，做个"有道德"的好医生。

他不是不能理解主任的无奈，然而，难道真的就要把这一场闹剧，最终以这样的形势，推向最后的高潮？

李波将那杯啤酒干了，却没立刻走，低头，笑，再抬起头来，对周明说道："六年了，跟您说话，绝大部分时候是请示工作，再或者就是聊球，再极少数是对消化科、产科、院办讽刺挤对发牢骚，都没怎么说过别的。"

"还能说什么啊？"周明抓过二锅头的瓶子对着灌了两口，敲敲瓶壁，"我没跟你挤对过韦天舒？他到处吹牛海量结果跟我拼了不到两斤就趴了。"

"后来他就到处吹牛说他跟您两人把大内科一个科毙掉了。"李波笑着，"说联欢时，他们拿小盅，他跟您都拿瓶子。"

"这孙子就该去当小报记者。"

李波乐了，许护士在那边也大笑。

但笑过之后，空气却如凝住了一般，没人说话，陈曦本来夹起来就要送进嘴里的一筷子鱼，缓缓地放了下来。

"周明。"老江已经满面通红，眼白都有了些红丝，他"当"的一声把手里的杯子蹾在桌上，往周围看看，"还是我就倚老卖老来说这话，这都是，"他胳膊一挥，"也不止这个，不往多了说，我敢说咱一分区，谁都知道你。对这个混账事儿你怎么应付，你还是你，大家还是知道你。"

周明愣了一愣，还没答话，陈曦在旁边轻轻叹了口气："其实我脑子里不断想象，想象各种方法能不被发现地在萌萌她姑脑袋上纹上'我是狗屎'，再不然，犯在心胸外科手里，我瞅个机会，在她心脏刻个'狼'，在她肺叶刻个'狗'……"

许护士大笑，老江原本颇正经严肃的脸色也缓了，摇头道："真是小孩。"

李波冲陈曦笑道："你就打岔，影响我要跟周老师抒一下情的情绪。我刚才使劲狠灌了半天才酝酿好的……"

"什么抒情?"周明愣怔地瞧着李波,"你……跟我抒情?"

"不行我得来点白的。"李波叹了口气,从桌上抓过二锅头瓶子,倒在杯子里约莫四分之一的样子,仰头又喝了,周明皱眉瞧着他,疑惑地问:"你到底要干吗?你……不是终于跟我说,你要辞职吧?"他说完这话,心里真的一动,如今年轻住院医生流失甚多,有下药厂赚钱的,有出国改做基础公卫的,有攒几年经验去了外国人在南方开的私家医院的。李波英语极好,转博考试中最难的英语部分拿了全部考生的第一,跟人开玩笑去考 GRE,新东方的课一次没听,不过是自己背单词做题,竟然就考了 2250 分的高分……

"辞职?"李波发愣地瞪着周明,半晌,乐了,然后又收敛笑容,认真地道,"不舍得。"然后偏头似乎又认真想了想,摇头道,"还真不舍得。"

周明不自觉地松了口气,心情悬吊然后又放下的这忽忽数秒,让他有一种莫名的轻松,李波这一句笃定的"不舍得"让他突然觉得,其他的,全都无足轻重,难得地起了开玩笑的兴致:"只要不是告别致辞,抒吧,抒吧,尽情,随意。"周明坐下来,靠在椅背上舒服了,笑呵呵地看着李波,"长篇短篇?"

"七年了。你手把手把我带出来……什么都不用说了。什么谢谢、对不起,不,我跟你不说这些。没有意思。"李波望着周明,"下下个月,系统青年医生基本功大比武。"李波敛了笑容,很正经地说,"四个教学医院五个附属医院十一家下属医院的所有专家都看着,到时候,我让他们看看,外科医生周明带出来的外科医生李波,是什么样子。"

周明眉毛一跳,定定地瞧着李波。

"优秀病区还是'白狼窝'那都是他们说的。"李波的眉宇间有着平日从来没有过的豪情和霸气,"让他们说。让我,把基本功大比武的金杯给咱病区端回来,跟在凌远大夫的金杯、您的金杯后面,再给咱们病区,来一个。"

6. 行将放手的 "前途"

"关于长期持续支援地方基层医院的经验体会。"

这行字标在一个文件活页夹的脊上。周明微微眯着眼睛对着这行字看了好一会儿,深吸了口气,仿佛下了个决心似的,把它从书架的角落里,抽了出来。

文件夹的表面,已经积了薄薄的一层灰。

最后一次动它，应该已经是两年前的大年夜，当时周明才刚从北方某县城回来，他在当地对口医院协助指导外科住院医规范化培训，因为与该院新上任主持院务工作的屈副院长和外科梁主任观念上诸多的一致，他们配合默契，使得那一次与从前许多次相对流于表面，名大于实的"下基层"颇有不同，很多他在从前下乡支援基层医院时的所见所感，发现的问题，积累的经验，反复考量之后陆续敲在电脑文档上整理到了文件夹里去的设想，这一次，终于有机会真正切实地在培训中尝试。

原定为四周半的支援时间过得飞快，临近归期，周明瞧着才刚刚铺展开来的培训，竟然舍不得回去。他知道在进行过程中，会有许多事先想象不到的难题，当地医院临床技术水平与经验，教学力量有限，进行下去，"规范"的程度，也就有限，如果他和另外那些从第一医院下来的外科医生能多留一段时间，一定大有帮助。他也知道，如何解决这些问题的考量、经验和教训，对于以后他们在其他同级医院开展与改进培训计划大有意义，甚至，在这样县城二级医院的住院医培训和临床工作中遇到的问题，跟他们平时工作中遇到的问题有许多不同，对这些不同的认识和研究，对他们自己的教学，也是一个相当重要的补充。

临行前一晚那顿告别晚饭，北方的大众家常菜，算不得精致，酒，就是再普通不过的青岛啤酒和二锅头，可是他们聊到了深夜。

屈副院长说授人以鱼不如授人以渔，周明说，输血不如提高本身造血干细胞的机能，两人说完各自干了满满一大杯。然后，周明笑了，叹息说，那需要时间，那不是十天半个月，或者一个月两个月能做到的。

梁主任说，其实南方有医疗系统内部已经开展这种尝试，大城市三甲教学医院，选择小城镇上相对门诊量大，病源充足，拥有一定先进设备，能够开展一些先进技术手术的二级医院，这些医院承担了当地主要的医疗卫生服务，但是水平和规范化程度与医学院附属教学医院相差甚多，由对口的上级医院高年资主治以上的医生像在自己医院一样门诊、查房、带教、带手术、跟术后处理，每批人至少工作四个月至半年，甚至一年，这一批人回去，下一批人跟上，有的医院已经开展了近两年，反应甚好。

周明说着跟屈副院长和梁主任又干了一杯，说："其实我已经打过报告申请第一批下来做这个尝试，但是并不知道上面如何安排，我不是没有顾虑，但是如果上面决定让我来开始做这个尝试，那么我一定尽全力。"

周明在回到北京的当天，就找出这四五年来陆续记录收集的一些资料，加上这一次下去的许多体验设想，整理补充修改了几个晚上，统统都收在了这个文件夹里，原本准备了发言，要等院方关于派副主任以上骨干专家长期指导下级医院住院医培训的尝试方案定下来，给各级主管大夫开会讨论的时候讲。但是过了年，系统就给几个教学医院的普通外科，下达了关于开展同种异体肝移植手术课题的任务。这是他们系统在普外方面水平的标志，到了科室头上，是荣誉也是压力，到了具体医生头上，就意味着更多，无论从哪个方面，没有一个专攻肝胆方面的优秀医生不向往自己是被选中到课题组中的那一个。周明当然也不例外。

接到通知，周明很快被派到美国侯斯顿移植中心学习三个月，回来之后，除了日常门诊手术教学之外，所有的精力，都放在了课题上面，之前关于与对口医院长期进行指导培训的想法，便和那个文件夹一起，搁置了。

或者人生的路总是那么难以预测。周明在临床科研教学上毫无保留地努力，是兴趣也是本能，原本没有想到太多其他的东西，比如荣誉，比如头衔，然而，它们居然也就顺理成章地来了。他痴迷拿手术刀的感觉，更为了拥有看到躺着进来的病人走着出去时巨大的幸福感成就感，他当然希望顺利地过职称考试，希望有做主的权利，可以有更大的自由度按照自己认同的方式工作，却并没想到，可以走得那么顺，那么远。

也许一切都是机缘巧合，他最辉煌的发挥来得太是时候。那一次被相关部门通报表彰的巨大连环车祸的抢救中，他的表现被众多上级赞赏，并且被张志祥力主上报嘉奖，之后不到两个月，一个从来没有想到的机会，就那么突兀地来了。

被上上下下最为看好的全才，跟周明师从同一导师的师兄凌远，原本是已经正式下了聘书任命的外科副主任。他当时正在德国进修，原定回来后就正式上任，谁也没有想到，他却自己在德国申请了卫生经济学的学位，三十岁的年纪，放过通向似锦前程的最好的机会，打算做学生继续读书，让这边一众人等，大跌眼镜。

关于凌远为什么做了这个决定的猜测有种种，包括他跟李主任不和、为自己导师鸣不平，包括凌远传说中"位高权重"的父亲在官场地位微妙，前途不明，包括……包括各种香艳或者浪漫的版本，确切版本无人得知，而凌远这个决定的后果，使这两年来表现实在抢眼的周明，被一些人非常看好而让另外一些人大大摇头地，接了本来给凌远的聘书。然后，就沿着许多人认为是凌远会走的路，走了下来，直到今天，距离系统最年轻的外科主任，新成立的器官移植中心主任，还就只是一步之遥，许许多多可预测的头衔已在清晰可见的地方。

周明的嘴角有一丝苦笑。

想不想再往上走一步？谁能说不想？从任何角度、任何利益、任何说法，都不可能不想。然而，能力？承担？代价？

他真的能做么？

他忽然想起那个倔强而又憨实的孩子刘志光。当他一次再一次准备高考，之后一次一次在床栏上练习打结的时候，想必要做个外科大夫的信念之坚定，简直不可能容任何其他的可能存在。

但这孩子终于还是放弃了，有多少解脱，又有多少遗憾？他并不清楚。他对于行将放手的"前途"，并不曾有那孩子所付出的努力和执着，只是，这两年，有些习惯了，习惯那些压力和责任，习惯那些挑战和荣誉，习惯了把自己放在那个位置上去。

其实，退一步，何尝没有其他选择？或者那选择才是他最初原本要做，也最适合他做的。

周明打开窗户，深冬凛冽的风鼓起了淡蓝色的布窗帘，他站在风口，方才因为酒，因为过热的暖气而略微滞重的脑子，越发清明。他站了好一会儿，转身在电脑跟前坐下来，打开了文档。

拾柒

　　我因为穿上了白大衣，而走进了一个不太一样的世界。这个世界不算纯净，这个世界不算美丽，这个世界有着太多的灰暗，这个世界并非可以用对与错判断一切。这个世界的味道，并非是一盒甜美清凉的香草冰激凌的味道。若非这件白大衣，我想，我怎么也不会看见这个世界的全貌。

1. 给他一个最好的家

"啊呜呀呀……"

"小白菜"张着小嘴兴奋地瞎叫着,嘴角和脸颊上都带着些口水,两只小手乱挥,努力想去抓住舒羽拿在手里、在他眼前晃来晃去逗他的小恐龙玩具。

舒羽满脸笑容,不断低声叫着"小宝",围着他的小床转圈儿走着逗弄着他,他的一双眼睛就滴溜溜地跟着她转。

"她跟这孩子真是投缘。"

凌岳坐在客厅的沙发上,侧头看了看卧室里全心神都放在"小白菜"身上的妻子,转过头对坐在对面的林念初说道。

"孩子也特别喜欢她。从第一次见面很快就肯让她抱。"林念初低头,十指轻轻交叉,放在膝盖上,"原本每天我离开,他都要大哭,自打舒羽上上周末住到我家去跟他相处了才两天不到,我周一上班去,他就只吭吭了两声,舒羽把他抱起来,他就没再像平时那样闹。"

凌岳瞧了瞧林念初,笑了笑:"这么小的孩子,还不真懂得认人,谁花了工夫陪他他就高兴。"

"也得要是真的喜欢他,他也喜欢的人。"林念初掠了掠头发,抬起头来,努力地挂上一个笑容,想要说得平淡些,话出口,却走了音,"你们,决定了?"

"我们是想得很清楚了。"凌岳点头道,"也都做了准备,上户口的事情已经上下打点好,养孩子的书,头几年舒羽就不知道读了多少,现在孩子小,正好舒羽做设计可以在家工作,也能多陪孩子。我们是做好一切准备的,可是,决定权在你。"

凌岳望着林念初:"我们都知道,他虽然是个弃婴,但是现在,并不是个急于脱手出去的'包袱',他几乎可以说是,"他停了停,笑了笑,"你的孩子。"

林念初的眉毛跳了跳,深吸了几口气,把几乎就要涌出来的眼泪逼了回去。

她的孩子。这个她从死亡线上拽回来,执拗地陪着他护着他,再又冲动地带在身边，在心里做了养护一辈子的准备的孩子。

其实不过是不到两个月的时间，然而这两个月里，这孩子从青紫到红润，从羸弱到丰满，从总是昏睡，顶多只能动动手指到爱哭爱叫，到认识人——每每她一推开家门，这孩子便再也不跟保姆，而一定要让她抱抱，抱的时候，她目光一定要停在他身上，否则，他还是会用哭、闹、叫来吸引她的注意。

不知道为这孩子少睡了多少觉，不知道被这孩子多少次在身上吐了奶——甚至是才刚准备出门，赶着上班，没时间重新换衣服的时候；不知道为这孩子，多少次压抑自己的脾气，人生中第一次真正努力学习包容、接受和容忍带孩子阿姨的观点，想尽办法沟通，为了能对孩子，更好一点。

不过是一个多月，"小白菜"再也不是那个菜市场皮包骨头、气息奄奄的弃婴，而林念初，还是从前的自己吗？

"我们知道，只有你确信他会受到更好的照顾，得到更好的爱护的时候，你才会考虑让他做别人的孩子。"凌岳从身边的公文包里抽出一厚沓文件，"这个是舒羽在妇科的主要病历的复印件，从十二年前开始，她就一直努力治疗不孕症，五年前我们几乎有一个孩子了，但是在五个月时还是没有留住，之后做了两次试管，都失败，对她身体损伤极大。然后，这个，是我的手术病历，我不能再让她拿命拼着要生孩子了，四个月前，我做了结扎手术，然后我跟她谈了，领养孩子。我们，尤其是舒羽，非常喜欢小孩，这么多年，一直盼望有自己的孩子。我们算是，有足够的诚意吧？我们也应当算可靠。"凌岳笑，"我弟弟以前是你们医院外科的医生，我父亲跟你们老院长，跟学文的父亲，都是世交，应该还算放心？"

"当然。还没接触，大家就都说，没有更好的选择了。"林念初轻轻抿了抿嘴唇，"你们这么好的条件，我还一定要你们尝试跟孩子接触看看，大家都说，我是刁难了，谢谢你们不介意。"

"这本来就是绝对该慎重的事情。"凌岳微笑，"怎么会介意？我们很感动，他是个幸运的小孩，如果我们有幸做他父母，一定尽力让他更幸福。"

林念初双手抓着那沓资料，并没有去翻，这些情况，妇科的徐医生早就跟她说过多次，今天他们将这一切这么郑重地带来，更见诚意。

舒羽以一个一直养尊处优的太太，住进她小小的公寓，打地铺在孩子的小床旁边，对"小白菜"的一切亲力亲为，上手也极快，显见是对于带一个婴儿早就做足功课。舒羽是真正想做这孩子的母亲的。

除去这一切，凌岳跟舒羽的恩爱，更是比他们优越的经济条件，比他们不可能有自己的亲生孩子更重要十倍。一对恩爱的父母，才会给一个孩子，最温暖幸福的家。

只是，舍不得。

怎么舍得那个小小软软的身子，在自己身上的依偎？怎么舍得那张湿答答的小嘴，在脸上如同亲吻的碰触？如何舍得每天下班，一门心思往家里赶，推开门，就能闻见那一股淡淡的奶香？

当妇科徐大夫找到她，介绍凌岳夫妇的情况，表达了他们想领养这孩子的意愿的时候，她刚刚在跟护士长絮絮叨叨地又乐又叹地说"小白菜"。

"他真聪明，会笑了，咯咯地笑，见着我就笑！一亲就笑！

"小坏蛋，还会假哭！多坏啊，我眼睛一离开他，哪怕嘴里还念叨着乖宝儿——不行！他就哭！干打雷不下雨！等我眼睛盯着他了，就又乐了，坏东西！

"哎呀，这孩子以后可麻烦了。你猜他最喜欢什么玩具？小恐龙！天天抱着，又啃又蹭，晚上睡觉都抱着！曲大夫给我那个，她儿子玩过的。你说这小子喜欢什么不好他喜欢恐龙，还是别人玩剩下的！"

听徐大夫介绍凌岳夫妇，他们的可靠，他们的诚意，他们——他们如果真的收养"小白菜"，那真是他的福气！

她呆呆地听着，几乎就要冲口而出："不，找领养是那时候的事了，现在，他是我的孩子。他现在是我最亲的人。"

然而，毕竟，话没有出口。

她一直在想破脑袋地想找到门路，给"小白菜"上户口。

他一天天长大，开始乱喊乱叫，几个月，就会到了叫爸爸的时候，再过一年、两年，就会到了问妈妈各种问题的年龄，她一直心里隐约地不安，如何跟他解释呢？最最重要的是，如何给出一个让几岁的孩子不会受伤害的解释呢？

她有那么多担心，担心自己不能给他所有他需要的爱，一个最好的家。

她只能尽自己的努力。

便算是上不了户口，便算是单亲家庭长大，总比在福利院长大要好吧？

可是，突然，就有了另外的可能。

林念初本能地就想拒绝，问了许许多多的问题，只想找到一点点不合乎条件的地方，但是，没有。终于她说，一定要相处试试。她私心里，是那么希望看见，那只是一对外在条件好，热血上头要领养孩子的夫妻。

舒羽来了，雍容而不高高在上，优雅而偏食人间烟火，她是那么渴望做个妈妈，她是那么爱那个孩子。她还有凌岳，那么成功，而又温和地温柔地对待妻子的丈夫，他简直一定是个好爸爸。

那孩子，喜欢他们。她看见"小白菜"欢乐地对着舒羽笑，抓住了她的头发她的衣服，在她把他抱起来的时候，舒服地把脑袋靠在她怀里。

林念初希望自己能够不管不顾地，冲动地说："这孩子是我的，我舍不得，我养他长大。"

就好像当时，把他从医院里抱回家。

能再冲动一次么？

林念初轻轻闭上眼睛，把那一摞资料推到凌岳面前。

"不必看了，我想我都作过调查了。"

林念初缓缓站起身："他所有的东西，平时吃的配方奶，用惯的尿布，舒羽都知道在哪里，他所有的东西，你们都搬走好吗？不仅是我买的，还有好多，是照顾过他的护士医生，还有把他从菜市场抱回来的学生陆续买的。我知道你们准备了更好的，但是也许，他需要个过渡。桌上有一摞资料，孩子什么时候该添加辅食，什么时候该打什么疫苗……我可能是多事了，你们肯定知道，但是我，列好了，这三年的……做儿科医生，我总是更……更清楚些，你们……参考。如果有任何问题，你们都可以找我。"她仰起脸，背过身，"我的夜班，要走了。你们收拾好东西，就带他走吧。门，给我关上，就好了。就这样，再见。"

林念初说完，抓起搭在沙发背上的包和大衣，如逃似的，冲向门口，她听见凌岳在她背后说"谢谢"，她听见……听见从卧室的方向传来"小白菜"的叫声，不是玩耍快乐时的叫，是……是每天她推开家门要离开时，他舍不得的，不满意的叫——幻觉吧，可能只是幻觉而已。这个她爱过的孩子，从她的生命里，经过了，离开了，留下的只是心里永远柔软的一个角落，一个她从前不能相信，可以那么温软的角落。

"小白菜"，你以后不是"小白菜"了。林念初默默地想，眼泪再也抑制不住淌下来。

你以后是拥有许许多多的爱的孩子。

有你所能知道的，父母的爱，还有，你一生都不会得知的，许许多多别的孩子不曾拥有的爱。

孩子，你会带着这所有的爱幸福地长大。

2. 我更信自己的眼睛和耳朵

"马上就要手术了。"周明站在秦牧面前，查对了所有最新的检查数据，微微笑了笑，"有没有任何不舒服？"

秦牧摇头，然后仿佛仔细地感受了一下，再摇头："没有。"他说罢，又自嘲地笑笑，"紧张还是有的。"

周明沉吟了一会儿，望着他问道："不介意的话，我其实想问你一个问题。"

秦牧点头，微笑："已经准备将性命交在周大夫的手上，那么没什么需要保留。"

"为什么坚持在这里做？"周明望着他，"我跟你说过，我对这个手术没有把握，甚至究竟状况如何，我反复考量，在开腹之前，甚或是病理结果出来之前，我都不能确认。这需要承担风险。"

"我不懂医学。"秦牧淡淡地笑，"但是我给客户讲我的设计时，一定会把可能存在的缺陷言明，世界上没有一张绝对完美的图纸，如果有人跟你说他的图纸十全十美，那要警惕，他多半是想卷了钱跑掉的骗子，或者有出事之后赖账的打算。"

周明怔了一怔，半晌才自嘲地笑了："看来我希望病人予我足够的信任，但是自己，却并没有足够信任病人。不过，确实，我们科室，也包括我，私心里，希望在敏感时期，避免任何可能引发争议和纠纷的手术。你又确实有能力转到任何同级医院，我一直以为，被我们特别地危言耸听过了，加上，你天天看见外面这乱七八糟的一切，会转走。"

"我珍惜自己的性命。"秦牧垂下眼帘，"不得以将性命交到别人手上，总是要选择最信任的人。"

"什么？"

"还有谁能更让我信任？"秦牧轻轻地笑，"我也不是傻子，这方面的专家就这么几个，而你，是从车祸现场把我带到医院，一路照顾的人，是在排除车祸创伤的过程中，及时发现我的其他问题，给了我一个早期治疗的机会的人。从水平上说，或者是有比你更出色的专家，但是我对于任何报章杂志的报道或者别人的推荐，都没有对自己的眼睛耳朵更加信任。"

周明望着他，没有说话。

"而且，你的上司，院长主任，确实有对我危言耸听，希望我转走，免了可能的麻烦。但是你，"秦牧望着周明笑了，"你虽然对我讲了所有可能的问题，但是你给我的感觉，就是，你虽然不强求，但是你相信，由你来做，对我是最好的。"

周明微微尴尬："我有这样自大？"

"我觉得，如果没有这个自信，你会直接介绍给我谁做得更好。"秦牧平静地望着周明，神色淡然，方才那些许紧张，仿佛都已经消失了，"周大夫，"他轻轻地伸出手来，"将自己的性命在未来的几个小时交到你的手上，我很放心。"

周明与他轻轻击掌："很好。在术前来找你，我就是怕签手术同意书时的种种，打击了你的信心，看来，低估了你。"他扬起双眉笑了，"你说得没错，我认为我是最适合治疗你的医生，我现在有足够的信心，未来的几个小时，我们一定配合默契，合作愉快。"

周明说罢，冲等在一边的家属点头，示意旁边的导医，推着轮床，出了病房，向手术室走去。当他们走进手术室，大门在他们身后关上，阿依古力和秦牧的亲人都等在手术室外闭目祷告的时候，谢小禾捧着一束百合康乃馨的花束，插在了秦牧病房的花瓶里。

空荡荡的病房里，她一个人静静地对着那束花，微笑。

我希望你能手术顺利，我希望你能康复。

分手的时候，你将那快要装修完的，价值不菲的房子过到我的名下。我不要，我对你说，我当时爱极了这个房子，只因为它是我爱的人为了我们的婚礼，亲自设计亲自装修的房子，如今，他跟我们的感情一起失去了任何意义。

你很痛苦，你说其实你明白，但是并不知道究竟能为我做点什么，我说，那么随便你痛苦下去。

那个房子，我后来听小安他们说，你拍卖了房子连同你的设计，将钱捐赠给某地建造小学，而那个地方，是你答应带我去的地方，是我生父生母生活过的地方。那个小学以我名字的谐音命名，你说，你并没有什么爱心，只是希望做点好事，希望那些被惠及的孩子，保佑我以后有最大的幸福。之后，你每年以收益最大的一项设计，捐赠小学。

我跟小安说，这是多么可笑狗血的情节，学艺术的人，真正是一种不靠谱的无聊群体。

你能为我做什么呢？

我想，现在我可以跟你说，你健康地幸福地活下去，就是为我做得最好的事。

我并非依然对你放不下，我希望我以后有自己最好的爱情，只要那是一个值得我爱的人，我会全心全意投入地爱他。可是我希望偶然再碰触回忆的时候，说起你来，哦，那是我爱过的一个男人，但是世事不尽如人意，我们没在一起，我找到了更适合我的人，而不是，想起你，是一段不可弥合的伤。

请让我有机会看到你发福，秃顶，无可奈何地抱怨儿子不听话、老婆太宠孩子的样子。请让我有机会在自己也发福，长满皱纹，缺了牙齿的时候，碰见你，抱怨我们家的倔老头。让我有机会，在一个我们都已经不介意，甚或能拿幼稚的却真诚的，无奈的却甜美的，充满了各种错误，却已经不再需要为它们遗憾的过去开玩笑、互相挤对的时候，再次碰见，然后，争着开口聊起属于我们各自的一切。

秦牧，请你为我做这件事。

3. 能做到和能接受之间的距离

"李主任。"

周明站在李宗德办公桌前。

李宗德把手里正打的报告合上，抬起头，看了看表，又瞧了他一眼："刚下来？"

"嗯，跟家属交代了一阵。"

"坐。"李宗德指了指旁边的一把椅子。

周明坐下来，想了想，对李宗德说道："是那台胆囊癌。跟会诊上讨论到的情况差不多。幸运的是，浆膜层侵犯不严重，没有局部转移，做了根治术，中间有几次小问题。我之后交报告详细讨论。"

"让你做六个半小时。"李宗德笑笑，"不轻松。其实应该摄像，以后做教学。"他想了想，又笑道，"胆囊癌早期发现的少。这人出个车祸，倒算有了福，不过，也真得赶上的是你。"

"主任。"周明抬头。

李宗德摆了摆手："周明。我是认真的。"

周明垂下眼皮，半天才道："主任，一直让你为难……对不起。"

李宗德没有答话。半晌，从抽屉里抽出一份报告。

"你的申请，我还没签字。你还是再想想。"

"主任，我考虑得很好了。"周明望着李宗德，"我并不是意气用事，赌气。您也知道，原本我就申请下去的，很多这方面的提议，我都感兴趣，当年还参与了系统对于这个论题的讨论。可惜系统启动这个课题，开始试行时我因为其他的原因，没有下去。"

"我都知道。"李宗德笑笑，"可是，两年了，你哪天也没说交这个申请，到今天，这个节骨眼上。"

"确实，另外一个主要方面，这样也是给外面一个交代——既然给一个交代是必需。怎么讲都可以，尤其外行，会理解为降级处罚。"周明坦然地瞧着李宗德，"主任，对不起，我选了个自己能接受的方法。如果像先前说的那样，其实，真的，也没什么绝对不可，只是在我自己，那样的法子给别人一个交代，我没法给自己一个交代。"

李宗德的眉毛跳了跳，抬起头来，定定地望着周明。

"我说这个节骨眼，不只说这件事。你明白。"

"您下下个月满六十岁，任期也到了。"周明笑，"还有移植中心。大概就是四个月之后成立。我这回下去了，再回来，是一年之后。"

"真能淡泊名利？"李宗德脸上带了抹淡淡的揶揄的笑。

"不能。"周明答，然后摇头，"只不过出了这次事情，才真知道，我不见得有能揽瓷器活的金刚钻。做领导，不容易。"

李宗德微微皱眉，似乎想品味出他最后这句话的真正意味。

"您给了我们一个挺好的环境。以前，我还真没多想过。"周明诚恳地道，然后微笑，"我呢，做医生的路一直算顺利，其实心里，确实是自大的。我曾经想，我以后可以给包括我自己在内的大家，一个更理想的环境，我有很多设想，我希望能一一实现。"

李宗德点头："我知道。也许外科所有的人，也都认定，你做主任，第一医院外科，会达到一个新的境界。就是我，我也觉得。"

"理想和现实总是有距离的。不管是做医生，还是做别的。这是最近，一个做记者的朋友给我讲的。我本来因为如今媒体报道的许多问题而厌恶这个行业，但是最近，有所改观。也许在我们看来，绝对公平公正实事求是的新闻报道，是理所当然，做不到就莫名其妙，就好像所有病人觉得，任何病到医生手里就应该完美解决，治不好，就是无能甚至医德败坏。可惜，我从前从来没想过这些。"周明笑，"我从前只明白，尽力做好一个手术，跟真正的'完美'永远有距离，但是竟然都不明白，做一个领导，尽力做好跟真正做好，能做到的跟自己能接受的，理想和现实，其实也永远有很大的距离。"

李宗德靠在椅背上，望着他半晌没有说话。

"我确实觉得，自己，缺乏这个耐力与包容。至少是现在。"周明望住李宗德，一字字地说，"我做不到。至少，为了做到需要付出的努力和牺牲，我不心甘情愿。"

李宗德沉默了良久，终于拿起笔来，在那份文件上签了自己的名字。

叶春萌绕着学校操场最大的圈，匀速地跑着。她已经跑了两圈，额头微微见汗，呼吸却并不散乱，步子也还轻盈。

这些日子以来，叶春萌惊讶地发现，自己爱上了长跑这项单调的，以前最没兴趣，最怕的必考项目，且随着心情和空闲调整跑的速度与长度。有时候，可以一晚上慢慢地跑上四十五分钟，有时候，会以短跑的速度跑四百米，然后疾走，在疾走中平复凌乱的呼吸、急促的心跳。

激动的时候，跑仿佛是种发泄，可以缓和想要大叫大喊与人争辩的情绪，寒风中几千米跑下来，愤怒已经泄了一半；沉郁的时候，迎风跑着，就好像是奋力将快将自己压趴的负担甩在后面的过程，跑到精疲力竭，一身大汗，去痛快地洗个澡，人便已经昏昏欲睡，醒了，又是另外一天；委屈想哭的时候，跑，是最好的回收眼泪的法子，边跑边跟自己说，不哭，不哭，不能哭给别人看，不能软弱给别人看。

不愤怒，也不软弱，在任何人的面前。不让看重她的人失望，不让心疼她的人难过，不让反感她的人对她更增轻视，不让践踏了她的人，再摆足身段儿讥诮地笑。

妈妈从家里来了，也没告诉她，打电话给她时已经是晚上，已经到了大姑家。当她看见那大包小包的东西时，都没法想象妈妈怎么一个人从车站，把这些运回来的。她知道，妈妈绝对不舍得打车，妈妈舍得给她买她喜欢的精装书，昂贵得超过了他们家消费水平的漂亮裙子，但是不舍得在外边随便吃一顿饭，打一次车。

她到大姑家的时候妈妈正在拖地板，姑父不在，大姑在书房写教案，妈妈一见她眼圈儿就红了，说怎么不到一年这小脸儿又尖了？在学校吃不好吧？妈从家给你带好些你爱吃的东西……哎，一天下来忙吧？你先坐着歇会儿，妈妈拖完地就做饭去。

这会儿姑姑从书房出来，看了眼表，皱眉说："都几点了，出去吃吧。"

妈妈握着拖把，说："大姐，我想给萌萌做个剁椒鱼头呢，她就爱吃这个。得咱家那里的剁椒才好，北京没有。大姐您不是也爱吃？哎，我就是觉得先收拾干净了干啥都踏实，没顾上时间，要不你们再等等？"

大姑皱眉，瞥了眼妈妈，轻轻敲着沙发背说："干家务，说是个体力劳动，也得动脑子，不能傻干。我每次回去都看见你忙里忙外，其实有那么多家务吗？还是效率问题。即使是家务这样的琐事，一样可以用到统筹学嘛，好比说，我烧水的时候就会同时洗菜切菜，炖排骨的时候顺便把衣服丢进洗衣机。我很忙，那么多文献要看、文章要写，怎么能让家务占了大部分时间？就是要安排合理。"

叶春萌只觉得脑袋轰地一下，血全上了头。

如此这般的说话，姑姑不知道说了多少次。仿佛真觉得统筹学可以解决一切的问题。从来没有想过她自己的家务，如何跟妈妈上照顾老，下照顾小，经常伺候一家十多口亲戚吃饭的家务相比，更不要说，她除了做几顿比食堂都不如的饭，就连锅碗瓢盆，都经常一个星期堆在水池里，等自己来刷。最近自己不来，想必是堆得太多，家里太乱，爱整洁的妈妈看不过去了，先就开始清理屋子。

但是姑姑非常相信这忙得脚不沾地与她"闲庭信步"的区别，是在于智商和教育水平。

姑姑的嘴巴一张一合，让她脑子里蓦然闪出来，之前那许许多多的话。每个字，每个字都如烙在了她心里似的，在夜深人静的时候，反复地煎熬着她，让她会从噩梦惊醒，会觉得胸口憋闷，近乎窒息。

你姑父并不关心周大夫这个人到底是个好医生还是坏医生，他关心的是整个社会的问题，尤其关心的是广大底层民众的利益，他是要为人民说话，不是去评价一个医生一个医院的好坏！哪怕就是冤枉了一个个体，也是意义非凡的……

那些字字句句再度翻滚出来，烧灼得她想要冲上去，掐住姑姑的脖子，让她的嘴巴，无法再张开。

叶春萌往前踏了一步，终于，又停住，微微笑了笑，不看姑姑，笑着对妈妈说："妈，你猜我今天在急诊看见什么？"

妈妈愣了愣，还没说话，叶春萌继续微笑着说道："有个教授在家煮着面同时切菜，大概脑子里还琢磨着什么国计民生的大课题吧，一不留神，碰翻了锅烫伤了腿，偏偏那么寸，把菜刀掉脚面上正好刃儿朝下，把脚背的静脉都给切断了。她来了急诊，我说，赶紧得给她处理烫伤、缝合静脉呀，结果她刚一看见我挂着实习生的胸牌，就不干了，说你还不是医生呢，小丫头片子，一看还挺轻浮的，我不放心。于是单腿蹦到正给一急腹症病人查体的李师兄跟前儿，拽着他胳膊死活不走。李师兄查完急腹症病人本来该下班吃午饭了，看她也可怜，说，得了，就帮她缝了再走吧，要不跟这捣乱也真影响别人。结果呢，缝完了，给她开破伤风针，她问，说这是进口的吗？李师兄说不是，国产的现在已经质量不错了，再说您这是相对无污染的伤口，就用国产的吧。她说不行，我要进口的，李师兄说好吧，开进口的，她又说，进口的怎么这么贵呢？太不像话了，你拿回扣吧。她啰啰唆唆纠缠着又问了好多好多问题之后，往门外一看，哎呀，人山人海的，她就对李师兄说：'你们真有这么多活吗？怎么不讲统筹安排呢？'"

叶春萌说罢，也不看姑姑，拉着妈妈的胳膊说："妈，我可想你了，我在学校招待所都交了钱定了房间了，咱娘俩晚上好好说说话。您赶紧收拾了自己东西，咱这就走，我明儿一早，还得上班呢。"

"萌萌！你……你这什么意思？"大姑愤怒地扳她肩膀，"你给我说清楚。"

叶春萌并不看她，把她抓着自己肩膀的手扒开，忽然伸开双臂，抱住妈妈，在妈妈耳边一字一字地说："妈妈，今天你不要住在这里，跟我一起住到学校招待所去，好不好？"

妈妈愣怔着，叶春萌只是紧紧地搂着妈妈的腰，把头靠在妈妈肩膀上，她觉得妈妈的身子颤了颤，然后，听见妈妈叹了口气，赔笑地对姑姑说："大姐，您看这孩子，恋娘了。也是这么久没见，跟您这乱着，也不合适……"

"走走走！"大姑猛地转身往电话走过去，开始拨号，"我得跟我弟弟说，这可不是我不招待你！是你们惯出来的孩子犯神经病。"

叶春萌的脸颊抽搐了一下，握着妈妈的手，望住妈妈的眼睛，缓缓说："妈，收拾东西，咱们走。"

妈妈的东西，很简单，只一个提包，还没打开，连带另外两个，是给叶春萌带的各种吃的东西的大包，叶春萌全都提起来，径直往外走，妈妈只好跟着追出去，一直到了车站，才长长叹了口气，摸着叶春萌的头发："萌啊，我知道你受委屈了，你姑姑这人……"

"妈，"叶春萌淡淡地说，"委屈我，我都没关系。她不能再委屈你，委屈不该委屈的人。"

　　妈妈怔了怔，再叹气，眼圈红了："萌，这次我也是气得够呛，还想着怎么也得跟她理论理论。她怎么着我也没关系，你姑从来也不懂人情世故，让她说还能说少了肉去？可是她在你们医院这么着揭露，你可怎么做人？就算那医生再坏，她也得顾及你是不是？你人在屋檐下呢！"

　　"妈妈。"叶春萌的声音有点发颤，"你不要这么说。别的没关系，不要说'那个医生'，坏。"

　　"啊，"妈妈愣了愣，似乎对那个医生到底好还是坏并不太在意，只忧心地说，"这下子你也真是麻烦。不过萌啊，现在好些孩子都兴出国，你那个好朋友不就是要出国？你英文又从来都好。你姑姑倒是说，她有个学生，品学兼优的，在美国读博士呢，全奖学金，这次回来专门相亲的。我看了看照片，也不错，听着家里也好，你大姑学校，那不是全中国最好的学校？去美国也是挺好的，你姑说让你周末看看呢，如果都对眼，不如就出国去念书。我想你姑姑这次这个介绍的真不错，肯定是这回你奶奶也说她了，她也有心……"

　　"妈妈。"叶春萌打断妈妈的话，许多想出口的话到了嘴边，却又咽了下去，只笑笑说："妈，没有像你们想的。医院没人给我小鞋穿，老师不会牵连到我的。我出科成绩是第一名呢。我喜欢做临床，很喜欢。你以前不是想我做医生么？"

　　"以前是觉得好。"妈妈再度叹气，"觉得家里有个学医的，踏实。可是，我这回琢磨琢磨，不是味儿。这一大家子人，你当医生，不谁都求你，还不把你累死？要真能出国留洋，也挺好的。"

　　"车来了。"叶春萌没有就这个问题再说话，上了车，只是娇憨地把头靠在妈妈肩膀上，一样一样地数自己爱吃的东西。

　　到了招待所，妈妈住下，叶春萌却立刻走了，只说夜班还得去，明天有个重要的观摩手术，要事先预习。从那里出来，她却没有去医院也没有回宿舍，只是在操场上，慢慢地跑。

　　明天，是周明走之前的最后一台手术。

　　自从他要离开半年的消息传开，所有人看她的目光，更加愤恨，如同看一只过街的老鼠。她默默地，努力地做能做的事情，不回应任何的目光或者话语。

　　做自己能做的。

为自己想做的，尽最大的努力。

尽管这努力的过程中，有时候痛到了麻木。然而在所有的痛和麻木中，她始终记得，自己想做什么。也只有记住这一点，才能一天天地过去。

有一天，她梦见在许多人对她的冷眼中，有人对她笑了笑，说："不怪你。你是个好医生呢。"

那是个模糊的脸，不知道是谁，但是笑容很温暖。

她哭了。虽然在醒着的时候，她再也不允许自己掉眼泪。

然而她知道，这就是个梦，不会有人跟她说，不怪她。怎么能，不怪她呢？

生活就是要这样挨过去吧？

无所谓开心，但是要坚强地走下去，不管那个尽头，它在哪里。

4. 没有自知之明也是种幸福

"请进。"

林念初听见敲门，应声的当儿，把才打的文件存了，眼睛并没离开电脑屏幕，抓紧时间迅速地把方才的一段又看了一遍，改了两个单词。

"忙着呢？"程学文走到她对面拉把椅子坐下来。

"哦，不忙，"林念初把文档关上，抬起头，笑道，"今天晚上一点儿事儿都没有。我得空儿把论文修修。"

程学文仔细打量她，沉吟着还没说话，林念初已经笑了出来："你这是来安慰我的吧？嗯，他们今天就把'小白菜'带走了。你消息倒是灵通。"

程学文轻轻咳嗽一声："舒羽在妇科看病，最开始还是我介绍徐大夫给她。"

"什么安慰，说吧。"林念初抱住双臂，靠在椅背上，笑嘻嘻地看着他。

程学文皱皱眉，低声道："念初……"

"哦，其实，你给我买份对面竹轩的砂锅腌笃鲜当夜宵安慰我吧。我刚从家里出来时，过分难过，忘了吃饭。刚才饿得不行了，就泡了碗面，真觉得还欠点儿。"

林念初挺认真地瞧着程学文，叹了口气道："说实在的自从把这小破孩儿带回去，我是真有日子没好好吃过像样儿的饭了。为保证营养又节省时间，除了中午有时候护士长帮忙打饭和偶尔你友情送外卖，基本顿顿啃生菜、西红柿，外加三片火腿，一片面包。今天我一边泡面一边就想，这小子不在我身边了，我……我一个月至少省两千块钱，本打算花钱打通关节给他上户口，现在也免了。我……我给我自个儿雇个广东阿姨，天天吃好的……我周末就去家具城下单，把我嫌贵的那套床加卧室柜买了，好好享受。"她说到这儿，轻轻掩住嘴，眼圈儿却红了，低头沉默了半晌，吸了吸鼻子，摇头道，"学文，我不舍得是真。不过你放心，我……我高兴，松了口气也是真。这小家伙，真是个有福气的。"

程学文瞧着她，不说话，见她忍不住眼泪还是流下来，等她抽出纸巾擦了眼泪，安静了好一会儿，终于抬起头的时候，才笑了笑对她说："我其实是来跟你说，不出意外的话，凌远要回来了，大概是后半年，这样儿，咱们都大有机会还能知道'小白菜'的消息，甚至瞧得见他。"

"凌远要回来？"林念初惊讶地问，"他不是已经辞职了？"

程学文笑："就算辞职，咱们医院就不能再高薪吸纳优秀人才回来啊？更别说，当年他没接聘书的时候，虽然老爷子气得够呛，但是私下里却跟人事那边协调，一定要保留他的档案，一直琢磨把他弄回来。不过周明这两年成绩实在是太出类拔萃，大概超过了老爷子的期望值，倒也没有他的合适位置。现在横生枝节，自然又再把这件事提出来，而且很动干戈，一边是院里正式跟他谈学科带头人的事情，一边是老爷子私下里动用私交，让凌岳和凌老先生出面劝的。"

林念初愣了好半天，皱眉道："他是有才，但是至于？难道……"林念初有几分不安地瞧了瞧程学文，想起来最近大家都议论说最终还是得"走稳"的人上去，当年周明导师比李主任有才，可性格太嚣张，终于还是四平八稳的李主任不温不火地上去了，如今周明比程学文出挑，可是太刚直，终归还是不成。"木秀于林，风必摧之"这句老祖宗说的话，还是特别有道理的。

林念初总算是将几乎冲出口的"难道你们大外科剩下的人就都选不出个能跟他差不离的"咽了回去，只是一时间倒是不知道说什么好了。半天才试探着说："据说凌远生父的背景，比凌老先生，还要了不得？"

程学文乐了："你现在是不是觉得，我其实不是来安慰你的，是来找安慰的。"

"我……"林念初颇有点不好意思，几次想说什么又觉得不合适，终于认真地对他道，

"说实在的，很久很久以来，我都特希望也有机会帮你的忙，哪怕是听你发牢骚抱怨也好。可是你一直没给我这个机会。"

程学文笑着瞧着她。

"可是我还是觉得你不会。"林念初叹了口气，"你这么跟我说出来，一定自己心里，早都消化好了。"

程学文站起来，在大办公室里抱着双臂，缓缓地走了一圈，站在窗边，慢慢说道：

"念初，我也不瞒你，要说失落呢，是一定有的。但是，真心地气愤不平牢骚抱怨，那都只能是没有自知之明的人才有的幸福。我不是讽刺，有时候，能真的没有自知之明，绝对是一种幸福。就可以把差距，坦然地归结到命不好和不公平上去。"

"学文，其实也真不能这么讲，"林念初诚恳地道，"主要是看从哪个角度怎么衡量，恐怕就在从前，单说手术，似乎凌远也还不如周明？但是基础研究上的成绩，他们便就都不如你。"

"临床医院，把临床技能放在评价的首位，是绝对合理的，尤其中国现阶段。其实，就说领导能力，"程学文望着窗外，良久，轻轻地说，"在不知道凌远答应他在德国的签约到期就回来之前，我其实很不安。现在上面都说周明不是做第一把手的料子，但是事实上，"程学文笑笑，"周明带出来的班底，我真的不大敢接。"

程学文说完，转头去看林念初，定定地瞧着她，若有所失，又若有所待，林念初心里不安，抓起手边的茶杯喝了两口，又缓缓放下，随手胡乱地整理面前的检查单子、论文参考，含糊地说："学文，有些事情，不勉强也是好的，太勉强，太勉强，对谁都不好。你是豁达的人，该放下，肯定能放下，对吧。"

很长一段时间的沉寂。林念初不敢抬头，只盯着面前的文件。

"我明白。打自你认真考虑把孩子交给凌岳夫妇，我就彻底明白了。"程学文缓步往门外走去，"竹轩的砂锅腌笃鲜，我来之前就去订了，再过五分钟，他们也该送过来了。"

他说罢，拉开门走了出去。

林念初呆坐在屋里，直到值班护士叫她，说门外有送外卖的，她赶紧去接了，打开，却吃不下去。她这两天一直犹豫，要不要去跟周明随便聊几句，或者，给他一点安慰？

还是算了，她想，就如同程学文永远也不会唠叨抱怨一样，周明也永远不需要别人安慰。

只是，她总觉得该跟他说几句什么。就算是十五年的朋友，也该说一句祝福，几句嘱咐，对不对？毕竟是，如此大的一个改变。然而，真的能如任何普通的朋友一样？她想，或者他也想，但是，都做不到。就如同他几日前打电话给她，客客气气地东拉西扯了半天，犹豫地说："听他们说你把一个弃婴抱回家了，有没有需要帮忙的？"说完，又赶紧说："不过我知道，你能处理，嗯，帮你忙的朋友也很多。我想，我就是，我有个以前的同学，现在在市局工作，你给小孩子上户口难的话，不知道能不能帮上忙。如果需要，你找我。"

她没有告诉他，这时候，舒羽已经住进她家里，户口的问题，已经不那么紧要了。她觉得如果要说的话，太多的话，都很想要说，又已经不可能对着他说出来了。她有些迷茫，面对这个人。回不去，却也并没有真的完全走出来，也就真的只能在未能走出来的时候，躲开了吧？

于是她什么都没说，于是她把所有对他的关心压了下去，于是她笑着说："谢谢你。"

她把论文逐字逐句地修改了，打印出来，自己的 outlook 收信提示叫了一声，看看发信人地址，她愣了好一会儿。

无国界医生组织。

两年前，她最崩溃的时候，只想尽快离开这个环境，申请了许多可以暂时离职的 program，包括无国界医生。她甚至向往最艰苦最贫穷的地方，甚至每天梦里 yy 着可以壮烈牺牲，也胜于这生活残忍的摧折。

当时，无国界医生组织只是礼貌地感谢，回复说已经开始审核她的资料，之后，面试了几次，对方说非常满意，将她作为后备，她非常激情地说但凡需要，她随时准备开拔，那就是她的理想，但是后来再无消息。

林念初喃喃地说："该不可能，我想着好好吃喝，买几样豪华家具享受的时候，让我去非洲吧？"

她小心翼翼地点开了信件，一些客气的感谢之后，那上面写着："林医生，您的资历非常符合我们的要求，我们也至今记得您的热切，在下一期派出人员中，我们有一位儿科医生突患急病不能成行，我们急需一位儿科医生，我们热诚地欢迎您成为我们的一员。"

林念初盯着那封邮件，苦笑，再忍不住地大笑，然后，打开那份外卖，吃了个干干净净。

5. 最后一台手术

"祁老师，我今天能跟手术么？"

早查房结束，大夫们纷纷从大办公室出来，叶春萌紧赶了几步，追上大步流星往治疗室走的祁宇宙。

她的声音不高，但是周围好几个医生护士刷地都把头转向她，她却如同没注意到似的，只抬头对着祁宇宙说："咱们管的五个病人，出院的那个出院单我已经开好了今天一早夹在病历里；才收进来的，我昨天下午做完了全身体检，大病历昨天晚上写好了，您先看看；所有人每天的基本检查，我今天早来都做过了，记录好了；要做腹部超声和腹部 CT 的，我昨天上午去跟检验科定了，今天下午我推他们去做。今天上午没有特别的事儿了，我能不能跟手术？"

祁宇宙先是愣了一下，心想最近手术室门口的二姐明着为难你，连程大夫让你上的手术，她都冷着脸说没有手术服没有口罩把你挡出去，除了夜里急诊缺人的时候，大白天的，你碰过不止一个钉子了吧？这是干吗？

但见她一脸恳求，心里暗自嘀咕这个惹了天大麻烦的女生，是越来越难琢磨了。

从前受一点儿委屈就眼圈儿发红，好像全世界都对不起她。惹事之后，一时之间对谁都惶恐，做什么都战战兢兢——就她那个样子，让本来看着她生气，想踩上一脚的人越发想把这脚踩得更狠些。然而，却不知道具体从什么时候起，她变得异常沉默，难以看出心事，只是闷头干活。病历写得越发毫无可挑的错处，操作越发娴熟标准，在不久前的考核中，非但基本操作连平时苛刻挑剔得出了名的周明都给了近乎满分的成绩，更难得的是随机在门诊抽取的病人，她极其冷静沉着地判断，体检，排除，开检查，非但外科问题作出了所有该作的鉴别诊断，而且并没有忽略病人的腹痛有可能是相对少见的心内科问题，作出了鉴别和排除。在她一边微笑安慰病人不要紧张，一边做心脏叩诊、听诊，询问有无心脏病史，从前有无感觉突然心口疼痛、胸闷憋气的感觉的时候，几位监考老师，俱露出些许惊讶而满意的笑容，纷纷点头。在外科的考试中，不忽略其他科的问题，在初入临床第一次考试的学生中，相当不容易。考核结束，所有的监考老师都给了她综合评分最高分的成绩。且是这三届所有被考核的学生中，拿到的扣分最少，额外加分最多的一个。

这成绩出来之后，关于她的议论却更多，大都是说这孩子有心计，平时也没见怎么着，倒是挺会一鸣惊人。有那么个"聪明能干"的名校教授姑姑，想来这基因不错，就等着看她以后去坑谁。

祁宇宙原本不是太待见叶春萌，主要原因是因为偶像兼铁哥们李波。他觉得这丫头不识抬举，要说论什么，李波也没有配不上她的地方，她虽说比普通女生好看几分，也没说好看到了绝顶美人儿的地步，至于这么狂吗？于是自打带教，就对她存了成见，心中暗想我可千万别对她太好，让她自作多情，一直就没有外科其他小带教老师跟学生的亲密。等到这次的是非一出，祁宇宙也就看着别人挤对欺负她，毫无回护自己学生的心情，颇有几分看热闹的幸灾乐祸。

但是到最近，他却开始不好意思了。不管自己怎么，她总是尽可能地把属于他们俩的活，尤其是琐碎活做得妥帖，有时明明是自己忘记提醒她开的检查，她或者淡淡地谦虚地请示，或者，忘记了，被病人骂的时候，从来也没有解释过什么，次数多了，祁宇宙的脸上便开始挂不住，再看她被人冤枉且沉默地接受，便对自己的袖手旁观觉得羞愧。虽然他怎么也不好这时再倒戈，站在大众的对立面去，但是暗地里，尽量安排她远离那些尴尬。

比如晚上多带她上手术，白天，尽量安排她写病例催化验单给病人查体，偷偷帮她把需要用的仪器以及口罩帽子领了，免了她受羞辱。手术室的姑奶奶是最不好惹的，所有外科的小大夫全都知道，尤其这次叶教授害惨了周明的同时，可是没少折腾一病区的护士，实在让外科全体护士同仇敌忾。白天想去跟手术，这孩子今儿脑子是进了啥了？何况今天程学文上午给见习生上课，别说他祁宇宙从来惹不起手术室的姑奶奶们，即使想硬着头皮替她说话，谁买他一个第二年住院医生的账哪？

"今天这台就是个腹股沟疝，你以前也看过几次了，不如晚上再……"祁宇宙努力劝说。

"祁老师，让我今天白天跟手术吧。"

叶春萌目不转睛地盯着祁宇宙，咬着嘴唇，肩膀甚至轻轻发抖。

"你……你这？"祁宇宙不明所以，无可奈何地道，"好吧。不过今天周大夫有台复杂肝血管瘤，韦大夫难得地给做一助，好些人都想观摩呢。衣服肯定紧，不定能进去。"

"没有衣服了，我再出来。"叶春萌低头道。

祁宇宙暗自摇头，也不好再说什么了，只好点头道："那走吧。"

"谢谢祁老师。"叶春萌低声说，跟在他身后，往手术室走过去。

这一路不过几十米，走过去不过一分多钟的时间，叶春萌的脑子里是至纷繁复杂的许多许多画面。

今天是周明下基层之前的最后一台手术，他至少要走半年，等他回来，他们这批学生就已经转离外科，今天这台复杂肝血管瘤的手术，也就是他们最后一次机会亲眼观摩这位被公认为"标准教科书"的老师的手术。

原本在一病区的陈曦跟刘志光自然去观摩，而且陈曦竟然五点半就爬起来，洗漱之后，只啃了几块饼干就抓紧把复印下来、昨天已经看了三个小时的资料和教科书一起，安静地一点点地又过了一遍。

她问陈曦："这台手术几点开始？正常的开台时间么？"

陈曦点头："自然是正常的开台时间，"然后又想了想，说，"也许会晚点，这台手术很复杂，韦老师亲自给做一助，王东袁军他们也要来观摩。"

"我真羡慕你们。"她低声说，"我也想看这台手术，呵呵，其实，我还没有真正看过一次周老师的手术。"

一贯伶牙俐齿的陈曦愣着瞧着她，竟然连着叫了两声"萌萌"，说不下去。

叶春萌抱着膝盖坐着，望着窗外，低声说："我真想有机会，看一次周老师的手术。"

以前，其实有很多机会。

每次一病区二病区有代表性的手术，尤其周明的示教，程学文都会跟她和白晓菁说，如果想去看，可以调换一下安排，去观摩。

她从来没去过。她才不要去观摩那个"变态"的手术。"变态"又不是世界上做手术做得最好的医生，就算是，他也还是个粗鲁冷漠不体谅别人的沙猪，她不稀罕去看。她自己，以后要做个比他还出色的大夫。

如今，这从天而降的意想不到，让她在愧悔之中，不得不放下了曾有的任性和固执，当那根深蒂固的成见倏然消失，从前他说过的、做过的一切，便就在她的脑子里不停地回放，而这一次的回放，所有的感受，竟然都与从前不同。

原来同样的事实，映射于心的感觉，真的可以大相径庭。

她如此渴望再重新做一次他的学生，再有机会叫他一声老师，不仅是因为抱歉或者懊悔，而是因为，她清楚地知道了自己想做个好大夫的愿望，知道实现这愿望有多少困难，知道自己会脆弱会茫然，这时候，她想跟自己说，我是周明带出来的学生。

因为幼稚的任性与狭隘，她再也没有机会在无影灯下，做他的学生，观摩他的示教，被他指点甚或是呵斥，然而，她却想再在同一个手术区，无论是同时走进刷手间的时候，还是各自走进自己的手术室的时候，作为医生的自己有机会再碰见作为医生，也是自己的老师的周明，然后，再叫一声老师。不说自己的忏悔，不说自己的抱歉，也不说自己心里的敬意，只是叫一声老师，他答应一声，如此，就够了。

手术室写着"肃静"的门，就在眼前，叶春萌的手心里，已经全是汗水。

"衣服不够，得紧着主要手术人员。"

太熟悉的一个回答。

她点头，却没有回身走开，对二姐说："我能等一会儿么？也许，谁会取消手术出去，就能有多余的衣服。"

二姐恼火地瞪了她一眼："取消手术，亏你想得出来！脑子什么做的？跟正常人不一样吧？"

她站着一动不动，低声说："我就等一会儿，在旁边站着，不碍别人的事儿。"

祁宇宙为难地瞧了眼二姐，再看看叶春萌一脸的执拗，心想，这孩子是不是刺激受得大了？这到底是演哪一出？想了想，只好对二姐说："您就让她在旁边等会儿，过了十点，该开始的也就都开始了，没有衣服，再让她回去。"

"爱当门神不嫌难看你就等着。"二姐狠狠地说，心里暗想这女孩子果然脸皮厚，基因就是基因，有什么样的姑姑，就有什么样的侄女。

祁宇宙叹了口气，进去了。

叶春萌笔直地站在登记台旁边。陆续有手术大夫和学生进出，凡是给他们上过课的，经过她身边，她都叫一声老师，对方有的认识她，有的只是讲过大课，只应一声，然后过去。有人有点惊讶地打量下她，不大理解为何登记台边会站了个学生，然而，也不过惊讶一下，之后就往自己的目的地而去。

手术室的门频繁地被推开再关上，叶春萌站在门边不碍事的地方，盯着门每一次的开合。

终于，她看见周明走进来，在登记台停下，领取衣服，她张了张嘴，竟然没有发出声音，她心里有些惶急，很怕这生平最死缠烂打争取来的机会，就这样消逝。

她再度努力张嘴，这时候，他转头看见了她，怔了怔，然后微微皱眉："你站这儿干吗？怎么不抓紧换衣服去？"

"我，"她开口，心里慌张，固然昨天想好了一切，这时脑子里却一片混沌，在混乱中，她望着周明，半晌，终于叫了一声"周老师"，然后，心里略微平静了些，对他说道，"手术服不够。我在这里等一等。假如有富余……嗯，没有富余，我去带我的病人作检查。"

她说罢，转身往外走。

"你等下。"周明双手搭在登记台上，望着二姐，沉默了一会儿，然后平淡地说，"二姐，麻烦您给高压消毒那边，打个电话。他们肯定应该有消毒过的衣服，不过还在等下一批一起送过来，既然今天咱们这里紧，咱们自己去多取一次。高温消毒车间就三号楼后面，跑过去回来顶多十分钟。"

"周大夫，至于这么麻烦么？"二姐愣怔地望着周明，无可奈何地叹了口气，又想了想，声音低了些，"多少台手术我心里有谱，就是得保证主要手术大夫的。别人，"二姐瞥了叶春萌一眼，"也没什么紧要。说不准还裹乱。"

"咱们的学生，就是以后的医生，就是以后的主要手术人员、主要抢救人员。"周明对二姐说，语气里带着不容置疑的坚定和自信，然后，他转过头，对叶春萌说道，"你现在立刻去高温消毒那边取自己号码的衣服，跑着去，跑回来。既然你本来要上的手术不是必须要看，你回来之后，来我这台，你操作考核成绩很好，手法标准，这台手术，最后就你来关腹。"

6. 原来你是我妈妈的手术医生

一年以后，陈曦拿到了跟谢南翔在同一所城市的大学临床流行病系的录取通知。拿到通知的那一天黄昏，她自己双手插在兜里，从校园走到医院，在医院的大院里，望着急诊门诊门前进出的人们，甚至担架，甚至呼叫着冲进来的急救车，呆立很久。

直到夜幕深沉，急诊楼顶，那巨大的红色十字，亮起了红色的光。

陈曦头一次发现，这刺目的红色，在这样的夜里，让人觉得温暖。

那天晚上，她并不值班，但是穿着白大衣走进了拥挤的急诊楼道，她带着拿B超单子四处问路的病人走向急诊B超，给看着血象检查摸不着头脑的病人一一解释，把一个需要在手臂上缝针，哇哇大哭不肯进去急诊手术室的小孩子，哄得乖乖地走了进去。

那天陈曦离开的时候已经入夜，走出急诊的大门，离那个红十字越来越远，她回头看了一下，眼里竟有泪光。

夜深的时候，陈曦一如既往地给谢南翔写信。

"我终于如愿拿到了×大的录取通知，拆开信封的时候，心情居然很平静。

"想起了很多事，这一年半以来，穿上白大衣之后，一切的一切，尤其是，那一番风波。

"那一场来得轰轰烈烈的审查，最终无声无息地结束了。调查组除了一台主刀医生利用工作时间外加的手术，和护士台收了一个果篮之外，没查出任何违反规定的事情。至于工作时间外加手术究竟是否属于违规，一个果篮是否算贿赂，始终也没个确定的答复。

"至于调查结果，我想调查组会有个书面的报告呈交上级，但是，再没有轰轰烈烈的采访，至少我没有看到。

"作为矛盾的焦点，周老师下乡支援地方医院建设一年，这是我们系统早拟开展的试行项目，而在外，被理解成了降级处罚，也算给了外面一个交代。

"我想周老师自己，似乎并没有太大的改变。至少，我并没有看出，这一场给了他最大冤屈，而又真实地影响了他前途的闹剧，把他变成另一个周明。在那事发生之后，他尚未下乡之前的一段时间里，他甚至并没推掉任何一台安排中的手术、一个门诊，对我们的考勤抽查与技能考核也依然严格。

"他还是'那个变态'。

"有最大的改变的，我想是我们——我始终说不清楚，这所有的一切，于我想法的改变，究竟是怎样方向的作用。我想，照道理，逻辑上，这该是让我看到了人心有多么险恶，中国的临床工作，有多么难做，将我在这事之前，刚刚对于'不做临床'的决定的遗憾彻底浇灭——但是，但是一定是哪个环节出了问题，也许就是我的脑神经信息处理系统或者传输系统——我居然对不能再做临床这个事实越发遗憾了。

"即将离开的日子将近，随着先后拿到了尚可的 G、T 分数，随着跟美国的学校'套磁'工作的展开并且开始得到一些相对热情的反馈，我竟然越来越惆怅。我发现我居然已经开始喜欢这里的每一个人，不，这不准确，应该说，我开始喜欢作为这个群体中一员的这种难以说清的感觉。

"这种感觉之所以难以说清，是因为，我无法称其为热爱，我并没有每天都满怀对祖国临床医学事业巨大的热情，迎着朝阳走向门诊，或者披着黄昏夕阳的余晖，带着神圣的责任感走进急诊。

"我还是会忍不住在写病历时叽叽歪歪地抱怨；还是不能真正心平气和面带微笑地面对病人的无理指责——哪怕我明白那是因为病痛的折磨，以及过分焦虑的结果；我还是会在睡得正香，却被突然叫起去给一个浑身是血的病人缝合时，抱着值班室的棉被想号啕大哭，然后在从值班室走到急诊室的路上，一边调整着由于突然起来脑袋的晕眩，一边并无具体针对对象地骂几句脏话泄愤；会在任何一个夜班前向四方诸神祷告，但愿天下太平，人民和睦，不要斗殴——至少不要在俺们医院附近斗殴，不要突发急症——至少拖到第二天早上；会在夜间收到病人，而病人的状况属于可以拖过晚上，但是一定最终需要手术的情况下劝他先'保（守）一保'，观察观察，心里想着反正明天上午的手术就跟我无关了。

　　"我时常还是会在拉钩的时候走个神——尤其是当手术跨经午饭时间时我的脑子里就会不可抑制地出现红烧排骨粉蒸肉之类的画面，但是之后，突然想到此时'那个变态'如果在，一定会穷凶极恶地训斥我，指点我拿器械的姿势，我心里竟然特别惆怅。而很多次有这样的惆怅的时候，都有人忽然说，周大夫现在在下面，不知道是因为下面的住院医操作更不规范破口大骂呢，还是因为人家比咱们刻苦，特别欣慰？

　　"在那段时间，有许多的人，他们在我眼前经过，然后再又消失，却在我心里留下了各色的印记。包括一辈子忍着病痛没上过医院的四十多岁的农妇，瘤子塞满了肠腔；包括事故扎伤了动脉血管的民工，当在可能花费巨大但是可以保全一条腿的吻合手术以及相对简单便宜的截肢手术上做选择的时候，眼神空洞地，选择了后者；包括一个浓妆艳抹，言语轻佻的被称为'鸡'的二十多岁的女子。

　　"我第一次见那位女子，是在外科急诊手术室，我去拿两针麻醉针，当时小五在给她缝合手腕的伤处，血流了一盘子；她的脸上涂着厚厚的脂粉，看不出任何的虚弱，她甚至惹人厌烦地调笑着小五和王师兄，想要拉下王师兄的口罩，看看他'是否像胸牌的照片上那样英俊'，且猜测，王师兄跟'这么漂亮的小姑娘搭帮干活，是否特别开心'，她说她割了手腕又不想死了，看能不能搞到点钱治病，她还想活下去。

　　"我第二次见到她却是在手术室，原来她因为'工作'关系染了病，因为早期滥用广谱抗生素造成耐药性，如今控制不住感染，只能切除子宫，那天我的病人——一个跟她差不多大的女孩做甲状腺手术，她的爸爸妈妈、姨妈姨夫、男朋友跟着她的轮床到了手术室门口，他们纷纷给她打气，一直在手术室外等着她出来；

而那位女子没有家属，没有亲友，她自己在她切除子宫的手术同意书上签字；手术灯下，她不施脂粉的时候，那张尖下巴的小脸竟然十分清秀姣好，带着跟任何一个病人并无区别的恐惧无奈和脆弱。

"有很多我们想收下而不是推走的病人，有很多我们确信可以做得很好很完美的手术，但是我们真的没法做主。一个字，钱。先不说我们有没有完美的医德，或者说我们中的多少具备一定的医德——即便是完美的医德，也不能代替钱起到所有的作用：即便医德可以代替钱来支配医生一部分的劳动，但是医德一定不能代替钱从药厂提取到特效药，从医疗器械公司买到器械，甚至不能代替水电、氧气、棉球、蒸馏水、碘伏。

"老早有过这样的争论，你能够没有钱而从商店拿走一件棉衣，从饭馆取走一笼包子，从玩具店给可怜的没有玩过玩具的小朋友求得一个娃娃吗？

"人们说，那不同，医院，你是面对生命。挽救生命，要钱作为前提么？

"挽救生命所需要的一切，确实是需要钱作为前提的。

"我们其实总会有太不忍心的时候，譬如给'小白菜'捐款，凑足了医药费用，又多方协调，给他找到了最好的人家，那是个幸运儿。也许并不公平，也许真就只是因为太多的巧合，很多个瞬间——'白骨精'抱起他来的瞬间，我抱着他亡命狂奔的瞬间，刘志光和萌萌第一次运用急救技能抢救他的瞬间，林老师多少次在死亡线上，亲手将他拉回来的瞬间，这些瞬间，造就了他不一样的生活。这是一个美好的奇迹，但是绝大多数人，因为钱，没有这样的奇迹。

"被抛弃的孩子真的每个月都有，我所知道的幸运儿，却只有'小白菜'一个。我因为穿上了白大衣，而走进了一个不太一样的世界。这个世界不算纯净，这个世界不算美丽，这个世界有着太多的灰暗，这个世界并非可以用对与错判断一切。这个世界的味道，并非是一盒甜美清凉的香草冰激凌的味道。若非这件白大衣，我想，我怎么也不会看见这个世界的全貌。

"然而我却竟然没有对这个世界过于失望，甚至在最最不满意的时候，也总觉得在某个地方，也许就在身边，有一片永远不会熄灭的光亮，很温暖，很安全。

"南翔，写到这里，我竟然想掉眼泪。

"我想我跟从前有些不同，连李棋都说，我现在越来越少说犀利而精辟的言语，我变'柔软'了。

"我不知道是不是真的，我变得柔软，我只看见，萌萌不再是那个爱哭的小姑娘了。

"那一天，周大夫临走前的最后一台手术，萌萌意外地来参加，这是她第一次跟周老师的手术，却荣幸地作为唯一一个做了最多操作的学生。

"那天那个手术做了九个多小时，观摩的人除了我们，还有不少住院医，参与的护士也不少；那台手术结束之后，他当着一屋子的护士医生，对萌萌说：'你该怎么上手术怎么上手术，该怎么跟查房怎么跟查房，你因为自己的原因缺勤，要给我理由，如果有任何客观原因让你缺勤，你得来跟我报告。有些事情，跟你根本毫无关系，你想都不要去想。人谁能这辈子不碰上点为难的？纠结不清还有完没完？你但凡做够了本分就是。

"爱哭的萌萌那天只是认真地点头，居然没哭。"

"那是我，第一次，唯一的一次，看周老师的手术。我居然有机会，听见他郑重地说，我是他的学生，听他说我是以后的医生。那是我在我姑姑带来的混乱之后，第一次在白天，开台手术的时候，能够正常地观摩手术。"

十年之后，在桃花源旅游景区的一所农家房子里，叶春萌把最后一块兔子肉啃完，对给她做了这顿美味佳肴的相亲对象李岩说。

"那台手术，是我妈妈的手术。"他望着她，"原来你也是我妈妈的手术医生之一。"

叶春萌轻轻地叹了口气，眼睛微微湿润，脸上却有一个特别柔和的笑。

"这些事情，这么多年，我是第一次跟别人讲。"她轻声说，一缕发丝垂下来，她没有理，反而把头低得更低，"它们在我心里，不需要提起，也绝对不会忘记。今天……"

"真好。"李岩低声感叹。

"什么真好？"

她有点迷惑地问。

"张欢语真好，热心得真好，非得让我开这么老远的路来相亲。我自己真好，虽然一百个不心甘情愿，毕竟是兄弟的老婆，还是给了面子。于是，竟然能有幸运跟你分享，你心里的这一切。"李岩望着她的眼睛，"只是不知道以后，有没有更多幸运，跟你分享更多的东西。"

叶春萌微笑，垂下眼睑，用极低极低的声音说道："只要你不在乎……分享的东西里面，脱不开今天这样突发的意外。"

"哦，如果太多的话，"李岩忽然微微皱眉，"我得说，我得承认……"

"什么?"叶春萌愣怔地抬起头。

"我得承认，"李岩咳嗽一声，"其实我只有这一样最拿手的菜，每次跟朋友会餐比试厨艺，就这一样镇山之宝。若是时候多了，怕要露馅。不过，好在，北京城里的话，有二十四小时的外卖。"他轻轻地碰了碰她的手，她没有拿开，他便一点点地握住她的手，望着她说道，"希望以后有机会跟你分享，包括意外，兔子肉，远足和北京城里小店外卖的……一切的一切。"